国家社科基金
GUOJIA SHEKE JIJIN HOUQI ZIZHU XIANGMU
后期资助项目

鲁迅《中国小说史略》研究

研究

以中国小说史学为视野

Study on *Zhong Guo Xiao Shuo Shi Lve*
from the perspective of the history of Chinese fiction

温庆新　著

九 州 出 版 社
JIUZHOUPRESS｜全国百佳图书出版单位

图书在版编目（CIP）数据

鲁迅《中国小说史略》研究：以中国小说史学为视
野 / 温庆新著. -- 北京：九州出版社，2017.5
ISBN 978-7-5108-5221-3

Ⅰ. ①鲁… Ⅱ. ①温… Ⅲ. ①鲁迅著作－小说史－中
国②《中国小说史略》－文学研究 Ⅳ. ①I210.97

中国版本图书馆CIP数据核字(2017)第083854号

鲁迅《中国小说史略》研究：以中国小说史学为视野

作　　者	温庆新　著
出版发行	九州出版社
地　　址	北京市西城区阜外大街甲 35 号（100037）
发行电话	(010)68992190/3/5/6
网　　址	www.jiuzhoupress.com
电子信箱	jiuzhou@jiuzhoupress.com
印　　刷	三河市九洲财鑫印刷有限公司
开　　本	787 毫米×1092 毫米　16 开
印　　张	15.5
字　　数	270 千字
版　　次	2017 年 5 月第 1 版
印　　次	2017 年 5 月第 1 次印刷
书　　号	ISBN 978-7-5108-5221-3
定　　价	48.00 元

国家社科基金后期资助项目
出版说明

　　后期资助项目是国家社科基金项目主要类别之一，旨在鼓励广大人文社会科学工作者潜心治学，扎实研究，多出优秀成果，进一步发挥国家社科基金在繁荣发展哲学社会科学中的示范引导作用。后期资助项目主要资助已基本完成且尚未出版的人文社会科学基础研究的优秀学术成果，以资助学术专著为主，也资助少量学术价值较高的资料汇编和学术含量较高的工具书。为扩大后期资助项目的学术影响，促进成果转化，全国哲学社会科学规划办公室按照"统一设计、统一标识、统一版式、形成系列"的总体要求，组织出版国家社科基金后期资助项目成果。

全国哲学社会科学规划办公室
2016 年 7 月

序一

欧阳健

中国之小说自来无史；岂但如此，中国之文学也自来无史。古代中国有的，是正史的"艺文志"，小说则属于其中的子部，——那还不包括通俗白话小说。在古人眼里，小说是史之支流，是稗官野史，甚至是消闲之书。人们从来没有掌握小说史的要求，你若读遍了全部小说，心中便有了小说的概貌，但那与"史"还不是一回事；况且世上没有一个人，能将全部小说都读遍的。

小说有"史"的著述，是近代学校诞生以后的事。1905年废除科举，青年学子只能进新式学校读书，以便从事新的社会职业。随着观念的更新，小说史也登上了大学讲坛。要讲授小说史，就得有正规的教材。而要编撰教材，就得首先解决小说的性质，——即什么是小说的问题，于是中国传统的小说观念，与西方传来的小说观念，便产生了冲突。其次，又得交代小说的起源，告诉学生小说是从哪里来的，——而这个意念，在古代中国却是完全没有的。再次，又得交代小说的演变规律，西方的"进化论"便起了作用。最后还得解决小说的评价，——即什么是好的作品，并将它们选出来写进教科书中去。中国古代小说汗牛充栋，一两个学期讲不完，因此须要有所取舍；小说篇幅比较长，一两节课也讲不清楚，只能选择部分章节。加之材料先天的准备不足，举凡作家的生平、版本的流传，文献上都是一片空白，——以上种种，就是撰写中国小说史面临的难题。

鲁迅1920年应北京大学等校之邀，率先开设小说史课程，最初的讲义凡十七篇，题曰《小说史大略》。他一面授课，一面补充修改，从散乱的史料中寻出小说演变的线索，形成有开山意义的《中国小说史略》，对上述难题都有独特的做法，因而被誉为小说史的经典。在《中国小说史略》影响下，更多学者撰写了新的小说史，于是有了"小说史学史"。温庆新博士的新著《鲁迅〈中国小说史略〉研究——以中国小说史学为视野》

（以下简称《研究》），所谈的便是囊括所有小说史的"小说史学史"了。

《研究》的着眼点，是《中国小说史略》的修订过程。作者细心梳理了所有《史略》的版本，包括现存最早的在北京大学、北京高师讲课由北大国文系教授会随课陆续印发的油印本《小说史大略》，1921年下半年至1922年刊发的铅印本《中国小说史大略》，1923年、1924年北大第一院新潮社初版上、下册本，1925年2月新潮社再版上、下册本，1925年9月北新书局合订本，1926年、1927年北新书局修订本；1931年9月北新书局订正本，1933年3月第九版印刷本，1935年6月北新书局第十次修订本，可说已将所有版本搜索殆尽。在此基础上，深入分析《史略》"经典化"历程，揭示《史略》如何成为"中国小说史"的典范之作，并被治小说史者奉为圭臬的因由，就具有相当的说服力。本书第一章《中国小说史略》的'经典化'历程"，从"授课、演讲与《史略》的早期存在样式及普及传播"、"主动馈赠样书与《史略》的早期'经典化'"、"治小说史者的专业化接受与《史略》经典地位的强化"诸方面，以《史略》诸种版本为中心，通过《史略》每次修订的改动，客观地还原鲁迅《史略》编纂与修订时的指导思想与时代特征，分析《史略》编纂、修订与彼时同仁研究的关系，探讨《史略》篇章设置、小说类型归纳等的前因后果及其学术价值，都给人耳目一新的感觉。

《研究》同时指出，从小说史学史的角度，《史略》亦有被治小说史者所误解的。如《史略》"以小说见才学者"，为的是突出"以小说见才学者"创作现象，而后世治小说史者不明所以，而将之曲解为"才华小说"、"才藻小说"与"才学小说"，就是典型的例证。所以，对《史略》以客观科学定位，有助于规避《史略》的失当，为近今的小说史编纂提供借鉴。

本书的长处，不仅论述了《史略》的传播，而且论述了《史略》的编纂。因为不论如何，从"有"到"有"，远不如从"无"到"有"来得重要。而由"从来无史"到"第一部史"，需要具备两个条件：一是材料，一是观念。材料要看是否丰富翔实，观念要看是否科学合理，还要看材料与观念是否有机统一，既不是以论代史，也不能史论不称。《研究》指出，鲁迅于编修过程中预先确立了"由写神的向写人的演进"、"由无意为小说向有意为小说演进"与"由文言文向白话文演进"的"三大规律"，其初衷与根本目的，不仅受彼时时势背景的影响，亦蕴含"国民性批判"的意图与"立人"的目的。其对古代小说的价值评判在"五四"思想影响下已有文化主体选择的意味——即以"五四"精神作为建构古代小说规律的理论指导并进行价值评判，这种文化选择对《史略》的理论建构产生了深远影响，也是说得不错的。

但是，《史略》的贡献在于此，《史略》的不足也在于此。因为任何小说史（包括文学史），都是一定观念统驭材料的产物。观念会不断更新，而在不同观念的支配下，又会对材料进行新的取舍与诠解，从而不断写出新的小说史与文学史来，小说史的撰写永远不会终结，"小说史学史"的研究也就永远不会终结。但我们千万要记住：任何高明的小说史，只能作为入门之用，甚至考试之用；决不要以为读了一两本小说史，就是受到了"正规的训练"，就已经掌握了小说史的真谛，实际上还差得远呢。

温庆新有很强的思辩能力，特别是对考证有天生的敏锐，在我认识的青年学子中是不多见的。我没有给他讲过一堂课，蒙他不弃，尊我为"师"，实在有愧于心。我看着他一步步地成长，由本科生而研究生而博士生，由需要交版面费发文章到刊物用高稿酬来约他的文章，自然是高兴的。我希望他保持独出机杼的态势，做出更多有价值的、经得起检验的著作来。因而对于本书，我也顺便提出两点希望：

一是注意材料的提炼。现在流行的"学术规范"，是引用材料越多越好，所加注释越详越好，似乎唯有如此，才能"显示功力"。其实，材料的鉴别与筛选，本是学术研究题中应有之义，不能给所有"文献"以平等地位，在突显有价值的文献同时，要有意忽略乃至遗忘某些文献，学术研究才能前进。

一是注意文字的锤炼。如"主动馈赠样书"的提法，就不够准确。鲁迅当时尽管是"著名小说家"，但在北京大学还是一名讲师，尚不具备妄自尊大的本钱，就像今天的畅销书的作家，能坐进研究生班听课，就是莫大荣幸，哪里敢说"主动馈赠样书"这样的话，不如说是"征求意见"为是。

2016 年 11 月 30 日于福州

序二

王齐洲

　　庆新的国家社科基金后期资助项目结项成果即将由九州出版社出版，索序于我，我高兴地接受下来，也应该接受下来。尽管我正在为自己主持的国家社科基金重点项目做最后整理，准备结项，并没有空闲的时间。我之所以觉得应该写这篇序，是因为庆新的有关研究是我所关注的，也是我所支持的，我有责任向大家做一交代。

　　记得 2011 年庆新来武昌桂子山跟我读博，就提到想做鲁迅《中国小说史略》研究，以此作为博士学位论文，我当时没有同意。因为在我看来，作为小说史经典的《中国小说史略》涉及的问题太多，博士生三年可能无法完成对这部经典的整体研究，况且当时已经出版有欧阳健先生的《〈中国小说史略〉批判》，欧阳健先生依靠几十年小说研究的积累写成这部著作，要想超越是困难的。我自己 2008 年在《黑龙江社会科学》发表过《〈中国小说史略〉"汉书艺文志所载小说"辨正》一文，仅讨论了《中国小说史略》第三篇的文献问题，尚未涉及其他，就耗费了不少精力，深知其中甘苦。庆新听从了我的劝告，我们商定以黄人《中国文学史》为中心来考察 20 世纪初期的中国文学史编纂，庆新顺利完成了学位论文，论文得到匿名评审专家一致肯定，三位专家给出的论文评价等级都是优秀，答辩成绩也是优秀，2015 年该论文被评为湖北省优秀博士论文。在撰写学位论文期间，庆新花了不少时间研究《中国小说史略》，我不仅没有反对，而且他的这些文章都给我看过，我或者直接修改，或者提出修改意见，他都能够接受并加以改善，其进步之快也令我欣喜。现在出版的这部著作就是这些年来他努力探索、不断进步的成果，我自然会有亲切之感。

　　《中国小说史略》是鲁迅在大学油印讲义的基础上修订而成，这部中国小说史的奠基之作为何成为了中国小说史的经典之作？使其成为经典的内在原因和外在条件有哪些？它是如何建构中国小说史的学术体系的？这一体系所显现的学术价值及其存在的问题有哪些？如何给它在中国小说史学上以准确定位？庆新的《中国小说史略》研究就是围绕着这些问题展开的。以问题为导向，抓住问题做深入细致的研究，是我所赞成和提倡的研究方法，庆新也一直是这样做的，现在出版的这部著作就是最好的证明。当然，做这样的研究不仅需要有问题意识，还需要有切实解决问题的手段和能力，其中最重要的是要摆事实，讲道理，不能无端猜想，更不能人云亦云。而事实永远是第一位的，只有在厘清全部事实的基础上，才能对某个具体问题得出令人信服的结论。而要想将事实弄清楚，就必须下苦工夫去查找与之相关的全部资料，熟悉其中的每一个细节，解决其中的每一处疑难。在此基础上，还要将已经清晰的事实放在特定的历史语境里做客观的考察，进行入情入理的分析，得出符合历史和逻辑的结论。只有这样的研究才是科学的研究，也才能经受住历史的检验。庆新将这样一种思路贯彻在自己的研究中，因而其研究不仅事实清晰，论据充分，论证周密，结论自然就颇为可信了。例如，对于《中国小说史略》"经典化"的历程，庆新从鲁迅的授课演讲、油印讲义、修订出版、赠书宣传、文学活动、与专业人士互动、和当时社会文化语境关联等各个方面进行考察，细致入微地呈现《中国小说史略》由随堂印发的单篇讲义到社会关注的中国小说史经典的演进全过程，这样的呈现不仅是经典化过程的呈现，而且是中国小说史学确立过程的呈现，其学术史价值丝毫不亚于一些纯理论的探讨，其结论往往更容易为人们所接受。像这样的研究还可举出许多，读者诸君自可在阅读本书中加以体会，不须我再饶舌。

当然，《中国小说史略》的研究不只涉及上面提到的问题，还有许多问题甚至更为重要的问题，值得我们重视并加以研究。例如，郑振铎在1932年撰写《中国通俗小说书目序》时曾说："对于中国小说的研究，乃是近十余年来的事。商务版的《小说丛考》和《小说考证》为最早的两部专著。但其中材料甚为凌杂。名为'小说'，而所著录者乃大半为戏曲。鲁迅先生的《中国小说史略》出，才廓清了一切谬误的见解，为中国小说的研究打定了最稳固的基础。"事实上，中国传统小说观念与现代小说观念很不一样，钱静方的《小说丛考》和蒋瑞藻的《小说考证》坚持的是中国传统小说观念，而鲁迅《中国小说史略》采用的是由日本引进的西方现代小说观念，由于观念的差异，他们对研究对象的把握便很不一样。那么，我们是否可以说中国传统小说观念是一种错误的小说观念，而西方现代的小说观念才是正确的小说观念呢？如果是这样，西方现代小说观念已经被后现代小说观念所打破，中国现时的小说观念正处在变动不居的状态，

《人民文学》和《光明日报》已经发表不少"非虚构小说"，小说观念的发展和变异在所难免，我们凭什么说现代小说观念是唯一正确的小说观念呢？如果不是这样，那么中国传统小说观念作为一定历史时段中国人对于小说的认识，自有其文化依据和存在的价值，我们就没有理由否定它，只能历史地理解它，科学地评价它。郑振铎批评《小说丛考》和《小说考证》"凌杂"而肯定《中国小说史略》廓清了谬误的见解，就只是站在现代小说立场上讲话，而不是站在中国文化本位立场上讲话，他的结论虽然符合新文化运动的现实需要，但并非科学客观的结论，也非符合历史逻辑的结论。以此反观《中国小说史略》，它用现代小说观念构建的中国小说史的学术体系，是否真正尊重了中国小说发展的历史实际？是否以"了解之同情"的态度对待了各个历史时期真正发挥社会影响的小说家及其作品？是否真理解了小说在中国传统文化中的真实处境和实际作用？这些重大问题显然是研究《中国小说史略》不能回避的问题。当然，我这样说并不是责备庆新的这部著作没有回答这些问题，而是说这些问题应该是《中国小说史略》研究需要关注的问题，我和庆新也多次谈过这些问题，相信他在做完现在的研究之后，会进一步思考这些问题，使自己的研究更加深入，更具理论色彩和现实价值。这是我对庆新今后研究的期待，也是我对中国小说史学需要加强创新以利于深入发展的期待。

是为序。

丙申立冬后三日于紫崧·枫林上城

目　录

绪　论

　　作为"现代"意义的中国小说史的开山之作，鲁迅《中国小说史略》（以下简称《史略》）自问世以来就广受学林推崇，历来不乏研究。20 世纪 20 年代至 40 年代，学界主要从"清儒家法"的视角肯定鲁迅整理古代小说文献的功绩；同时，《史略》的论断、评骘被彼时编纂的诸多中国小说史及中国文学史广泛吸纳。[①]20 世纪 50 年代至 80 年代，林辰、赵景深、郭预衡、路工等从鲁迅的治学方法切入，借用阶级分析法对《史略》进行了较细致的剖析。尤其是，随着《鲁迅全集》的整理，若干鲁迅佚著的发现，1920 年 12 月至 1921 年 1 月由北大国文系教授会随课陆续印发的油印讲义稿《小说史大略》、1921 年下半年至 1922 年刊发的铅印本《中国小说史大略》被相继整理出版，学界得以见及《史略》的早期编纂及修订。[②]20 世纪 80 年代以降，学界结合鲁迅辑校《古小说钩沉》、《唐宋传奇集》、《小说旧闻钞》等情形，从小说史学史、小说史的理论建构、框架设计与表达方式等方面对《史略》进行了较深入的分析，研究成果蔚为大观。因而，全面总结近三十年来学界对《史略》的研究，对客观评价《史略》的得失与推动"中国小说史"的持续编纂，都将十分有益。

---

① 案，蔡元培曾为 1938 年出版的《鲁迅全集》作序，云："鲁迅先生本受清代学者的濡染，所以他杂集会稽郡故书，校嵇康集，辑谢承后汉书，编汉碑帖，六朝墓志目录，六朝造像目录等，完全用清儒家法。惟彼又深研科学，酷爱美术，故不为清儒所囿。而又有他方面的发展。"（《鲁迅全集（第一卷）》，上海鲁迅全集出版社，1938 年，第 1 页）始开以"清儒家法"评价《史略》的先例。又，台静农《鲁迅先生整理中国古文学之成绩》（《理论与现实》1939 年 11 月第 1 卷第 3 期）等等。

② 参见拙稿《鲁迅〈中国小说史略〉之"经典化"历程》，《澳门理工学报（人文社会科学版）》2015 年第 4 期。

一、近三十年来《史略》研究现状概论

近三十年来，学界对《史略》的研究，不仅研究著述的数量众多，且涉及《史略》的文本整理与释评、版本介绍与辑佚、研究方法、"小说史观"与"小说观"、修订过程、编纂指导与目的意图等方面，甚至有学者从现代学术史、小说史学史、小说教育问题等视角切入，以期客观公正地评价《史略》。可以说，相关研究全面展开、细致深入，呈现出多元化的研究态势。检视这些成果，有诸多值得肯定的地方，亦有仍待继续推进之处。

首先，不仅有针对《史略》的文本整理与释评，如赵景深《〈中国小说史略〉旁证》①，周锡山《〈中国小说史略〉释评本》②，张兵、聂付生《〈中国小说史略〉疏识》③ 等；亦有针对《史略》版本的介绍与辑佚研究，如杨燕丽《〈中国小说史略〉的生成与流变》④，鲍国华《论〈中国小说史略〉的版本演进及其修改的学术史意义》⑤、《新发现：〈中国小说史略〉新潮社再版本》⑥，刘然《许广平藏〈中国小说史略〉》⑦ 等；也有纠正《史略》使用小说文献与文本之误者，如周二雄《〈中国小说史略〉勘误一则》⑧，薛苪《〈中国小说史略〉中的一点疏忽》⑨，欧阳健《〈中国小说史略〉材料平议》⑩、《〈中国小说史略〉批判》⑪，李坚怀《鲁迅〈中国小说史略〉辨误一则》⑫，朱成华《〈中国小说史略〉斠补六则》⑬，林宪亮《〈僧世说〉成书年代考——鲁迅〈中国小说史略〉辨误一则》⑭，李坚怀《鲁迅〈中国小说史略〉辨误

---

① 赵景深：《〈中国小说史略〉旁证》，西安，陕西人民出版社，1987年。

② 周锡山：《〈中国小说史略〉释评本》，上海，上海文化出版社，2005年。

③ 张兵、聂付生：《〈中国小说史略〉疏识》，上海，复旦大学出版社，2012年。

④ 杨燕丽：《〈中国小说史略〉的生成与流变》，《鲁迅研究月刊》1996年第9期。

⑤ 鲍国华：《论〈中国小说史略〉的版本演进及其修改的学术史意义》，《鲁迅研究月刊》2007年第1期。

⑥ 鲍国华：《新发现：〈中国小说史略〉新潮社再版本》，《新文学史料》2007年第1期。

⑦ 刘然：《许广平藏〈中国小说史略〉》，《鲁迅研究月刊》2014年第10期。

⑧ 周二雄：《〈中国小说史略〉勘误一则》，《鲁迅研究动态》1989年第Z1期。

⑨ 薛苪：《〈中国小说史略〉中的一点疏忽》，《鲁迅研究月刊》1996年第6期。

⑩ 欧阳健：《〈中国小说史略〉材料平议》，《南开学报（哲学社会科学版）》2008第3期。

⑪ 欧阳健：《〈中国小说史略〉批判》，太原，山西人民出版社，2008年。

⑫ 李坚怀：《鲁迅〈中国小说史略〉辨误一则》，《上海鲁迅研究》2014年第2期。

⑬ 朱成华：《〈中国小说史略〉斠补六则》，《鲁迅研究月刊》2014年第4期。

⑭ 林宪亮：《〈僧世说〉成书年代考——鲁迅〈中国小说史略〉辨误一则》，《图书馆杂志》2014年第10期。

一则》①等文，这方面的研究似为学者所热衷。受彼时主客观条件所限，鲁迅对具体小说的文本及相关文献的评骘，难免存有偏差之处。此类研究基于文献学视角讨论《史略》的版本衍变及其对小说文本、文献的使用与解读等方面，为学界客观对待《史略》的得失奠定了坚实的基础。

其次，对《史略》的编纂方法与"小说"观、"小说史"观等方面的分析。学者已较早注意到进化论等"外来"的西方文艺理论对鲁迅建构《史略》的影响，指出《史略》"以进化的观念研究中国古代小说史上的小说现象和小说作品，确定了中国古代小说的研究方法和研究领域，探讨了中国古代小说的发展与流变，从而建立了中国古代小说发展体系"②。学者又注意到传统的考据学对鲁迅编纂《史略》的影响，如钟其鹏《试论鲁迅研究中国小说史的实证精神——以〈中国小说史略〉为例》③，李金荣《鲁迅〈中国小说史略〉的书目学意义》④、《中国古典小说原典衍生文献的书目学梳理——鲁迅〈中国小说史略〉书目学意义之再探讨》⑤、杨明贵《论〈中国小说史略〉对传统文献学方法的借鉴和运用》⑥、马兴波《文献视野的〈中国小说史略〉考辨及其引申》⑦等文。这方面的研究实是对蔡元培所谓"清儒家法"的深化。受彼时时代背景及诸多主客观条件所限，鲁迅编纂《史略》时不可避免地受到西方文艺理论的影响，亦不可能完全规避固有的传统学术的影响。因此，此类探讨的最大意义在于，详细分析鲁迅编纂《史略》时如何在"依中"与"律西"之间进行艰难选择。然而，学者的讨论大多集中于探析中西不同理论与方法如何影响《史略》的编纂，罕及鲁迅此举的肇始之因及对后世治小说史者建构中国小说演进史迹时的不良影响。可以说，在20世纪初期的小说史研究者中，如胡适、郑振铎、俞平伯等，大多存在既使用西方文艺理论又受传统学术影响等现象。所不同者，唯鲁迅所采用的进化论与古典目录学不仅是种考证的方法，更是指

---

① 李坚怀：《鲁迅〈中国小说史略〉辨误一则》，《上海鲁迅研究》2014年第3期。
② 宋克夫、张蔚：《进化论与〈中国小说史略〉》，《明清小说研究》2006年第1期，第11页。案，对进化论与《史略》进行深入探讨者，另有鲍国华《进化与反复——鲁迅〈中国小说史略〉与进化史观》（《东方论坛》2009年第2期）等文。
③ 钟其鹏：《试论鲁迅研究中国小说史的实证精神——以〈中国小说史略〉为例》，《宝鸡文理学院学报（社会科学版）》2009年第4期。
④ 李金荣：《鲁迅〈中国小说史略〉的书目学意义》，《图书与情报》2010年第1期。
⑤ 李金荣：《中国古典小说原典衍生文献的书目学梳理——鲁迅〈中国小说史略〉书目学意义之再探讨》，《图书馆论坛》2011年第6期。
⑥ 杨明贵：《论〈中国小说史略〉对传统文献学方法的借鉴和运用》，《安康学院学报》2013年第5期。
⑦ 马兴波：《文献视野的〈中国小说史略〉考辨及其引申》，《重庆社会科学》2013年第9期。

导编纂的思想理论。而古典目录学与进化论思想在《史略》中的交织，这是鲁迅在传统思想文化的影响与外来文化的艰难抉择中处于尴尬之态的反应。① 这些情形应当引起学者的重视。

而对《史略》"小说"观、"小说史"观的探讨，是学者对《史略》进行评判时不可回避的论题。由于鲁迅认为"中国之小说自来无史；有之，则先见于外国人所作之中国文学史中，而后中国人所作者中亦有之"②，故其有关"小说"的认识其实是以西方文艺理论为主导的，即认为"小说就是讲故事，而且是虚构的故事"③。这从《史略》以"犹他民族然"的先验认识为逻辑切入点，并受"现在一班研究文学史者"的普遍做法影响而以"神话与传说"等含有虚构、故事元素的文学样式作为古代小说源头的论证思路，④ 即可知晓。而鲁迅又试图从《汉书·艺文志》等传统史志目录中证明"小说"的名与实，"古已有之"，这使得其"小说观"常常处于一种矛盾的状态。正如欧阳健指出的："鲁迅的小说观常处于自我矛盾的状态。当他处于自为状态，用的是西方的文学观和方法论；而当他处于自在状态，用的又是中国的文学观和方法论。"⑤ 换句话讲，《史略》的"小说"观时而以西方文艺理论视域下的"小说"观为指导，时而以传统史志目录所载"小说家"、"小说书"、"小说"为据⑥，这与鲁迅依古典目录学建构《史略》之举有直接的、必然的联系。——鲁迅据古典目录学以建构《史略》试图将古代小说纳入古代正统文化的范围内考察，为"小说"进行名分正举。其据《汉书·艺文志》所载归纳得出的"小说"观成为《史略》探讨汉魏六朝小说的主导，在此基础上又佐以西方文艺理论视域下的"小说"观，对唐及唐以降的小说的探讨则采用西方文艺理论视域下的"小说"观。这是鲁迅"承继传统的知识体系与预先作出的理论设定相冲突的典型"。⑦ 怀特海《思维方式》曾指出："一切体系化的思想都必须从一些预先作出

---

① 参见拙稿《古典目录学与鲁迅〈中国小说史略〉之建构》，《安徽大学学报（哲学社会科学版）》2014年第2期，第40～46页。

② 鲁迅：《中国小说史略（上册本）》，北京，北京大学第一院新潮社，1923年。

③ 王齐洲、姚娟：《小说观、小说史观与六朝小说史研究——兼论鲁迅〈中国小说史略〉的有关论述》，《湖北大学学报（哲学社会科学版）》2008年第6期，第63页。

④ 参见拙稿《中国小说起源于"神话与传说"辨正——以〈中国小说史略〉为中心》，《南京大学学报（哲学·人文科学·社会科学）》2014年第5期，第138～140页。

⑤ 欧阳健：《〈中国小说史略〉批判》，第65页。

⑥ 王齐洲：《〈中国小说史略〉"汉书艺文志所载小说"辨正》，《黑龙江社会科学》2008年第2期，第118～119页。

⑦ 参见拙稿《古典目录学与鲁迅〈中国小说史略〉之建构》，第44～45页。

的假定出发。"①鲁迅建构古代小说演进的"三大规律"时，即"由写神的向写人的演进"、"由无意为小说向有意为小说演进"与"由文言文向白话文演进"②，往往存在以预先设定的"小说"观为主导、以具体作品进行示范举证的研究范式。因此，如何看待鲁迅建构《史略》时所预先作出的理论设定与鲁迅的知识体系、编纂意图等的关系，以及此举对《史略》描述古代小说演进史迹的影响，等等，这些问题亦应引起学者的重视。可喜的是，路杨《"小说之名"与"后来之所谓小说者"——鲁迅〈中国小说史略〉的内在裂隙与价值根基》③，关诗珮《唐"始有意为小说"：——从鲁迅的〈中国小说史略〉看现代小说（fiction）观念》④，齐浚《关于中国小说史写作的理论设计——兼论〈中国小说史略〉》⑤，王齐洲、姚娟《小说观、小说史观与六朝小说史研究——兼论鲁迅〈中国小说史略〉的有关论述》等文，已进行了诸多探讨，筚路蓝缕之功值得肯定。

再次，对《史略》的修订过程、编纂指导与目的意图、出版情形等方面的分析。学者大多已注意到《史略》是鲁迅自 1920 年至 1921 年在北京大学、北京高等师范专科学校等处授课的讲义稿的基础上修订而成的，后经其多次修订。⑥鲁迅的每次修订较之前的版本都有较大的改动。那么，在诸多修订本中，鲁迅怎样展开修订？以何为修订的标准？早在 20 世纪 80 年代，就有学者细致比对过《史略》不同修订本之间的内容与篇幅调整⑦，但尚未对鲁迅的修订过程与目的意图作细致说明。近年来，有学者据鲁迅所编《明以来小说年表》探讨油印讲义稿《小说史大略》如何向铅印本《中国小说史大略》转变，指出鲁迅相关修订借鉴了胡适《〈镜花缘〉

---

① 〔英〕怀特海：《思维方式》，北京，商务印书馆，2004 年，第 1 页。

② 欧阳健：《〈中国小说史略〉批判》，第 80～88 页。

③ 路杨："小说之名"与"后来之所谓小说者"——鲁迅〈中国小说史略〉的内在裂隙与价值根基》，《鲁迅研究月刊》2014 年第 12 期。

④ 关诗珮：《唐"始有意为小说"：——从鲁迅的〈中国小说史略〉看现代小说（fiction）观念》，《鲁迅研究月刊》2007 年第 4 期。

⑤ 齐浚：《关于中国小说史写作的理论设计——兼论〈中国小说史略〉》，《山东社会科学》2004 年第 1 期。

⑥ 案，《史略》有关版本如下：现存的最早版本为鲁迅在北京大学、北京高等师范专科学校等讲课时由北大国文系教授随课陆续印发的油印本，题名《小说史大略》；第二种版本为约略 1921 年下半年至 1922 年刊发的铅印本，题《中国小说史大略》；之后各版本有 1923 年、1924 年北大第一院新潮社初版上、下册本，1925 年 2 月新潮社再版上、下册本，1925 年 9 月北新书局合订本，1926 年、1927 年的北新书局修订本，1931 年 9 月北新书局订正本，1933 年 3 月第九版印刷，再到 1935 年 6 月北新书局第十次修订本，凡十余版，均名为《中国小说史略》。

⑦ 单演义：《关于最早油印本〈小说史大略〉讲义的说明》，载《中国现代文艺资料丛刊（第 4 辑）》，上海，上海文艺出版社，1979 年，第 117 页。

的引论》、俞平伯《红楼梦辨》等同行研究成果，并认为："《史略》作为一部教科讲义书，'述学'性质才是其主要的品性，开创性意见则是'述学'性质而外的延伸品，故其不可避免地要受彼时小说史研究界之主流判断的影响。"① 应该看到，鲁迅对《史略》诸多版本修订时，往往通过同行同仁的惠赠提示、主动关注同行研究等方式获知彼时小说研究的动态，从事实依据、文献材料等方面客观地吸纳盐谷温、胡适、蒋瑞藻等彼时同行研究成果。此举使《史略》各修订本具备前瞻性的同时，又多有其坚持己见之处。尤其是，鲁迅对唐以降通俗小说的修订与彼时同行的通俗小说研究热潮有直接的关系。② 这说明鲁迅已意识到彼时学界有关小说研究的推进对完善《史略》的重要性；时势使然，致其不厌其烦地进行修订。此类修订使《史略》得以实现由讲义稿件向专家著述的转变，终为典范之作。

那么，鲁迅以何为《史略》修订的标准？鲁迅在《〈呐喊〉自序》曾说："凡是愚弱的国民，即使体格如何健全，如何茁壮，也只能做毫无意义的示众的材料和看客，病死多少是不必以为不幸的。所以我们的第一要著，是在改变他们的精神，而善于改变精神的是，我那时以为当然要推文艺，于是想提倡文艺运动了。"③ 又，《我怎么做起小说来》云："在中国，小说不算文学，做小说的也决不能称为文学家，所以并没有人想在这一道路上出世。我也并没有要将小说抬进'文苑'里的意思，不过想利用他的力量，来改良社会。"④ 又说：当时的"中国创作界固然幼稚，批评界更幼稚"，又过于"自命不凡"，因而"常看外国的批评文章，因为他于我没有恩怨嫉恨，虽然所评的是别人的作品，却很有可以借镜之处"。又说："我深恶先前的称小说为'闲书'。"⑤ 既然鲁迅批判将小说作"闲书"之举，即是期望赋予小说以某种深刻思想内涵的特质；而当时的"批评界"比"创作界"来得"幼稚"，则其在创作小说过程中的努力之举，更应在小说"批评"时加以显力。可见，鲁迅进行文艺创作与文艺评论的目的在于"改变他们的精神"、"改良社会"。这种思想早在鲁迅于北京大学等处授课时就已显现，如冯至《鲁迅在北大讲课的情景》言："那门课名义上是'中国小说史'，实际讲的是对历史的观察，对社会的批判，对文艺理论的探

① 参见拙稿《鲁迅所编〈明以来小说年表〉与〈中国小说史略〉之修订》，《明清小说研究》2013年第2期，第223～237页。
② 参见拙稿《学界研究的推进与〈中国小说史略〉的完善》，《中南大学学报（社会科学版）》2014年第6期，第291～298页。
③ 鲁迅：《鲁迅全集》第1卷，北京，人民文学出版社，2005年，第437～441页。
④ 鲁迅：《鲁迅全集》第4卷，第525页。
⑤ 鲁迅：《鲁迅全集》第4卷，第525～528页。

察。"^①许钦文《〈鲁迅日记〉中的我》亦言："一九二〇年冬开始，我在北京大学旁听。鲁迅先生讲的是《中国小说史》，实际是宣传反封建思想。"^②等等。又，鲁迅《马上支日记》一文在评价日本安冈秀夫《从小说看来的支那民族性》后，曾借题发挥道："中国人总不肯研究自己。从小说来看国民性，也就是一个好题目。"^③据此看来，鲁迅试图通过《史略》践行其所提出的"改良社会"、"国民性批判"等意图。典型之例则是其对古代小说中"瞒和骗"、具有奴性思想等阻碍进行"国民性批判"的种种文艺进行批判，突出强调小说的"劝善"主旨而鄙薄小说的"娱心"功用，等等。这就使得《史略》编纂与修订的内容往往与彼时的背景、社会现实有很大关系。如《史略》对"其力之及于人心者甚大"的"六朝鬼神志怪书"、"明之神魔小说"的批判，实与近代社会上崇尚鬼神妖怪的风气、"五四"运动宣扬"民主"与"科学"而批判迷信专制的做法等背景，有直接的关系。^④据此，《史略》的编纂与修订指导，往往受囿于彼时的时代背景。鲁迅以"国民性批判"为编纂与修订的终极指导，直接影响了《史略》对古代小说作品的评骘，一定程度上导致了《史略》并不完全以古代小说的演进史迹为基础，而是以鲁迅对古代小说的"史识"为主导（即预先作出的理论设定），多少影响《史略》的客观性、公正性。这是学者论述彼时时代背景与《史略》编纂及修订二者的关系时，应首先明确的。相关代表性研究成果，还有鲍国华《新发现：〈中国小说史略〉新潮社再版本》，汪卫东《〈中国小说史略〉的编订与出版过程兼及两版〈鲁迅全集〉的注释》^⑤，俞元桂《〈中国小说史略〉的战斗意义——兼论鲁迅一九二〇至一九二五年的思想》^⑥等文。这些著述对《史略》的版本及修订内容有较为深入的讨论，可为一家之言。

---

① 冯至：《笑谈虎尾记犹新》，《冯至全集》第4卷，石家庄，河北教育出版社，1999年，第198页。
② 孙伏园、许钦文等：《鲁迅先生二三事：前期弟子忆鲁迅》，石家庄，河北教育出版社，2000年，第84页。
③ 鲁迅：《鲁迅全集》第3卷，第351页。
④ 以上参见拙稿《近现代尚鬼神妖怪之风、"国民性批判"与鲁迅〈中国小说史略〉（上）——以"六朝之鬼神志怪书"、"明之神魔小说"为例》（《上海鲁迅研究》2012年冬之卷）、《近现代尚鬼神妖怪之风、"国民性批判"与鲁迅〈中国小说史略〉（下）——以"六朝之鬼神志怪书"、"明之神魔小说"为例》（《上海鲁迅研究》2013年春之卷）等文。
⑤ 汪卫东：《〈中国小说史略〉的编订与出版过程兼及两版〈鲁迅全集〉的注释》，《鲁迅研究月刊》2015年第9期。
⑥ 俞元桂：《〈中国小说史略〉的战斗意义——兼论鲁迅一九二〇至一九二五年的思想》，《福建师大学报（哲学社会科学版）》1978年第3期。

最后，将《史略》置于小说史学史、近现代学术史等视域下，进行学术评判。如白振奎、蒋凡《周氏弟兄的文学史：鲁迅、胡适文学史方法论比较》①，陈伟华《学术史和文学史比较略论——以〈清代学术概论〉与〈中国小说史略〉为例》②，是莺《论鲁迅的文学史思想》③等文，主要从学术史、文学史视域对《史略》进行研究。又如，邱江宁《〈中国小说史略〉第二十篇"明之人情小说"（下）所存在的几个问题浅谈》④，韩伟表《初创与杰构——论鲁迅的中国近代小说研究》⑤，李蓉蓉《〈中国小说史略〉对〈水浒传〉的分类再认识》⑥等文，主要是对《史略》某一篇目与具体论断的评骘，并指出《史略》相关论断的学术史意义。又有从文学批评视野研究《史略》者，如张向东《论鲁迅的小说文体意识——从〈中国小说史略〉谈起》⑦，刘勇强《论小说史书写中的"举例"——以〈中国小说史略〉为中心》⑧，赵永平《〈中国小说史略〉中的文学批评》⑨等文；这些研究成果分析了《史略》所蕴含的文学批评观念及文学批评话语的使用，所论视角及其研讨结论颇为中肯，将有助于我们进一步深入认识《史略》。又有高静洁《浅论〈中国小说史略〉的学术意义》⑩，赵旭《鲁迅〈中国小说史略〉的缺陷探究》⑪等文，从小说史学史角度反思《史略》之得失。甚至，有学者将《史略》与其他小说史进行比较⑫，关注《史略》与盐谷温《中国文学

① 白振奎、蒋凡：《周氏弟兄的文学史：鲁迅、胡适文学史方法论比较》，《文艺理论研究》2002 年第 3 期。
② 陈伟华：《学术史和文学史比较略论——以〈清代学术概论〉与〈中国小说史略〉为例》，《鲁迅研究月刊》2005 年第 3 期。
③ 是莺：《论鲁迅的文学史思想》，扬州大学硕士学位论文，2005 年。
④ 邱江宁：《〈中国小说史略〉第二十篇"明之人情小说"（下）所存在的几个问题浅谈》，《明清小说研究》2003 年第 2 期。
⑤ 韩伟表：《初创与杰构——论鲁迅的中国近代小说研究》，《浙江社会科学》2007 年第 2 期。
⑥ 李蓉蓉：《〈中国小说史略〉对〈水浒传〉的分类再认识》，《考试周刊》2016 年 16 期。
⑦ 张向东：《论鲁迅的小说文体意识——从〈中国小说史略〉谈起》，《延边大学学报（哲学社会科学版）》1997 年第 3 期。
⑧ 刘勇强：《论小说史书写中的"举例"——以〈中国小说史略〉为中心》，《上海师范大学学报（哲学社会科学版）》2013 年第 4 期。
⑨ 赵永平：《〈中国小说史略〉中的文学批评》，《文艺理论与批评》2014 年第 4 期。
⑩ 高静洁：《浅论〈中国小说史略〉的学术意义》，《黑龙江史志》2015 年第 13 期。
⑪ 赵旭：《鲁迅〈中国小说史略〉的缺陷探究》，《平顶山学院学报》2015 年第 3 期。
⑫ 林莹：《谭正璧〈中国小说发达史〉的小说观念与言说体例——以〈中国小说史略〉为参照》，《河北广播电视大学学报》2014 年第 4 期。

概论讲话》的"抄袭"风波①，或从文献、材料、论断、评骘等方面综合且系统探究《史略》②。总之，相关研究数量众多，论证深入，所言中肯，有助于多角度、全方位、细致地认识《史略》。学界可进一步予以强化。

二、对《史略》进行客观研究的几点思考

由于《史略》经过多次修订，鲁迅的每次修订较之前的版本都有较大的改动，因而以《史略》诸本为中心，客观还原鲁迅编纂《史略》的前因后果，分析鲁迅编纂尤其是修订《史略》时的意念发端与编纂意图，探讨《史略》的材料使用、论断下定因由及其时代必然性，等等，这种研究思路不仅有助于全面评价《史略》，规避《史略》所忽略的或失当之处，亦可借此进一步深入探讨鲁迅的学术思想；同时，有助于探讨中国小说史的早期编纂，从而全面总结20世纪中国小说史的编纂，促使现今治小说史者沿着《史略》的论断以进一步"接着说"，拓展小说史编纂的深度与广度。据此，结合前文，学者对《史略》进行客观研究可围绕以下几点继续深入。

一是，还原《史略》编纂与修订时的指导思想与时代特征。在《史略》编纂过程中，因鲁迅对传统知识体系的承继使得其往往利用史志目录以治学，《汉书·艺文志》《四库全书总目提要》等古典目录学著述对《史略》研究方法、框架体例及论断评骘等方面的建构有重要影响。③同时，鲁迅因对传统学术与西方文艺理论在不同阶段的认识变化，致其对唐代小说的认识经历了"唐传奇体记传"、"唐传奇体记传"与"唐之传奇文"杂糅、

---

① 案，如钟扬《盐谷温论〈红楼梦〉——兼议鲁迅"抄袭"盐谷温之公案》（《南京师大学报（社会科学版）》2005年第2期），鲍国华《鲁迅〈中国小说史略〉与盐谷温〈中国文学概论讲话〉——对于"抄袭"说的学术史考辨》（《鲁迅研究月刊》2008年第5期），符杰祥、齐迹《鲁迅与盐谷温所著中国小说史之考辨》（《上海鲁迅研究》2010年秋之卷），张京华《顾颉刚如是说：鲁迅〈中国小说史略〉蓝本事件》（《中华读书报》2013年3月3日），张真《论盐谷温的〈红楼梦〉研究脱胎于森槐南——从另一个角度看鲁、盐"抄袭案"》（《鲁迅研究月刊》2015年第4期），张永禄、张谖《论盐谷温对鲁迅小说史研究的影响》（《中国现代文学研究丛刊》2015年第5期）等文。

② 案，如储大泓《读〈中国小说史略〉札记》（上海文艺出版社，1981年），赵景深《〈中国小说史略〉旁证》（陕西人民出版社，1987年），欧阳健《〈中国小说史略〉批判》（山西人民出版社，2008年），鲍国华《鲁迅小说史学研究》（天津社会科学院出版社，2008年）等著述。

③ 参见拙稿《古典目录学与鲁迅〈中国小说史略〉之建构》，第42～46页。

"唐之传奇文"文类定名等转变。① 而在具体论述时，此书所言诸论断与彼时各类时代思想紧密相关，如对"六朝之鬼神志怪书"、"明之神魔小说"的批判与近代尚鬼神妖怪之风的兴盛及学界的批判行为有关，对通俗小说的定位受"五四"白话文运动影响显著，彼时所谓"平民文学"、"民间趣味"等观点对《史略》编纂的文化主体及理论建构的选择亦有决定性影响，等等。此类分析有助于客观还原鲁迅编纂《史略》之初的意念发端。

二是，分析《史略》编纂、修订与彼时同仁研究的关系及其"经典化"历程。在《史略》修订过程中，鲁迅一方面通过编纂《明以来小说年表》等古代小说流传简表进行小说基础文献的考辨与研究，另一方面通过同行同仁的惠赠提示与主动关注盐谷温、胡适、蒋瑞藻等的研究，获知彼时小说史研究的动态，以严谨态度多次修订。② 在《史略》"经典化"过程中，鲁迅通过在北京大学、北京女子高等专科学校、世界语学校等处授课，使《史略》得以进行早期的普及性传播；后鲁迅主动向学界同行同仁馈赠样书，进一步扩大《史略》的影响；20 世纪 30 年代治小说史者对《史略》进行专门化、专业化接受，致使《史略》被后世治小说史者广泛引用，逐渐成为"经典"作品。③ 这些促使《史略》形成典型的、权威的品质及丰富的、多重的内涵，使得《史略》的艺术品质及辽阔的意义空间被不断地"再创造"，从而影响后世的小说史研究。

三是，探讨《史略》篇章设置、小说类型归纳等的前因后果及其学术价值。鲁迅对《史略》进行多次修订，使《史略》篇章设置渐趋合理、小说类型归纳更加科学。比对不同修订本的篇章设置、小说类型归纳，对还原鲁迅有关古代小说认识的变化情形及其因由，将颇有益处。比如，鲁迅如何通过日本汉学界的中国小说史研究的域外经验，依"犹他民族然"的先验认识而提出中国小说起源于"神话与传说"的观点？又如，鲁迅如何以"国民性批判"思想作为《史略》组织思路与编纂思想的终极意图，以此展开对古代小说，尤其是对"六朝鬼神志怪书"与"明清神魔小说"的价值评判的？再如，鲁迅由最初《小说史大略》单列谴责小说到《中国小说史大略》讽刺小说、谴责小说镳道并驱，且以褒讽刺小说而贬谴责小说为主的变化过程，是否与其推崇讽刺作品的文学创作行为、为破除彼时社

① 参见拙稿《对鲁迅"唐传奇"文类说的检讨——〈中国小说史略〉辨正（一）》，《内江师范学院学报》2011 年第 7 期。

② 参见拙稿《学界研究的推进与〈中国小说史略〉的完善》，第 291～298 页。

③ 参见拙稿《鲁迅〈中国小说史略〉之"经典化"历程》，《澳门理工学报（人文社会科学版）》2015 年第 4 期。

会有关讽刺作品的偏见而对讽刺作品进行正名之举有关？聂石樵《鲁迅的小说和〈儒林外史〉》曾说："熟知鲁迅小说的人，往往会发现它在内容上、手法上和人物描写上，都深深地受有《儒林外史》的影响，有许多与《儒林外史》相似的地方，同时地表现了与《儒林外史》鲜明不同的特色。这正是鲁迅创造地继承我国古典文学优良传统的结果。"[1] 陈平原《作为文学史家的鲁迅》亦言："鲁迅的小说史研究之所以能够深入，得益于其丰富的小说创作经验。以一位小说大家的艺术眼光，来阅读、品味、评价以往时代的小说，自然会有许多精到之处。""鲁迅《中国小说史略》之难以逾越，在其史识及其艺术感觉。"[2] 那么，我们该如何看待鲁迅的小说创作行为与小说史批评研究二者的关系？这种思路对我们客观对待《史略》有着怎样的影响？等等。

四是，从小说史学史的角度，对《史略》以客观科学的定位，以便推动近今小说史的编纂。虽说《史略》在编纂体例、篇章设置、小说类型及具体论断等方面影响深远，被现今治小说史者奉为圭臬，然亦有被后世治小说史者所误解的。如鲁迅提出"以小说见才学者"，突出"以小说见才学者"创作现象在小说史上的叙述意义，后世治小说史者往往不明所以而将之曲解为"才华小说"、"才藻小说"与"才学小说"[3]。又如，《史略》以"宋元拟话本"、"明之拟宋市人小说"及"清之拟晋唐小说"为例专论古代小说"仿拟"现象，与鲁迅提出的"由无意为小说向有意为小说演进"等观点是否有关？《史略》论述时是强调"仿拟"作品的"精神"还是"形式"？这与近世西方文艺理论界所言"风格仿作"、"体裁仿作"等"互文性"理论有何区别？[4] 对近今学界兴起的"互文性"研究热潮有何启示？等等。可以说，对《史略》以客观科学的定位，有助于规避《史略》忽略或失当之处，为近今的小说史编纂提供借鉴，拓展小说史编纂的深度与广度。

当然，为有效践行上述意见，我们应充分遵循以下若干方法原则：一是，文献学与文艺学相结合。综合分析鲁迅编纂、修订《史略》前后的学

① 聂石樵：《鲁迅的小说和〈儒林外史〉》，载北京师范大学中文系编《纪念鲁迅诞辰百周年文学论文集及鲁迅珍藏有关北师大史料》，北京，北京师范大学出版社，1981年，第174页。

② 陈平原：《作为文学史家的鲁迅》，载王瑶主编《中国文学研究现代化进程》，北京，北京大学出版社，2005年，第81页。

③ 参见拙稿《"以小说见才学者"辨正及其小说史叙述意义——兼及"才学小说"的概念使用》，《南京师范大学报（社会科学版）》2014年第4期，第142～147页。

④ 可参看〔法〕热拉尔·热奈特《隐迹稿本》（载《热奈特论文集》，百花文艺出版社，2000年）、〔法〕蒂费纳·萨莫瓦约《互文性研究》（天津人民出版社，2002年）等著述。

术准备，在充分占有史料的基础上，深入且客观地追踪鲁迅的"小说"观、"小说史"观及对具体小说分类的影响，系统分析鲁迅对古代小说的认识。二是，文本细读与比较分析相结合。通过比对《史略》各修订本，"熟悉它所揭示的资料"，"领悟它所得出的论断"，①分析鲁迅对古代小说作品的熟稔程度与认识，弄清《史略》材料使用、论断下定因由、建构指导与编纂意图。三是，社会历史学与"以古还古"相结合。结合鲁迅承继传统知识体系与接受外来文化的经历及其思想的前后转变，置于 20 世纪 20 年代至 30 年代的时势背景，理清鲁迅编纂及修订《史略》时的意念发端，使研究过程遵循逻辑与历史相统一的原则。

---

① 参见拙稿《如何客观对待鲁迅〈中国小说史略〉——从欧阳健先生〈中国小说史略批判〉谈起》，《内江师范学院学报》2012 年第 3 期，第 12 ～ 14 页。

第一章 《中国小说史略》的"经典化"历程 [①]

　　《中国小说史略》自问世以来就广受学林推崇，被奉为圭臬。近今治小说史者对古代小说演进规律的探讨、小说类型的归纳、小说作者及版本的梳理等诸多方面，仍沿着《史略》"接着说"。同时，《史略》被列为当今高等院校中文系学生及入门研究者的必读专业书，使得治小说史者们对《史略》往往怀有一种特殊的尊崇心理。20 世纪 80 年代以来，储大泓《读〈中国小说史略〉札记》[②]、赵景深《〈中国小说史略〉旁证》[③]、孙昌熙《鲁迅"小说史学"初探》[④]、欧阳健《〈中国小说史略〉批判》[⑤]、鲍国华《鲁迅小说史学研究》[⑥]等著述虽然对《史略》进行了深入研究，取得了一些研究共识，但在诸多研究《史略》的著述中，均未涉及《史略》的"经典化"历程。有鉴于学界对《史略》的推崇，弄清《史略》的"经典化"历程，对深入分析《史略》如何成为"中国小说史"的典范之作并被治小说史者奉为圭臬的因由，对客观评价《史略》得失及其影响，对梳理"中国小说史"的早期编纂，均十分有益且必要。这里所指的"经典化"历程，主要是讨论《史略》在传播过程中以自身典型的、权威的品质及丰富的、多重的内涵，代表着彼时思想文化的主流导向，通过鲁迅授课之举的普及化传播而逐渐受彼时青年学子及社会名流的认可；在此基础上经治小说史者的专业化诠释及权威化引用，使得《史略》的艺术品质及辽阔的意义空间被不断地"再创造"，并最终在二者的交融中实现"经典化"。当然，《史略》"经典化"的前提是其自身优秀的学术品格与独到的学术论断，本章仅从《史略》的传播过程加以展开。

---

① 案，本章主体部分曾以《鲁迅〈中国小说史略〉之"经典化"历程》为题，发表在《澳门理工学报（人文社会科学版）》2015 年第 4 期上。特此注明。

② 储大泓：《读〈中国小说史略〉札记》，上海，上海文艺出版社，1981 年。

③ 赵景深：《〈中国小说史略〉旁证》，西安，陕西人民出版社，1987 年。

④ 孙昌熙：《鲁迅"小说史学"初探》，济南，山东教育出版社，1989 年。

⑤ 欧阳健：《〈中国小说史略〉批判》，太原，山西人民出版社，2008 年。

⑥ 鲍国华：《鲁迅小说史学研究》，天津，天津社会科学院出版社，2008 年。

第一节　授课、演讲与《史略》的早期存在样式及普及传播

《史略》是鲁迅于 1920 年至 1921 年在北京大学、北京高等师范专科学校等处授课的讲义稿的基础上修订而成，尔后鲁迅又于北京女子高等师范学校、世界语学校等处授课。现存的最早版本为鲁迅在北京大学、北京高等师范专科学校等讲课时由北大国文系教授会随课陆续印发的油印本，题名《小说史大略》。《小说史大略》共有"史家对于小说之论录"等十七篇，首无篇号，亦无细目纲要，只留题名。第二种版本为约略 1921 年下半年至 1922 年刊发的铅印本，题《中国小说史大略》；有目录，含"神话与传说"、"《汉书·艺文志》所载小说"等凡二十六篇，较于《小说史大略》已有较大变动。之后，鲁迅又进行多次修订，《史略》现存凡十余版。①鲁迅的每次修订较之前的版本都有较大的改动。

一、课堂授课与《史略》的早期普及

鲁迅于北大、北京女子高等师范学校等授课时，《史略》只是零散的讲义稿。试以《鲁迅日记》1924 年前 5 个月份所载为例。其所记往女子师校讲，计有 1 月 5 日、1 月 19 日、1 月 26 日、2 月 23 日、3 月 7 日、3 月 8 日、3 月 22 日、4 月 12 日、4 月 19 日、4 月 26 日、5 月 10 日、5 月 17 日、5 月 24 日、5 月 31 日；往高师讲，计有 1 月 4 日、2 月 22 日、3 月 14 日、4 月 4 日、4 月 18 日；往师大讲，计有 1 月 18 日、2 月 29 日、3 月 21 日、4 月 11 日、4 月 25 日、5 月 2 日、5 月 9 日、5 月 16 日、5 月 23 日、5 月 30 日；往北大讲，计有 1 月 25 日、2 月 22 日、2 月 29 日、3 月 14 日、4 月 11 日、4 月 25 日、5 月 2 日、5 月 9 日、5 月 23 日；往世界语校讲，计有 2 月 25 日、3 月 3 日、3 月 10 日、3 月 17 日、4 月 14 日、4 月 21 日、4 月 28 日、5 月 19 日。可见，鲁迅于北京大学等学校的授课频次颇高，选修此门课的学生及旁听者亦不少，授课效果亦佳。

荆有麟《鲁迅回忆断片·鲁迅教书时》曾说："先生当时所用的讲义稿，根本不曾要各校印过。是给先生出版的印刷所，依照了所排的版本样，用中国出产的水廉纸，单面印起来（水廉纸正面有亮光，背面粗糙）。先生在上讲堂之前，交由学校教务处散发。可是先生的讲义数目，是依照学校选科人数散发的。而听讲者，无论在那一个学校，都有非选科的学生自

---

① 案，有关《史略》各修订本情形，参见本书"绪论"有关论述。

动来听讲。甚至在北大，每次遇到先生讲课时，连校外人都有许多去听讲。讲义不够是小事，校外人将课堂常常坐满，而选先生课的学生，反而无座位可坐，亦是常常有的事。而学校其他学院或其他学系的学生，有时来了找不到坐位，找不下站位，坐在窗台上，又是常常有的事。先生对于青年的感召，可见一般了。"① 据此，鲁迅所授"小说史"课程在当时的青年学生中已产生广泛影响——听课学生不仅有其他学院的，亦有外校学生。曾在北大法文系学习的常维钧登记报名选修鲁迅《中国小说史》课程，（案，一直到常氏毕业。）其在听课之余又于课后向鲁迅求教，并回忆道："当时鲁迅讲的《中国小说史》油印讲义很不清楚，又有错字，学生看了不满意，要求由印刷科给铅印，结果铅印的讲义错字仍然很多，鲁迅很不满意。这时常维钧正好在学校编辑室帮忙，就主动跟鲁迅说，把铅印讲义的事交给他去办，由他出面向印刷科交涉，担负起铅印讲义的校对工作。从此，每次讲义印好，在教员休息室里常维钧把印好的讲义和原稿交给鲁迅，鲁迅又把要印好的讲义原稿交给常维钧，这样一直到《中国小说史》讲义印完。"② 由此，诸如常维钧等听课学生对《史略》的刊发及传播产生了重要影响——《小说史大略》及《中国小说史大略》的刊发使得《史略》作为讲义的存在状态得以实物样式流传。在胡适、郑振铎等同行予以推崇之前，《史略》最初的传播范围主要是当时选修或旁听的青年学生。此时期的《史略》方初具规模，尚处于不断修订中，并未成为经典之作。鲁迅于 1923 年至 1924 年出版的北大第一院新潮社上、下册本附录的"序言"云："中国之小说自来无史；有之，则先见于外国人所作之中国文学史中，而后中国人所作者中亦有之，然其量皆不及全书之什一，故于小说仍不详。此稿虽专史，亦粗略也。然而有作者，三年前，偶当讲述此史，自虑不善言谈，听者或多不憭，则疏其大要，写印以赋同人。"知在《小说史大略》及《中国小说史大略》刊行时期，鲁迅自身对《史略》的定位则是一部业经整理并需完善的讲义稿。这就导致鲁迅并未有意识去主动地传播《史略》，以扩大影响。

二、鲁迅的演讲与《史略》的早期普及

同时，在《史略》的早期传播中，鲁迅于各地有关中国小说史的演讲

---

① 荆有麟：《鲁迅回忆断片》，载鲁迅博物馆·鲁迅研究室·《鲁迅研究月刊》选编《鲁迅回忆录（专著）》（上），北京，北京出版社，1997 年，第 140 页。

② 彭定安、马蹄疾：《鲁迅和他的同时代人》（上），沈阳，春风文艺出版社，1985 年，第 268 页。

对《史略》的普及，亦产生了重要影响。1924 年 7 月 21 日至 29 日，鲁迅应"国立西北大学"及"陕西省教育厅"之请而赴西安讲学。此时的西安正处于北洋军阀当局提倡"国粹"、竭力抵制传播"新思想新文化"之时，致使"一些教师泥古不化，对新学术新思想竟所知甚少"，而西安的革命者之呐喊与斗争一直处于被压抑阶段，故"作为新文化运动的旗手鲁迅来西安讲学，对于革命和进步人士来说，有如严寒中突然拂来一股春风，他们当然是非常欢迎的"。① 在这种背景下，又因鲁迅亦具有主张传播新文化新思想之目的意图，故其赴西安讲学必将具有浓烈的宣传革命思想的色彩。② 据单演义考证，鲁迅此次的讲学是"在以讲稿为文艺的武器，'古为今用'，进行战斗，使中国的历史的小说为现实的斗争服务，使撒在西北大地上新文艺种子萌芽、开花、结果"③。这就直接赋予此次讲学以明确的战斗意识，以宣传革命的、进步的思想及文艺，从而将隐匿于《史略》之"国民性批判"的终极意图及"立人"目标以直接显现。鲁迅在《我怎么做起小说来》（1933 年 3 月 5 日）曾说："在中国，小说不算文学，做小说的也决不能称为文学家，所以并没有人想在这一道路上出世。我也并没有要将小说抬进'文苑'里的意思，不过想利用他的力量，来改良社会。"④ 又说：当时的"中国创作界固然幼稚，批评界更幼稚"，又过于"自命不凡"，因而"常看外国的批评文章，因为他于我没有恩怨嫉恨，虽然所评的是别人的作品，却很有可以借镜之处"、"我深恶先前的称小说为'闲书'"。⑤ 据此鲁迅批判将小说作"闲书"之举，即是期望赋予小说以某种深刻思想内涵的特质；而当时的"批评界"比"创作界"来得"幼稚"，则其在创作小说过程中的努力之举，更应在小说"批评"时加以显力，此即可证鲁迅所言自小说创作至小说评论，其目的皆是为"改良社会"、"为

① 单演义：《鲁迅在西安》，西安，陕西人民出版社，1981 年，第 1～5 页。

② 早在 1922 年 2 月 9 日，鲁迅于《晨报副刊》发表《估〈学衡〉》，鄙薄"掊击新文化而张皇旧学问"的"学衡派"为"于旧学并无门径，并主张也还不配。倘使字句未通的人也算是国粹的知己，则更要惭惶煞人！'衡'了一顿，仅仅'衡'出了自己的铢两来，于新文化无伤，于国粹也差得远。"（《鲁迅全集》第 1 卷，第 399 页）此种意见与对北洋政府当局的行径之鄙薄势态并无二致，从开导青年的目的层面及鲁迅的情感倾向看，其于西安讲学含革命、进步的呐喊。

③ 单演义：《鲁迅在西安》，第 35 页。

④ 鲁迅：《鲁迅全集》第 4 卷，北京，人民文学出版社，2005 年，第 525 页。

⑤ 鲁迅：《鲁迅全集》第 4 卷，第 525～528 页。

人生"。① 从这个视角看，鲁迅以讲演的形式以战斗的姿态去宣传进步思想，则鲁迅于西安讲学的根本目的在于激励进步人士，顺应了当时社会的主流文化，这就使《史略》得以具备通俗化传播的内驱力。李瘦枝《"刘记西北大学"的创办与结束》曾回忆鲁迅此次讲习会的讲学情形："由于鲁迅先生的讲演内容丰富，见解深刻，特别是他在讲演中的那种昂扬的战斗精神，感染力很强，不多几天礼堂上即座无虚席，及至讲唐宋以后，就有不少人争不到坐位站着听讲了。"② 可知此次讲演广受进步人士与青年学生的热烈追捧。这使得《史略》之内涵及精神的传播得以溢出课堂授课之外且被逐渐认可，从而使其传播范围更加广泛化，受众主体渐具普通性。这就为《史略》在鲁迅主动传播阶段，相关品质及多重内涵被广泛而深入地进行解读奠定了可行性。

第二节　主动馈赠样书与《史略》的早期"经典化"

应该说，对《史略》早期传播最有利之举则是鲁迅向彼时文坛名流、青年学生及境外友人的馈赠样书。自 1922 年至 1925 年，鲁迅向学界友人同行大量馈赠《史略》样书。据《鲁迅日记》所记统计，鲁迅于 1922 年至 1925 年所馈赠情形如下：1922 年 2 月 2 日，致胡适信并《小说史》稿一册。1923 年 3 月 28 日，赠许寿棠《中国小说史》讲义四十一页；4 月 19 日，寄许寿棠讲义印本一卷，6 月 6 日，寄许寿棠讲义三篇。1923 年 10 月 8 日，以《中国小说史略》稿寄孙伏园，托其付印；10 月 23 日，寄孙伏园"《中国小说史略》稿一束"；12 月 1 日，孙伏园"示《小说史》印成草本"。1923 年 12 月 10 日，致许寿棠信并《中国小说史略》稿一卷（《致许寿棠》）。1923 年 12 月 11 日，《中国小说史略》上卷出版，"孙伏园寄来《小说史略》印本二百册"，除 45 册寄女子师范学校代售，鲁迅手中仍有 155 册。1923 年 12 月 12 日，赠螺龄、维钧、季市、俞菜小姐、丸山以《小说史》各一本；15 日，赠企莘、吉轩以《小说史》各一

---

① 有关《史略》以"立人"思想为创造指导，以"国民性批判"为终极意图等情形，拙稿《鲁迅的小说创作思想与〈中国小说史略〉的编纂》及本书第五章《近现代尚鬼神妖怪之风、"国民性批判"与鲁迅〈中国小说史略〉——以"六朝之鬼神志怪书"、"明之神魔小说"为例》（载《上海鲁迅研究》2012 年冬之卷、2013 年春之卷）等有详论，可参看。

② 李瘦枝：《"刘记西北大学"的创办与结束》，载《陕西文史资料选辑》（第三辑），转引自马蹄疾《鲁迅讲演考》，哈尔滨，黑龙江人民出版社，1981 年，第 69 ～ 70 页。

册；20 日，夜草《中国小说史略》下卷毕；22 日，晨往女子师校讲，赠玄同、幼渔、矛尘、适之《小说史略》一部；26 日，赠郁达夫《小说史略》一册；30 日，赠钦文《小说史略》一册。案：此月所赠者有钱玄同、马幼渔、矛尘、胡适，（以上为北大同仁。）另有新文化运动的代表作家郁达夫，又赠许钦文。（以上所赠均为一册。）1924 年 2 月 2 日，赠乔大壮一册；4 日，请世界语学校代售 97 本《史略》，并送来售值二十三元二角八分。1924 年 3 月 1 日，赠夏浮筠一册；8 日，晨往女师校讲，寄孙伏园《中国小说史》下卷稿；17 日，寄"三弟信附小说稿"；24 日，寄伏园小说稿一篇。1924 年 4 月 2 日，下午寄伏园《小说史稿》校本；12 日，晚钦文来，交以《小说史》校稿，托其转交孙伏园；19 日，寄季市以《小说史略》讲义印本一束，全分俱毕。又，1924 年 6 月载，从孙伏园处得《史略》下册 100 本，其中转女子师范学校代售 50 本，赠孙伏园、矛尘、许钦文、季市、钱玄同各一册，朋友俞小姐、袁小姐各一册，又赠齐寿山（上下册）。1924 年 7 月载，赠郁达夫、马幼渔、常维钧、李庸倩、常君下卷各一，赠李济之（上下册）。1924 年 8 月载，寄李约之《史略》二本，寄蔡江澄、段绍岩、王翰芳、昝健行、薛效宽。1925 年 10 月载（北新书局合订本），赠季市"《小说史》两本"，寄锡琛、西谛、谭正璧、许钦文、素园、丛芜、紫佩、王希礼《小说史》各一。1925 年 11 月载，寄洙邻一本。1926 年 2 月载，寄藤冢君。1926 年 4 月载，赠仲侃一本。1926 年 6 月 30 日载，"以小说史分数寄北大注册部"。1926 年 12 月载（南下厦门），寄宋文翰（上下册）、"三版合本一册"。1927 年 6 月载，寄杨树花信并《中国小说史略》一本。1931 年 7 月载，17 日为"增田君讲《中国小说史略》毕"。1931 年 9 月载，15 日得"订正本《小说史略》二十本，即赠增田君四本"，寄马幼渔、钦文、同文书院图书馆各一，盐谷节山三本，赠径三一本。1931 年 10 月载，赠季市二本，子英一本。1931 年 11 月载，赠水野君一本。1932 年 8 月载，赠台静农一本。从鲁迅的赠书情况及受赠对象看，赠书之举对《史略》的早期传播有着十分深远的影响[①]。

一、鲁迅学生辈与《史略》的早期传播

作为鲁迅学生之辈，常维钧、许钦文、孙伏园等对《史略》的传播有着特殊的影响力。常维钧曾帮助鲁迅校对并刊印《中国小说史大略》及《史略》诸修订本。孙伏园则为《史略》能于北新书局顺利出版而奔波。

---

① 案，这里并非讨论鲁迅馈赠之初所希冀达到的效果，而是受赠对象客观上对《史略》传播带来的影响。

除《鲁迅日记》有所记载外，鲁迅给孙伏园的信中亦曾谈及："昨下午令部中信差将《小说史》上卷末尾送上，想已到。现续做之文，大有越做越长之势，上卷恐须再加入一篇，其原稿为八十六七叶，始可与下卷平均，现拟加之篇姑且不送上，略看排好之后情形再酌耳。"①据此鲁迅出版修订本之时，曾与孙伏园讲述过不少修订想法，使得孙伏园能有效地理解鲁迅修订《史略》之意，从而与北新书局进行有效沟通。

又，许钦文曾于1920年在北大旁听"中国小说史"课程，其《〈鲁迅日记〉中的我》曾回忆鲁迅于砖塔胡同六十一号编《史略》的情形："砖塔胡同的房屋既少又小，俞家三姐妹住西厢，鲁迅先生一家住的三间虽然是朝南的正屋，在四、五口的普通人家可以说是差不多的了，但鲁迅先生正在编《中国小说史略》的讲义，东边的一间专归他母亲用，其余两间到处堆着线装书，都是随时要查考的。"②并回忆鲁迅讲授《史略》的场景："一九二〇年冬开始，我在北京大学旁听。鲁迅先生讲的是《中国小说史》，实际是宣传反封建思想，随时讲些做法。像讲《儒林外史》时讲些讽刺的笔法，讲《水浒》时重于个性刻画。""（许钦文问）'大先生，我开始听你的课以后不久，就觉得你讲的课虽然是《中国小说史》，但你讲的话，并不限于中国的小说史，而且重点好像还是在反对封建思想和介绍写作的方法上的，是不是？'（鲁迅答）'是的呀！如果只为着《中国小说史》而讲中国小说史，即使讲得烂熟，大家都能够背诵，可有什么用处呢！现在需要的是行，不是言。现在的问题：首先要使大家明白，什么孔孟之道，封建礼教，都非反掉不可。旧象越摧破，人类便越进步。'"③尤其是，此文指出了鲁迅编纂《史略》在于指导青年学生之"行"的意图，希冀彼时青年学生能以实际行动去反封建思想、行进步之举，可见此举的"立人"目的。

这些细节回忆对深入理解鲁迅于《史略》中寓意"国民性批判"及"立人"意图，并以"为人生"文学观设定中国小说的演变规律等目的意图，有着巨大启示。④故许广平《鲁迅的讲演与讲课》云："虽说是讲《中国小说史略》，实在是对一切事物都含有教育道理，无怪学生们对这门功

① 孙伏园：《鲁迅先生二三事》，载鲁迅博物馆·鲁迅研究室·《鲁迅研究月刊》选编《鲁迅回忆录（专著）》（上），北京，北京出版社，1997年，第115页。
② 许钦文：《〈鲁迅日记〉中的我》，载鲁迅博物馆·鲁迅研究室·《鲁迅研究月刊》选编《鲁迅回忆录（专著）》（下），北京，北京出版社，1997年，第1142页。
③ 许钦文：《〈鲁迅日记〉中的我》，第1252～1253页。
④ 参见本书《鲁迅的小说创作思想与〈中国小说史略〉的编纂》、《近现代尚鬼神妖怪之风、"国民性批判"与鲁迅〈中国小说史略〉——以"六朝之鬼神志怪书"、"明之神魔小说"为例》（又载《上海鲁迅研究》2012年冬之卷、2013年春之卷）等章节。

课，对这样的讲解都拥护不尽，实觉受益无穷。"① 可征《史略》的教育启迪之图。而常维钧所编《宋明通俗小说流传表》是鲁迅撰写《明以来小说年表》的重要参考，这有助于探讨鲁迅修订《镜花缘》、《红楼梦》等小说时，对胡适《〈镜花缘〉的引论》、俞平伯《红楼梦辨》等同仁研究成果的吸纳及论断下定缘由，从而有助于部分还原《史略》由《小说史大略》到《中国小说史大略》，再到北大第一院新潮社上下册本之修改过程及鲁迅修订时的意念发端。②

上述所举诸氏对鲁迅编纂及修订《史略》均有着重要影响，诸氏或帮助鲁迅刊发出版《史略》，或在鲁迅修订《史略》时提供参考，有助于《史略》的进一步完善、并成为经典。这些回忆有助于还原鲁迅编纂《中国小说史》讲义稿，并予以修订的相关细节，同时对我们探讨《史略》编纂意图及指导思想提供了突破口。可以说，作为讲义样式的《史略》得以修订出版，离不开上述学生的帮忙，这对《史略》"经典化"历程提供着实物样式等传播载体的支持，同时也为对《史略》典型的、权威的品质之认可及对丰富的、多重的内涵之解读开了先例。

二、"五四"新文化运动作家、境外友人与《史略》的早期传播

在鲁迅馈赠《史略》的对象中，既有"五四"新文化运动的作家，如许寿棠、郁达夫、钱玄同、台静农等；又有丸山、盐谷节山（温）、增田涉、藤冢等境外友人。这两类受赠对象对《史略》的接受与传播同样产生了重要影响。

例如，许寿棠在鲁迅逝世后曾撰有大量怀念及回忆的文章，其《我所认识的鲁迅》从鲁迅的思想、创作、生活及与青年学生之关系等方面，回忆鲁迅敢于正视人生、冲破黑暗并勇于指正时人"国民性"的弱点，盛赞其坚持对黑暗势力抗争到底的顽强的战斗精神；指出鲁迅关心爱护青年，为青年生计多方奔波，云："鲁迅的处事接物，一切都以诚爱为核心的人格的表现。他爱护青年，青年也爱护他。现值逝世十周纪念之日，全国青年，正不知若何悲痛和感念呢！大哉鲁迅！真是青年的导师！"③ 许氏虽未对《史略》的传播带来直接影响，但其所言"鲁迅爱护青年，青年也爱护

---

① 许广平：《鲁迅的讲演与讲课》，载《鲁迅回忆录（专著）》（下），北京，北京出版社，1997年，第1112页。

② 参见拙稿《鲁迅所编〈明以来小说年表〉与〈中国小说史略〉之修订》，《明清小说研究》2013年第2期。

③ 许寿棠：《我所认识的鲁迅》，北京，中国青年出版社，1961年，第86页。

鲁迅"的情形，恰恰说明在《史略》传播的早期阶段，选修或旁听的学生对《史略》传播带来影响的同时，更多的青年学生出于对鲁迅"导师"身份的认同及其对青年学生的爱护，而发自内心地爱戴鲁迅及其著述，使得鲁迅所创作的文学作品及《史略》等研究著作在这些学生的内心得以被神圣化，从而加快《史略》的"经典化"历程。上文所举常维钧、许钦文、孙伏园等氏在回忆鲁迅生平及其文学创作时对《史略》亦加推崇，这些事实足以证明青年学生对《史略》经典化传播的影响力。

又如，台静农曾于1925年与鲁迅、李霁野、韦素园、曹靖华等氏创办"未名社"，台氏亦曾于1924年9月在北大旁听过鲁迅授"中国小说史"课程，是鲁迅最信任最喜爱的学生之一[①]。这份亦师亦友的情谊，使得台氏能够深入理解鲁迅编纂《史略》的本意。其所撰《鲁迅先生整理中国古文学之成绩》（载于1939年11月重庆《理论与现实》第1卷第3期）一文，成为20世纪30年代评述《史略》最为全面而深入者。台文分别对《中国小说史略》、《古小说钩沉》、《唐宋传奇集》、《小说旧闻钞》展开论述，认为《史略》是"研究中国小说文学者开山之著作"，又说"近代文学史一类著作，或偏于论述，或侧重考证，皆类乎长编，先生是书独以文学史家的严谨态度出之"，尔后从流别、考订、论断等三方面详细述评《史略》的开创性。台氏对《史略》的深入评价还在于其将《古小说钩沉》等文献搜集与鲁迅编纂《史略》之关系相结合以细致讨论。[②]值得注意的是，台氏之文则说明青年学生对《史略》典型的权威的品质之形成已有充分认识，且是精审之后的见解。由此，鲁迅经过《古小说钩沉》等学术准备而编纂《史略》之艰辛，终铸成《史略》典型的权威的高品质，已逐渐被挖掘。后世治小说史者认可《史略》时，大多已注意到《古小说钩沉》等文献勾勒的重要性。这就是学者们虽已注意到《史略》的诸多局限而仍旧奉为经典的重要原因。

而在鲁迅所馈赠的境外对象中，盐谷温《中国文学概论讲话》对鲁迅编纂《史略》有着直接的启示，并成为鲁迅修订《史略》重要参考。《〈史略〉题记》（1930年11月25日）曾说："回忆讲小说史时，距今已垂十载，即印此梗概，亦已在七年之前矣。尔后研治之风，颇益盛大，显幽烛隐，时亦有闻。如盐谷节山教授之发见元刊全相平话残本及'三言'，并

---

① 李京佩：《台静农与鲁迅的文学因缘及其意义》，《明道通识论丛（第3辑）》，明道大学，2007年，第30～40页。

② 台静农：《鲁迅先生整理中国古文学之成绩》，载陈子善编《龙坡论学集》，沈阳，辽宁教育出版社，2000年，第198～221页。

加考索，在小说史上，实为大事。"《史略》并于"元明传来之讲史（上）"篇引用盐谷氏《关于明的小说"三言"》一文，以完善对"讲史"的论述。而《史略》在域外得以广传，则离不开增田涉等氏的译介。增田氏曾于1931年3月至1931年12月在上海随从鲁迅研习《史略》、《呐喊》、《彷徨》等作品，其回忆大学上盐谷温的小说史课程时，"正在那时候，出现了鲁迅的《中国小说史略》，那材料的丰富和体系的完整使人惊异。因为当时谁也不注意，所以他给与新的研究的启发是不少的。受了它的刺激，盐谷先生完成了明代小说三言的研究，弄明白了《今古奇观》的成立系统。我和长泽规矩也君、辛岛骁君同去上野图书馆查考《醒世恒言》，查考三言的编者冯梦龙，研究的辅助工作是很多的，那都是以《中国小说史略》做引导的调查、研究。从这样的工作中，使我深感到《中国小说史略》是中国小说史的划时代名著。而这正是我刚入大学的时候，这《中国小说史略》的作者，的确是惊人的学者——这样的尊敬的念头就深深栽进青年的头脑里，还不止我一个人，当时的同学，谁也一定是这样。"① 如若增田氏所言可信，那么鲁迅与盐谷温有关中国小说研究的相互借鉴细节应该是：早在鲁迅编纂《史略》之初曾参考过盐谷氏著作《中国文学概论讲话》，而其赠送给盐谷氏《史略》之后，就促使盐谷氏深入研究"三言"等"话本"小说；而盐谷氏的研究成果又被鲁迅引用，成为其修订时的重要参考，两人互相引介，这有助于客观看待鲁迅《史略》与盐谷氏《中国文学概论讲话》的"抄袭"风波。同时，《史略》出版后已对日本研习中国小说史的学者在"新的研究"方面给以诸多"引导"。据此，早在《史略》被增田氏翻译成日文之前（即1936年以前），《史略》已在日本研习中国小说史者中产生了一定范围的影响，尤其是研习中国小说的日本青年学生。结合上文所述，可知《史略》早期域外传播的接受群体主要是研习中国小说的青年学生。由于《史略》的卓越开创及鲁迅的文坛地位（说详下），境内外的青年学生发自内心钦佩鲁迅及其《史略》。增田氏曾说因鲁迅集二十余年之功而撰中国小说史，经过"多年的努力，而所完成的著作是非常卓越的，看看在他以后的，慢说超过它，连和它比肩的东西也没有出来，就可以知道，他的苦心努力，并不是寻常的。"② 这与台静农等对《史略》的推崇一样，这种发自内心的尊敬使得《史略》在当时青年学生心中成为一种经典的不可超越的著述。造成此景之因，与《史略》首先作为讲义性质的存在样式有很大关系——课堂讲授的形式及编纂时对接受对

---

① 〔日〕增田涉：《鲁迅的印象》，长沙，湖南人民出版社，1980年，第6页。

② 〔日〕增田涉：《鲁迅的印象》，第72页。

象的考虑，使得《史略》以一种通俗的、生动的形式在当时的青年学生中传播。当《史略》由讲义稿向专家书转变后，其接受群体及传播范围又发生了重大转变。而这种转变的主要原因在于鲁迅对《史略》的不断修订。

三、胡适、郑振铎与《史略》的早期传播

鲁迅向胡适、西谛（郑振铎）等研究古典小说的同行馈赠样书，对《史略》的早期接受与传播，亦产生了重要影响。

从现有文献看，较早对《史略》进行学理价值阐述的治小说史者，当推胡适。其《〈白话文学史〉自序》（1927 年）言："在小说的史料方面，我自己也颇有一点点贡献。但最大的成绩自然是鲁迅先生的《中国小说史略》；这是一部开山的创作，搜集甚勤，取材甚精，断制也甚谨严，可以替我们研究文学史的人节省无数精力。"[①] 早在 1923 年 12 月 31 日，胡适就曾与鲁迅通信谈及《史略》编纂，鲁迅即复函："《小说史略》竟承通读一遍，惭愧之至。论断太少，诚如所言；玄同说亦如此。我自身太易流于感情之论，所以力避此事，其实正是一个缺点。"[②] 而后鲁迅曾多次就《西游记》、《水浒传》等问题与胡适进行通信。更为重要的是，鲁迅在修订《史略》过程中，对当时学界同行的研究观点吸收得最多的，则是胡适的相关研究。据不完全统计，北新书局 1927 年出版的修订本《史略》援引胡适观点者多达十处。[③] 其对《水浒传》"一百十回之《忠义水浒传》，亦《英雄谱》本"与百十五回本"内容略同"的判断源于"《胡适文存》（三）"，对金圣叹刊刻七十回"古本"《水浒传》之缘出的解读，亦本"《胡适文存》（三）"[④]；并接受胡适《西游记考证》的观点，认为《西游记》："作者禀性，'复善谐剧'，故虽述变幻恍忽之事，亦每杂解颐之言，使神魔皆有人情，精魅亦通世故，而玩世不恭之意寓焉（详见胡适《西游记考证》）。"[⑤] 鲁迅曾去信询问胡适有关《红楼梦索隐》之王、沈二人字号[⑥]，并于"清之人情小说"篇中讨论《红楼梦》成书时，云："乾隆二十七，壬午，雪芹伤感成疾，至除夕，卒，年四十余（1719？～1763）。其《石头记》尚未就，今所传者止八十回，次年遂有传写本（详见《胡适文选》及《努力周

---

① 胡适：《白话文学史》，上海，上海古籍出版社，1999 年，第 5 页。
② 胡适：《胡适日记全编》第 4 册，合肥，安徽教育出版社，2001 年，第 145 页。
③ 参见拙稿《学界研究的推进与〈中国小说史略〉的完善》，《中南大学学报（社会科学版）》2014 年第 6 期。
④ 鲁迅：《中国小说史略》，北京，北新书局，1927 年，第 153～166 页。
⑤ 鲁迅：《中国小说史略》，第 184 页。
⑥ 胡适：《胡适日记全编》第 4 册，合肥，安徽教育出版社，2001 年，第 146 页。

报一》)。"① 其对《镜花缘》的研究观点，甚至"清之以小说见才学者"篇的设置与胡适《〈镜花缘〉的引论》亦有很大关系，且其对晚清小说及白话文学的讨论，亦吸纳了胡适的相关研究。② 可以说，《史略》对通俗小说的修订，很大程度上参考了胡适的相关研究。据此，胡适以"新文化运动"的"祖师爷"及现代治小说史者第一人之双重身份及"专家眼光"，对《史略》进行推崇，无疑促使着《史略》进一步为学界所重视；而《史略》吸纳胡适观点，不仅使自己的研究结论更具可靠性及说服力，亦能反映鲁迅能及时吸纳当时学界最新的研究成果，使其得以处于学术前沿，从而成为当时小说研究的主流。

而 1933 年出版的修订本《史略》讨论《三国志通俗演义》版本演变时，曾援引《小说月报》二十卷十号（1929 年）所刊郑振铎《三国演义的演化》一文，可见鲁迅对郑氏的某些研究观点是支持的。郑氏所撰《谴责小说》一文，赞同《史略》对此种小说类别划分，其论沿着鲁迅观点而深入，所论对象并非局限于《二十年目睹之怪现状》等晚清小说，而是将其置于古代通俗小说的演进史迹中，认为《金瓶梅》、《西游记》、《包公案》等小说亦含有"谴责"成分。虽说郑文之目的是为"光复小说的尊严"③，但其对"谴责小说"之提法的借用，则表明其对《史略》相关小说类型的归纳是赞同的。这篇文章表明《史略》观点已得到学界同行的认可。至于《史略》的学术反响，郑氏于《申报》所发《鲁迅先生的治学精神——为鲁迅先生周年纪念作》（1937 年 10 月 19 日）云："他的《中国小说史略》为近十余年来治小说史者的南针。虽然只是三百四十多页，篇幅并不算多，但实是千锤百炼之作。"并认为《史略》"其态度最为谨慎小心"，"近来对于唐宋传奇文的认识比较清楚，全是鲁迅先生之力"、"对于材料的真伪，取舍的不苟"，肯定鲁迅对《西游记》、"三言"等研究属于"判断之最有精锐而不可移者"。④ 由此可见，早在 20 世纪 20 年代至 30 年代，经胡适、郑振铎等专业研究者的揄扬，《史略》之典型且权威的品质已得到极大肯定，并逐渐成为一部为学界所公认的典范之作。

① 鲁迅：《中国小说史略》，北京，北新书局，1927 年，第 271～272 页。
② 参见拙稿《鲁迅所编〈明以来小说年表〉与〈中国小说史略〉之修订》，《明清小说研究》2013 年第 2 期。
③ 郑振铎：《郑振铎全集》第 5 卷，石家庄，花山文艺出版社，1998 年，第 339～343 页。
④ 郑振铎：《郑振铎全集》第 3 卷，第 544～547 页。

四、鲁迅馈赠样书的主动传播对《史略》早期传播的影响

综述之，通过鲁迅馈赠样书的主动传播，使得《史略》在早期流传过程中以讲义稿的存在样式，被逐渐认可。这种认可得到了代表当时主流文化的胡适等氏的支持，更是得到影响当时主流文化走向的生力军暨青年学生的支持。可见在《史略》早期"经典化"历程中，其已得到当时主流文化圈的认可，成为彼时诸如反抗压迫、追求自由等文化主体精神的典型缩影。(《史略》即用相当的篇幅展开对封建礼教的抨击、肯定自由精神，如对"唐传奇"、"人情小说"、"神魔小说"、"讽刺小说"、"谴责小说"等论述均含此意。)这种文化认同是《史略》得以迈向经典的最本质原因。在鲁迅馈赠的接受对象中，不仅有对《史略》顺利出版提供帮助者，亦有对鲁迅修订《史略》使其得以完善并成为经典提供帮助者；不仅促使《史略》得以在国内青年学生中产生影响，亦为国内治小说史者所认可。同时，《史略》的早期传播通过盐谷节山（授课）、增田涉等氏的翻译介绍得以于域外流传。而这些受赠对象有助于《史略》传播范围的扩大，所采取的通过评论《史略》并肯定《史略》诸多开创等传播方式则进一步肯定《史略》的典范意义。其中，亦有采用《史略》所提出的若干小说类型名称以形成肯定《史略》学术反响的接受手段，逐渐注意对《史略》丰富的、多样的内涵进行解构及重构。而后一种接受方式是治小说史者肯定《史略》并予以传播的主要手段。在这类传播受体中，因《史略》的不断修订，使其以专家书的形式作为传播的主要授体。

第三节　治小说史者的专业化接受与
《史略》经典地位的强化

郑振铎指出当时以《史略》为"南针"的治小说史者，主要是撰写"中国小说史"的一批学者。20世纪30年代是学界编纂"中国小说史"的高峰时期，各种小说通史、断代史、题材史及专题史，不断被编纂成型。这些小说史的编纂均或多或少受到《史略》的影响：或在《史略》的基础上加以细化与深入，或矫正《史略》之不足，或直接袭用《史略》整体框架而在艺术述评或材料使用等方面予以扩充，或是采纳《史略》的小说类型归纳。而在这些治小说史者中，亦有不少收到鲁迅的赠书，比如谭正璧、阿英等。诸氏对《史略》的撰文评论及于各自所编的各类小说史中

的借鉴情形，以专业研究者的身份推动《史略》传播的进一步深入，形成专门化、专业化的传播阶段，致《史略》得以为经典作品。

一、20 世纪 30 年代以降的小说史研究者与《史略》的经典化

谭正璧《中国小说发达史·自序》（1935 年 6 月 26 日）云："中国自有小说史以来，迄今仅十余年，屈指记之，亦仅张静庐之《中国小说史大纲》、周树人之《中国小说史略》、范烟桥之《中国小说史》而已。张著出世较早，然草创伊始，仅具雏形，漏略既多，今已绝版。周著虽亦蓝本盐谷温所作，然取材专精，颇多创见，以著者为国内文坛之权威，故其书最为当代学者所重。""三书之中，差能副世人需要之殷者，唯周著《中国小说史略》而已。"① 赵景深于《大公报》（1936 年 1 月 22 日）发表《中国小说史家的鲁迅先生》，认为当时的小说史著述"到现在为止，还没有比他写得更好的"②，将鲁迅当做小说史的研究专家。阿英《作为小说学者的鲁迅先生》（1936 年）则认为《史略》"实际上不止于是一部'史'，也是一部非常精确的'考证'书，于'史'的叙述之外，随时加以考释，正讹辨伪，正本清源"，着力肯定《史略》于"体例上最见特色"之"蜕化的迹象"；并认为："鲁迅先生的《中国小说史》，是一部对中国小说研究极重要的书，甚至到现在为止，还没有更好一些的产生，特殊是关于古代小说的钩沉部分。"③ 上述三氏的论述，均见《史略》倍受当时治小说史者的推崇。然彼时治小说史者并非一味推崇《史略》，亦注意到其间诸多不足。谭正璧就说："自周著《中国小说史略》出版迄今，时间亦逾十载。此十余载中中国旧小说宝藏之发露，较之十年前周氏著小说史略时，其情形已大相悬殊。而吾人对此无限可贵之寰宝，尚无人为之编述，汇而公之世人之前，不大可惜乎？"阿英盛赞《史略》之体例特色、考证严谨的同时，亦已指正《史略》的若干不足之处，如言"在每一蜕变期间，社会经济背景叙述的不足"，"对作者以及思想考察部分的缺乏"，"由于当时的未见，许多重要的书，无从得其概略"，"由于沿误以及未见，著者时代的不能断定，卷帙的误记，作家假定的非是，亦偶一有之"。可见，治小说史者在接受《史略》之初，对其推崇的同时又能客观地指正《史略》在材料收集、论证失当等方面的诸多缺陷。据此，与鲁迅欲以主动传播的方式扩大《史略》影响所不同的是，治小说史者的专业化传播在肯定《史略》诸多经典

---

① 谭正璧：《中国小说发达史》，上海，光明书局，1935 年，第 1 页。
② 赵景深：《小说戏曲新考》，上海，世界书局，1943 年，第 98 页。
③ 阿英：《阿英说小说》，上海，上海古籍出版社，2000 年，第 98～106 页。

开创的同时，又能指正《史略》的诸多不足之处，以一种更为客观且科学的态度来正视《史略》。

不过，此时期的治小说史者对《史略》提出商榷意见最深刻者，当属胡怀琛。胡氏于 1935 年 8 月 25 日的《时事日报》（上海）上刊发《读鲁迅〈中国小说史略〉》一文，就鲁迅"后记"所言"新得到的材料，但已不及加入"等语，质疑道："照此看来，中国的小说史（或文学史的全体）差不多天天有新发现的材料，年年有修正的机会。这部小说史虽然已经算好了，但不能说已经绝的好，不必再修改。"尔后基于"研究学问起见"而对《史略》论《汉书·艺文志》、"宋人说话的起源"、"宋人说话的分类"、"明清小说的分类法"等不足之处予以批评。尤其是，对"明清小说的分类法"的质疑，认为《史略》所定"神魔小说"、"讽刺小说"、"谴责小说"等名称"既非根据原有的名称，而新定的名称又不合科学方法"，已从本根上动摇《史略》的小说类型归纳。[1] 这种批评对《史略》而言，是相当严厉的。不过，据胡氏所言，最早对《史略》的小说类型归纳提出异议者属孙楷第。孙氏以为"文学史之分类，若以图书学分类言之，则仍有不必尽从（引者案：指《史略》）者"，当"悉沿宋人之旧"，云："非以旧称为雅，实因意义本无差别，称谓亦无妨照旧耳。"[2] 孙氏与鲁迅所分歧者在于孙氏主张从传统目录学及相关文献记载的角度，使用"旧称"；而鲁迅强调编纂小说史著述当须具备较强的"史识"，这就要求编纂者应从宏观层面对中国小说的演变史迹进行深入把握，以归纳出其中的规律线索。就此而言，前者主要根植于传统学术及古代小说的发展实际，后者则是鲁迅受西方文学理论影响而形成的独特"小说"观、"小说史"观之必然举动。就学术研究的客观性而言，孙氏之法比《史略》较能客观地贴近古代小说的演进史迹。[3] 但由于鲁迅之举代表着自"五四"新文化运动以降以西方文学理论为主导而重建中国学术史的主流倾向，故孙楷第、胡怀琛等氏对《史略》的深度批评，毕竟是少数。诸多小说史及文学史的编纂依旧普遍采纳《史略》的小说类型归纳名称（说详下）。

而在胡怀琛所编纂的诸多小说史中，暨《中国小说研究》（商务印书

---

[1] 胡怀琛：《读鲁迅〈中国小说史略〉》，中国社会科学院文学研究所鲁迅研究室编《1913—1983 鲁迅研究学术论著资料汇编》（第 1 卷），北京，中国文联出版社，1985 年，第 1132 ～ 1136 页。

[2] 胡怀琛：《读鲁迅〈中国小说史略〉》，《1913—1983 鲁迅研究学术论著资料汇编》，第 1136 页。

[3] 参见拙稿《古典目录学与〈中国小说史略〉之建构》，《安徽大学学报（哲学社会科学版）》2015 年第 2 期。

馆 1933 年 4 月初版)、《中国小说的起源及其演变》(正中书局 1934 年 8 月初版)、《中国小说概论》(世界书局 1934 年 11 月初版),所编纂之体例、论述方式及观点均不同于《史略》。如《中国小说研究》分别设"绪论"、"中国小说实质上之分类及研究"(含神话、寓言、稗史等)、"中国小说形式上之分类及研究"(含记载体、演义体、描写体、诗歌体等)、"中国小说在时代上之分类及研究"(含周秦、晋唐、宋元、清、最近小说等),其并不首先定义"何谓小说",而是主张从清理小说源流谭起,认为:"我们要研究中国小说,是要拿我们自己眼光去看,什么是小说,什么不是小说。不管他经也好,史也好,子也好,集也好,只要我们认为是小说的,就拿他来当小说看。本来经、史、子、集的名目,是没理由的,虽然在习惯上一时不能取消,但是我们这里尽可不管。所以,我以为第一步就是要从经、史、子、集中去找小说材料。第二步,再把晋、唐以后的小说,和宋、元以后的小说,清以来的小说,和那从经、史、子、集中取来的材料,并在一起来研究。"这种"小说"观比起《史略》要来得宽泛,但可包括古代小说的绝大部分材料(胡氏曾据《汉志》得出"凡是一切的杂书,不能入于经、史、集三部,而于子部中不能成一家的,统谓之小说。这个定义,乃更广漠无涯了"之结论。),故其批评时人对"小说"的认识存在极大误区:"后人误会了,以为直到有了《三国演义》、《水浒》而后,中国始有小说,以前没有小说。这都是前人见解的错误。他们对于'小说'二字的界说,是没有的;虽然也把小说分过类,但是分得都不对。"[①]后半句实是批评《史略》分类之谬。《中国小说的起源及其演变》一书(分别设"本书所说到的范围"、"小说的起源及小说二字在中国文学上涵义之变迁"、"中国小说'形'的方面的演变"、"中国小说'质'的方面的演变"、"现代小说"、"研究中国小说参考的书目"等篇目),进一步发挥《中国小说研究》观点。而《中国小说概论》对"古代所谓小说"予以更为细致的讨论,设"总论古代所谓小说"、"存在经史子中的小说"、"汉书艺文志中的小说"、"刘向所辑的古小说"、"山海经与穆天子传"、"西京杂记及其他"、"搜神记神仙传及其他"、"世说新语及其他"等节目,并总结道:"从周、秦、汉、魏、晋、南北朝到隋,所谓小说,不过是如此而已。若说'小说'自有其所谓'小说'的体裁,那么,在这个时期,实在是不能自成为一种体裁;换一句话,就是和一般的纪事的文没有分别。直到唐代的'传奇'产生以后,才能自成为一种体裁。到宋代的'平话'产生,又向有其一定

---

① 胡怀琛:《中国小说研究》,上海,商务印书馆,1933 年,第 1 ~ 10 页。

的意义。"①可见，胡氏对小说史的撰写自"小说"起源、小说体裁、小说类别、小说演进史迹的认识至论述具体小说作品，均不同于《史略》。抛开胡怀琛与鲁迅的个人恩怨②，从治学路径看，胡氏与鲁迅对中国小说史著述的不同认识，代表小说史撰写的两种模式——以中国固有文学观为主，抑或是西方文学理论为主。而胡氏对《史略》的批评，至少可以从反面说明《史略》的编纂模式已得到学界认可，这才值得胡氏花精力指瑕及另辟蹊径。尤其是胡氏对"唐传奇"类名的赞同，可证其亦在一定程度上参考过《史略》，并非予以全盘否认。郑振铎所言"近来对于唐宋传奇文的认识比较清楚，全是鲁迅先生之力"，即可佐证。

二、20 世纪 30 年代以降的小说史及文学史编纂与《史略》的经典化

彼时治小说史者所编纂的各类小说史（断代、通史、题材史等）均或多或少受《史略》影响的事实，则从正面将《史略》的编纂模式予以经典化。赵景深就曾说："我想按照鲁迅在《中国小说史略》上所精选的几十部小说来详细阅览和探讨，至今只写成一部《小说闲话》，已经排好，本想请鲁迅题签，不料他却去世了。"③阿英亦说："不过，我们是决不能以此为满足，忽略了能否适应现在读者的要求，以及批判的继承他的遗业，而继续发扬光大的应担负起的关于这一方面的任务。""鲁迅先生，作为一个小说学者看，他的成就，是和在其他方面一样的值得纪念的。他替我们在为蒙茸的杂草所遮掩的膏腴的地域里，开拓了一条新的路，替我们发掘了不少宝贵的珍藏，他更遗留给我们以一种刻苦耐劳勤谨不苟的工作精神，现在，他故去了，为着这学术领域内的前途，为着发扬鲁迅先生未完成的在小说方面的事业，后来者的责任，是依旧至艰且巨的。我们应该运用着新的写作方法，有更多的发现，更多的整理，更完整的新的小说史产生。"④阿英后又于《文艺报》（1956 年第 20 期）发表《关于"中国小说史略"》一文，言"中国小说之有专史，始于鲁迅'中国小说史略'"，从中国小说史学史的演变进程予以进一步肯定。⑤结合上述谭正璧、胡怀琛等氏意见，可知此时期小说史的大量编纂与小说资料的大量发现，致使《史略》已不

---

① 胡怀琛:《中国小说概论》，上海，世界书局，1934 年，第 8 ~ 29 页。

② 鲁迅曾于 1922 年 10 月 9 日《晨报副刊》发表《儿歌的"反动"》，针对胡怀琛将胡适之诗略以修改而重新发表之事，予以批评。（《鲁迅全集》第 1 卷，第 411 ~ 412 页。）此举或招致胡氏的反弹。

③ 赵景深:《小说戏曲新考》，上海，世界书局，1943 年，第 101 页。

④ 阿英:《阿英说小说》，上海，上海古籍出版社，2000 年，第 106 页。

⑤ 阿英:《关于"中国小说史略"》，《文艺报》1956 年第 20 期，第 30 页。

能有效涵盖中国小说演进的史迹。因而，在未突破《史略》体例、框架及小说类型的前提下，此时期编纂的诸多小说史仅是在材料补充、论断细化、背景分析等方面有所深入，且部分编纂者直言其小说史编纂在取材、论述方面即是沿着《史略》之论而深入、细化，这必然会从专业研究的角度进一步加强《史略》的经典地位。阿英所言则说明专业研究者已深入把握住《史略》所写的详略处，并在《史略》所略之处有所加强；其所著《晚清小说史》开创了彼时撰写小说断代史的新局面，但其中的诸如"官场生活的暴露"等论断则是沿着《史略》而"接着说"。可见，阿英的小说史编纂实践则是其对《史略》进行专业化接受的表现。

当然，更为全面而深入地体现治小说史者对《史略》的专业化接受，当属诸多小说通史的编纂。谭正璧《中国小说发达史》把神话当作小说源头，第三章至第五章分别为"六朝鬼神志怪书"、"唐代传奇"、"宋元话本"，大致不脱《史略》范围；到具体的篇目，如第二章第六节为"汉书所录汉人小说及其他"、第四章第二节至第四节为"传奇小说的三大派"，亦沿着《史略》之说并细化；而主要在诸如"说话发达的社会背景及其家数"（第五章第三节）、"正统文学没落时代的社会状况"（第六章第一节）、"异族统治下的文学环境"（第七章第一节）等背景分析上有所加强，增加新发现的材料（如敦煌变文等）。第六章至第七章名为"明清通俗小说"，与《史略》有所不同，如认为《西游记》为"明代理想小说"，"全为文人一时游戏之作，就是今人所谓'为艺术而艺术'"[①]，《金瓶梅》则"代表了中国古今社会一般流氓或土豪阶层发迹的历程。它是一部伟大的写实小说"[②]。但谭氏将《野叟曝言》与《镜花缘》并列，认为是"借小说来抒发作者学问"的典型（第七章第三节），对《史略》所提出的"讽刺小说"与"谴责小说"（第七章第四节）、"侠义小说"（第七章第五节）类型则予以采用。可见，谭氏所撰小说史在采用新材料、加强社会背景分析的方面较之于《史略》有所深入；但其对小说发展史迹的大部分论述及规律概括、类型命名等方面，依旧以《史略》为范。尤其是，以"为艺术而艺术"为理论指导及评判依据，则是彼时文人学者进行文学创作及学术研究的重要指导思想；《史略》更是以"为人生"文学观为主导，并从小说客体的描写对象与创作主体两方面切入，以设定"由写神的向写人的演进"、"由无

---

① 谭正璧：《中国小说发达史》，上海，光明书局，1935年，第411页。
② 谭正璧：《中国小说发达史》，第339页。

意为小说向有意为小说演进"等两大小说规律。①据此，谭氏承继《史略》之背后，则是受彼时主流价值观及文学思想相同而推动的表现。

又，郭箴一《中国小说史》（1936年）亦受《史略》影响。其《序言》（1936年12月4日）云："在取材方面除一部分根据鲁迅先生的《小说史略》外，尚参考其他书籍及各学者对于个别小说的意见和批评，不敢掠美，用特声明。"②郭著在具体篇章的设置虽不同于《史略》，但对《史略》所列"六朝鬼神志怪书"、"唐传奇"等诸多小说类型却全方位采用。其以"小说与社会"、"中国社会的轮廓"及"中国小说的演变"作为"绪论"起言，与谭著一样，均注重社会背景分析。第二章讨论周秦以前之小说；第三章设"汉魏神仙故事的起来"、"今所见汉人小说"、"六朝鬼神志怪书"、"文士之传神怪"、"佛教徒怎样利用鬼神志怪书"等七节以论述汉魏小说，所论或为《史略》原有，或《史略》提及未展开者；第四章论及隋唐小说，含"唐始有意为小说"、"唐代产生小说的新环境"、"传奇小说三大类"三节目，肯定《史略》提出"唐始有意为小说"的小说演进规律；第六章述及明代小说设"明代四大奇书"、"明代的神魔小说"、"明代的拟宋市人小说及其后来选本"三节目，第七章论清代小说设"清代的拟晋唐小说及其支流"、"清代的讽刺小说"、"清代的人情小说"、"以小说见才学者"、"清之狂邪小说"、"清代的侠义小说及公案"、"清末之谴责小说"等节，几乎是对《史略》相关篇章的移用，某些具体论断甚至直接引录《史略》之论。据此，郭著不仅是在"取材方面"参考《史略》，更是在编纂体例、篇章设置、小说类型及具体论断等方面对《史略》进行述引。可见，《史略》对彼时治小说史者所纂小说史的最大影响，主要是对小说演进史迹的时代分类设置及小说类型的归纳。据此，这种专业化的接受主要通过对《史略》丰富的、多重的内涵进行多次解构及重构而完成的，且以对《史略》之篇章结构、小说类型归纳的解构及重构为主。

在20世纪30年代所编纂的若干文学史著作中，有关小说史的论述部分亦吸纳了《史略》研究观点。如胡行之《中国文学史讲话》（1932年），本为春辉中学授课讲义稿，列编纂时的参考用书即有鲁迅《中国小说史略》，且为其小说论述部分的唯一参考。胡著下卷"中国民族文学之史的发展"部分第八篇"明之通俗文学"之前二节，即"神魔小说——西游记及其他"与"人情小说——金瓶梅及其他"，所言即是抄录《史略》相

---

① 参见拙稿《鲁迅的小说创作思想与〈中国小说史略〉的编纂》，《文艺理论研究》2016年第3期。

② 郭箴一：《中国小说史》，《民国丛书第二编》本，上海，上海书店，1990年，第2页。

关论述。① 胡氏论述清代小说时又说"清代小说之创作，据鲁迅在《中国小说史略》里，共分为七类"，并径自将《野叟曝言》等称为"才华小说"而非"清之以小说见才学者"，直接替代；又说此类小说"不只以表现故事为目的，而以作小说见才学，抒写一种特别思想者，当以《野叟曝言》为先。继之者有《蟫史》、《镜花缘》、《燕山外史》等"，甚至将这四部小说以创作时间先后之时序排列。② 不过，胡行之虽认可鲁迅的小说类型分类，但却将其归为"才华小说"，又说《镜花缘》"可以称通俗文学中底社会小说"，则其并非全部依鲁迅之说。又如，赵景深《中国文学史新编》（1935 年 12 月付排，1936 年 1 月初版）主要吸纳《史略》相关的小说类型名称，论明清文学之第六讲"明代小说"云"明代小说主要的有神魔小说、人情小说和平话"，以《西游记》、《封神传》为神魔小说的代表，以《金瓶梅》、《玉娇梨》、《平山冷燕》、《好逑传》为人情小说的代表③；第十二讲"清代小说"云："清代小说可分为笔记、讽刺、人情、才藻、狂邪、侠义以及谴责这七种。"④ 其中才藻类是对《史略》"清之以小说见才学者"的概括，而论述具体作品时亦不离《史略》，几是《史略》之论的精简版。又，陈子展《中国文学史讲话》（1937 年）曾说："鲁迅先生的《中国小说史略》把清代小说分为拟晋唐小说，讽刺小说，人情小说，才学小说（原题清之以小说见才学者），狭邪小说，侠义小说，清末之谴责小说，并把清人补续前代神魔小说的作品放在前代，那是很精当的。"⑤ 据此，上述文学史著述对《史略》的借鉴，主要是部分采用《史略》小说类型的名称归纳。这种借鉴与专门的小说史著述的借鉴相比，不仅所引篇幅及内容较少，本质亦有别；但不论是编纂小说史的直接借鉴，还是编纂文学史的部分引录，二者皆是对《史略》的专门化及专业化接受。而这种接受前提则是小说作为一种独立文体，被认为与诗、词一样，具有"开民智"、陶冶性情之功用。

据此，20 世纪 30 年代的治小说史者对《史略》经典地位的强化，除了通过撰写相关的评论文章以肯定《史略》的开创性及经典性等方式，主要是治小说史者于各自所纂的小说史或文学史著述中，对《史略》编纂体例、篇章设置、小说类型及具体论断等方面或取一或整体借鉴（或援引），

① 胡行之：《中国文学史讲话》，上海，光华书局，1932 年，第 137 ～ 142 页。
② 胡行之：《中国文学史讲话》，第 153 ～ 158 页。
③ 赵景深：《中国文学史新编》，北京，北新书局，1936 年，第 274 ～ 280 页。
④ 赵景深：《中国文学史新编》，第 317 页。
⑤ 陈子展：《中国文学史讲话》，北京，北新书局，1944 年，第 355 ～ 356 页。

以编纂小说史的实际行动予以多次解构并重构。这就以专业化的手段对《史略》得失予以客观评价，从而奠定《史略》的开创地位。

三、《史略》经典地位确认的缘由及影响

至于《史略》经典地位确立的原因，除了鲁迅对古代小说材料的深入辑佚、文献版本考据的严谨、艺术论断的深刻及小说类型的典型归纳之外，还与鲁迅的文坛创作地位有关。晚清江顺诒《词学集成·附录》评明末清初词坛领袖陈子龙词时，云："文有因人而存者，人有因文而存者。《湘真》一集，固因其词而重其人，又实因其人而益重其词。"① 陈子龙以明末几社领袖称郡邑，又以起兵抗清廷而名重节高；其词推重比兴、韬奋现实，为时人所推崇。文因人而存与人因文而存，为文人作品流传过程中的两种特殊方式。与陈子龙《湘真集》传播情形类似，鲁迅的文学创作及《史略》等著述得以留存的原因，一方面由于这些作品在现代中国的演进历程中，发挥着引导彼时国民、给以希望、启迪青年等巨大作用，具有积极的时代意义，同时这些作品具有较强的艺术价值及精神感染力（典型的品格）而为时人所推崇；另一方面，由于鲁迅巨大的人格魅力及其文坛领袖地位，使得其作益为时人推重，从而使得其作成为经典。谭正璧就曾说过"周著虽亦蓝本盐谷温所作，然取材专精，颇多创见，以著者为国内文坛之权威，故其书最为当代学者所重"之类的话。据上所述，彼时治小说史者以《史略》为基础，对如何编纂各类小说史表达了各家见解并加以实践，从而试图通过自己的评论及小说史著述的编纂实践，以一种自发推崇的心理，明确《史略》如何成为编纂过程中的评判准则（如对《史略》编纂体例、小说类型的直接借用）；并在认可《史略》之社会价值、思想价值及伦理价值的前提下（如彼时治小说史者加强对各个时期的小说之社会背景的分析），以或修订《史略》所论者、或补充《史略》所未及者、或发掘《史略》所略者等方式来完善《史略》之不足，以达到解构《史略》并重构新的"中国小说史"之目的，从而最终在这些治小说史者心中形成依《史略》为典范以编纂各类小说史的共同之举。当然，《史略》经典地位的确立离不开其早期"经典化"时已被当时主流文化认可的前期积累。《史略》传播进入专业化阶段则说明《史略》编纂时所采用的各种指导思想、论断见解及体例方法，在很大程度上为专业者所理解并信服，代表着彼时主流文化、文学史思想对小说史研究的影响趋势，并贯穿于"中国小

---

① 江顺诒：《词学集成》，唐圭璋编《词话丛编》（第055种），北京，中华书局，1986年，第3304页。

说史"的早期编纂。

应该说，《史略》从最初的教科书讲义稿到经鲁迅的不断修订而成为专家书，这种存在形态的转变导致在《史略》传播过程中出现与其存在形态并不相一致的接受。从鲁迅馈赠样书的主动传播所形成《史略》的早期"经典化"，到20世纪30年代治小说史者的专门化、专业化接受，表明《史略》已得到当时主流文化的认可，从而具备成为"经典"之可能；又因鲁迅文坛领袖地位的突出，《史略》在编纂体例、篇章设置、小说类型及具体论断等方面对后世的小说史编纂及治小说史者的相关研究产生了广泛影响。尤其是，鲁迅文坛地位的突出对《史略》经典地位的确立，有着不容忽视的影响力。

在《史略》经典地位确立之后，其影响范围更宽广。经过"文革"时期对鲁迅以"意识形态化"式的推崇，其著被不断整理，内涵被多重解读，终致《史略》成为经历"文革"时期的治小说史者们内心无法逾越的典范，进一步强化《史略》的经典性。此时《史略》的影响范围及权威性，均达到历史新高。不仅在中国大陆范围内有绝对影响——《史略》已成为研究者效法的典范和遵循的原则，在很长一段时间内，学界都是沿着《史略》以"接着说"；尤其是，被列为中文系学生及入门研究者的必读专业书，使得大家对《史略》怀有一种特殊的尊崇膜拜心理。20世纪90年代，江苏古籍出版社出版了一套影响广泛的"中国小说史丛书"，代表着当时小说史研究的前沿水平，其中有"历史小说史"、"世情小说史"、"神怪小说史"、"侠义公案小说史"等题材史系列，亦有"笔记小说史"、"传奇小说史"、"话本小说史"、"章回小说史"等体裁史系列，这种小说分类、框架设置及大部分相关论断依旧深受《史略》影响。同时，《史略》对大陆之外治小说史者亦有着广泛的影响力。如台湾学者孟瑶所纂《中国小说史》（1980年）"自序"云："提到对我国旧小说的爬梳整理，自以周树人氏为第一人，他的《中国小说史略》，是一部不朽的开山之作，但由于成书过早，所以无法容纳许多新资料，尤其是最重要的讲唱文学部分。这就是为什么，虽然珠玉在前，作者还敢再整理出一部《中国小说史》的理由。当然，本书的写作，自还是以《中国小说史略》为依据，再加入所能采撷的新资料，企盼能予我国旧小说以正确的评价。"孟氏所指出《史略》的不足及相关借鉴与20世纪30年代治小说史者并无二致。在《史略》经典地位确认后，其对治小说史者的影响十分深远，相关例证极多，不再一一列举。

第二章　近现代时势背景、
"国民性批判"与《中国小说史略》的编纂

　　作为现代中国小说史的奠基之作，鲁迅《中国小说史略》编纂及修订的时间，正好处于"五四"新文化运动之后不久，难免受到彼时时势背景的影响。彼时的社会风气、政治环境、思想思潮、民俗习惯等诸多背景，对《史略》编修时的指导思想、内容设置及目的意图等方面产生了深远的影响。尤其是，"五四"新文化运动作为《史略》编修时最重要的历史语境与文化主体，促使鲁迅从编纂伊始及后续修订依此建构以"口语体"、"白话小说"、"俚语著书"为话语核心的知识结构及表达范式，并促使《史略》在"平民文学"、"民间趣味"等思想的作用下进行古代小说的起源、衍变及特征等的分析，从而影响《史略》话语选择、思想主体、评价体系的建构。同时，受"五四"运动批判鬼神迷信的影响，及受囿于鲁迅"国民性批判"等意图，《史略》对"六朝鬼神志怪书"、"明之神魔小说"、"清之拟晋唐小说及其支流"等内容的设置及评骘，不仅含有鲜明的时代特色，亦有一定的时代局限。因此，本章试图通过"五四"新文化运动与《史略》的发生机制，近现代尚鬼神妖怪之风、"国民性批判"与《史略》的编修等方面，探讨近现代时势背景对《史略》编修的影响。抛砖引玉，以待来者。

第一节　"五四"新文化运动与《史略》的发生机制①

　　皮亚杰《发生认识论原理》认为，研究对象的心理发生与认识过程只有在它的机体根源被揭露以后才能为人所理解；机体根源与发生对象之间的影响应是双向的，"一个刺激要引起某一特定发应，主体及其机体就必

---

① 案，本节主体部分曾以《"五四"白话小说、平民文学与〈中国小说史略〉的发生机制》为题，发表在《中国文化研究》2016 年第 3 期上。特此注明。

需有反应刺激的能力"。①也就是说，认识是通过主体和客体的相互作用，既包括主体的认识及其心理发生依于客体的持续建构，也意味着客体会透过某一或某些特定的文化机制（如话语符号、知识结构等）施加影响。探讨"五四"新文化运动与《史略》编纂的发生机制，不仅要分析鲁迅有关"五四"新文化运动的思想及其认识过程，亦应注意"五四"新文化运动对《史略》编纂时的历史语境、文化机制选择等方面的影响，进而探讨"五四"新文化运动对中国小说史"现代"编纂的影响。这些有助于深入揭示《史略》编纂时的时代背景及鲁迅的选择缘由。

一、"五四"新文化运动与《史略》编纂的符号学溯源

人是符号的动物，"符号化的思维和符号化的行为是人类生活中最富于代表性的特征，并且人类文化的全部发展都依赖于这些条件"②。据以符号学理论，每个人的精神活动总会留下符号的印迹，并通过观念符号——文字、图画、器物等表达出来；而已成为历史的个人的符号化思维及符号化行为只有被文字、图画等记录下来，通过观念符号才能为后人所了解。探讨"五四"新文化运动与《史略》的关联情形，亦惟有通过《史略》的符号化词语乃至鲁迅的符号化行为以进行。而最能体现"五四"新文化运动影响《史略》编纂的是，有关通俗小说的论述。这部分论断向为学界所推崇，尤其是"宋之话本"、"明之神魔小说"等篇目更是为近今治小说史者所津津乐道。③但比对《史略》不同版本可知，从最早的《小说史大略》（1920 年至 1921 年，北大国文系教授会随课陆续印发的油印本）到《中国小说史大略》（1921 年下半年至 1922 年），再到初版本《史略》（1923年 12 月，北京大学第一院新潮社初版上册），有关通俗小说的论断一直处于修订之中，鲁迅对此之认识经历了由浅至深、由粗至精的转变。故首先弄清各版本对此的论述及其变化，则是进行符号学溯源的前提。

在《小说史大略》中，《史略》论述古代小说演变时，大略以朝代为序，以历朝某一小说类型为典型，如宋人之话本、元明传来之历史演义等。但对宋前小说的论述主要以文言小说为主，唐以降的论述则以白话小说为主，颇给读之者以唐以降文言小说并不发达而宋以前并无白话小说之错觉，其将古代小说衍变分为文言小说与白话小说两种形态的论断思路并不甚清

---

① 〔瑞士〕皮亚杰：《发生认识论原理》，北京，商务印书馆，2009 年。

② 〔德〕恩斯特·卡西尔：《人论》，上海，上海译文出版社，1985 年，第 35 页。

③ 参见拙稿《对"神魔小说"文体研究的质疑》，《贵州师范大学学报（社会科学版）》2010 年第 5 期，第 94 ~ 98 页。

晰；且因讲义性质，《小说史大略》仅是粗陈梗概，对唐以降通俗小说的论断比例并不大。到《中国小说史大略》，鲁迅将白话小说与文言小说并列为古代小说衍变的两大主线；对通俗小说的讨论更具个性色彩，如"宋之话本"开篇即言"然用白话作书者，实不始于宋"，并以新近发现的敦煌"俗文"作品为例（虽然《小说史大略》亦曾言及敦煌文献，但尚未上升到白话通俗文学之认识高度），追溯白话小说于宋以前的衍变梗概，有效规避《小说史大略》论断逻辑不明等缺陷。[①] 不过，《中国小说史大略》所论唐以降小说仍偏重通俗类，自第十篇"宋之志怪及传奇文"至第二十六篇"清末之谴责小说"，论文言小说者凡两篇，余皆白话小说。导致因由，在于鲁迅有意扬白话小说而抑文言小说（学界已有所注意）。而其扬抑亦有因，《中国小说史大略》认为《平妖传》等明代神魔小说"但为人民间巷间意，芜杂浅陋，率无可观"[②]，已有受"五四"新文化运动影响的因子。其时胡适"白话小说为文坛正宗论"（说详下）之说正劲，鲁迅不能不注意到。从《小说史大略》到《中国小说史大略》，再到初版本（上册）的修订，对白话小说论断有质之变——这就是写于 1923 年 11 月刊于 1923 年 12 月 1 日北京《晨报五周年纪念增刊》的《宋民间之所谓小说及其后来》一文。其时集中白话小说论断的初版本《史略》下册（1924 年北大新潮社初版），尚处于修订中而未出：从时间间隔看，正好处于《中国小说史大略》到初版本的修订之间。此文以"宋代行于民间的小说"起论，以"说话"为基点并引《东京梦华录》、《都城纪胜》等文献以论"说话"之衍变、内容梗概及敷演场景；尔后探讨《京本通俗小说》等"小说"之内容及"得胜头回"的四大特征。较于《小说史大略》相关论断，有较大修订；与《中国小说史大略》较为接近，但有所细化；而主要思路及论断大概与初版本相当。此文紧接着分析《大唐三藏取经记》等作品，指明"宋市人小说"的三大条件并分析"后来"之流变。此部分论述为《小说史大略》所略，《中国小说史大略》、初版本所详，并成为初版本"宋之话本"、"宋元之拟话本"及"明之拟宋市人小说及后来选本"等篇的论断基础及论述主体。不过，精确反映此文成为修订中间环节的则是据以"民间"立论的视角，因为此文探讨宋代小说的起源时说："宋代行于民间的小说，与历来史家所著录者很不同，当时并非文辞，而为属于技艺的'说话'之

① 参见拙稿《中国小说起源于"神话与传说"辨正——以〈中国小说史〉为中心》，《南京大学学报（哲学·人文科学·社会科学）》2014 年第 5 期，第 134～140 页。

② 鲁迅：《中国小说史大略》，载《鲁迅研究资料（第 17 辑）》，天津，天津人民出版社，1986 年，第 94 页。

一种。"①从而将小说的起源由单纯的"史家著录"视角转向注意小说在民间的衍变情形。"民间趣味"正逐渐成为鲁迅论述宋以降白话小说演进的主导，这正是初版本与《小说史大略》、《中国小说史大略》的最本质区别。这种带有符号化的文字表达正是《史略》编纂逐渐受"五四"新文化运动影响的标志。

"五四"新文化运动与《史略》的关联，不仅可从《史略》多次修订时的话语表达加以寻绎，亦可据鲁迅的思想及其行为转变以深入。既然二者紧密相关，那为何《史略》编纂之初未体现反到修订时才集中体现？

鲁迅1920年受聘北大讲授中国小说史课程时，提倡白话文运动者寥寥。其时有关文言当废与否仍处于激烈争论。面对林纾所谓"若尽废古书，行用土语为文字，则都下引车卖浆之徒，所操之语，按之皆有文法，不类闽广人为无文法之啁啾，据此则凡京津之稗贩，均可用为教授矣"（1919年3月18日《致蔡鹤卿书》）之诘难，蔡元培申辩道："为白话体者惟胡适之《中国古代哲学史大纲》，而所引古书多属原文，非皆白话也：北大教员所编之讲义，虽皆文言，而上讲坛后，决不能以背诵讲义塞责，必有赖于白话之讲演；白话与文言，形式不同而已，内容一也。"又说："北京大学教员中，善作白话文者，为胡适之，钱玄同，周启孟诸君。"可知1920年左右为白话体者并不太多，遑论对古代白话小说的研究。伍启元《中国新文化运动概观》（1934年3月初版）认为：民国九年之时，白话文虽逐渐显露于文坛，但白话文的盛行则是民国九年以后。②鲁迅《无声的中国》（1927年）亦说："在中国，刚刚提起文学革新，就有反动了。"③知白话文运动兴起之初并非一帆风顺。鲁迅此时所编《史略》亦为文言体，这与北大教员编撰讲义需用文言形式的环境有关，其时有关白话文学之论亦不多。1920年时，鲁迅只发表过《狂人日记》（1918年）、《孔乙己》（1919年）、《药》（1919年）、《明天》（1919年）、《一件小事》（1919年）、《风波》（1920年）等若干白话小说，尚属于"五四"新文化运动的"客卿"，未被奉为"旗手"；亦未成为运动的有力实践者，对白话文的提倡及认识并未上升到较高的理论层次。这两方面的综合致《小说史大略》未明显体现出"五四"白话文运动的思想。到1923年刊行初版本《史略》（上册）时，白话文已极为兴盛，社会反响强烈。《无声的中国》又说："不过白话文却渐渐风行起来，不大受阻碍。"胡适《五十年中国之文学》亦言：

---

① 鲁迅：《鲁迅全集》第1卷，北京，人民文学出版社，2005年，第150～164页。
② 伍启元：《中国新文化运动概观》，合肥，黄山书社，2008年，第30～31页。
③ 鲁迅：《鲁迅全集》第4卷，第13页。

"《学衡》的议论，大概是反对文学革命的尾声了。我可以大胆说，文学革命已过了讨论的时期，反对党已破产了。从此以后，完全是新文学的创造时期。"① 即见一斑。可见"五四"白话文运动经历了由浅入深逐渐被认可的过程。1922 年至 1925 年，鲁迅对"五四"白话文运动的认识较先前已有变化。其 1922 年 8 月 21 日《致胡适》曾说："白话的生长，总当以《新青年》主张以后为大关键，因为态度很平正，若夫以前文豪之偶用白话入诗文者，看起来总觉得和运用'僻典'有同等之精神也。"② 渐渐肯定白话文运动，但主张应以"平正"态度对待之。"以震其艰深"（1922 年 9 月 20 日）对彼时所谓"国学家"讥讽"做白话文的大抵是青年，总该没有看过古董书"的行为，驳道："新学"才是正道，而所谓"国学"已是"道尽途穷"。③《"一是之学说"》（1922 年 11 月 3 日）更是认为讲白话是"通妥"的④，并多次撰文为此辩护。而《答 KS 君》（1925 年 8 月 20 日）认为章士钊等及《甲寅周刊》"复古运动"的宣传："不过以此当作讣闻，公布文言文的气绝罢了。所以，即使真如你所说，将有文言白话之争，我以为也该是争的终结，而非争的开始。"⑤ 否定文言更甚，认为白话文已取得胜利。同时，自 1922 年至 1925 年，鲁迅亦大量创作诸如《祝福》、《在酒楼上》等影响巨大的白话小说，成为"五四"白话文运动的有力实践者，以此行为符号化。从鲁迅的思想及其行为转变看，这场运动对鲁迅的影响渐由形式借鉴内化成思维模式，成为其价值评判的主要参考，故我们探讨"五四"新文化运动对鲁迅学术研究的影响就有了事实依据与学理指导。

二、"口语体"、"白话小说"、"俚语著书"与《史略》编纂的话语核心

探讨《史略》的编纂，不能不对其产生的历史语境进行有效建构：将一切材料、活动及其符号化表达的要素进行归纳整理与比较分析，还原与建构合符当时"在场"的语境，进而在逻辑与历史相统一的基础上分析主体的文化选择、运动轨迹等则是建构的最本质意义。作为《史略》编纂时最重要的历史语境与文化主体，"五四"新文化运动不仅成为《史略》发生的主体机制，同时深刻成为《史略》的话语核心。这种话语选择不仅涉

① 欧阳哲生编：《胡适文集》（第三集），北京，北京大学出版社，1998 年，第 262 ～ 263 页。
② 鲁迅：《鲁迅全集》第 11 卷，第 431 页。
③ 鲁迅：《鲁迅全集》第 1 卷，第 407 ～ 408 页。
④ 鲁迅：《鲁迅全集》第 1 卷，第 413 ～ 414 页。
⑤ 鲁迅：《鲁迅全集》第 3 卷，第 120 ～ 121 页。

及《史略》编纂时使用的话语之内涵、关联及其扩展，同时左右其知识系统的结构，对后来治中国小说史者的话语选择影响更是深远。因此，我们有必要首先分析《史略》编纂的话语核心。

《中国小说史大略》"宋之话本"开篇即言："宋一代文人之为志怪，既平实而乏文彩，其传奇，又多托往事而避近闻，拟古且远不逮，更无独创之可言矣。然在市井间，则别有艺文兴起。即以俚语著书，叙述故事，谓之'平话'，而今所谓'白话小说'者是也。"①将"平话"与"五四"运动提倡的白话小说等同，作为论述的总调。而《小说史大略》同篇则以《太平御览》、"野史传记小说诸家"所编之《太平广记》起义（笔者案，此语是《太平广记》明谈恺刻印本所加"按语"的钞录），言及"好言异事"的宋季名人所撰《稽神录》、《夷坚志》等作品；尔后笔锋一转云："然文人著述，终不免规抚晋唐，鲜有独创，故宋代小说之当特笔者，初不在此，而为通俗小说之兴起也。"将二者相比较，可知《小说史大略》仅仅涉及白话小说于宋的存在事实，未涉及此类小说的存在背景及兴盛情形，亦不曾加以概念界定，思路并不清晰；《中国小说史大略》删掉与"平话"不相关的内容而直接涉题，以"俚语著书，叙述故事"概括"平话"特征，论证思路、思想倾向较《小说史大略》更为切题与精炼。这种转变的关键在于《中国小说史大略》将"平话"定位于白话小说，有明确的思想倾向及对应的逻辑。《中国小说史大略》接着说"然用白话作书者，实不始于宋"，并引《唐太宗入冥记》等"变文"为证；这与《小说史大略》所言"以口语体敷叙故事者，不始于宋。清光绪中，英人斯坦因得敦煌石室书，运至伦敦，内有口语体之散文及韵语小说数种，论者以为唐末五代人所书"，亦有本质之别。《中国小说史大略》中的"话本"、"平话"、"小说"及"白话小说"可等同，以构成相关论断的话语核心。从《小说史大略》到《中国小说史大略》，鲁迅更重视白话小说的提法，强调宋季小说源于民间的产生背景，并注意此类小说"俚语著书"的"白话"特征，与"五四"新文化运动关联的话语表达愈发明显。

"口语体"本为"五四"新文化运动的产物。当时白话文运动的重要主张之一即是将"国语改为语体文"，注重口语的语言形式的表达。②尤其是"散文"文类的话语表达，更是白话文运动的产物。郁达夫曾说："中国古代的文章，一向就以散文为主要文体……正因为说到文章，就指散文，所以中国向来没有散文这一个名字。若我臆断不错的话，则我们现

①　鲁迅：《中国小说史大略》第 64 页。
②　王世栋选辑：《新文学运动评论（上）》，上海，新文化书社，1920 年，第 5 页。

在所用的'散文'两字，还是西方文化东渐后的产品，或者简直是翻译也说不定。"①就认为"散文"文类的概念是"五四"后才有。虽说古代已有"散文"一词，亦带有一定的文类倾向②，但据现存古代文献所录，"散文"主要泛指韵文之外的一切"文样"的总称，庞杂而宽泛；至宋时，"散文"甚至指称与韵文相对的古文；清代时，"散文"内涵则衍变为与韵文、骈文相对而言，此于"桐城派"的主张中即可知晓。而现代意义的"散文"提法，则是与小说、戏剧、诗歌相对的一种"纯文学"概念，是西方文艺理论视野下的产物。如王统照《纯散文》认为："中国几年来提倡文学，在若干人的努力中间，小说、诗，比较上说都有一点成就，虽然不能说是很完善，而一看到我们文坛上的收获，不能不以此二者为最多量了。独有纯散文（pure prose）的佳者，却不多见。"究其原因系："纯散文没有诗歌那样的神趣，没有短篇小说那样的风格与事实，又缺少戏剧的结构，所以作纯散文好的极少。"③据此，《小说史大略》将"散文"与小说对举，"散文"之前的修饰语为"口语体"，这种提法即是当时白话文运动的产物。据此，早在《小说史大略》编纂之初，鲁迅已采用彼时通行的主导话语对古代小说的文类及其本质意义进行探讨（即"口语体之散文及韵语小说"），以奠定论述的基调，颇有依当时白话文运动主流而展开之意。鲁迅强调"口语体"就必然会注意白话小说中文本的口语化书写及其价值，故"口语体"定位的最大意义在于使《史略》对古代小说源于民间及其趣味性的切入视角有了事实依据（说详下）。

《中国小说史大略》突出"俚语著书"表明，《史略》建构小说史的话语内涵及其关联受"五四"新文化运动影响更甚。之所以突出白话小说"俚语"的形式表达，与鲁迅采取"文"与"意"并举的论断方式有很大关系。据考察，"文"与"意"是《史略》使用最频繁的批评话语，是《史略》进行小说批评的表述范式，如评"宋之市人小说"言为"主意则在述市井间事"、评《六合内外琐言》为"其体式为在先作家所未尝试，而意浅薄"等。这里的"意"相当于主题内涵层面的解读，"文"偏向于叙述语言及风格等方面。《中国小说史大略》强调白话小说"俚语"的叙述语言及其风格，认为该小说之"意"为叙述"故事"，正是此方式的体

---

① 郁达夫：《散文二集导言》，载《中国新文学大系》，上海，上海文艺出版社，1981年，第1页。

② 案，如明徐师曾《文体明辨序说·文》言："编内所载，均谓之文，而此类独以文名者，盖文中之一体也，其格有散文，有韵语，或仿楚辞，或为四六，或以盟神，或以讽人，其体不同，其用亦异。"（人民文学出版社，1962年，第137页。）

③ 王统照：《纯散文》，载《晨报副刊·文学旬刊》第3号，1923年6月21日。

现。这种关注颇与彼时"文白之争"的背景有关。胡适《文学改良刍议》提出的"八事"第八即是"不避俗字俗语",并云:"及宋人讲学以白话为语录,此体遂成讲学正体(明人因之)。"① 钱玄同《致陈独秀信》(1917年2月15日)亦言:"语录以白话说理,词曲以白话为美文,此为文章之进化。"② 所谓"不避俗字俗语"即是注重俗字俚语,故彼时学界强调为文者当以"俚语著书"为追求目标之一,其间文化主体的选择也就不言而喻。据此,《中国小说史大略》强调"俚语著书"的影响因素即是彼时的白话文运动——时势使然,已深刻影响鲁迅的话语选择及其表述方式,使其信手拈来,成为相关论断的核心理念。由《小说史大略》"口语体"到《中国小说史大略》"白话"的转变,尤其是《中国小说史大略》将"平话"与"白话小说"等同,这说明鲁迅对宋元"话本"建构话语的选择受彼时时势的左右已较深,相关修订及其主导思想在"五四"新文化运动的进一步影响下已有文化主体选择的倾向。所言"白话小说"即证。

胡适早在1917年《历史的文学观念论》中率先提出"白话小说为文坛正宗论",云:"小说则明、清之有名小说,皆白话也。近人之小说,其可以传后者,亦皆白话也(笔记短篇如《聊斋志异》之类不在此例)。故白话之文学,自宋以来,虽见屏于古文家,而终一线相承,至今不绝。""今日之文学,当以白话文学为正宗。""及白话之文体既兴,语录用于讲坛,而小说传于穷巷。"③ 刘半农《我之文学改良观》(1918年)亦云:"今既认定白话为文学之正宗与文章之进化,则将来至期望,非做到'言文合一',或'废文言而用白话'之地位不止。此种地位,既非一蹴可几,则吾辈目下应为之事,惟有列文言与白话于对待之地,而同时于两方面力求进行之策。"④ 将胡适等与《史略》相比较可知,将白话小说开端溯源于宋代之举,胡适早已指明;《聊斋志异》之类的笔记短篇小说被摒弃于白话文学之外,亦为鲁迅所接受;胡适"及白话之文体既兴,语录用于讲坛"等论述,正是《史略》相关论断之重心;"废文言而用白话"的思想,正是《史略》建构此类小说演进过程的指导。据此,《史略》有关(宋代)白话小说的编纂及修订,其基本论断及逻辑皆不出胡适等人。虽说不能明确鲁迅此举直接导源于胡适,但鲁迅曾言"中国之小说自来无史;有之,则先见于外国人所作之中国文学史中"(《史略·序言》),而对彼时研

① 胡适:《文学改良刍议》,载《新青年》第2卷第5号,1917年1月。
② 钱玄同:《致陈独秀信》,载《新青年》第3卷第1号,1917年3月。
③ 胡适:《历史的文学观念论》,载《新青年》第3卷第3号,1917年5月1日。
④ 刘半农:《我之文学改良观》,载《新青年》第5卷第6号,1918年12月15日。

究小说的著述有过广泛搜集，但缺乏可供参考的同类著述，致其不能不注意彼时的研究动态，则胡适的主张及著述当为鲁迅的重要参考，成为彼时学界的共同选择。① 不过，"白话小说为文坛正宗论"被彼时学者广泛用于指导白话小说的创作以致影响极大，而将这种带有文化主体选择的思想用于系统研究古代小说之衍变者则寥寥无几。鲁迅据此作为建构古代通俗小说演进时的定位，寻求古代小说与彼时西方文艺理论视域下的"小说"观念之间的融通，从而开创以西方文艺理论为指导而建构小说史的基本范式及话语核心。这种范式的选择正是"五四"新文化运动的必然产物。

要之，通过对《史略》核心话语选择的分析，《小说史大略》论述宋季小说时已露出受"五四"新文化运动影响的端倪，《中国小说史大略》通过"白话小说"、"俚语著书"等受"五四"新文化运动影响的核心话语以对古代白话小说的起源、衍变及特征等进行规律构建，从而建立起具有浓厚时代特征的知识结构及话语范式；以此作为组织、评价宋代小说发展的意念发端、主导思想及论证逻辑。这种知识结构在一定程度上会导致《史略》对小说规律的建构偏离小说史的存在实情，产生以观念套材料、以偏概全等一系列问题。② 但其间的文化主体及选择与对后来治中国小说史者的话语选择等影响，则是这种知识结构对中国小说史早期发生的最本质亦最富启迪的意义。

三、"平民文学"、"民间趣味"与《史略》编纂的文化主体及理论建构

既然《中国小说史大略》受"五四"新文化运动影响而建构的话语核心含有文化主体的选择，那么进一步分析这种文化主体对《史略》编纂的影响及其意义则颇显迫切。上文述及《中国小说史大略》论述宋季小说时已涉及该小说兴盛的民间背景，此思想又表现在论述明代神魔小说中：如认为《平妖传》："凡所敷叙，又非宋以来道士造作之谈，但为人民间巷间意，芜杂浅陋，率无可观。"又如认为《四游记》："书中文言俗语间出，事亦往往不相属，盖杂取民间传说作之。"③ 这对《宋民间之所谓小说及其后来》所言"宋代行于民间的小说，与历来史家所著录者很不同"等说又有所深入。而作为《史略》精炼版的《中国小说的历史的变迁》进一步说

---

① 参见拙稿《学界研究的推进与〈中国小说史稿〉的完善》，《中南大学学报（社会科学版）》2014 年第 6 期，第 291～298 页。

② 参见拙稿《如何客观对待鲁迅〈中国小说史略〉——从欧阳健先生〈中国小说史略批判〉谈起》，《内江师范学院学报》2012 年第 3 期，第 10～14 页。

③ 鲁迅：《中国小说史大略》，第 94 页。

到："至于创作一方面，则宋之士大夫实在并没有什么贡献。但其时社会上却另有一种平民底小说，代之而兴了。这类作品，不但体裁不同，文章上也起了改革，用的是白话，所以实在是小说史上的一大变迁。"①可知，鲁迅主张白话小说出自民间属平民文学的范畴，强调此类小说的"民间趣味"，则对此的基本定位：行为主体是"平民底"，客体表达为"民间"，主体文化是"人民间巷间意"，价值意义属"平民文学"。

"平民文学"说本为"五四"新文化运动的重要标志。陈独秀《文学革命论》（1917年2月1日）提出的"三大主义"，即"推倒雕琢的阿谀的贵族文学，建设平易的抒情的国民文学"，"推倒陈腐的铺张的古典文学，建设新鲜的立诚的写实文学"，"推倒迂晦的艰涩的山林文学，建设明了的通俗的社会文学"，②就有"国民文学"的表达。以"平民文学"评判白话小说价值之举已成为"五四"新文化运动作用下的时代潮流，如曹聚仁撰有《中国平民文学概论》专门讨论"平民文学"的发展史③，等等。不过，彼时对"平民文学"的理解又粉彩争呈。周作人《日本近三十年小说之发达》率先提出"平民文学"概念，认为"平民文学"不一定是平民所创造的，也不是专写给平民看的，关键则在于作品是"研究平民生活——人的生活——的文学"，是"具有平民精神的文学"；④而胡适《国语文学史》则强调其间的传统性与民间性，认为作者属平民阶层，是书写"民间趣味"的。⑤鲁迅于1927年4月8日在黄埔军官学校讲座《革命时代的文学》时提出："赞美建设是革命进行以后的影响，再往后去的情形怎样，现在不得而知，但推想起来，大约是平民文学罢，因为平民的世界，是革命的结果。……如果工人农民不解放，工人农民的思想，仍然是读书人的思想，必待工人农民得到真正的解放，然后才有真正的平民文学。"⑥关注"平民文学"的未来意义（理想色彩），此为"后文学革命"时期的思想；此时其已接受马克思主义理论，思想及价值观较前已有很大变化。因而，鲁迅后期虽曾明确论述"平民文学"内涵，但在《中国小说史大略》至初版本的修订时，其对"平民文学"的理解更接近胡适。从《史略》论述可知：所扬在于宋季白话小说满足"建设平易的抒情的国民文学"之要求，"代之而兴"系创作者是民间大众而非"士大夫"，故得侧列于"通俗

① 鲁迅：《鲁迅全集》第9卷，第329页。
② 王世栋选辑：《新文学运动评论（上）》，第49页。
③ 曹聚仁：《中国平民文学概论》，无锡，梁溪图书馆，1926年。
④ 周作人：《日本近三十年小说之发达》，载《新青年》第5卷第1号，1918年7月。
⑤ 欧阳哲生编：《胡适文集》第8集，第1～132页。
⑥ 鲁迅：《鲁迅全集》第3卷，第436～442页。

文学"。所谓"小说史上的一大变迁"即基于社会价值而言。因而，鲁迅认为此类小说最大功绩在于因"白话"形式起着"改革"之用——以平民文学为评判基点，强调标准归于"改革"意识。在鲁迅看来，正是"白话小说"的兴盛方使古代小说出现新的文学样式并注入新活力，"改革"意味才是此类小说于"小说史上的一大变迁"之根源。考察《史略》的用语习惯及基本思路，"变迁"几与"进步"等同，则此处言外之意即是说宋元白话小说的出现是小说史演变的一大进步。那么，将"白话"、"改革"、"进步"等词及其所欲表达的潜在涵义加以串联观察，知此表达及其意义与"五四"新文化运动的精神是契合的。钱玄同《致陈独秀信》（1917 年 2 月 15 日）就曾说过："语录以白话说理，词曲以白话为美文，此为文章之进化。"鲁迅此意不正是"文学革命论"的典型表达？

由"平民文学"引申的是鲁迅的"民间趣味"情结，这主要反映在对民间文学的关注。据钟敬文《作为民间文艺学者的鲁迅》，鲁迅青少年时期就对民俗学及民间文学表现出浓厚兴趣，曾将民间文学的素材写入诸如《社戏》等文学作品中，发表有关民间文学的诸多研究著述，研究往往有一己之得，具有浓厚的"民间趣味"情结。[①] 这种情结在《史略》中的主要表现则是小说起源路径的探讨——路径有二：一是根据史志目录所载，二是从神话与传说。此即第一篇"史家对于小说之论录"（按，此篇首先列于《小说史大略》中，《中国小说史大略》被删，到初版本又重新收录并以修改增补）与第二篇"神话与传说"的设立缘由及论述主体。其中"神话与传说"的论述即据"民间趣味"视角以讨论之趋势。但《小说史大略》所论重点集中于史志所载，第二条路径的论述思路并不清晰；涉及两者关系的，仅数言："《周书》虽为虞初小说所本，而今本《逸周书》中，惟《克殷》《世浮》《王会》《太子晋》四篇，记述颇近夸饰，类于传说。"[②] 无法明确其内在逻辑及关联，有观念先行之嫌，有违从具体文本及文献记载以分析归纳的常规论述逻辑。《中国小说史大略》时，史志所载路径被删而着重论述第二路径；所论虽较《小说史大略》略详，有"神话不特为宗教之萌芽美术所由起，且实为文章之渊源"[③] 等阐述神话对文章的影响之语，渐有关注民间文学之意，直至初版本方有浓厚的"民间趣味"。该版"神话与传说"开篇云："志怪之作，庄子谓有齐谐，列子则称夷坚，

---

① 钟敬文：《中国民间文学讲演集》，北京：北京师范大学出版社，1999 年，第 247～248 页。

② 鲁迅：《小说史大略》，第 41 页。

③ 鲁迅：《中国小说史大略》，第 5 页。

然皆寓言，不足征信。《汉志》乃出于稗官，然称稗官者，职惟采集而非创作，'街谈巷语'自生于民间，固非一谁某之所独造也，探其本根，则亦他民族然，在于神话与传说。"① 即言《汉志》已指出小说源于民间的本根性。在"民间趣味"的指导下，《史略》对古代小说的起源、发展及鼎盛等阶段的探讨几乎都围绕此而展开，尤其是对宋以降小说史迹的建构以白话小说为主，关注此类小说的民间性，符合"白话小说为文坛正宗论"的文化选择。

从《中国小说史大略》到《宋民间之所谓小说及其后来》，再到初版本，"民间趣味"视角逐渐成为鲁迅建构小说作家作品演进及评判的切入点，其对古代小说的价值评判在"五四"思想影响下已有文化主体选择的意味——暨以"五四"精神作为建构古代小说规律的理论指导，并进行价值评判，使《史略》的编纂思想及现实意义与"五四"精神相契合。这种文化选择对《史略》的理论建构产生了深远影响。具体而言，有以下两方面：

一是，《史略》理论体系的建立。众所周知，《史略》开创了现代中国小说史的编纂范式，即在"五四"新文化运动作用下以西方文艺理论为指导，以作家作品为连接点，据时代为序梳理出"小说史的一条规律"出来；并获得巨大成功，备受后来治小说史者的推崇。受"五四"新文化运动的影响，尽管《史略》以白话小说与文言小说作为撰写的主要对象，但纵观整部小说史——以《汉志》所录"自生于民间"的"街谈巷语"起论，寻求古代小说发生时的"民间趣味"，寻求"神格"向"人性"进化的"神话与传说"的民间"独造"性，到具有浓厚"世俗"趣味及民间信仰的六朝鬼神志怪书，再到"俚语著书"的"市井艺文"之宋元白话小说，及"但为人民闾巷间意"、"世情百态"、"细民精神"的明清神魔类、讲史类、人情类、侠义公案类、狂邪类等章回小说，论述的主体部分主要是围绕"平民文学"及其思想性展开。正如"清之侠义小说及公案"篇所言："侠义小说之在清，正接宋人话本正脉，固平民文学之历七百余年而再兴者也。"② 其框架体系是以"平民文学"为基点，主体内涵是以"平民底"为内核。在"平民文学"思想的驱动下，"五四"新文化运动提出的另一重要主张暨"人的文学"亦主导着《史略》的框架体系。鲁迅试图通过"人的意识"觉醒建构出由无意为小说向有意为小说演进的小说史规律——从"非有意为小说"的六朝鬼神志怪书到"有意为之"的唐宋"传奇小

① 鲁迅：《中国小说史略》（上册），北京，北京大学第一院新潮社，1923 年。
② 鲁迅：《中国小说史略》，北京，北新书局，1927 年，第 327 页。

说"等论述即此表现。因"平民文学"的内核为"闾巷间意"，小说史的撰写必然要反映出"人的觉醒"并书写与之相关的诸多面，故《史略》借用"人的文学"视角试图将以白话小说演进为主体兼及文言小说演进的小说史框架统而为一。① 这就促使《史略》的评价体系进一步靠向"平民文学"。据此看来，整部《史略》成了"平民文学"的小说史——唯有精准表达"平民底"思想、带有"民间趣味"的小说作品才能成为"小说史上的一大变迁"。要之，"五四"运动促使《史略》找到一种不仅可理论指导同时具备操作性的切入视角，预先建立一套带有纲领性的理论模式，从而将古代小说中符合此规范的作家作品纳入小说史的考察范围。这就是《史略》以作家作品为连接点建构小说史的最本质原因。

二是，《史略》研究对象的入围。这种建构导致《史略》研究方法为寻求符合此标准的作家作品，研究对象的遴选多有针对性，即正面体现的与反面阻碍的两类。正面体现的作家作品就成了小说演进的代表，上引诸例可证。而批判反面阻碍的作家作品正好说明建构体系在艰难演进过程中的珍贵价值，如"明之拟宋市人小说及后来选本"篇云："宋市人小说，虽亦间参训喻，然主意则在述市井间事，用以娱心；及明人拟作末流，乃诰诫连篇，喧而夺主，且多称荣遇，回护士人，故形式仅存而精神与宋迥异矣。"所谓"诰诫连篇"属思想内涵之违，"回护士人"属书写对象之违。又如"清之拟晋唐小说及其支流"篇言"明末志怪群书，大抵简略，又多荒怪，诞而不情"，批《阅微草堂笔记》"堕为报应因果之谈"，亦着眼于思想内涵与书写对象而言。② 基于此，《史略》的研究对象几不多涉与此无关的作家作品。这种预先设定若干理论指导及明确目的性，致使《史略》对入围作家作品的定位就有统一的标准。由于"平民文学"思想的作用，《史略》遴选论述对象时则侧重于白话小说一类，有所忽略文言小说。这就是《史略》对白话小说的起源、过程及高峰等若干演进阶段的揭示要比对文言小说的论述较为完整的本质原因。

综上所述，通过对《史略》发生机制的揭示可知：随着"五四"新文化运动的逐渐深入——"平民文学"、"民间趣味"作为彼时主流，是推动《史略》编纂的主要助力；鲁迅对此的深入接受及重视民间文学，是形成《史略》建构价值标准的内驱力。从"口语体之散文及韵语小说"到"白话小说"、"俚语著书"，其间话语核心的转变正是受"五四"新文化运动

① 参见拙稿《"以小说见才学者"辨正及其小说史叙述意义——兼及"才学小说"的概念使用》，《南京师大学报（社会科学版）》2014年第4期，第146～147页。
② 鲁迅：《中国小说史略》，第221～246页。

影响渐趋深入的表现。这些话语核心所形成的具有浓厚时代特征的知识结构及话语范式，使得《史略》对古代小说作出行为主体是"平民底"、客体表达为"民间"、主体文化是"人民闾巷间意"、价值意义属"平民文学"的定位判断。这种判断在当时"平民文学"、"民间趣味"等思想的进一步作用下，已有文化主体选择的意味。《史略》以此对古代小说的起源、衍变及特征等进行规律构建，对研究对象的遴选、特征、内涵、价值有着全方位影响，终使《史略》建立一套可理论指导又具操作性的带有纲领意义的理论模式。从鲁迅编纂小说史伊始到其后来的多次修订，"五四"新文化运动的相关思想成为《史略》发生机制的主导思想及文化主体，伴随其发生过程的始末；《史略》的话语选择、思想倾向、评价体系在"五四"新文化运动的影响下得到一步步完善，从而建立起对中国小说史有重要典范意义的编纂模式。由于后来治小说史者所处的文化背景相当程度上与鲁迅的相同，《史略》提供的成功实践经验为谭正璧、阿英、胡怀琛、郑振铎等治小说史者所认可，有着广泛影响；甚至，相关编纂模式至今仍是撰写小说史的不二选择。因此，客观揭示《史略》的发展机制，分析鲁迅编纂时的主客观条件，有助于我们承继《史略》精髓内涵并有效规避其不足。

第二节　近现代尚鬼神妖怪之风、 "国民性批判"与《史略》之编纂及修订 ①

《史略》有关鬼神妖怪之说的论断，主要集中于"六朝之鬼神志怪书"、"明之神魔小说"、"清之拟晋唐小说及其支流"等篇目中，凡 6 篇，占《史略》总数 28 篇的 21.43%，所占比例较大。《史略》如此重视描写鬼神妖怪的古代小说的情形，颇当引起我们的重视。但从 1920 年的《小说史大略》到 1922 年刊发的《中国小说史大略》，再到 1923 年以后所刊印的各修订本，《史略》有关鬼神妖怪之说的论断做了较大变动，尤其是对明之描写鬼神妖怪的小说的归类及其论断，几近于重写。因此，探讨《史略》各版本在修订过程中对鬼神妖怪之说的引证及论断的变化情形，不仅有助于还原鲁迅对六朝小说与明清小说的最初看法，而且有助于正确对待《史

---

①　案，本节主体部分曾以《近现代尚鬼神妖怪之风、"国民性批判"与〈中国小说史略〉——以"六朝之鬼神志怪书"、"明之神魔小说"为例》（上、下）为题，发表在《上海鲁迅研究》2012 年第 4 期、2013 年第 1 期上。特此注明。

略》有关鬼神妖怪之说的论断对后世治小说史者所带来的种种影响，有利于近今治小说史者客观地进行小说史的编纂。

一、《史略》有关鬼神妖怪之说的论述：
以六朝鬼神志怪书、明之神魔小说为例

在"六朝之鬼神志怪书"等相关篇目中，从《小说史大略》到《中国小说史大略》，《史略》对鬼神志怪之说的论断作了较大调整。在《小说史大略》中，以"秦汉以来，神仙之说本盛行，汉末又大行鬼道，而小乘佛教亦流入中国"（上篇）作为六朝鬼神志怪书兴盛之背景，关注重点则是"张皇鬼神，称述怪异"的内容[①]；并且，《小说史大略》有关古代小说流变之史的探讨，尚缺乏明确的进化意识的表达。此时的《小说史大略》亦尚未确立"由无意为小说向有意为小说演进"这条小说史演进的规律，因而《小说史大略》对六朝之鬼神志怪书的演进表达仅仅是梗概片段的介绍，仅仅是对该时期之代表作品略以举例简述。但到了《中国小说史大略》，鲁迅则将六朝之鬼神志怪说的时代背景定位于受"巫风"影响，云："中国本信巫，秦汉以来，神仙之说本盛行，汉末又大畅巫风，而鬼道愈炽。"（上篇）[②]与此相对应的是，《中国小说史大略》关注的重点已不再是"怪异"，而是"灵异"之说，即"张皇鬼神，称述灵异"。如《小说史大略》称《搜神记》"怪异变化之外，亦记神仙五行，又偶有释氏说"，《中国小说史大略》则称其为："于神祇灵异人物变化之外，颇言神仙五行，又偶有释氏说。"（上篇）同时，《中国小说史大略》又言六朝之鬼神志怪书"其书有出于文人者，有出于教徒者。文人之作，虽非如释道二家，意在自神其教，然亦非有意为小说，盖当时以为幽明虽殊涂，而人鬼乃皆实有，故其叙述异事与记载人间常事，自视固无诚妄之别矣"（上篇），始含"有意为小说演进"这条规律的表达。较之于《小说史大略》更具有理论色彩。《中国小说史大略》又说"魏晋以来，渐译释典，天竺故事亦流传世间，文人喜其颖异，于有意或无意中用之，遂蜕化为国有"，这里强调文人对释道之说或有意或无意的吸纳，将文人所作与释道之说同放于"有意为之"规律的平台下讨论。这种转变有助于我们发掘《中国小说史大略》在《小说史大略》的基础上对六朝鬼神志怪书的演变史迹，进行重构的前

[①] 本节所引油印讲义稿，均据《小说史大略》，载《中国现代文艺资料丛刊（第4辑）》，上海，上海文艺出版社，1979年，不再一一注明。

[②] 本节所引铅印本，均据《中国小说史大略》，载《鲁迅研究资料（第17辑）》，天津，天津人民出版社，1986年，不再一一注明。

因后果。

据上所述,《中国小说史大略》将六朝鬼神志怪书的时代背景,附议于"巫风"并将关注重点转向"灵异"之说的原因,大概与鲁迅为强调此时期的小说与释道之说密不可分的举动有关。《中国小说史大略》认为"中国本信巫"与释道之说,同具有宗教色彩,二者的影响同样重要;鲁迅因而将此时期"出于文人"的小说与"出于教徒"并列。而在《小说史大略》中,第五篇"六朝之鬼神志怪书(上)"讨论的重点并非释道之说对此时期小说的影响,主要是对文人所作小说的探讨;而第六篇(下篇)开篇即言"称述神异之书,出于方士者,如《十洲记》、《汉武帝内传》",之后讨论的重点仍是方士之作,尔后才言及《冥祥记》等"释家辅教之书"。在《中国小说史大略》中,第四篇"六朝之鬼神志怪书(上)"篇末讨论《齐谐记》之"阳羡鹅笼记"时,着重突出"此类思想,盖非中国所故有"(《小说史大略》无此句),强调释家之说对此时期小说的渗透;第五篇(下篇)开篇则讨论"释氏辅教之书",与《小说史大略》的论述顺次正好相反,其所论述重点,不言自明。第五篇(下篇)又云:"佛教既渐流播,经论日多,杂说亦日出,闻者虽或悟无常而归依,然亦或怖无常而却走。此之反动,则有方士亦自造伪经,多作异记,以长生久视之道,网罗天下之逃苦空者,今所存汉小说,除一二文人著述外,其余盖皆是矣。方士撰书,大抵托名古人,故称晋宋人作者不多有,惟类书间有引《神异记》者,则道士王浮所作。"玩味其言,所谓方士道士之作与释家辅教之书,皆注重长生之道与术,惑人迷世殊途同归(如《中国小说史大略》第五篇认为刘义庆《宣验记》、王琰《冥祥记》、颜之推《集灵记》、侯白《旌异记》四种"大抵记经像之故显效,明应验之实有,以震耸世俗,使生敬信之心,顾后世则或视为小说",可见鲁迅是从宗教教义及其价值观对世俗的影响方面着手讨论六朝小说的;而"巫风"所及多为灵异之事,亦足以震耸世俗,使生敬信之心)。因此,《中国小说史大略》强调释教书籍之"外来"影响的同时,必然要突出本土的"内在"影响,必然要言及"中国本信巫"的传统。可见,《中国小说史大略》关注六朝鬼神志怪书的宗教教义,强调古代信巫传统下的"灵异"描写,亦在情理中。从上述可知,鲁迅在对六朝之鬼神志怪书的论述过程中,十分注意这种宗教教义对世俗人心的影响,故而突出释道之书的"辅教"意义。这或为《中国小说史大略》对"六朝之鬼神志怪书"篇进行重新建构的最主要原因!《史略》以后各修订本的相关论断,大体与《中国小说史大略》相同。

在《史略》各版本修订过程中,有关鬼神妖怪说的论断前后变化最大的、对后世治小说史的影响最深远的，莫过于明之神魔小说的相关论断。在《小说史大略》中，《史略》尚未名类"神魔小说"，而是名之为"明之历史的神异小说"（第十二篇），主要讨论《东周列国志》、《西汉演义》、《东汉演义》、《中兴名将传》、《西游记》、《西游补》、《封神传》、《三宝太监西洋记》等小说，大体同于《中国小说史大略》"明之神魔小说"（上、下篇）所讨论的作品。但《小说史大略》第十二篇所讨论的重点，主要集中于"历史"二字，将《西游记》等小说当作"元明传来之历史演义"（第十一篇）的余绪，如认为《东周列国志》、《西汉演义》、《东汉演义》"此三书舛误而外，又以拘牵史实，袭用陈言，故既拙于遣辞，又颇惮于叙事"，认为这是"历史演义之弊"所在；又将"述一时之事，而特置重于豪杰者"之《中兴名将传》归为"英贤小说"，而《龙图公案》"虽每篇各有起讫，近于宋之公案，而通本并载包拯断狱之神异，实亦英贤小说之流亚"。所谓"英贤小说"则为"讲史之一支"的别称（即《小说史大略》所言"《中兴名将传》固讲史之一支，然分析之，则亦可谓之英贤小说"，可知《中国小说史大略》认为二者不仅形样、书写内容有别，本质更是天壤之别）；评价《西游记》时，又说："至于取史上之一事或一人，而又不循旧文，出意虚造，以奇幻之思，成神异之谈，则至明始有巨制，其魁杰曰《西游记》"；评价《封神传》为"其书开篇诗云：商周演义古今传，盖志在于演史，而侈谈神怪，什九虚造，实不过假商周之争，写一己之幻想……仅止于神异小说之备员而已"。以上诸例，均是在强调"历史"本质的基础上，才顾及各小说所涉及的神异成分描写。《小说史大略》进一步言及《西游记》所写取经事、唐太宗入冥情状，即见于《朝野金载》等唐人通俗文（即杂史）及《唐书·方技传》之中，并言："似自唐末至宋元，乃渐渐演为神异故事，流播民间。"在评价《西游记》艺术真实性之时，《小说史大略》又说"第九回记玄奘父母遇难及玄奘复仇之事，全非事实，甚诬古人"，则以是否合乎史实作为评判的主要标准。又，评价《封神传》："虽间见佛名，偶说名教，混合三教，亦如《西游》，然其根柢，则方士之见也。"认为该类小说所言不出方士之见，依古史官之意以待之。由此可见，《小说史大略》类名"神异小说"，不过是鲁迅认为这类小说本质仍属"讲史"一员，却因其所描写的神怪、虚造成分过多而被单独对待。换句话说，《小说史大略》中的"神异小说"并不能当作一被鲁迅完全认可的文类，仅是"历史小说"一分支而已。《小说史大略》第十三篇"明之人情小说"又说"明人小说之涉及历史者，若非神怪，即为英贤，而又多偏于武勇"，即是明证。可以说，《小说史大略》对"神异小说"的考虑，与古代史官于"正史"之外设置"杂史"、"野史"等部类的举动,并无区别。这与《史略》重视传统目录学思维的编纂思想有紧密联系。①

而《中国小说史大略》第十五、十六篇为"明之神魔小说(上、下篇)",由《小说史大略》之"历史的神异小说"到名类"神魔小说",变化不可谓不大。尽管我们现在已无从知晓鲁迅改变该小说类名的内幕。但《小说史大略》论述《西游记》时,曾提及清人悟一子《西游真诠》与悟元道人《西游原旨》二书,认为"实则全书大旨,无非以猿表心,以马表意,以心制马与魔,而又以紧箍制心,心灭魔灭,乃得真如";又引谢肇淛《五杂俎》语,佐以《西游记》第十三回之"心生种种魔生,心灭种种魔灭"等内容,认为这一切"惟缘明人之言心性,已多混三教为一谈,故释迦与老君同流,真性与元神错出,又以八卦,通之《易经》,而附会于儒术矣"。可知,《小说史大略》提及神魔的论断并不多(另一处则是对《封神传》的论述),但以上论断仍可见及鲁迅以明季的时势背景考察明代小说的研究思路。据《史略》引证及论断的内在逻辑看,这大概是鲁迅由"历史的神异小说"到"神魔小说"转变的最初意念发端(鲁迅对此类小说认识的改变,其原因是多方面的,详见下文)。因为《中国小说史大略》第十五篇开篇即云:"奉道流羽客之隆重,极于宋宣和时,元虽归佛,亦甚崇道,其幻惑故行于人间,明初稍衰,比中叶而复入朝列。成化时有方士李孜,释继晓,正德时有色目人于永,皆以方技杂流拜官,荣华赫然,世所企羡,则妖妄之说自盛,而影响且及于文章。且历来三教之争,都无解决,互相容受,乃曰同源,所谓义利邪正善恶是非真妄诸端,皆溷而又析之,统于二元,虽无专名,谓之神魔,盖可赅括矣。"以明之时代背景探讨此时期的小说,正是依《小说史大略》的思路而展开的表现。由于《中国小说史大略》已将此类小说从"历史小说"中单列开来,其所论述重点不再着眼于"历史"(但《中国小说史大略》认为神魔小说的兴盛与方士杂流之说有很大关系,仍见《小说史大略》到《中国小说史大略》的改变痕迹),转而关注此类小说的"神魔"描写(《中国小说史大略》及以后各修订本并未对"神魔小说"的文类性质作相应的说明)。

具体而言,《中国小说史大略》对神魔小说的论述有以下几大特征:

一是,对神魔小说持鄙薄之态。《中国小说史大略》对此类小说的总体定位是:"芜杂浅陋,率无可观"。又如,认为杨志和本《西游记传》"虽大体已立,而文词荒率,仅能成书"。对此类小说所写之神魔争斗事,

---

① 参见拙稿《对鲁迅"唐传奇"文类说的检讨——〈中国小说史略〉辨正(一)》,《内江师范学院学报》2011年第7期,第43～47页。

多以"妖事"相称（《小说史大略》多以"神异"称代），如认为《北游记》主要"记真武本身及成道降妖事"。《中国小说史大略》认为三教"幻惑行于人间"、"妖妄之说自盛"，影响及于明之文章，因而对描写三教的神魔小说的思想内容及艺术性，总体上是持贬低态势的。

二是，认为神魔小说是文人创作并取自于民间传说，二者相结合的结果。如认为此类小说肇始的《平妖传》"凡所敷叙，又非宋以来道士造作之谈，但为人民间巷间意"，认为《四游记》"书中文言俗语间出，事亦往往不相属，盖杂取民间传说作之"，认为《西游记》的取经故事"自唐末至宋元，乃渐渐演为神异，且能有条贯，小说家因亦得取为记传也"，认为《封神传》"特颇有里巷传说"，等等。可见，《中国小说史大略》认为此类小说源于大众及民间传说，虽经文人加工仍残留有民间文艺的色彩，这是《中国小说史大略》对此类小说之思想内容及艺术性持贬低态势的主要原因。

三是，关注神魔小说对细民大众及人心的重要影响，认为此类小说"其力之及于人心者甚大"。这是关注此类小说的创作方式的思维，延续的必然结果。《中国小说史大略》虽鄙薄此类小说"芜杂浅陋，率无可观"却又着力论述此类小说的重要的根源。又如，论述《北游记》时引《元洞玉历记》语："上赐玄帝披发跣足，金甲玄袍，皂纛玄旗，统领丁甲，下降凡世，与六天魔王战于洞阴之野，是时魔王以坎离二炁，化苍龟巨蛇，变现方成，玄帝神力摄于足下，锁鬼众于酆都大洞，人民治安，宇内清肃。"认为彼时的妖事已影响民众及社会治安，这大概是称之为"妖事"的最主要原因。

四是，关注神魔小说的娱乐性质。比如，其以杨志和本《西游记传》"火云洞之战"为例，认为此书"凡所记叙，简略者多，但亦偶杂游词，以增笑乐"。这是关注此类小说"其力之及于人心者甚大"的余绪，是关注此类小说影响人心的具体表现。以上论断与《小说史大略》相比，有着本质之别。初版及以后各修订本虽多出"明之神魔小说（中）"一篇，但其相关论断大体同于《中国小说史大略》。不过，初版及以后各修订本对此类小说之影响人心及娱乐成分的关注，相对多了些。如在增加论述《西游补》的篇幅中，认为此书"其造事遣辞，则丰赡多姿，恍惚善幻，奇突之处，时足惊人，间以俳谐，亦常俊绝"[①]。但检视《史略》各修订本对神魔小说娱乐性的相关论断，鄙薄之态仍甚浓烈。

---

① 鲁迅：《中国小说史略》，北京，北新书局，1927年，第196页。

综上所述，《史略》有关鬼神妖怪之说的论述虽经历由《小说史大略》到《中国小说史大略》的变化，但这种论断的变化主要是，向鬼神妖怪之说对于世俗人心的重要性方面靠拢。——论述六朝之鬼神志怪书，则注重宗教教义对世俗人心的影响，突出释道之书的"辅教"意义；论述神魔小说，则突出其对细民大众及人心的重要影响，认为此类小说"其力之及于人心者甚大"。同时，由《小说史大略》到《中国小说史大略》，《史略》有关鬼神妖怪之说的论述，鄙薄势态颇浓。这种带有论断者之个人情感倾向的论断态度，惟有据论断者之意念发端及最终目的以讨论，方可明辨个中缘由。

二、近现代尚鬼神妖怪之风与"五四"运动：
《史略》论述鬼神妖怪之说的时代背景剖析

近现代尚鬼神妖怪之风，景况远胜于历代。陈独秀《有鬼论质疑》曾说："吾国鬼神之说素盛，支配全国人心者，当以此种无意识之宗教观念最有力。"[①] 以受现代文明熏染较早、较多的 20 世纪初期的上海所出现的"灵学会"为例："灵学会"设坛扶乩，办《灵学丛志》宣扬鬼神之说，宣扬"鬼神之说不张，国家之命遂促"，即见尚鬼神说风气的根深蒂固。[②] 刘半农《辟〈灵学丛志〉》也说："中国人最好谈鬼，今有此技合嗜好之《灵学杂志》应运而生，余敢决其每期销数必有数千份之多。"[③]"灵学会"的兴盛正是近现代尚鬼神妖怪之风的一个缩影。

谈鬼神不仅可以自娱，亦可娱人。老向《乡人说鬼》一文曾鲜明地描绘劳苦大众谈鬼的情形："乡下人在柳荫下，在小院中，在庙台上，在茶馆，在地头，在豆棚瓜架，在长工屋里，三三五五，时常的喜欢谈鬼。议论朝政，他们不能也不敢；臧否人物，也怕祸从口出。茶棚旅舍到现在还不曾取消'莫谈国事'的戒条，然而并没有'禁止说鬼'。鬼是可以如人意的教他人消长，教他善恶美丑，教他自由活动的，何乐而不谈？"[④]谈鬼可自娱与娱人，不单是劳苦大众才会有这种体验，文人亦尚此趣。因此，历来尚鬼神之说的不但有普通的劳苦大众，亦不乏有文人。刘青园《常谈》曾言"鬼神奇迹不止匹夫妇言之凿凿，士绅亦尝言之"，颇具代表性。当然，士绅言鬼多少带有说教的意图，但也带有某种程度的赏鉴消遣意味。

① 转引自陈平原编：《神神鬼鬼》，上海，复旦大学出版社，2005 年，第 1 页。
② 俞复：《答吴稚晖》，《灵学丛志》，1918 年 1 月第 1 期。
③ 陈平原编：《神神鬼鬼》，第 5 页。
④ 陈平原编：《神神鬼鬼》，第 91 页。

周作人是当时文人中对鬼神之说谈得较多的代表，曾作《谈鬼论》表明自己尚鬼神之书，欣赏鬼神之书的趣味性，认为写鬼神的《聊斋志异》"因为里边如有了世道人心的用意，在我便当作是值得红勒帛的一个大瑕疵了"，可见周作人认为好谈鬼神之说主要基于"民俗的"和"历史的"角度。[①] 在此之前，周氏作《说鬼》就已明确表示："神怪报应类中，谈报应我最嫌恶，因为它都是寄托治道，非记录亦非文章，只是浅薄的宣传，虽然有一部分迷信的分子也可以作民俗学的资料。"[②] 以上所引，多少代表着当时文人尚鬼神之说的风气。但这种谈鬼情形在自娱与娱人的同时，毕竟容易使人流连忘返，也不太符合当时特殊的时代氛围。因此，像周作人这样从文艺的、民俗学的角度来对待鬼神之说的人，毕竟是少数。当时的文人学者论述鬼神之说，主要是基于现实政治斗争的需要。因此，当时的文人学者基本上是以反面教材的例子对待彼时社会尚鬼神之风的。

值得注意的是，当时的文人学者批判鬼神之说的主要时代背景，是"五四"运动的兴盛。以"民主"与"科学"为旗帜的"五四"运动启蒙的核心之一，则是从宗教批判的角度全面否定包含迷信专制思想成分的传统文化。在这种背景下兴起的"五四"新文化运动在"民主"思想与"科学"思想的指导下，将西方文艺理论及文学思潮引入中国；在中西的比较视野中，以理性精神对传统文学所表露出来的封建迷信思想予以强有力的批判——从"人"的价值角度批判传统文学中的"非人"本质，将文化批判与国民性批判结合起来，对以鬼神为表征的传统文学作品予以强烈批判。具体而言，当时的文人学者对尚鬼神之风的批判主要有以下几个特点：

一是，站在宗教批判的立场上，以写实的原则及鲜明的憎恶态度，揭露鬼神之说对民众的危害。陈独秀《文学革命论》认为国民的庸懦情形虽经"政治界"三次革命仍未改观的主要原因，在于"盘踞吾人精神界根深底固之伦理道德文学艺术诸端，莫不黑幕层张，垢污深积，并此虎头蛇尾之革命而未有焉"。因此，陈氏提出文学革命的"三大主义"，其中一条就是"推倒陈腐的铺张的古典文学，建设新鲜的立诚的写实文学"[③]。随着文学革命的兴起，在"科学"思想的促动下，"写实文学"成为现代文学思潮中的重要一脉。陈独秀《答张永言》（1916年2月）曾说："写实主义、自然主义乃与自然科学实证哲学同时进步，此乃人类思想由虚入实之一

---

① 陈平原编：《神神鬼鬼》，第 79～84 页。
② 陈平原编：《神神鬼鬼》，第 75 页。
③ 陈独秀：《文学革命论》，载《新青年》第 2 卷第 6 号，1917 年 2 月 1 日。

贯精神也。"①这是"科学万能的时代"的人对写实文学与科学精神内质相通等观点的代表性表述。反思中国现代文学思潮的流变过程，当时人强调"写实文学"的另一大重要表现是与"人的文学"联系在一起的。胡适回忆新文学运动时曾说："我们的中心理论只有两个：一个是我们要建立一种'活的文学'，一个是我们要建立一种'人的文学'。前一个理论是文字工具的革新，后一种是文学内容的革新，中国新文学运动的一切理论都可以包括在这两个中心思想的里面。"②"人的文学"最早由周作人提出。③1921年1月，周氏作《文学上的俄国与中国》又说："俄国近代的文学，可以称之作理想的写实派的文学；文学的本领原在于表现及解释人生，在这一点上俄国的文学可以不愧称为真的文学了。俄国的文艺批评家自别林斯基以至托尔斯泰，多是主张人生的艺术，固自很有关系，但使他们的主张能够发生效力，还由于俄国社会的特别情形，供给他一个适当的背景。中国的特别国情与西欧稍异，与俄国却多相同的地方；所以我们相信中国将来的新兴文学当然的又自然的也是社会的、人生的文学。"④将写实文学与表现、解释"社会的、人生的"相联系，以人道主义为文学根本，将文学当作发现并表现人的价值的重要手段，最终成为"五四"运动初期"写实文学"的重要内容。

二是，在"科学"思想的指导下，强调文学反映"社会的、人生的"情状，必然会对文学作品"非人"的本质加以否决，进而对产生"非人"本质的文化背景加以批判。——在"五四"运动中、前期，被时人认为"非人"本质所赖以生存的文化背景——鬼神信仰，始终被推到文学表现"人的文学"的对立面。《新青年》1918年至1919年上半年刊登的，一系列批判迷信思想及"灵学"、宣扬"科学"思想的文章，可以看作是对文学之写实性原则及反映"社会的、人生的"情状等书写内容的具体回应。当时，对迷信思想及"灵学"的批判不仅仅反映在评论文章上，当时创作的文学作品（尤其是"新文学运动"初期的乡土小说创作）更是以写实的原则揭露迷信思想的危害。如署名贺凯于1922年2月25日发表的《祭灶节之后》，就以写实的手法揭露旧中国的神巫利用迷信思想骗吃骗喝的行径。⑤虽经历"五四"运动之"科学"思想的洗礼，推倒了诸多神像庙宇，

---

① 陈独秀：《陈独秀著作选》，上海，上海人民出版社，1993年，第180页。

② 胡适：《胡适学术文集》，北京，中华书局，1993年，第244页。

③ 案，1918年12月，周作人在《新青年》上发表《人的文学》，云："用这人道主义为本，对于人生诸问题，加以记录研究的文字，便谓之人的文学。"率先提出"人的文学"。

④ 周作人：《文学上的俄国与中国》，《新青年》，1921年1月，第8卷第5号。

⑤ 贺凯：《祭灶节之后》，《晨报副刊》，1922年2月25日。

但根植于国民心中的鬼神崇拜的信仰意识并未得到多少缓解。因此，当时人主要从宗教批判的立场上，以憎恶的鲜明态度如实地刻画迷信思想对普通大众的危害，尤其是对鬼神崇拜的危害的揭露。这种举动最终成为"五四"运动影响"文学革命"运动书写内容的具体体现。陈独秀所谓"吾国鬼神之说素盛，支配全国人心者，当以此中无意识之宗教观念最有力"，可看作是当时人从宗教观念批判鬼神信仰的突出代表。而从人的信仰意识的惯性作用角度说，要从根本上清除某一类文化因子的最直接，亦是较为行之有效的方法，则是以强迫性力量或柔性融入另一类具有替代能力的文化因子。从当时时代背景的大势看，揭露鬼神崇拜的伪劣本质的最直接、最有效的方法则是借以"科学"思想，揭露鬼神之说反"科学"的本质。这是当时的文人学者批判时人尚鬼神之风的另一重要表现。当时的思想启蒙者接受"科学"思潮，并将其与封建迷信思想对立起来。他们要建立并巩固"科学"的地位，必然要将对封建迷信思想的批判放到突出的位置。反观这场启蒙思潮，启蒙者试图以"科学"的大旗主导社会进程，并以批判、否定的强迫性力量，强势地介入仍占据当时社会及思想领域一席之地的封建迷信思想之中，希翼改变原已深入国民心理的封建迷信思想的惯性力量。因此，启蒙者不遗余力地对鬼神迷信予以揭露，揭露其中反"科学"的成分。如陈独秀《有鬼论质疑》对鬼神之说的质疑则主要从"科学"角度予以批判："吾人感觉所及之物，今日科学，略可解释"，从"物质"论角度批判鬼神之物态、形质、灵音乃至习俗等方面的不可解。① 梳理"五四"乡土小说的书写情形，我们可以发现"科学"思想已被转换成批判迷信、鬼神崇拜的有力武器；揭露迷信愚昧思想反"科学"本质的书写，成为这时期小说创作关注的重中之重。检视《小说月报》所刊载的小说作品，即见以"科学"为利器揭露鬼神崇拜之虚伪的普遍性。瞿世英《小说的研究（上篇）》曾说："科学精神对于小说至少有三种贡献：一、小说家的材料增加了不少。小说家更学了一种新的方法。二、小说家因受了科学的濡浸，对于人生肯老老实实地写出来，不论是如何龌龊污秽、贪婪狡诈都赤裸裸地写出来。这真是近代小说的特别优点。三、因为科学发达，人们的世界观与人生观都改变了，于是小说家也不得不改其对于人生之见解，另从一个方面去观察人生。于是出产的作品也因以不同。"② 就深刻道出"科学"与彼时写实文学、暴露鬼神信仰之主题、小说创作、小说研究方法及

① 陈平原编：《神神鬼鬼》，第 1～2 页。
② 严家炎编：《二十世纪中国小说理论资料（第二卷）》，北京，北京大学出版社，1997 年，第 250～251 页。

作家的世界观、人生观等之间的紧密关系。

而在这场鬼神批判风潮中，鲁迅所扮演的角色及其言论影响，又极其突出。《热风·随感录三十三》曾说："现在有一班好讲鬼话的人，最恨科学，因为科学能教道理明白，能教人思路清楚，不许鬼混，所以自然而然的成了讲鬼话的人的对头。"并指出："要救治这几至国亡种灭的中国，那种'孔圣人张天师传言由山东来'的方法，是全不对症的，只有这鬼话的对头的科学！——不是皮毛的真正科学！"①可见鲁迅亦主张从"科学"的角度，对鬼神迷信的本质予以批判。这种思想早于1903年就已深显，此年鲁迅作《〈月界旅行〉辨言》就曾批判我国"说部"作品"独于科学小说，乃如麟角"，而当时的鲁迅认为欲"破遗传之迷信、改良思想，补助文明"、"导中国人群以进行"，"必自科学小说始"②；尔后，又作《中国地质略论》一文，更是认为"科学"可以强国而"迷信"必"弱国"，将"迷信"置于"科学"的对立面加以批判。③

检视鲁迅在"五四"运动前后的相关论述，可知"科学"精神不仅成为鲁迅在"五四"运动初期的精神指导，亦成为鲁迅对传统文化（包括文学）进行批判的有力武器。《华盖集·忽然想到六》曾说："我们目下的当务之急，是：一要生存，二要温饱，三要发展。苟有阻碍这前途者，无论是古是今，是人是鬼，是《三坟》、《五典》，百宋千元，天球河图，金人玉佛，祖传丸散，秘制膏丹，全都踏倒他。"④知鲁迅以是否有利于国人的生产与发展这种理想及价值尺度来对待文化传统。这是鲁迅在20世纪30年代所形成的价值思想的重要表现。而这种思想则是在"五四"运动的背景下，是在"德先生"与"赛先生"的指导下形成的，是当时带有普遍做法的"重新估定价值"的必然结果。这可以看作是鲁迅对"五四"运动宣扬文学"为社会的、人生的"的有力回应。鲁迅在《我怎样做起小说来》（1933年）回顾自己的小说创作时，曾说："说到'为什么'做小说罢，我仍抱着十多年前的'启蒙主义'，以为须是'为人生'，而且要改良人生。"⑤即为明证。强调文学"为人生"，结合以是否有利于国人的生存与发展的价值尺度，鲁迅必然要将"金人玉佛"等障碍"全都踏倒他"——鬼神迷信刚好是"踏倒在地"的对象之一。综合以上诸点，

① 鲁迅：《鲁迅全集》第1卷，第314页。
② 鲁迅：《鲁迅全集》第10卷，第164页。
③ 鲁迅：《鲁迅全集》第8卷，第6页。
④ 鲁迅：《鲁迅全集》第3卷，第47页。
⑤ 鲁迅：《鲁迅全集》第4卷，第526页。

鲁迅在各种论著、随笔及文学创作中，将鬼神迷信批判上升到一种战略高度的做法，实属必然。反观鲁迅思想的形成历程，在早期对宗教的认识主要是肯定其中的积极面，"五四"时期则对儒、释、道三教予以猛烈抨击，其思想转变之由当与前文所言时势背景甚有关联。

当然，最能说明此时鲁迅对鬼神迷信批判意见的，则是鲁迅以"科学"为指导思想的小说创作。鲁迅的小说创作被当作"五四"乡土小说创作不可或缺的一环。在鲁迅创作的小说中，以写实的手法揭露世俗化的鬼神迷信，亦是鲁迅此时期小说创作的绝对主题。关于这一点，学界已有丰硕的研究成果，不赘。[①] 学界以鲁迅这时期创作的《狂人日记》、《祝福》为例，着重分析说明鲁迅作品所欲揭示的以鬼神崇拜为代表的迷信思想对国民精神造成的危害，批判神巫迷信对人性的戕害。以《祝福》为例，通篇作品极力描绘弥漫着迷信思想的旧社会的情状，开篇及结尾有关"年终大典"的描绘，更是暗示祥林嫂在迷信思想束缚下所导致的"究竟有没有灵魂"的自问式的悲剧色彩。作品通过祥林嫂"非人"的遭遇、对"讲理学的老监生"鲁四老爷等的刻画，着力表现鬼神迷信导致的精神愚昧，及封建伦理纲常思想对像祥林嫂这样的普通大众的戕害，对人性、国民精神的扼杀，由此导出鲁迅对当时普通大众的生存环境的担忧。由于谈鬼神之说不仅可以自娱，亦可娱人，既然鬼神之说具备足够"支配全国人心"的教化启蒙意义，又因小说在启迪人心方面的特殊作用[②]，那么，引鬼神题材入小说创作中，以此作为践行启蒙大众之教化意图的手段，亦属自然的举动。——选择"支配全国人心""最有力"的谈鬼神之说作为突破口，不仅具有典型性，其所批判的效果亦具备普遍性；当阻碍文明进化最甚者被

---

① 如丸尾常喜《"人"与"鬼"的纠葛——鲁迅小说论析》（人民文学出版社，2006 年）、钱理群《人·神·鬼》（载《心灵的探寻》，河北教育出版社，2000 年）、陈方竞《鲁迅与浙东文化》（吉林大学出版社，1999 年）等专著，均有宏论。

② 案，经晚清"小说界革命"的揄扬，直至民国乃至"五四"新文学之后，小说就成为启迪民心、启蒙思想的主要媒介。1915 年宇澄《〈小说海〉发刊词》云："尝谓文字入人深者，莫甚于小说，其势力视经史信蓰也。而小说之俚且俗者，尤无远勿届，无微不入。《三笑姻缘》、《孟姜女》、《花名宝卷》等，缙绅先生所不道，而负贩夫力人，闺阃中夥计，普通社会之妇女，或且食古而化，脑筋中充塞此种小说之知识，略经扣诘，其答若响，如村塾儿童背诵《大学》焉。是故社会有种种无谓之习惯，与夫愚夫愚妇，目不识丁，而忽有节孝行为，其事皆索解人不得，即而按之，无非间接受此等小说之影响，彼圣经贤传无与也。是社会风俗，俚俗小说造成之矣。不佞能小力薄，踌躇满志，觉能为社会尽力者该寡，无已，其治小说，庶几不贤志小乎？"（载《小说海》1915 年第一卷第一号）我们暂且抛开此论是否有夸大小说社会功用之嫌，它毕竟代表彼时文人学者借小说启迪民心、启蒙思想的思路意图，亦大致客观地描述小说在这方面相较于其他文体形式的特殊作用。

扫荡殆尽之后，余皆不足为虑。因此，以鲁迅等为代表的"五四"乡土小说创作者，以"科学"思想有力武器，以批判迷信、鬼神崇拜为突破口，直接地且自然而然与当时的时代思潮相联系，成为当时的普遍之举。而据以时代背景关注当时人的生存环境，并进行冲破传统的宣传，这种做法则是鲁迅在"五四"运动前后形成的思想的重要体现。

这种思想不仅体现在鲁迅的小说创作上，亦深刻烙入鲁迅的古代小说研究之中。正如瞿世英所言，"科学"精神对于小说的贡献不仅是增加了写作材料，更是带来"新的方法"，对小说创作与小说研究均具同样的影响力。这种思想的影响力对创作也好，研究也罢，都将是全局式的高屋建瓴的引导——从某种意义讲，小说创作是小说研究的实践表现，小说研究则是小说创作的理论总结。因而，这种带有引导意义的思想表现，很难在小说创作与小说研究中截然地区分开来。当时尚鬼神妖怪之风的时势，不仅是鲁迅小说创作中批判鬼神迷信的时代背景，亦是鲁迅古代小说研究下定相关论断的时代背景。在这种情形下，指明鲁迅的小说创作与小说研究所相同的时代背景，指出对两者进行全局式引导的思想及精神，借以鲁迅的小说创作情形及相关论断反观其小说研究，将有助于我们更加深刻地理解《史略》的组织思路及相关论断。

具体而言，揭露鬼神迷信对人性、对国民精神的戕害，强调文学"为人生"、"改良人生"的启蒙意义，关注世人的生存环境，注重对国民劣根性进行改造，这些精神内涵是《中国小说史大略》相关论断与鲁迅小说创作思想相通的基本前提。《中国小说史大略》在论述六朝之鬼神志怪书的过程中，注重宗教教义对世俗人心的影响，强调释道之书的"辅教"意义；在论述明之神魔小说时，强调神魔小说对细民大众及人心的重要影响，认为此类小说"其力之及于人心者甚大"，认为诸如《北游记》等小说所写妖事已影响民众及社会治安（此论断概可指向对世人生存环境的关注），这些论断即是上述精神内涵的具体反映。不管《史略》相关论断还是鲁迅的小说创作，皆是批判鬼神迷信的危害性。因此，《中国小说史大略》相关论断对古代小说作品表现这种不良现象的揭露时，其所涉及的情感倾向大体与其小说创作的情感倾向一致，均以鄙薄姿态待之。如《中国小说史大略》称明之神魔小说"芜杂浅陋，率无可观"，认为这类小说是"三教""幻惑行于人间"、"妖妄之说自盛"影响及于明之文章的具体反映；从"率无可观"的"辅教"意义着眼，批判鬼神之说"但为人民闾巷间意"而缺乏深刻性，字里行间的鄙薄之意已显露无遗。这种态势即如鲁迅小说创作对阻碍"为人生"、"生存发展"之"前途"的诸多障碍的批判。而从宗教观念批判鬼神迷信的做法，对迷信思想之于普通大众的危害以憎恶的态度，这些特点不正与"五四"运动时期的学人批判鬼神崇拜的普遍做法相一致吗？鲁迅在"五四"运动时期对儒、释、道三教的猛烈抨击的做法，与《史略》批判"三教"幻惑人间的做法不正好一致吗？可见，《小说史大略》到《中国小说史大略》相关论断的修改不仅与当时的时代背景有关，亦与鲁迅人生思想的转变密不可分。

鲁迅曾在《老调子已经唱完》（1927年）一文中说过："中国的文化，我可是实在不知道在那里，所谓文化之类，和现在的民众有甚么关系，甚么益处呢？近来外国人也时常说，中国人礼仪好，中国人肴馔好，中国人也附和着，但这些事和民众有甚么关系？"[①] 又于《文艺的大众化》（1930年）一文中，说到：文艺不"只有少数的优秀者才能够鉴赏，而是只有少数的先天的低能者所不能鉴赏的东西"，但"读者也应该有相当的程度"，"若文艺设法俯就，就很容易流为迎合大众，媚悦大众。迎合和媚悦，是不会于大众有益的"；又说："应该多有为大众设想的作家，竭力来作浅显易解的作品，使大家能懂，爱看，以挤掉一些陈腐的劳什子。但那文字的程度，恐怕也只能到唱本那样。"[②] 这些论断可以看作是鲁迅对其之前有关文艺与大众关系的总结。——在鲁迅看来，文艺作品可以保持一定的大众性，但不能"俯就"去迎合媚悦大众；"于大众有益"的评判标准与鲁迅此前强调文学"为社会的、人生的"的呼应，并无二致；"挤掉一些陈腐的劳什子"则是"于大众有益"的必然举动，亦即"挤掉"前文所引"金人玉佛"等障碍，就可避免"俯就"去迎合媚悦大众的嫌疑。因而，文艺作品具备大众性的前提，则是"挤掉一些陈腐的劳什子"之后"于大众有益"的剩余成分。从鲁迅的这些观点，反观《中国小说史大略》认为神魔小说是文人创作并取自于民间传说、关注神魔小说的娱乐性质等论断，约略可推知，鲁迅认为这些文人创作的取自于民间传说的小说，"但为人民间巷间意"，有迎合媚悦大众之嫌。——因为这些作品，诸如杨志和本《西游记传》"偶杂游词，以增笑乐"、《西游补》"其造事遣辞，则丰赡多姿，恍惚善幻，奇突之处，时足惊人，间以俳谐，亦常俊绝"，含有太多迎合媚悦大众的娱乐成分，是些该挤掉的"劳什子"。但不管"陈腐的劳什子"还是"于大众有益"，这些均可归根到"建设"的问题上。也就是说，《史略》相关论断的下定之由，并非基于艺术价值的赏鉴视角，而是带有强烈的功利目的——即进行"国民性批判"。无论是据"五四"运动以"科学"

---

① 鲁迅：《鲁迅全集》第 7 卷，第 326 页。
② 鲁迅：《鲁迅全集》第 7 卷，第 367 ～ 368 页。

为指导、从"人"的价值等角度以理性精神对传统文学所表露出来的迷信思想进行批判的时代背景，还是据以鲁迅在此时期所发布的主要观点看（见下文），"国民性批判"始终处于此时期鲁迅思想的核心地位。据前所述，《小说史大略》到《中国小说史大略》相关论断修改的主要原因之一，是与当时的时代背景有莫大关联。故而，《史略》相关论断的主要思想指向"国民性批判"，当为必然之势。可见，探讨"国民性批判"如何左右《史略》的组织思路及相关论断，则颇有必要。

三、"国民性批判"：《史略》组织思路及编纂思想的终极意图

鲁迅于《我怎么做起小说来》开篇即言："在中国，小说不算文学，做小说的也决不能称为文学家，所以并没有人想在这一条道路上出世。我也并没有要将小说抬进'文苑'里的意思，不过想利用他的力量，来改良社会。但也不是自己想创作，注重的倒是在绍介，在翻译，而尤其注重于短篇，特别是被压迫的民族中的作者的作品。"其所"绍介"的对象当然包括古代文学作品，因为那时候的中国亦是"被压迫的民族"；鲁迅又说当时的"中国创作界固然幼稚，批评界更幼稚"，又过于"自命不凡"，因而"常看外国的批评文章，因为他于我没有恩怨嫉恨，虽然所评的是别人的作品，却很有可以借镜之处"，又说："我深恶先前的称小说为'闲书'。"[①] 此文从小说创作谈到小说评论，其目的皆是为"改良社会"、"为人生"，由此可见鲁迅想利用小说的力量来"改良社会"的想法，当然包含汲起古典小说中含有"改良社会"的相关成分。这种思想当是鲁迅最初以小说创作、小说研究进行国民性批判的主导意图。[②] 鲁迅曾于《古小说钩沉》（1912 年 2 月）说道："况乃录自里巷，为国人所白心；出于造作，则思士之结想。心行曼衍，自生此品，其在文林，有如舜华，足以丽尔文明，点缀幽独，盖不第为广视听之具而止。"知其在收集整理古代小说文献之初，就已意识到古代小说在"丽尔文明"、"广视听"之外所含教育意义的重要性，此为"国民性批判"思想的典型反映。[③] 冯至《鲁迅在北大讲课的情景》一文，亦说："那门课名义上是'中国小说史'，实际讲

---

① 鲁迅：《鲁迅全集》第 4 卷，第 525～528 页。
② 案，由于《史略》铅印本、初版及修订本的刊行主要集中于 1930 年之前，因此我们对鲁迅有关"国民性批判"意见的引述亦主要集中于 1920 年至 1930 年之间，以便于对鲁迅有关"国民性批判"的意见与《史略》的编纂思想作出合理的释研。
③ 鲁迅：《鲁迅全集》第 10 卷，第 3 页。

的是对历史的观察，对社会的批判，对文艺理论的探察。"① 观察之目的即为"对社会的批判"，"文艺理论的探察"反倒是其次。这则材料可资佐证鲁迅通过《史略》进行社会批判、"国民性批判"的编纂意图。据许钦文《〈鲁迅日记〉中的我》一文所载："一九二〇年冬开始，我在北京大学旁听。鲁迅先生讲的是《中国小说史》，实际是宣传反封建思想，随时讲些做法。像讲《儒林外史》时讲些讽刺笔法，讲《水浒》时着重于个性刻画。"② 其又于《鲁迅先生和青年》一文中，有详细的描述，并接着回忆道：

> 鲁迅先生讲中国小说史，并非只是为讲小说史……同时相机多方指出旧社会的缺点。
>
> 托熟以后我把这感想向鲁迅说明了。
>
> "是的，"他说，"如果只为小说史而讲小说史，即使弄得烂熟，也没有多大意义；不如多培植些青年作家，一道来攻击旧社会。"③

由此确定，鲁迅在编纂及授课《史略》之初，即含有以此"攻击旧社会"、并"培植些青年作家"以行"国民性批判"的意图。又，《马上支日记》一文，在评价日本安冈秀夫《从小说看来的支那民族性》后，曾借题发挥道："中国人总不肯研究自己。从小说来看民族性，也就是一个好题目。"④ 在鲁迅所创作的小说中，确有诸多据以小说进行"国民性批判"的例子，学界用力之处亦多集中于此。但以上例证足以表明这种精神，亦客观存在于鲁迅的古代小说研究之中，而这恰为学界多所忽略之处。

当然，我们可以具体例子证论"国民性批判"对于编纂《史略》的重要性。鲁迅在其小说史研究的相关论断中，明确提出"国民性底问题"则是在《中国小说的历史的变迁·唐之传奇文》之中。该文论述元明所作的董《西厢》、王《西厢》等作品，将唐人小说《莺莺传》之结局向"团圆"靠拢时，说："这因为中国人底心理，是很喜欢团圆的，所以必至于如此，大概人生现实底缺陷，中国人也很知道，但不愿意说出来；因为一说来，就要发生'怎样补救这缺点'的问题，或者免不了要烦闷，要改良，事情就麻烦了。而中国人不大喜欢麻烦和烦闷，现在倘在小说里叙了人生底

---

① 冯至：《笑谈虎尾记犹新》，《冯至全集》第 4 卷，石家庄，河北教育出版社，1999 年，第 198 页。

② 孙伏园、许钦文等：《鲁迅先生二三事：前期弟子忆鲁迅》，石家庄，河北教育出版社，2000 年，第 84 页。

③ 孙伏园、许钦文等：《鲁迅先生二三事：前期弟子忆鲁迅》，第 167～172 页。

④ 鲁迅：《鲁迅全集》第 3 卷，第 351 页。

缺陷，便要使读者感着不快。所以凡是历史上不团圆的，在小说里往往给他团圆；没有报应的，给他报应，互相瞒骗。——这实在是关于国民性底问题。"① 这种"瞒和骗"的文艺源于"瞒和骗"的国民性。对此，鲁迅在《论睁了眼看》（1925 年）一文，已有详谈：他认为"中国的文人，对于人生，——至少是对于社会现象，向来就多没有正视的勇气"，又说"中国人的不敢正视各方面，用瞒和骗，造出奇妙的逃路来，而自以为正路。在这路上，就证明着国民性的怯弱，懒惰，而又巧滑。一天一天的满足着，即一天一天的堕落着，但却又觉得日见其光荣"，敏锐地揭露国人"不敢正视人生"的缺陷，才导致"瞒和骗"的弱性，进而产生"瞒和骗的文艺"。因而，鲁迅最终得出"用以欺瞒的心，用欺瞒的嘴"说出来的话只能是虚假的，"没有冲破一切传统思想和手法的闯将，中国是不会有真的新文艺的"的结论。② 可见，鲁迅认为以"团圆"结局的作品是"瞒和骗"文艺的典型，应该加以批判。

《中国小说史大略》第二十四篇"清之人情小说"谈及《红楼梦》续作时，认为此类续作"大率承高鹗续书而更补其缺陷，结以'团圆'"，"此足见人之度量相去之远，亦遭雪芹之所以不可及也"。这则论断即是《史略》对以"团圆"结局的"瞒和骗"的作品加以批判的具体表现。而与"瞒和骗"的"国民性"及其所产生的文艺相对应的是，鲁迅甚是欣赏古代文学中求真写实的作品。如《小说史大略》论述《红楼梦》，云："书中故事，为亲见闻，为说真实，为于诸女子无讥贬。说真实，故于文则脱离旧套，于人则并陈美恶，美恶并举而无褒贬，有自愧，则作者盖知人性之深，得忠恕之道，此《红楼梦》在说部中所以为巨制也。"《中国小说史大略》亦云"叙述皆存本真，闻见悉所亲历，正因写实，转成新鲜"。这与《论睁了眼看》认为《红楼梦》中的悲剧"是社会上常有的事，作者又是比较的敢于实写的，而那结果也并不坏"等赏赞论调，大体一致。《中国小说的历史的变迁·清小说之四派及其末流》更是进一步发挥道："至于说到《红楼梦》的价值，可是在中国底小说中实在是不可多得的"，"总之自有《红楼梦》出来以后，传统的思想和写法都打破了"。③《红楼梦》打破传统的思想和写法，是出现"新文艺"的典型反应，以此方可对"国民精神"进行引导。（案，《论睁了眼看》曾说过："文艺是国民精神所发的火光，同时也是引导国民精神的前途的灯火。"）这种引导对国人之国民

---

① 鲁迅：《鲁迅全集》第 9 卷，第 326 页。

② 鲁迅：《鲁迅全集》第 1 卷，第 251 ～ 254 页。

③ 鲁迅：《鲁迅全集》第 9 卷，第 348 页。

劣根性的批判意味，即刻不言自显。尚需注意的是，《小说史大略》盛赞《红楼梦》的作者"知人性之深，得忠恕之道"，从人性及其影响力的角度考虑作品的价值，可知"文艺是国民精神所发的火光"之类的观点早已形成，并为其恪守。由此可进一步确定，"国民性批判"的思想早在鲁迅编纂《史略》讲义稿之时就已存在。而《中国小说史大略》及以后各修订本，方将这种思想加以深化，并给予明确表达。

既然《史略》极力批判"互相瞒骗"的"国民性"，进而否定"瞒和骗"的文艺，那么，求真写实的文学观，必然成为《史略》驳斥"瞒和骗"的文艺的主要手段之一。因此，盛赞古代文学中那些具有求真写实特征的作品，则成为《史略》论断的一大特征。如《中国小说史大略》赞扬《儿女英雄传评话》所言"世运之变迁，人情之反复，三致意焉"之由，实因"惟彼为写实，为自叙，此为理想"，故"仍为《红楼梦》家数"。其所赞扬的基点，仍在求真写实上。但这类文学作品要达到驳斥"瞒和骗"的文艺之目的，不仅需要具备暴露社会黑暗的能力，更要求此类作品能成为引导"国民精神"的"灯火"。前者在《中国小说史大略》的表现则如"明之人情小说"所谓："当神魔小说盛行时，记人事者亦突起，其取材犹宋市人小说之'银字儿'，大率为离合悲欢及发迹变态之事，间杂因果报应，而不甚言灵怪，又缘描摹世态，见其炎凉，故或亦谓之'世情书'也。"又如，评狎邪小说代表作《品花宝鉴》亦言："犹劝惩之意，其说与明之凡为'世情书'者略同。"《史略》正面肯定此类作品不外乎因为它们集中暴露了社会的黑暗面。

当然，最能体现《史略》以求真写实的作品暴露社会黑暗的篇目，莫过于有关谴责小说的相关论断。在《小说史大略》中，开篇即言："文人于当时政治状态或社会现象有不满，摹绘以文章，且专著其缺失，则所成就者，常含有攻击政俗之精神，今名之曰谴责小说。"因文人对政治状态或社会现象的不满而产生"攻击政俗之精神"，即是暴露社会黑暗面之典型。在《中国小说史大略》中，则进一步强调谴责小说的"匡世"功用，该篇篇末又有所发挥："此外以抉摘社会弊恶自命，撰作此类小说者尚多，顾什九学步前数书，而甚不逮，徒作谯诃之文，转无感人之力，旋生旋灭，亦多不完。其下者乃至丑诋私敌，等于谤书；又或有谩骂之志而无抒写之才，则遂堕落而为'黑幕小说'。"此文虽鄙薄这些小说劣甚于谴责小说，但肯定此类小说"以抉摘社会弊恶自命"的立意、如实暴露社会黑暗面之举，仍有可取之处。可见，注重暴露社会黑暗面的论断思想亦于《小说史大略》之时就已存在。则从《小说史大略》至《中国小说史大略》，《史略》

有关"国民性批判"的意识呈逐渐浓烈之势态。

不过，将黑幕暴露无遗的最终目的，还是为引导"国民精神"作准备。检视鲁迅此时期的相关著述，其所认同的引导"灯火"主要是反抗的、斗争的文艺。对此，《〈呐喊〉自序》（1925 年）有集中描述："凡是愚弱的国民，即使体格如何健全，如何茁壮，也只能做毫无意义的示众的材料和看客，病死多少是不必以为不幸的。所以我们的第一要著，是在改变他们的精神，而善于改变精神的是，我那时以为当然要推文艺，于是想提倡文艺运动了。"① 从这段话被当作最能体现鲁迅论断"国民性"的议论可知，其对以文艺改变"国民精神"寄予很大期待。若以实例佐证，可从鲁迅与"学衡"派之间的冲突情形予以透视。——鲁迅主张在现实抗争中加以创造，文艺则是这种抗争的集中反映。而"学衡"派主张在学术范围之内寻求中外古今之间的"打通"。换句话说，鲁迅主张文艺应与现实保持紧密联系，并具有一定的启迪大众的功用，此即鲁迅对"学衡"之最甚鄙薄处。而对大众的启迪意义主要是通过思想启蒙的方式加以实现。因此，在鲁迅看来，这种反抗意图不应局限于文学的革命，还应包含精神的引导、思想的革新。《无声的中国》（1927 年）又说："单是文学革新是不够的，因为腐败思想，能用古文做，也能用白话做。所以后来就有人提倡思想革新。思想革新的结果，是发生社会革新运动。"② 之所以要进行思想革新，是因为传统的"旧性"仍遗留着。《集外集拾遗·又是"古已有之"》（1924 年）曾说："我在十三年之前，确乎是一个他族的奴隶，国性还保留着，所以'今尚有之'，而且因为我不甚相信历史的进化的，所以还怕未免'后仍有之'。旧性是总要流露的。"③ "旧性"之"流露"既不利于精神价值的引导，又不利于国民性的改造。因此，《老调子已经唱完》亦言："旧文章，旧思想，都已经和现社会毫无关系了。"④《华盖集·十四年的"读经"》（1925 年）又说："古国的灭亡，就因为大部分的组织被太多的古习惯教养得硬化了，不再能够转移，来适应新环境。"⑤ 可见，鲁迅反抗传统文化中那些不合时宜的"旧性"，不单单是一种态度问题，而是在批判中寄托着他理解传统、理解历史的方式，更寄托着他欲对其进行改造的理性追求。——这种批判的方式及对建立新价值观的迫切希望，最终促使鲁迅以斗争的姿

---

① 鲁迅：《鲁迅全集》第 1 卷，第 439 页。
② 鲁迅：《鲁迅全集》第 4 卷，第 13 页。
③ 鲁迅：《鲁迅全集》第 7 卷，第 240 页。
④ 鲁迅：《鲁迅全集》第 7 卷，第 325 页。
⑤ 鲁迅：《鲁迅全集》第 3 卷，第 139 页。

态，强势介入对不合时宜的传统文学作品的批判，尤其是，对植于其中的"腐朽思想"的批判，进而着力赞扬传统文学中具有"反抗绝望"并能引导"国民精神"的文艺"灯火"。

而《史略》最能体现上述思想精神的，则是对讽刺小说的相关论述。《中国小说史大略》第二十三篇"清之讽刺小说"评吴敬梓《儒林外史》时，说："乃秉持公心，指摘时弊，机锋所向，尤在士林；其文又感而能谐，婉而多讽：于是说部中乃始有足称讽刺之书。"扬笔叹赏"书中攻难制艺及以制艺出身者亦甚烈"等情形，盛赞此书"描写良心与礼教之冲突，殊极刻深"，以"公心讽世"，"后亦鲜有"匹敌者。——在鲁迅看来，《儒林外史》入木三分地刻画出18世纪中叶的"士人"的精神风貌及"儒林"风气；其加以猛烈抨击，将批判矛头直指于社会无益的"制艺"，进而批判这种"制艺"对士人的精神残害，指出"旧性"对于社会的危害性。故而，此批判与其强调进行"国民精神"之引导，本质并无二。《史略》又强调《儒林外史》"摅击习俗者亦屡见"，对诸如"王玉辉之女殉夫之事"等"旧性"的揭露，则是为批判此类思想的腐朽、"和现社会毫无关系"，最终导向对"国民精神"进行引导之一面。从这个意义讲，《儒林外史》算得上是引导的文艺"灯火"。鲁迅对《儒林外史》之讽刺精神的盛赞与其杂文创作的讽刺意味，具有相同的内涵及批判指向性。因而，此篇相关论断，能深刻体现出《史略》进行"国民性改造"的本质意图。

据上述可知，鲁迅的文学批评侧重从与时代、社会的关系方面着眼，不论是对"瞒和骗"的文艺的批判，还是对"旧文章，旧思想"的鄙薄，均体现着这一特点。在鲁迅的文艺批评中，这种批判做法的最终指向，仍是"国民性改造"。其评论模式是从时代的制高点进行全局式的评判。按照鲁迅进行文学批评的这种思维模式，检视《史略》的论断组织及目标指向，亦可见及此思维模式存于《史略》之中。现试以《中国小说史大略》第二十五篇"清之侠义小说及公案"为例，进行说明。该篇开头即以侠义小说等兴盛的时势背景起义，云："时势屡更，人情日异于昔，久亦稍厌，渐生别流，虽故发源于前数书（引者按：即"四大奇书"），而精神或至正反，大旨在揄扬勇侠，赞美粗豪，然又必不背于忠义。"即是据以时代的制高点加以总括。尔后，分别正解《儿女英雄传平话》、《三侠五义》、《小五义》、《续小五义》及《三侠五义》诸续书，此种论断模式即为鲁迅所惯用。关键还在于，该篇谈及《三侠五义》"为市井细民写心，乃似较有《水浒》余韵，然亦仅其外貌，而非精神"，之后又言："时去明亡已久远，说书之地又为北京，其先又屡平内乱，游民辄以从军得功名，归耀其乡里，亦甚动野人歆慕，故凡侠义小说中之英雄，在民间每极粗豪，大有绿林结习，而终必为一大僚隶卒，供使令奔走以为宠荣，此盖非心悦诚服，乐为臣仆之时不办也。"所谓"得功名，归耀其乡里"，即是针对趋炎附势的"国民性"而发。所谓"非心悦诚服，乐为臣仆之时不办"，即是针对"国民性"之乐于安命的奴才心理而发。正如《阿 Q 正传》之"精神胜利法"就是一种对现状、对奴隶生活乐于安命的奴才式的满足，阿 Q 总是从精神上得到慰藉与解脱；从该小说的描写可知，鲁迅对安于命运的奴才思想的痛恨。而"乐为臣仆"一语，不正是见于阿 Q 身上的古时奴才思想的典型吗？字里行间之反讽鄙夷意味，昭然若揭。当然，上述这两方面，皆可归结为针对"国民性"中的奴性而发。鲁迅曾在《灯下漫笔》（1925 年）中说过："中国人向来就没有争到过'人'的价格，至多不过是奴隶，到现在还如此，然而下于奴隶的时候，却是数见不鲜的。"又说："任凭你爱排场的学者们怎样铺张，修史时候设些什么'汉族发祥时代''汉族发达时代''汉族中兴时代'的好题目，好意诚然是可感的，但措辞太绕弯子了。有更其直截了当的说法在这里——一，想做奴隶而不得的时代；二，暂时做稳了奴隶的时代。"①可见鲁迅对国人的奴隶根性的鄙夷，呼唤彼时青年才俊要挣脱身上的奴性枷锁，并将其上升到"现代青年的使命"的高度。而"终必为一大僚隶卒，供使令奔走以为宠荣"一语，对"主子"与"奴才"的逆反对应品格的揭露，可以说是鲁迅反奴性思想的具体表现。《谚语》一文曾说："专制者的反面是奴才，有权时无所不为，失势时即奴性十足。""做主子时以一切别人为奴才，则有了主子，一定以奴才自命：这是天经地义，无可动摇的。"②而《史略》批判的重点在于，古人无法摆脱服侍"主子"的"奴才"心理。这不正体现鲁迅反奴性的思想吗？据此，《中国小说史大略》第二十五篇"清之侠义小说及公案"整篇的立意基点及最终目的仍在"国民性批判"上。该篇篇末曾言"其时欧人之力又侵入中国"，粗观之余，颇令人疑窦。但若将此语置于鲁迅进行文学批评的惯用模式，结合此文的立意加以考察，即刻豁然——彼时动荡的时局迫切要求对"国民性"进行改造，此语即是对这种要求的强烈呼应。

　　述及至此，"国民性批判"作为《史略》组织思路及编纂思想之终极意图的结论，似可定板了。但随之而来的另一关键问题则是："国民性批判"这个终极意图是如何践行的？除了上文提到的对"瞒和骗"的文艺、

① 鲁迅：《鲁迅全集》第 1 卷，第 224～225 页。
② 案，此文作于 1932 年，仍可见及鲁迅前期对"主子"与"奴才"的逆反对应品格的抨击态势。

反奴性思想的直接批判等手段之外,《史略》又从"满和骗"的反面——求真写实的论断角度加以言说,但值得注意的还是《史略》对阻碍进行"国民性批判"之种种的扫荡。典型者则如对鬼神妖怪之说的揭露与批判。《史略》之所以进行鬼神批判,是因为这类思想及表现此类思想的文艺,容易扰乱人心,是"国民性批判"的主要阻碍对象,更是"引导国民精神的前途"的反面教材。《热风》(三十三则)对盛行于彼时社会之好"鬼话"、反"科学"(认为科学害了人),及对俞复《灵学杂志》"鬼神之说不张,国家之命遂促"、"鬼神为道德根本"等现象给予猛烈抨击;认为自维新以来,"儒道诸公"皆将一切社会恶果归结为科学所带来的弊端,使得"社会上罩满了妖气",并认为能救国的"只有是这鬼话的对头的科学",要求对国人进行"精神的改造"。① 此文原写于 1918 年,1925 年 9 月 24 日补记,这表明鲁迅对鬼神之说的批判,一直与其所主张的"国民性批判"联系在一起。据前所述,可知民国初年好鬼神之说的社会风气颇盛,这是鲁迅认为"社会上罩满了妖气"的基本背景。正是基于对这种社会现象的顾虑,鲁迅将其当作"引导国民精神的前途"的反面教材,对阻碍改造"国民性"的各种文化、事物的抨击必然不遗其力,对鬼神之说的抨击即是如此。这在《热风》(三十八则)的相关论述之中,表达得淋漓尽致:"昏乱的祖先养出昏乱的子孙,正是遗传的定理,民族根性造成之后,无论好坏,改变都不容易的。""祖先的势力虽大,但如从现代起,立意改变:扫除了昏乱的心思,和助成混乱的事物(儒道两派的文书),再用了对症的药,即使不能立刻奏效,也可把那病毒略略羼淡。"② 鲁迅认为扫除混乱的障碍主要是"昏乱的心思"与"昏乱的事物",清除掉扰乱人心的"昏乱的事物"即有改变国民性之可能。《二心集·习惯与改革》(1930 年 2 月 22 日)亦云:"有志于改革者倘不深知民众的心,设法利导,改进,则无论怎样的高文宏议,浪漫古典,都和他们无干,仅止于几个人在书房中相互叹赏,得些自己满足。"③

这种论断与《史略》抨击"神魔小说"毒害人心——"其力之及于人心者甚大",不利"国民性"改造之举动,并无二致。鬼神之说由于历来即受市井细民所爱,尤能致"昏乱的心思",而"神魔小说"则是扰心的"昏乱的事物"。——集中表现则是《史略》对描写鬼神之小说的"消遣"意味的否定。鲁迅在《文艺与政治的歧途》(1927 年)中,曾对"目的就

---

① 鲁迅:《鲁迅全集》第 1 卷,第 314 页。

② 鲁迅:《鲁迅全集》第 1 卷,第 329 页。

③ 鲁迅:《鲁迅全集》第 4 卷,第 228 ~ 229 页。

在供给太太小姐们的消遣，所讲的都是愉快风趣的话"的 18 世纪的美国小说，表示相当程度的反感；又批判鸳鸯蝴蝶派的作品与社会现实没有太大关联，云："如隔岸观火，没有什么切身关系。"可见鲁迅向来十分排斥对脱离社会实际的"消遣"性作品。① 因为这类作品有碍人"心"的教化，而国民性则根植于人之"心"。《华盖集·十四年的"读经"》（1925 年）曾说："我看不见读经之徒的良心怎样，但我觉得他们大抵是聪明人，而这聪明，就是从读经和古文得来的。"又说："倘不是笨牛，读一点就可以知道，怎样敷衍，偷生，献媚，弄权，自私，然而能够假借大义，窃取美名。"② 只有剥掉妨碍人"心"之种种，方能杜绝献媚、弄权等"假借大义"的不良行为。从这个意义讲，《史略》关注此类小说"但为人民间巷间意"、"偶杂游词，以增笑乐"的"消遣"性，概系此类作品不仅有迎合媚悦大众之嫌，更会阻碍人之"心"的净化，从而最终阻碍"国民性批判"的进行。又，《中国小说史大略》第十一篇"宋之话本"论述时，强调此类小说"娱心"与"劝善"的特点；评《京本通俗小说》亦言："其取材多在近时，或采之他种说部，主在娱心，而杂以惩劝。"据此推知，《史略》大量关注古代小说的娱乐消遣意味，与其重视"国民性批判"之目的意图，紧密相关。因而，基于扫除"国民性批判"之种种障碍的考虑，鲁迅对"神魔小说"的总体评价并不高，始终以轻蔑姿态待之。尤其是，《中国小说史大略》多次使用"幻惑"、"妖妄"等字眼，更显得鲁迅对描写鬼神之小说的否定意见。由此看来，《史略》对此类小说的批判，不仅深入剖析了古代社会所存留的鬼神说的危害本质，其所指向意图仍在以古鉴今的意图。——这些鬼神之说是对"国民精神"进行改造的最大阻力，尤其是通俗文学中的鬼神之说对细民大众的影响更为深远。因此，将"国民性"改造的种种阻碍剥之殆尽，改造的目的即可水到渠成。据此，"国民性批判"作为《史略》组织思路及编纂思想的终极意图，不仅主导着《史略》具体论断的下定，而且主导着《史略》的论述方式，更是深刻左右鲁迅评判时的情感倾向，影响不可谓不大！

综上所述，在《史略》划分的讲史小说、神魔小说、人情小说、讽刺小说、"以小说见才学者"、狂邪小说、侠义及公案小说、谴责小说等诸多小说类型中，概可见及"国民性批判"主导的因子。以"团圆"结局的人情小说作为"瞒和骗"的文艺的典型，是求真写实文学的反面教材；而以《红楼梦》为主的另一类人情小说则是"国民性批判"追求写实真诚之意

① 鲁迅：《鲁迅全集》第 7 卷，第 115～125 页。
② 鲁迅：《鲁迅全集》第 3 卷，第 138～139 页。

图的代表。讽刺小说则以斗争的姿态作为践行"国民性批判"的主要手段而被推崇到极其的高度。谴责小说则以写实原则以暴露社会黑暗面，部分地践行国民性批判的意图。对狂邪小说部分代表作的相关论断，亦表露出《史略》以之作为暴露社会黑暗以推行"国民性批判"的意图。"侠义小说及公案"作为揭露"国民性"之奴隶根性的代表，践行着鲁迅反奴性的思想意图，并因彼时动荡时局的要求而成为鲁迅呼唤"国民性批判"的前沿。而神魔小说作为"国民性批判"的阻碍力量、反面教材，对其予以批判则进一步加深"国民性批判"作为《史略》组织思路及编纂思想之终极意图的典型意味。不仅如此，从"六朝之鬼神志怪书"始，至"清之人情小说"，《史略》几乎对每一朝代的小说类型的论述皆体现着"国民性批判"的意图。如《史略》以鄙薄的势态批判"六朝之鬼神志怪书"、"明之神魔小说"对细民大众及人心的诸多不良影响；否定"宋之话本"、"宋之拟话本"的消遣娱乐意味；批判元明以降以"团圆"结局的人情小说是"瞒和骗"的文艺的典型，是"瞒和骗"的国民性的集中反映；对"清之人情小说"、"清之讽刺小说"、"清之谴责小说"等以写实反抗斗争姿态出现的小说类型，将其当作古代小说突破国民劣根性的限制并维系不坠的代表，加以论述。可见，不论据以横向考察抑或纵向视角，均可见及《史略》进行"国民性批判"是从时代的制高点进行全局式把握的做法。它贯穿于《史略》的组织思路、论断基调，乃至深入到对具体小说作品的论断之中。因此，可以说"国民性批判"是《史略》组织思路及编纂思想的终极意图。

尚需说明的是，"国民性批判"作为《史略》组织思路及编纂思想的终极意图，却不是唯一的目标，也不是全部的意图。《史略》论述这八大小说类型时，所运用的原则主要是从古代小说的题材、小说的手法或态度、小说的动机等三方面着手，以时代为序的进化论思想，对各朝代的小说代表类型，予以言说。据此，不论是《史略》评判小说时的最初意念发端，还是从《史略》实际的表达情形看，对古代小说演变史迹的描述方是《史略》题中之意，亦是要解决的实际问题。——鲁迅在北大授课"中国古代小说史"，其首要目的是勾勒出古代小说之衍变大势。因而，《史略》对"国民性批判"的表达并未呈直接显现状态。又，学术专著有一定的学术规范及相应体例的限制。从这个角度看，鲁迅编纂《史略》的全部意图必然不可能是单一的，而是多方面的杂糅。但由于《史略》产生的初因则是鲁迅在北大等学校讲课时的讲义，虽几经修改，《中国小说史大略》及其后各修订本的主体思想及相关思路与《小说史大略》并无本质之别。而讲课之时，鲁迅的主导思想仍含有相当程度的"国民性批判"意识，如冯至《鲁迅在北大讲课的情景》说："那门课名义上是'中国小说史'，实际讲的是对历史的观察，对社会的批判，对文艺理论的探察"；鲁迅讲课之初的主要听课对象则是北京大学等学校的在校生，其于讲课过程中所引申之"对历史的观察，对社会的批判"等内容即含有启迪青年学生的意图。这些方面概能指向鲁迅欲行"国民性批判"之意图。到《中国小说史大略》之时，《史略》逐渐脱离讲义稿的身份，向专家著述靠拢。这个标志主要以 1925 年、1926 年对《史略》进行几次大的修改为转折点。这种修改使得《史略》更加符合现代学术专著的规范，论者个人介入的思路有所减少，更具相对意义的客观性。但这种修改并未削灭"国民性批判"成为《史略》的终极意图，反而使其以更隐性的形态在《史略》中存在。这就是鲁迅在《中国小说的历史的变迁》一文明确表达"瞒和骗"的"国民性"导致了"瞒和骗"的文艺，而《史略》相关论断并不如此直白表达的主要原因。再者，《史略》以文言形式写成，以言简意赅著称，不可能如演讲稿那般随意表达——从《中国小说史大略》"侠义小说及公案"一节揭露"国民性"之奴隶根性的论断及表达方式，即可知晓《史略》表达"国民性批判"之时的论断习惯。这使得《史略》对"国民性"问题的表达呈隐形的状态，不如《变迁》明显。若进一步追问《史略》与《变迁》两者的发表时间——《小说史大略》概介于 1920 年至 1921 年之间，《中国小说史大略》介于 1921 年至 1922 年之间，而《变迁》则是鲁迅于 1924 年在西安演讲之时的讲义稿，学界一般把此次演讲当作是《史略》的浓缩版，如单演义《鲁迅在西安》即言《变迁》"脱胎于他的《中国小说史略》"①。那么，《变迁》将《史略》的观点加以浓缩、明确表达、引申、补充等情形皆有可能出现，则《变迁》的思想倾向当继承于《史略》。《变迁》所言"国民性"问题，亦当早已体现于《史略》之中。此论或不至太主观臆断。在整个 20 世纪 30 年代，"国民性批判"一直成为鲁迅思想的主导（虽其前后期对此有所修正，但本质并未变化。），因而，鲁迅后期对《史略》的修改亦是沿着服从于其主导思想的原则进行。有学者认为《史略》"广泛而深刻地批判了封建传统思想，涉及哲学、宗教、伦理、文艺等许多方面，其中有对孔孟之道、封建礼教、宋明理学的批判"、"这些批判，在当时是十分难能可贵的，在今天也仍然闪耀着战斗的光芒"，具有强烈的批判精神，又说《史略》是鲁迅之小说史的"心血结晶，也是他在古典文学领域中批判旧思想的丰硕成果，是为新文化革命服务的"。② 其实，《史略》充满着

---

① 单演义：《鲁迅在西安》，西安，陕西人民出版社，1981 年，第 30 页。
② 储大泓：《读〈中国小说史略〉札记》，第 211 ～ 219 页。

浓烈的批判精神，与其以"国民性批判"作为终极意图的编纂思想密不可分。这种批判意图即是"国民性批判"的集中显现。由此仍可见及"国民性批判"作为《史略》组织思路及编纂思想之终极意图的实情。

四、《史略》有关鬼神妖怪之说的时代局限

尽管"六朝之鬼神志怪书"、"明之神魔小说"等篇目的编写，与近现代鬼神妖怪之风有紧密联系，由于《史略》关注的重点是古代小说衍变的全面的历史进程，因而这种联系并未上升到极具突出的地位，只在相关论断中予以片段的涉及。但从鲁迅的只言片语之中，仍可见及近代社会思潮及时代主流对鲁迅编纂《史略》所产生的重要影响。当然，不能说近现代鬼神妖怪之风就是《史略》有关"六朝之鬼神志怪书"、"明之神魔小说"等章节论述的全部，但这个时代大势当是鲁迅纂写相关篇章的最初意念发端之一。时代思潮的影响应当成为分析《史略》构建原因的主要线索之一，据此方可全面而客观地把握《史略》之种种。不过，本节论述的目的除了还原《史略》撰写的客观背景之外，更主要是想借此说明鲁迅编写《史略》的主观意图——政治批判的目的，即"国民性批判"作为《史略》组织思路及编纂思想的终极意图，对《史略》所产生了深远的影响。学者已注意到进化论等外来思想对《史略》所产生的影响，[1] 其所关注的重点大多是这些思想对《史略》体例、部分论断组织的影响，罕有学者注意到鲁迅以"国民性批判"为最终目的及有力武器，以赴北大讲学为契机，努力推行其对"国民精神"进行引导的意图。而这种意图又是当时特殊时代背景之使然，可见《史略》的编纂带有浓烈的时代色彩，其局限亦较为明显。因为这种带有浓烈"个人批评"意识的论证模式及学术研究从属于政治批判的编纂思路，势必会影响《史略》的引证及论断的公正性与客观性。对"神魔小说"之鄙夷、对晚清小说"度量技术"之否定，就是此思路所造成不良影响之典型。[2] 换句话说，鲁迅以"神魔小说"名类古代小说中谈鬼神妖怪之作品，是带有特殊功利考虑的，而非完全根植于古代小说的衍变实情。据考证，民国初年的文人学士习惯将描写鬼神之说的小说称为"神怪小说"而非"神魔小说"。[3] "神魔小说"为鲁迅首创，其最初的意念

---

① 案，有关进化论对《史略》编纂的影响，可参看本书第三章《鲁迅的小说创作思想、古典目录学传统与〈中国小说史略〉的体系建构》第二节《古典目录学传统与〈史略〉之建构》的相关论述。

② 欧阳健：《〈中国小说史略〉批判》，第113～117页。

③ 欧阳健：《〈中国小说史略〉批判》，第117页。

发端与彼时的时代大势有关，其又欲以此践行"国民性批判"的意图。故而，纵观《史略》相关论断，终罕见及鲁迅据以文体意识言说"神魔小说"的迹象。后世治小说史者不察，往往将"神魔小说"当作古代小说之一大文体而大谈特谈，并美其名曰承继《史略》之开创意义加以深化、引申。[①]就这一点看，不得不说《史略》某些小说分类定名所带来的不良影响仍是存在的。

---

① 参见拙稿《对"神魔小说"文体研究的质疑》，《贵州师范大学学报（社会科学版）》2010 年第 5 期，第 94 ～ 98 页。

第三章 鲁迅的小说创作思想、古典目录学传统与《中国小说史略》的体系建构

《中国小说史略》的编纂及修订除了受到近现代时势背景的影响外，亦受到鲁迅的小说创作思想及以古典目录学为代表的传统学术思想的影响。鲁迅曾说"中国之小说自来无史"，故其编纂时往往缺乏可供参考的同类作品，唯有摸索前行。在这种情况下，鲁迅丰富的小说创作经验与诸多传统学术资源，就成为其进行《史略》编纂及修订时的重要参考。将鲁迅的小说创作思想与《史略》相对照可知，鲁迅小说创作中的"立人"思想、"为人生"文学观等内容对《史略》的小说规律设置、论断评骘标准产生了重要影响。而古典目录学更是影响《史略》"小说"观及"小说史"观的表达，使得在鲁迅编修《史略》时面临着承继传统的知识体系与预先作出的理论设定之间不可调和的冲突，从而影响了《史略》的体系建构。此举正是现代中国小说史早期编纂过程中，所面临的传统思想文化与外来文化之间如何艰难抉择的典型。

第一节　鲁迅的小说创作思想与《史略》之编纂 [①]

学界对鲁迅的小说创作思想的探讨，相关著述已是汗牛充栋。其中，不少学者已注意揭示鲁迅的小说史研究与其小说创作的关系。如聂石樵《鲁迅的小说和〈儒林外史〉》云："熟知鲁迅小说的人，往往会发现它在内容上、手法上和人物描写上，都深深地受有《儒林外史》的影响，有许多与《儒林外史》相似的地方，同时地表现了与《儒林外史》鲜明不同的

---

① 案，本节主体部分曾以《鲁迅的小说创作思想与〈中国小说史略〉的编纂》为题，发表在《文艺理论研究》2016 年第 3 期上。特此说明。

特色。这正是鲁迅创造性地继承我国古典文学优良传统的结果。"① 但此类研究主要集中于揭示鲁迅的小说史研究对其小说创作的影响。而鲁迅的小说创作思想对其小说史研究的影响亦不容忽视。遗憾的是，罕有学者深入述及此意。陈平原曾说："鲁迅的小说史研究之所以能够深入，得益于其丰富的小说创作经验。以一位小说大家的艺术眼光，来阅读、品味、评价以往时代的小说，自然会有许多精到之处。""鲁迅《中国小说史略》之难以逾越，在其史识及其艺术感觉。"② 这是很有道理的，但陈氏亦未曾深入展开。因此，全面探讨鲁迅的小说创作思想如何影响其小说史研究，颇有必要。

一、"立人"的创作思想与《史略》之编纂目的

建构中国古代小说的发展史迹，不仅要有宏观的框架体系，亦需对具体的小说作品有深邃的领悟力、评判力等"史识"。建构过程中，不仅需对小说进行版本、作者或文献记载的考据，亦含有对某个时代、某种小说类型或具体的小说文本作诸如思想内涵、艺术特色的评骘。这不仅需要"史"的标准，亦含有文学的标准。史迹的勾勒、版本或文献的考据有对错之别、定鼎之势，而文学的或艺术的评骘却是人言殊异、见仁见智。鲁迅《题记一篇》（1932 年 7 月 3 日）论及中西文学评论著述时说："篇章既富，评骘遂生，东则有刘彦和之《文心》，西则有亚里士多德之《诗学》，解析神质，包举洪纤，开源发流，为世楷式。所惜既局于地，复限于时，后贤补苴，竞标颖异，积鸿文于书麓，嗟白首而难测，倘无要略，孰识菁英矣。"③ 亦承认评骘作品有时、地之限，亦有遗珠之恨，故《文心》、《诗学》等虽贵为中西评骘之"楷式"，亦不免于"后贤补苴"。可见，探讨《史略》文学的或艺术的论断的下定缘由，分析《史略》评骘古代小说之文学的艺术的标准及对古代小说演进规律的设定缘由，而非一味鄙薄其见的优劣得失，则是评判此类论断的学理原则，亦符合鲁迅本意。

有效了解鲁迅的小说创作思想的材料，莫过于《〈呐喊〉自序》（1922 年 12 月 3 日）与《我怎么做起小说来》（1933 年 3 月 5 日）两文。《〈呐喊〉自序》曾说："凡是愚弱的国民，即使体格如何健全，如何茁壮，也

---

① 聂石樵：《鲁迅的小说和〈儒林外史〉》，载北京师范大学中文系编《纪念鲁迅诞辰百周年文学论文集及鲁迅珍藏有关北师大史料》，北京，北京师范大学出版社，1981 年，第174 页。

② 陈平原：《作为文学史家的鲁迅》，载王瑶主编《中国文学研究现代化进程》，北京，北京大学出版社，2005 年，第 81 页。

③ 鲁迅：《鲁迅全集》第 8 卷，北京，人民文学出版社，2005 年，第 370 页。

76 | 鲁迅《中国小说史略》研究——以中国小说史学为视野

只能做毫无意义的示众的材料和看客，病死多少是不必以为不幸的。所以我们的第一要著，是在改变他们的精神，而善于改变精神的是，我那时以为当然要推文艺，于是想提倡文艺运动了。"①将改造国民落后愚昧的精神现状寄希望于文艺创作。可见，"立人"思想是鲁迅进行文艺创作的基本出发点及落脚点。所谓"立人"，《文化偏执论》（1907 年）云："是故将生存两间，角逐列国是务，其首在立人，人立而后凡事举；若其道术，乃必尊个性而张精神。"又说："国人之自觉至，个性张，沙聚之邦，由是转为人国。人国既建，乃始雄厉无前，屹然独见于天下。"②知其以为张扬国家民族的首务，在于"立人"，进而"立国"。可见，"尊个性而张精神"作为"立人"的主要内容，其必然要肯定有利此举之种种，而批判阻碍"张精神"的事物，这与《〈呐喊〉自序》所言相一致。鲁迅选择以小说创作以践行"立人"启蒙之图的缘由，即如《我怎么做起小说来》所言："在中国，小说不算文学，做小说的也决不能称为文学家，所以并没有人想在这一道路上出世。我也并没有要将小说抬进'文苑'里的意思，不过想利用他的力量，来改良社会。"③钱理群认为鲁迅以小说这种不在"文苑"之列的边缘文体为推进工具，是鲁迅一贯坚持边缘性、反叛性及异质性的表现，"他对于正统的'文苑'体制甚至有一种出于本能的抵制与排斥"，与其对杂文的选择一样，选择之初并未"想到'文学概论'的规定，或者希图文学史上的位置"。④更进一步讲，鲁迅此举与小说于晚清地位上升、成为"开民智"之普遍举动的社会背景亦有莫大关联。也就是说，鲁迅选择创作小说以"立人"伊始，已赋予小说这种文体以特殊的功用意图，即启蒙民众愚昧的精神。这种思想在其所创作的第一篇小说《狂人日记》中体现得淋漓尽致。《我怎么做起小说来》又说：当时的"中国创作界固然幼稚，批评界更幼稚"，又过于"自命不凡"，因而"常看外国的批评文章，因为他于我没有恩怨嫉恨，虽然所评的是别人的作品，却很有可以借镜之处"。又说："我深恶先前的称小说为'闲书'。"⑤既然鲁迅批判将小说作"闲书"之举，即是期望赋予小说以某种深刻思想内涵的特质；而当时的"批评界"比"创作界"来得"幼稚"，则其在创作小说过程中的努力之举，更应在小说"批评"时加以显力。可见，鲁迅于此文所言自小说创

---

① 鲁迅：《鲁迅全集》第 1 卷，第 437 ~ 441 页。
② 鲁迅：《鲁迅全集》第 1 卷，第 55 ~ 57 页。
③ 鲁迅：《鲁迅全集》第 4 卷，第 525 页。
④ 钱理群：《与鲁迅相遇——北大演讲录》，北京，生活·读书·新知三联书店，2003 年，第 111 页。
⑤ 鲁迅：《鲁迅全集》第 4 卷，第 525 ~ 528 页。

作至小说评论，其目的皆是为"改良社会"、"为人生"。利用小说的力量来"改良社会"的想法，当然包含汲起古典小说中含有"改良社会"的相关成分。鲁迅曾于《古小说钩沉》（1912年2月）说道："况乃录自里巷，为国人所白心；出于造作，则思士之结想。心行曼衍，自生此品，其在文林，有如舜华，足以丽尔文明，点缀幽独，盖不第为广视听之具而止。"[①]知其在收集整理古代小说文献之初，就已意识到古代小说在"丽尔文明"、"广视听"之外所蕴含的教育意义的重要性。此为鲁迅于其小说创作中寓以"国民性批判"思想的典型反映。其所进行的"国民性批判"即是对阻碍"立人"目的之种种事物的代表性特征的抨击。因而，鲁迅最初以小说创作、小说研究进行"立人"目的，往往是通过"国民性批判"及批判阻碍此举的种种事物、现象而得以实现的。

在《史略》中，"立人"思想是如何成为鲁迅编纂意图的基点呢？这就涉及《史略》编纂时所采取的行文策略——其并非将古代小说当做纯粹的文学作品，而是赋予小说文本以社会批评的价值。储大泓《读〈中国小说史略〉札记》曾说："鲁迅又往往透过文艺小说看当时社会，把小说作为历史来读，作为用文艺形式反映社会历史的作品来读。因而使我们通过对小说的分析，对各个历史时期的社会状况、阶级关系等有更深刻具体的了解。把小说作为历史现象来分析，这是鲁迅的《小说史略》的一大特色。"[②]甚是。把小说作为历史现象来分析的编纂特色，促使其更关注小说作品反映社会内容之一面，以作正面的启迪或反面的教材之用。这种评判重点的根由恰是鲁迅欲以此践行"立人"思想的典型表现。如其评《儒林外史》为："吴敬梓《儒林外史》出，乃秉持公心，指摘时弊，机锋所向，尤在士林；其文又戚而能谐，婉而多讽：于是说部中乃始有足称讽刺之书。"[③]所谓"指摘时弊"即指向此书的价值意义，故以为："《儒林外史》所传人物，大都实有其人，而以象形谐声或庚词隐语寓其姓名，若参以雍乾间诸家文集，往往十得八九。""此外刻划伪妄之处尚多，掊击习俗者亦屡见。"又如，评《野叟曝言》时云："意既夸诞，文复无味，殊不足以称艺文，但欲知当时所谓'理学家'之心理，则于中颇可考见。"等等。这种情形从对《汉志》所载"王者欲知里巷风俗，故立稗官，使称说之"的"小说"的关注，到阐述《世说新语》所载与当时政治背景、玄学思潮的关系，再到肯定《东城老父传》等写当时社会现象的"唐人传奇"而薄宋人"传奇"不敢言时

---

① 鲁迅：《鲁迅全集》第10卷，第3页。
② 储大泓：《读〈中国小说史略〉札记》，上海，上海文艺出版社，1981年，第84页。
③ 案，本节所引《史略》文本，均据北新书局1927年版，不再一一注明。

事、多含封建说教语，① 再到批评《三国志通俗演义》对曹操等人物的塑造有违历史真实，到《红楼梦》对封建社会大家族衰败现象的揭露、《儒林外史》指摘时弊的批判意义、《野叟曝言》描绘清代"理学家"的心理状况，涵盖古代小说演变历程中的绝大部分时期；其对古代小说演变历程中反映当时社会现象、政治生活的描写所持或肯定或批判的态度，批判造成民众愚昧精神的事物（如含封建说教的小说作品），肯定正面撰写时事以示造成彼时多含违碍"立人"事物之因由，进而于《史略》中进行"国民性批判"。上述诸多举动的背后，即是"立人"思想作用的结果。

现试以"六朝之鬼神志怪书"、"明之神魔小说"等篇对鬼神妖怪之说的批判为例，以申说"立人"思想如何成为《史略》编纂的价值判断的主导。《热风（三十三则）》（写于1918年，1925年9月24日补记）对盛行于彼时社会之好"鬼话"、反"科学"（认为科学害了人），及对俞复《灵学杂志》"鬼神之说不张，国家之命遂促"、"鬼神为道德根本"等现象给予猛烈抨击；认为自维新以来，"儒道诸公"皆将一切社会恶果归结为科学所带来的弊端，使得"社会上罩满了妖气"，并认为能救国的"只有是这鬼话的对头的科学"，要求对国人进行"精神的改造"。② 在鲁迅看来，鬼神思想及表现此类思想的文艺容易扰乱人心，是"立人"的主要阻碍对象，更是"引导国民精神的前途"的反面教材。③ 这说明鲁迅对鬼神之说的批判一直与其所主张据"国民性批判"以"立人"的思想相联系。《热风（三十八则）》又说："昏乱的祖先养出昏乱的子孙，正是遗传的定理，民族根性造成之后，无论好坏，改变都不容易的。""祖先的势力虽大，但如从现代起，立意改变：扫除了昏乱的心思，和助成昏乱的事物（儒道两派的文书），再用了对症的药，即使不能立刻奏效，也可把那病毒略略羼淡。"④ 鲁迅认为扫除混乱的障碍主要是"昏乱的心思"与"昏乱的事物"，清除掉扰乱人心的"昏乱的事物"即有改变国民性之可能。《二心集·习惯与改革》（1930年2月22日）亦云："有志于改革者倘不深知民众的心，

① 案，许广平《鲁迅回忆录》曾回忆鲁迅批评"宋人传奇"之由在于："（一）多含封建说教语，则不是好的小说，因为文艺作了封建说教的奴隶了；（二）宋传奇又多言古代事，文情不活泼，失于平板，对时事又不敢言，因忌讳太多，不如唐之传奇多谈时事。"（载鲁迅博物馆鲁迅研究室编《鲁迅回忆录（专著下册）》，北京出版社，1999年，第1111页。）

② 鲁迅：《鲁迅全集》第1卷，第314页。

③ 案，有关《史略》以"国民性批判"为编纂主导的情形，可参看本书第二章《近现代时势背景、"国民性批判"与〈中国小说史略〉的编纂》第二节《近现代尚鬼神妖怪之风、"国民性批判"与〈史略〉之编纂及修订》的相关论述。

④ 鲁迅：《鲁迅全集》第1卷，第329页。

设法利导，改进，则无论怎样的高文宏议，浪漫古典，都和他们无干，仅止于几个人在书房中相互叹赏，得些自己满足。"① 这种论断与《史略》抨击"神魔小说"毒害人心——"其力之及于人心者甚大"，不利"国民性"改造之举动，并无二致。鬼神之说由于历来即受市井细民所爱，尤能致"昏乱的心思"，而"神魔小说"则是扰心的"昏乱的事物"——集中表现则是《史略》对描写鬼神之小说的"消遣"意味的否定。又如第十二篇"宋之话本"论述时批判"话本"之"娱心"、"劝善"等弊病，评《京本通俗小说》亦言："其取材多在近时，或采之他种说部，主在娱心，而杂以惩劝。"鲁迅在《文艺与政治的歧途》（1927 年）中，曾对"目的就在供给太太小姐们的消遣，所讲的都是愉快风趣的话"的 18 世纪的美国小说，表示相当程度的反感；又批判鸳鸯蝴蝶派的作品与社会世纪没有太大关联："如隔岸观火，没有什么切身关系"，可见鲁迅向来十分排斥对脱离社会实际的"消遣"性作品。② 因为这类作品有碍人"心"的教化，而国民性则根植于人之"心"。从这个意义讲，《史略》关注此类小说"但为人民闾巷间意"、"偶杂游词，以增笑乐"的"消遣"性，概系此类作品不仅有迎合媚悦大众之嫌，更会阻碍人之"心"的净化，从而最终阻碍"立人"的进行。

从鲁迅于 1920 年至 1923 年在北京大学、北京高等师范专科学校、北京女子高等师范学校、世界语学校等处的授课情形看，亦可见及"立人"意图。冯至《鲁迅在北大讲课的情景》曾说："那门课名义上是'中国小说史'，实际讲的是对历史的观察，对社会的批判，对文艺理论的探察。"③ 观察的目的即为"对社会的批判"，"文艺理论的探察"反倒是其次。许钦文《〈鲁迅日记〉中的我》载："一九二〇年冬开始，我在北京大学旁听。鲁迅先生讲的是《中国小说史》，实际是宣传反封建思想，随时讲些做法。像讲《儒林外史》时讲些讽刺笔法，讲《水浒》时着重于个性刻画。"④ "对历史的观察，对社会的批判"、"宣传反封建思想"等评价，符合鲁迅编纂《史略》的初衷。又，尚钺《怀念鲁迅先生》云："我一直这样听了先生三年讲授的。这中间，从一部《中国小说史略》和《苦闷的象征》中，我却获得了以后求学和作人的宝贵的教育。在《中国小说史略》中，先生给了

---

① 鲁迅：《鲁迅全集》第 4 卷，第 228 ～ 229 页。
② 鲁迅：《鲁迅全集》第 7 卷，第 115 ～ 125 页。
③ 冯至《笑谈虎尾记犹新》，《冯至全集》第 4 卷，石家庄，河北教育出版社，1999 年，第 198 页。
④ 孙伏园、许钦文等：《鲁迅先生二三事：前期弟子忆鲁迅》，石家庄，河北教育出版社，2000 年，第 84 页。

我对社会和文学的认识上一种严格的历史观念，使我了解了每本著作不是一种平面的叙述，而是某个立体社会的真实批评，建立了我此后写作的基础与方向。"① 可见，储大泓指出《史略》赋予"小说文本以社会批评的价值"的说法符合鲁迅授课时的本意。而鲁迅授课所采取的幽默风趣、深入浅出而娓娓道来的方式，无疑更能加深学生对"立人"意图的接受。据荆有麟《鲁迅回忆断片》（1942 年，荆氏曾于 1924 年在世界语学校听过鲁迅授《史略》，后与鲁迅交往频繁）言："记得先生上课时，一进门，声音立刻寂静了，青年们将眼睛死盯住先生，先是一阵微笑，接着先生便念出讲义上的页数，马上开始讲起来，滔滔如瀑布，每一个问题的起源，经过，及先生个人对此的特殊意见。先生又善用幽默的语调，讲不到二十分钟，总会听见一次轰笑，先生有时笑，有时并不笑，仍在继续往下讲。"又说："时间虽然长（先生授课，两小时排在一起继续讲两个钟头，中间不下堂）些，而听的人，却像入了魔一般。随着先生的语句，的思想，走向另一个景界中了。要不是先生为疏散听者的脑筋，突然讲出幽默话来，使大家轰然一笑，恐怕听的人，会忘记了自己是在课堂上的，而先生在中国历史人物中，特别佩服曹操，就都是在讲授时候，以幽默口吻送出的。"②

可见，从鲁迅整理古代小说文献之初到具体编纂《史略》，再到其授课意图及效果，均可证明其借"国民性批判"的视角确立"立人"思想以主导《史略》编纂的意图。这与晚清以降将小说当做"开民智"、推动社会及政治变革的寄托载体时，所赋予的诸多功用是一脉相承的。③ 据此，鲁迅的小说创作思想与《史略》的编纂是相通的。从鲁迅最初创作小说的指导思想及文学观看，其后来对《史略》的编纂便是将此类思想予以系统化、理论化，以寻求古代小说的渊源蕴藉。

二、"为人生"文学观与《史略》对古代小说演进规律的设定

虽然学界对《史略》设定古代小说的演进规律的讨论已有不少成果，但仍未有研究者注意到鲁迅的小说创作思想对其设定古代小说演进规律的影响。鲁迅的小说创作思想对编纂《史略》所产生的影响，除上文所举对鬼神妖怪之说的批判外，"为人生"文学观与《史略》对古代小说演进规

---

① 转引自彭定安、马蹄疾《鲁迅和他的同时代人》（上），沈阳，春风文艺出版社，1985年，第 343 页。
② 鲁迅博物馆鲁迅研究室：《鲁迅回忆录（专著上册）》，北京，北京出版社，1999 年，第 140 ~ 141 页。
③ 吴康：《民国检查制度与古代"文字狱"——鲁迅杂文研究之三》，《中国文学研究》2009 年第 1 期，第 24 ~ 30 页。

律的设定，将这种影响揭示得更明显。鲁迅《我怎样做起小说来》回顾自己的小说创作时，曾说："说到'为什么'做小说罢，我仍抱着十多年前的'启蒙主义'，以为须是'为人生'，而且要改良人生。"其所主张的"为人生"文学观是采取"国民性批判"的方式以实现"立人"目的为思想基础的（说详上），一直贯穿于其文学创作始末，早在其编纂《史略》之前就已存在。① 而践行"国民性批判"、"立人"及"为人生"等思想主张的有效工具，则是文艺（创作）。《论睁了眼看》（1925 年 7 月 22 日）曾说过："文艺是国民精神所发的火光，同时也是引导国民精神的前途的灯火。"② 在鲁迅早期的文学创作中，其从"为人生"出发，创作了大量诸如《呐喊》、《彷徨》等反对封建礼教、要求个性解放的文艺作品，赋予"为人生"的文学观以特定内涵。——即主张文学创作应该表现现实的人生，具有"立意在反抗，指归在动作"、"不克厥敌，战则不止"的反抗斗争精神及"举一切伪饰陋习，悉与荡涤"的破坏革新精神。（参见《摩罗诗力说》）③ 故《论睁了眼看》认为："中国的文人，对于人生，——至少是对于社会现象，向来就多没有正视的勇气。"又说："中国人的不敢正视各方面，用瞒和骗，造出奇妙的逃路来，而自以为正路。在这路上，就证明着国民性的怯弱，懒惰，而又巧滑。一天一天的满足着，即一天一天的堕落着，但却又觉得日见其光荣。"敏锐地揭露国人"不敢正视人生"的缺陷，才导致"瞒和骗"的弱性，进而产生"瞒和骗的文艺"；因而鲁迅最终得出"用以欺瞒的心，用欺瞒的嘴"说出来的话只能是虚假的，"没有冲破一切传统思想和手法的闯将，中国是不会有真的新文艺的"④ 的结论。虽然鲁迅后期接受了马克思主义唯物观及世界观，对"为人生"文学观有新的思考，但从其编纂及修改《史略》等情形看，"为人生"文学观对《史略》产生的影响主要集中于其早期的探索。受"立人"意图及"为人生"文学观的早期探索之双重作用，此时期的鲁迅进行文学创作主要有两大特点：一是，文学创作应以表现人、书写人生为中心，从而挖掘人的精神价值。如《祝福》通过祥林嫂的悲惨遭遇，使读者得以看到朴实、顽强、深信通过自己的勤劳可以过上幸福生活的祥林嫂是如何在封建君、神、族、夫的多重压迫中痛苦死去，以见悲剧的社会现实对人的精神的摧残。二是，文学创作

---

① 案，我们暂不讨论这种文学观与陈独秀所谓"写实文学"、"平民文学"，周作人"人的文学"及"文学研究会"所提出的"为人生而艺术"等主张的异同。

② 鲁迅：《鲁迅全集》第 1 卷，第 254 页。

③ 鲁迅：《鲁迅全集》第 1 卷，第 80～87 页。

④ 鲁迅：《鲁迅全集》第 1 卷，第 251～254 页。

还应揭露不合理的社会现象，发挥批判社会、改良人生的战斗作用，以获得新生的希望，达到实现"国民性改造"与"立人"意图。①

将"为人生"文学观与《史略》的编纂及具体论断相比照，可知此类文学观对《史略》产生了深远影响。第二篇"神话与传说"云："迨神话演进，则为中枢者渐近于人性，凡所叙述，今谓之传说。传说之所道，或为神性之人，或为古英雄，其奇才异能神勇为凡人所不及，而由于天授，或有天相者，简狄吞燕卵而生商，刘媪得交龙而孕季，皆其例也。"《中国小说的历史的变迁·从神话到神仙传》亦云："从神话演进，故事渐近于人性，出现的大抵是'半神'，如说古来建大功的英雄，其才能在凡人以上，由于天授的就是。"② 其对古代小说起源于神话与传说的探讨重点皆是落在"人"、"人性"上。鲁迅是"进化论"笃信者，《史略》以此作为编纂的主导思想之一。在这种思想的作用下，其认为古代小说发展历程应是不断进化的；而从"为人生"文学观出发，这种进化一定要落实到"人"的进化上，即小说描写客体应由物及人，并最终向"人性"之一面延伸。由此，《史略》确定古代小说演进的第一条规律，即探讨小说的起源及其早期演变时确立由写神的向写人的演进，渐至反映人性之规律。③ 但《史略》对此规律的揭示并非集中讨论古代小说写神鬼的情形或由写神的如何向写人的过渡过程，而是以写神鬼的（如对《山海经》的探讨）为跳板，集中讨论"人"在古代小说演进历程中的重要性。其讨论具体作品时，语虽稍涉神鬼或异物的描写，最终落脚点仍在"人"上。典型者如第二十二篇"清之拟晋唐小说及其支流"称《聊斋志异》为："不外记神仙狐鬼精魅故事，然描写委曲，叙次井然，用传奇法，而以志怪，变幻之状，如在目前；又或易调改弦，别叙畸人异行，出于幻域，顿入人间；偶述琐闻，亦多简洁，故读者耳目，为之一新。""使花妖狐魅，多具人情，和易可亲，

① 参见拙稿《近现代尚鬼神妖怪之风、"国民性批判"与〈中国小说史略〉——以"六朝之鬼神志怪书"、"明之神魔小说"为例（下）》（《上海鲁迅研究》2013 年第 1 期，第 78～93 页。）及本书第二章第二节相关论述。
② 鲁迅：《鲁迅全集》第 9 卷，第 312 页。
③ 案，钟敬文曾指出"神话与传说"篇所谓"神话大抵以一'神格'为中枢，又推演为叙说"之定义，参考了日本近代神话学开山祖师高木敏雄《比较神话学》的说法；而有关神话与传说递变的说法，即自"迨神话演进，则为中枢者渐近于人性"至"皆其例也"所言，则参考德国马克斯·缪勒的主张。虽说鲁迅最初借鉴高木敏雄、马克斯·缪勒等观点，这与鲁迅当时所接触的信息量及高、马二氏的权威研究有关，但高、马二氏对神话与传说向人性演变的某些论断，符合鲁迅所坚持的"为人生"文学观的设定，此即鲁迅予以借鉴的最根本原因。（钟敬文：《中国民间文学讲演集》，北京师范大学出版社，1999 年，第 247～248 页。）

忘为异类，而又偶见鹘突，知复非人。"关注人格化的物态描写。此论向为研究者所珍视，但鲁迅此论仅仅反映古代神怪小说发展的一方面——古代神话关注的重点是"外物"，并非全是"神"。古人认为："怪，首先是物；只是对于人来说，它们是异己的物，不熟悉、不了解之物，由于基于'怪异'即'神奇'的心理，方将它们当作了'神'。"如何正确处理人与自然的关系，是神怪小说的灵魂。"神怪"观念产生的途径主要包含从"物"到"神"与从"人"到"神"两种；当"怪"之于"物"则侧重表现为"异形"，当"怪"之于"人"则侧重表现为"异秉"。而"怪"、"物"与"我"三者融通的可能性，即如郭璞注解《山海经》所言："世之所谓异，未知其所以异；世之所谓不异，未知其所以不异。何者？物不自异，待我而后异，异果在我，非物异也。"①故鲁迅认为"迨神话演进，则为中枢者渐近于人性，凡所叙述，今谓之传说"的基本论点本身就有问题。②同时，物与物之间的转化是这类小说演进的另一主流；而《史略》认为古代小说的演进历程应最终导向"人"，这就将演进过程中的其他实情排斥。造成此举之由，在于其认为古代小说的终极价值仍须回归"为人生"，纯粹描写物性的小说是无太多价值的。这就是第二十二篇以"大抵简略，又多荒怪，诞而不情"等语，否定明末志怪群书，而肯定《聊斋志异》由写物性向表现人性演进具备开创性的根本原因。

而《史略》所确定的由无意为小说向有意为小说演进之另一规律，则强调作为创作主体的"人"对古代小说演进的重要性。——既然文学创作应表现现实的人生、以书写人生为中心，那么，文学的进化就应该向书写人生之一面靠拢，创作主体自觉以此作为小说书写的主要内容之举，就尤当值得肯定。③故《史略》提出创作主体"有意为之"的规律，实为强调在古代小说演进史上，以"人"（包含作品描写与创作主体）、书写"人生"为主题的轴心，应成为小说演进过程的主导。因而，鲁迅认为小说作家在作品中从无意识书写"人生"到有意书写的转变过程，明清小说尤是广泛地、深入地有意去书写"人生"，就是演进过程中的一大进步。（说详下）

---

① 参见拙稿《对"神魔小说"文体研究的质疑》，《贵州师范大学学报（社会科学版）》2010年第5期，第94～98页。

② 参见拙稿《中国小说起源于"神话与传说"辨正——以〈中国小说史略〉为中心》（《南京大学学报（哲学·人文科学·社会科学）》2014年第5期）以及本书第五章《〈中国小说史略〉所提出的古代小说演进现象及其小说史意义》第一节《中国小说起源于"神话与传说"辨正》的相关论述。

③ 案，鲁迅曾提出"文学自觉"说，是就文学演进过程中的文学作品应充分体现文学的艺术性而言。这与此处从创作主体与书写内容探讨文学演进规律并不冲突。唯系讨论视角有异，实质皆是为探讨如何建构文学史的演进规律。

这就是"唐人传奇"广受《史略》推崇的最根本原因。虽然《史略》也提到魏晋志怪与志人小说已出现"有意为之"的倾向，但在鲁迅看来，此时期的小说书写主题并非围绕"人"及"人性"，创作主体尚未自觉地去全方位、深入书写"人"及"人性"的主题。而"唐人传奇"被其视为创作主体自觉表现"为人生"主题的开端："文情活泼"，具有书写时事、改良人生的战斗作用。在鲁迅看来，唐以降的小说创作主体表现"为人生"意识的自觉化、普遍化，给小说作品在挖掘人的精神价值、揭露不合理的社会现象等方面以巨大的展示空间，从而符合其所欲借"国民性改造"达到"立人"目的之先行设定的批评观念。

应该说，由写神的向写人的演进之确立，是鲁迅从小说客体的描写对象切入；而为确立由无意为小说向有意为小说的小说史演进规律，其又着重强调创作主体的重要性。这两方面最终形成鲁迅对古代小说演进过程中如何表现"为人生"文学观的书写局面。可见，"为人生"的文学观对其"小说史"观产生了重要影响。故而探讨进化论等文艺理论对建构《史略》的影响时，[①] 还应注意到鲁迅对进化论的借鉴实是为"为人生"文学观服务的，进化论作为一种方法论以建构《史略》是有条件限制的——其论断评定出发点及旨归，均是"为人生"。同时，学界论"唐人传奇"之"有意为小说"时，均以为是鲁迅对小说发展进程中创作主体对文体之艺术觉醒的讨论。[②] 而鲁迅所主张的"为人生"文学观首先界定其对文学对象、文学创作之功用及文学史建构目的等方面的讨论范围，所提出的"唐人传奇"虽含有一定的文体意识，但"有意为小说"的提法并非完全属于文体判断，而是基于对创作主体自觉地书写"为人生"文学观的表现程度多寡而言。故第八篇"唐之传奇文（上）"云："传奇者流，源盖出于志怪，然施之藻绘，扩其波澜，故所成就乃特异，其间虽亦或托讽喻以纾牢愁，谈祸福以寓惩劝，而大归则究在文采与意想，与昔之传鬼神明因果而外无他意者，甚异其趣矣。"肯定唐人小说荡涤伪饰陋习、并非"作了封建说教的奴隶"的文艺而有异趣。所谓"意想"即料想、想象之意，如评沈既济

---

① 如宋克夫、张蔚《进化论与〈中国小说史略〉》（《明清小说研究》2006 年第 1 期）、鲍国华《进化与反复——鲁迅〈中国小说史略〉与进化史观》（《东方论坛》2009 年第 2 期）等。

② 案，如王枝忠《说唐人"始有意为小说"》云："我以为，唐人自觉地把传奇小说作为一种文学体裁来认识，注意对生活的剪裁、提炼和加工改造，这就是唐人'始有意为小说'的全部内涵，这才是关于这句话的全面正确的解释。"（《社会科学研究》1985 年第 6 期，第 76 页。）何满子《释"有意为小说"》云："作为与'小说前史'划时代的'唐人始有意为小说'，是创作主体对文体的艺术觉醒。"（《古典文学知识》1994 年第 5 期，第 32 页。）等等。

《枕中记》所言："如是意想，在歆慕功名之唐代，虽诡幻动人，而亦非出于独创，干宝《搜神记》有焦湖庙祝以玉枕使杨林入梦事，大旨悉同，当即此篇所本。"第二十五篇"清之以小说见才学者"评《野叟曝言》云："凡人臣荣显之事，为士人意想所能及者，此书几毕载矣，惟尚不敢希帝王。"可资佐证。"大归则究在文采与意想"云云，则为强调创作主体在表达、描写"人的精神"（即创作主体的"意想"）方面较于先前的突破之举，具有创作者独特的人格感染力。——《热风（四十三）》曾说："美术家固然须有精熟的技工，但尤须有进步的思想与高尚的人格。他的制作，表面上是一张画或一个雕像，其实是他的思想与人格的表现。"① 可知鲁迅要求艺术创作应该含有创作者的人格精神，文学创作亦不能例外。唯有此，通过文学作品的描绘及创作者的人格精神的感化与干预，文学创作方可达到改造国民性及"立人"之目的。从这个角度讲，鲁迅认为唐人小说"大归则究在文采与意想"，具有创作主体的人格精神，故极具进化意义。明乎此，不少学者沿着鲁迅所提出的"有意为小说"的思路，以争论古代小说"有意为之"之肇端始于魏晋或唐代之类的讨论，意义或许不大。

《史略》将唐人小说确定为"有意为小说"之肇始，尔后对宋元明清时期的小说演进的探讨，一方面仍延续对诸如讲史小说、人情小说、侠义公案小说等各种小说类型"有意为之"情形的探讨；另一方面则是在解决"为人生"文学观于古代小说演进历程中的存在可能之后，转而重点探讨此时期的小说演进过程中，"为人生"文学观如何在"有意为之"的情况下被广泛书写、书写到何程度。这就涉及对"为人生"文学观所要求的创作主体及作品描写在挖掘人的精神价值、反抗压迫及写实性等方面的探讨。这些方面的探讨是《史略》在依照元明清小说演进实情而进行篇目编纂之外，评判此时期小说的思想内容、艺术内涵进化与否的主要标准。除上文所举对"讽刺小说"的论述，又如对人情小说的探讨，《史略》第二十四篇"清之人情小说"谈及《红楼梦》续作时，认为此类续作"大率承高鹗续书而更补其缺陷，结以'团圆'"，"此足见人之度量相去之远，亦曹雪芹之所以不可及也"。又，《中国小说的历史的变迁·唐之传奇文》论述元明时期所作的董《西厢》、王《西厢》等作品将唐人小说《莺莺传》的结局向"团圆"靠拢时，说："这因为中国人底心理，是很喜欢团圆的，所以必至于如此，大概人生现实底缺陷，中国人也很知道，但不愿意说出来；因为一说来，就要发生'怎样补救这缺点'的问题，或者免不了要烦

---

① 鲁迅：《鲁迅全集》第 1 卷，第 346 页。

闷，要改良，事情就麻烦了。而中国人不大喜欢麻烦和烦闷，现在倘在小说里叙了人生底缺陷，便要读者感着不快。所以凡是历史上不团圆的，在小说里往往给它团圆；没有报应的，给他报应，互相瞒骗。——这实在是关于国民性底问题。"① 此类论断即是其对"团圆"结局之"瞒和骗"的作品加以批判的具体表现。（说详上）这种"瞒和骗"的文艺源于"瞒和骗"的国民性，是不具备反抗精神的。而与"瞒和骗"的"国民性"及其所产生的文艺相对应的是，鲁迅甚是欣赏古代文学中求真写实的作品，故肯定《红楼梦》："叙述皆存本真，闻见悉所亲历，正因写实，转成新鲜。"《中国小说的历史的变迁·清小说之四派及其末流》更是进一步发挥道："至于说到《红楼梦》的价值，可是在中国底小说中实在是不可多得的。""总之自有《红楼梦》出来以后，传统的思想和写法都打破了。"② 《红楼梦》打破传统的思想和写法是出现"新文艺"的表现，方可对"国民精神"进行引导。而早《小说史大略》中，鲁迅就盛赞《红楼梦》的作者是"知人性之深，得忠恕之道"，③ 从人性角度考虑作品的价值，就是对"为人生"文学观的最好诠释。又如，《史略》专列"宋元之拟话本"、"明之拟宋市人小说"及"清之拟晋唐小说"等篇以探讨古代小说演进过程中的"拟作论"现象时，评价作为"拟话本"的《宣和遗事》，为："虽亦有词有说，而非全出于说话人，乃由作者掇拾故书，益以小说，补缀联篇，勉成一书，故形式仅存，而精采遂逊，文辞又多非己出，不足以云创作也。"又，评价"拟宋市人小说"，为："宋市人小说，虽亦间参训喻，然主意则在述市井间事，用以娱心，及明人拟作末流，乃诰诫连篇，喧而夺主，且多艳称荣遇，回护士人，故形式仅存而精神与宋迥异矣。"又，评价作为"拟晋唐小说"的《阅微草堂笔记》，为："虽'聊以遣日'之书，而立法甚严，举其体要，则在尚质黜华，追踪晋宋。""与《聊斋》之取法传奇者涂径自殊，然较以晋宋人书，则《阅微》又过偏于论议。盖不安于仅为小说，更欲有益人心，即与晋宋志怪精神，自然违隔；且末流加厉，易堕为因果之谈也。"知鲁迅对"拟作"仅承继所拟对象之形式而"精神"不及等情形予以否定。

据上引，鲁迅认为赋予小说作品以某时代的特定"精神"或创作主体的"人格"，使得作品具有强烈感染力，符合"为人生"的要求，故能达

---

① 鲁迅：《鲁迅全集》第 9 卷，第 326 页。

② 鲁迅：《鲁迅全集》第 9 卷，第 348 页。

③ 鲁迅：《小说史大略》，载《中国现代文艺资料丛刊》（第 4 辑），上海，上海文艺出版社，1979 年，第 99 页。

到"立人"目的。这在第二十七篇"清之侠义小说及公案"论《三侠五义》时，表现得尤为突出："《三侠五义》为市井细民写心，乃似较有《水浒》余韵，然亦仅其外貌，而非精神。时去明亡已久远，说书之地又为北京，其先又屡平内乱，游民辄以从军得功名，归耀其乡里，亦甚动野人歆羡，故凡侠义小说中之英雄，在民间每极粗豪，大有绿林结习，而终必为一大僚隶卒，供使令奔走以为宠荣，此盖非心悦诚服，乐为臣仆之时不办也。""乐为臣仆"云云，即是批评清之侠义小说所写有违"为人生"的精神实质，不如《水浒》为"市井细民写心"来得深刻。据此，《史略》评价《水浒传》《三侠五义》为"市井细民写心"云云，则是"为人生"文学观延展的结果。——在鲁迅所创作的小说作品中，其借助对人、"人心"进行深入而全面地挖掘，以证明通过小说作品如何进行"国民性批评"、达到"立人"目的及实现其"为人生"的文学观。学界对此已有定论。

据此看来，《史略》以"为人生"文学观作为评判元明清小说演进的支点，涵盖讲史小说、人情小说、侠义及公案小说、讽刺小说、"清之以小说见才学者"、谴责小说、"拟作"现象等绝大部分小说类型。"为人生"文学观不仅深刻影响《史略》对古代小说演进规律的设定，且成为鲁迅梳理古代小说演进历程、评判具体小说作品的潜在价值标准。可以说，《史略》除了对小说作家生平与交友、版本概况及相关史料的稽考外，有关古代小说的思想性论断、艺术性评判等评骘，大多受"为人生"文学观的支配，从而建立起《史略》独特的评价体系。

第二节　古典目录学传统与《史略》之建构①

蔡元培曾为 1938 年出版的《鲁迅全集》作序，云："鲁迅先生本受清代学者的濡染，所以他杂集会稽郡故书，校嵇康集，辑谢承后汉书，编汉碑帖，六朝墓志目录，六朝造像目录等，完全用清儒家法。惟彼又深研科学，酷爱美术，故不为清儒所囿。而又有他方面的发展。"②从"清儒家法"的视角肯定鲁迅钻研古代文学及文献的成就，甚为精准。自台静农刊发

---

① 案，本节主体部分曾以《古典目录学与〈中国小说史略〉之建构》为题，发表在《安徽大学学报（哲学社会科学版）》2015 年第 2 期上。特此说明。
② 鲁迅先生纪念委员会编：《鲁迅全集（第一卷）》，上海，上海鲁迅全集出版社，1938 年，第 1 页。

《鲁迅先生整理中国古文学之成绩》①一文始，学界继以"清儒家法"的视角对鲁迅整理、研究古代文学的情形进行了较深入的研究。②近年来，从目录学、治学方法等视角对《中国小说史略》展开论述者，亦有若干③；但这些研究仅是对鲁迅据文献方法以研究古代小说等情形进行一般性探讨，主要肯定鲁迅对小说文献的收集整理之功；但局限于方法论的论述层面，对古典目录学传统与鲁迅研究古代小说二者如何相系、鲁迅借用古典目录学之本根目的、如何影响其"小说"观及"小说史"观的形成、如何影响小说史体系的建构、对《史略》的影响达到怎样的程度，以及古典目录学传统与作为《史略》方法论指导的进化论思想是如何交融等方面，几无讨论。应该说，学界尚未从古典目录学传统对鲁迅建构《史略》的情形，进行深入且全面的探讨。而这些对辨正古典目录学传统对编纂《史略》的影响，乃至全面评价《史略》之得失，有着不容忽视的意义。尤其是，鲁迅据古典目录学传统以建构《史略》时所采取的双重"小说"观——据《汉志》所载归纳得出的"小说"观成为其探讨汉魏六朝小说的主导，在此基础上又佐以西方文艺理论视域下的"小说"观，对唐及唐以降的小说的探讨则采用西方文艺理论视域下的"小说"观（说详下），对《史略》"小说史"观及评判标准产生了诸多不良影响。同时，鲁迅对《汉志》所载"街谈巷语"以"自生于民间"的解读，试图调和中西"小说"观之间的冲突，此即鲁迅一方面承继传统的知识体系与接受西方文艺理论而预先做出概念设定二者相冲突的典型。厘清此点，有助于客观还原鲁迅编纂《史略》时

① 台静农：《鲁迅先生整理中国古文学之成绩》，《理论与现实》1939 年 11 月第 1 卷第 3 期。

② 案，建国以来，相关的代表研究有林辰《关于〈古小说钩沉〉的辑录年代》（《人民文学》1950 年 12 月第 3 卷第 2 期），《鲁迅"古小说钩沉"的辑录年代及所收各书作者》（《光明日报·文学遗产》1956 年 10 月 21 日、28 日），赵景深《〈中国小说史略〉旁证》（陕西人民出版社，1987 年），顾农《〈古小说钩沉〉的成就与遗留问题》（《社会科学辑刊》1984 年第 3 期）及《关于〈古小说钩沉〉的札记》（《贵州文史丛刊》1985 年第 3 期，王士让《鲁迅古籍整理研究概述》（《古籍整理研究学刊》1986 年第 4 期）及《鲁迅辑录古籍丛编》（人民文学出版社，1999 年），周维培《鲁迅在古代小说文献学上的贡献》（《学术界》1990 年第 4 期），韩文宁《从〈中国小说史略〉看鲁迅对校勘学的贡献》（《大学图书馆学报》1999 年第 5 期），张杰《鲁迅杂考》（福建教育出版，2006 年），韩中英《鲁迅古典文献研究初探》（黑龙江大学硕士论文，2010 年），等等。

③ 如赵维国《鲁迅的小说史研究与小说史研究体系的构建》（《宁夏大学学报（人文社会科学版）》2003 年第 2 期）、张蔚《〈中国小说史略〉研究方法略论》（湖北大学硕士学位论文，2007 年）、钟其鹏《试论鲁迅研究中国小说史的实证精神》（《宝鸡文理学院学报（社会科学版）》2009 年第 8 期）、李松荣《鲁迅治学方法浅探》（《红河学院学报》2006 年第 2 期）、李金荣《鲁迅〈中国小说史略〉的书目学意义》（《图书与情报》2010 年第 1 期）及《中国古典小说原典衍生文献的书目学梳理》（《图书馆论坛》2011 年第 6 期）等。

承继传统思想文化与接受外来文化的矛盾抉择之态。

一、鲁迅对传统知识体系的承继与利用史志目录以治学

鲁迅曾集功十余年整理校勘《嵇康集》，又整理有《沈下贤文集》、《云谷杂记》、《柳恽集》等文集，辑有《谢沈后汉书》、《会稽郡故书襍集》等，取得了丰硕的成果。在进行此类研究时，古典目录学传统产生了重要影响——即借用古典目录学的方法以考证辑佚，尤以辑佚《谢沈后汉书》为典型。谢书失传于宋时，而鲁迅据历代史志所载，云："《隋书经籍志》：《后汉书》一百三十卷，无帝纪，吴武陵太守谢承撰。《唐书艺文志》同，又《录》一卷。《旧唐志》三十卷。"（《谢沈后汉书·序》，1913 年 3 月）①断定此书存在的依据并以辑佚。又，辑校虞预《晋书》并作序（1913 年 3 月）云："《隋志》：《晋书》二十六卷，本四十四卷，讫明帝，今残缺，晋散骑常侍虞预撰。《唐志》：五十八卷。《晋书·虞预传》：著《晋书》四十余卷。与《隋志》合，《唐志》溢出十余卷，疑有误。"②据史志厘清此书流传情形。又有《范子计然》序："《唐书艺文志》：《范子计然》十五卷，范蠡问，计然答。列农家。马总《意林》：《范子》十二卷，注云'并是阴阳历数也'。《汉书艺文志》有《范蠡》二篇，在兵权家，非一书。《隋志》亦不载计然，然贾思勰《齐民要术》已引其说，则出于后魏以前，虽非蠡作，要为秦汉时故书，《隋志》盖偶失之。"③等等。上述所列，均见及鲁迅据历代史志以"辨章学术，考镜源流"的治学路子，并呈常态化。

鲁迅广泛采用此治学方式，实得益于其对古典目录学传统的孜孜以求。据《鲁迅日记》所载，1912 年 9 月 8 日："读《拜经楼题跋》，知所藏《秋思草堂集》即近时印行之《庄氏史案》，盖吴氏藏书有入商务印书馆者矣"④；1912 年 10 月 16 日："补写《北堂书抄》一叶"⑤；1914 年 3 月 9 日：为许季上买《续藏经目录》⑥，"壬子北行以后书账"录有："宋元本书目三种四册（四月二十九日）"⑦；1922 年 8 月至 9 月钞《遂初堂书目》，并附"校记"⑧；1926 年 8 月 31 日，购《宋元旧本书经言录》等⑨。可知，鲁

---

① 鲁迅辑录：《鲁迅辑录古籍丛编》第 3 卷，北京，人民文学出版社，1999 年，第 205 页。
② 鲁迅辑录：《鲁迅辑录古籍丛编》第 3 卷，第 215 页。
③ 刘运峰编：《鲁迅序跋集（下卷）》，济南，山东画报出版社，2004 年，第 358 页。
④ 鲁迅：《鲁迅全集》第 15 卷，第 20 页。
⑤ 鲁迅：《鲁迅全集》第 15 卷，第 25 页。
⑥ 鲁迅：《鲁迅全集》第 15 卷，第 20 页。
⑦ 鲁迅：《鲁迅全集》第 15 卷，第 37 页。
⑧ 鲁迅：《鲁迅全集》第 8 卷，第 129 页。
⑨ 鲁迅：《鲁迅全集》第 15 卷，第 635 页。

迅因读目录著述而知断学，又曾抄录历代史志及私家书目，购买过不少目录学著述；尤其是对《秋思草堂集》的研判，表明鲁迅利用目录学研究古籍的路子，颇为顺手，甚有心得。鲁迅于 1927 年 7 月 16 日在广州知用中学以《读书杂谈》为题作演讲时，曾说："我常被询问：要弄文学，应该看什么书？这实在是一个极难回答的问题。""我以为倘要弄旧的呢，倒不如姑且靠着张之洞的《书目答问》去摸门径去。倘是新的，研究文学，则自己先看看各种的小本子，如本间久雄的《新文学概论》。"① 以《书目答问》为问学门径，以书目学去"弄旧"（主要是学习并从事传统文化的研究），实是鲁迅个人治古代文史之径的经验之举。这足以说明古典目录学作为鲁迅所承继的知识体系之一，被当做重要的治学方式而深深烙印于其脑中，从而影响其学术研究。

利用目录学著述以征文献，同样体现在鲁迅对古代小说的辑佚与考证中。《唐宋传奇集卷末·稗边小缀》考《补江总白猿传》源流时，引《新唐书·艺文志》、《郡斋读书志》、《直斋书录解题》、《宋史·艺文志》等史志以征；考《谢小娥传》出处时，云"不载所从出，或尝单行欤，然史志皆不载"；考《东城老父传》时，云"《宋史·艺文志》史部传记类著录陈鸿《东城老父传》一卷，则曾单行"；考《炀帝迷楼记》时，云"明焦竑作《国史·经籍志》，并《海山记》皆著录，盖尝单行。清《四库目》谓：亦见《青琐高议》……竟以迷楼在长安，乖谬殊甚。然《青琐高议》中实无有，殆纪昀等之误也。周中孚（《郑堂读书记》）更推阐其评语，以为：后称'大业九年，帝幸江都，有迷楼'。而末又云：唐帝提兵号令入京，见迷楼，大惊曰：'此皆民膏血所为也！'乃命焚之。经月，火不减。则竟以迷楼为长安，等诸项羽之焚阿房，乖谬殊极云"。② 尤其是对《炀帝迷楼记》的考证，与《史略》运用目录学考辨的情形近甚。又如，《小说旧闻钞》援引《百川书志》、《古今书刻》、《也是园书目》等书目所载考辨《大宋宣和遗事》、《水浒传》、《三国志通俗演义》的源流及版本。③ 应该说，作为编纂《史略》的学术准备，《唐宋传奇集》、《小说旧闻钞》等所体现的据目录学著述以考镜源流的编纂思想，即是其对古代小说进行论断的主要依据。此思维必然会于《史略》加以延续。又，1934 年 4 月 9 日，鲁迅在致曹聚仁信中说"曾拟编中国字体变迁史及文学史稿各一部，先从作长编入手"，可知这几部文献辑录即是其编纂《史略》的资料长篇。从

① 鲁迅：《鲁迅全集》第 3 卷，第 460 页。
② 鲁迅辑录：《鲁迅辑录古籍丛编》第 2 卷，第 306～344 页。
③ 鲁迅辑录：《鲁迅辑录古籍丛编》第 2 卷，第 352～390 页。

《中国小说史大略》（约略1921年下半年至1922年刊发）到《中国小说史略》（1923年、1924年北大新潮社初版上下册本）的修订过程中，鲁迅编有《明以来小说年表》（1923年），以此作为修订的文献参考，此表亦是资料长编之例。① 这种先广搜史料，辑成长篇，然后加以择取，勒成定本的顺序即是古代编纂史籍的典型做法，亦是着眼于重视文献的结果，从而成为其顺利修订《史略》的保证。可见，鲁迅辑校古籍所形成的研究习惯、研究方法作为其承继传统知识体系的反映，已上升为一种思维方式，并深入影响其对古代小说的研究。因而，探讨目录学对建构《史略》的影响，是很有必要的。

二、古典目录学传统对《史略》建构的具体影响

《史略》利用目录学著述，以目录学思维为指导建构中国小说演进的史迹，不似《唐宋传奇集》等单纯局限于文献征引之层面，而是上升到一种治学研究的高度，以梳理学术的源流。郑振铎《鲁迅的辑佚工作》曾说："他生平最看重'学问'，惟不大看得起'校勘家'，'目录家'，像傅增湘诸人，因为他们所致力的不是'学问'的某一部门而是为'书'所奴役，无目的的工作着。"② 此论甚有见地。——编纂小说史更需要具有宏观视域的"史识"的切入（即目的意图），从而使得文献考证与理论指导有机融合在一起。《史略》所体现出来的目录学思想表明：鲁迅将目录学作为一种工具用途，期以达到有效梳理古籍及古代文学演变规律的目的。第一篇"史家对于小说之著录及论述"主要梳理诸多史志所载"小说"情形，以强调"小说"如何从史志书目中被剔除而渐自独立成体。③ 此篇开头即云：

> 小说之名，昔者见于庄周之云"饰小说以干县令"（《庄子》《外物》），然案其实际，乃谓琐屑之言，非道术所在，与后来所谓小说者固不同。桓谭言"小说家合残丛小语，近取譬喻，以作短书，治身理家，有可观之辞。"（李善注《文选》三十一引《新论》）始若与后之小说近似，然《庄子》云尧问孔子，《淮南子》云共工争帝地维绝，

---

① 参见拙稿《鲁迅所编〈明以来小说年表〉与〈中国小说史略〉之修订》，《明清小说研究》2013年第2期。

② 郑振铎：《郑振铎全集》第3卷，石家庄，花山文艺出版社，1998年，第553页。

③ 案，此篇原载1920年的油印讲义稿《小说史大略》，铅印本《中国小说史大略》删剔，至初版本上册又重新修订收录；《小说史大略》仅是梗概式的片断论述，题意不甚清晰，初版本以降的修订本方才具备较为清晰之论断，故本章的讨论以北新书局1927年版为主，兼及对《小说史大略》的讨论。

当时亦多以为"短书不可用",则此小说者,仍谓寓言异记,不本经传,背于儒术者矣。后世众说,弥复纷纭,今不具论,而征之史:缘自来论断艺文,本亦史官之职也。①

鲁迅首先寻求先秦古籍记载"小说"的依征,所言"与后来所谓小说者固不同"、"始若与后之小说近似"含有以西方文艺观的标准评判古籍所载得失之意,向为研究者所重视。但鲁迅引《庄子》、《新论》等语,一方面为证明古已有"小说"之名,另一方面则是在梳理先秦诸子所载的基础上引出本篇议题,即小说与史家之关系。故而,鲁迅原意重点则在"而征之史:缘自来论断艺文,本亦史官之职也"一语。这说明鲁迅有意将"小说"及小说史的编纂纳入以史官为代表的正统文化的范围内考察,从而为"小说"进行名分正举。故欧阳健认为鲁迅回答"小说是什么"的性质论时"只是面对西方观念的冲击,企图为中国的小说观念辩护、为中国的小说存在辩护的说辞而已"。②应该说,鲁迅以西方文艺观评判古籍所载之得失,确含有"辩护"之意,但其又认为"小说"属"艺文"而在史官之职列;故对《新唐志》之前的史志的探讨,主要为说明"小说"在史志所占的位置及其背后的文治意义,以明"小说之名"古亦有之、已为以史官为代表的正统文化所接受的目的意图。从鲁迅的经历及其知识储备角度看,这是其承继传统知识体系之外在化的直接选择,受限于其所接受的经验,从而形成特定的认知视角。其所言《新唐志》将《列异传》、《感应传》等与"耆旧高隐孝子良吏列女等传"同列于史部杂传类的作品,"退为小说,而史部遂无鬼神传";尤其是,引《四库全书总目提要》"小说家"语后,云"于是小说之志怪中又杂入本非依托之史,而史部遂不容多含传说之书",指明史志从文治教化层面对"小说"进行位置调整对古代小说生存环境及呈现形态的影响,故其批判史志不载宋元平话、元明演义小说等源于民间的小说,是:"史家成见,自汉迄今盖略同:目录亦史之支流,固难有超其分际者矣。"③不过,虽然唐以降的史志对"小说"中"多含传说之书"以剔除,但先唐诸志则予以著录。这种情形符合鲁迅所预先作出的源于西方文艺理论的小说是虚构的故事之假定,使其看到调和其所承继传统的知识体系与预先作出的理论设定相冲突之可能。因而,其对先唐小说的探讨一方面着眼于史志所载及其"小说"观,同时对西方文艺理论视域

① 鲁迅:《中国小说史略》,北京,北新书局,1927年,第1页。
② 欧阳健:《〈中国小说史略〉批判》,太原,山西人民出版社,2008年,第57～59页。
③ 鲁迅:《中国小说史略》,北京,北新书局,1927年,第4～8页。

下的"小说"观以必要的关注。这种表达是其寻求中西"小说"观相融通的反映，从而构成《史略》建构体系重要的"环境场域"，此举客观上对鲁迅"小说"观的形成产生了重要影响。

那么，鲁迅对史志所载"小说"的理解情形又是怎样的呢？第三篇"《汉书·艺文志》所载小说"主要考辑《汉志》所载十五家"小说"，结论是："今审其书名，依人则伊尹鬻熊师旷黄帝，说事则封禅养生，盖多属方士假托。惟青史子非是。又务成子名昭，见《荀子》，《尸子》尝记其'避逆从顺'之教；宋子名钘，见《庄子》，《孟子》作宋牼，《韩非子》作宋荣子，《荀子》引子宋子曰'明见侮之不辱，使人不斗'，则'黄老意'，然俱非方士之说也。"①据此，鲁迅总结出汉人小说的两大特征：方士所作（即小说作者）及多含黄老之意（即小说内容）。此论已涉及小说的本质特征及发生情形等性质论范畴。案：《汉志》著录"小说十五家"，与方士有关者多达六家，余者班固著录"迂诞依托"；著录凡千三百八十篇，本为方士的虞初所作《虞初周说》凡九百四十三篇，占著录总数的三分之二以上。可见《汉志》所录小说确与方士有很大关系，鲁迅所言不差。故第四篇"今所见汉人小说"言："现存之所谓汉人小说，盖无一真出于汉人，晋以来，文人方士，皆有伪作，至宋明尚不绝。文人好逞狡狯，或欲夸示异书，方士则意在自神其教，故往往托古籍以衒人；晋以后人之托汉，亦犹汉人之依托黄帝伊尹矣。此群书中，有称东方朔班固撰者各二，郭宪刘歆撰者各一，大抵言荒外之事则云东方朔郭宪，关涉汉事则云刘歆班固，而大旨不离乎言神仙。"以为持论汉人小说之调；论述具体作品时，如言《十洲记》"但为方士窃虑失志，借以震眩流俗，且自解嘲之作而已"、言《汉武洞冥记》所谓"溉酒救火"事"为方士攀引"、陈仲弓《异闻记》所记"史志既所不载，其事又甚类方士常谈"，②等等，可见与方士有关已成为其论述汉人小说的主要基点。

由《汉志》所归纳出来的"小说"观，不仅影响《史略》对汉人小说的论述，更是影响其对六朝小说的论述。第五篇"六朝之鬼神志怪书（上）"云："中国本信巫，秦汉以来，神仙之说盛行，汉末又大畅巫风，而鬼道愈炽；会小乘佛教亦入中土，渐见流传。凡此，皆张皇鬼神，称道灵异，故自晋讫隋，特多鬼神志怪之书。其书有出于文人者，有出于教徒者。"③其从秦汉畅神仙之说对"小说"影响的时代背景予以考察之举

① 鲁迅：《中国小说史略》，北京，北新书局，1927年，第22～23页。
② 鲁迅：《中国小说史略》，北京，北新书局，1927年，第25～36页。
③ 鲁迅：《中国小说史略》，北京，北新书局，1927年，第37页。

的直接来源即是《汉志》——方士源出于古巫，由于文化的演变，汉代方士已非局限鼓舞祠等科，亦收集地理博物、奇闻逸事、典章制度等方面的内容以备皇帝顾问，并借用诸子百家或传说人物以言其说或自神其说，从而导致汉魏小说多"鬼神志怪之书"。显然，鲁迅已认识到此点。当此认识与对六朝小说加以考察相结合后，其认为："晋以后人之造伪书，于记注殊方异物者每云张华，亦如言仙人神境者之好称东方朔。"又说："华既通图纬，又多览方伎书，能识灾祥异物，故有博物洽闻之称，然亦遂多附会之说。"① 东方朔是汉武帝身边的俳优宠臣，亦与方士有关系。可见，不管是张华、东方朔等人所作抑或托于二人者，均与方技有关，其意已认可方士对六朝志怪之书的重要影响。同时，六朝志怪之书的演变虽亦与佛教的入传有关，但很大程度上仍含神仙之说、黄老之意。只不过相较汉人小说而言，六朝小说多了释家之言。故第六篇"六朝之鬼神志怪书（下）"云："释氏辅教之书，《隋志》著录九家，在子部及史部，今惟颜之推《冤魂志》存，引经史以证报应，已开混合儒释之端矣，而余则俱佚。"② 予以讨论。可见，从《汉志》归纳出来的方士所作与黄老之意有关、包含小说作者与小说内容两层面的"小说"观，已成为《史略》前六篇论断的理论指导。又如，《小说史大略》第八、九篇分别为"唐传奇体传记"上、下，上篇云："小说亦如诗，至唐而一改进，虽大抵尚不出于搜奇记逸，然叙述宛转，文辞华艳，发达之迹甚明。当时道释二教，侈陈感通；有名位者，又好谈神异，于是方士文人，闻风而作，竞为异记。"对唐人小说类名为"唐传奇体传记"，亦是据史志以归纳的典型。③ "方士文人"的并举，表明《汉志》所载成为《史略》论述的基点，对其建构小说史体系的影响深刻。但到了其后的北大新潮社初版上下册本《史略》，鲁迅则将其改为"唐之传奇文"，转据以西方文艺理论视野下的"小说"观为准。虽仍见及史志所载的"小说"观的影响，但这种影响正渐被弱化。

同时，《史略》第二篇"神话与传说"，云："志怪之作，庄子谓有齐谐，列子则称夷坚，然皆寓言，不足征信。《汉志》乃云出于稗官，然稗官者，职惟采集而非创作，'街谈巷语'自生于民间，固非一谁某之所独

---

① 鲁迅：《中国小说史略》，北京，北新书局，1927 年，第 39 页。
② 鲁迅：《中国小说史略》，北京，北新书局，1927 年，第 49 页。
③ 参见拙稿《对鲁迅"唐传奇"文类说的检讨》（《内江师范学院学报》2011 年第 7 期，第 43～47 页）以及本书第六章《〈中国小说史略〉所列小说类名及其小说史意义》第一节《〈史略〉有关"唐传奇"的认识转变》的相关论述。

造也，探其本根，则亦犹他民族然，在于神话与传说。"① 认为小说虽为史志目录所载，但所言起源于民间的神话与传说，这是西方文艺理论视域下的"小说"观。而为有效协调中西"小说"观二者的冲突，鲁迅主要抓住"小说"源于民间的发生情形，从而对《汉志》所载作"然稗官者，职惟采集而非创作，'街谈巷语'自生于民间"之诠解。我们知道，《汉志》所载"小说"主要着眼于学术价值的判断，其对小说家的定义则是据所录作者及作品之实际加以归纳得出的；"街谈巷语"是指与"朝政得失相关的庶人言论，非一般的闲言碎语"，故如淳释为："街谈巷说，其细碎之言也。王者欲知闾巷风俗，故立稗官，使称说之。"② 可见鲁迅对"街谈巷语自生于民间"的解读，是精准的。从这个视角切入，从"亦犹他民族然"的高度将中西"小说"观相系链，系其一大创举，使得《史略》的"小说"观在史志所载与西方文艺理论观之间不断来回变动，在一定程度上是言说有据的。从某种意义讲，这的确能有效调和中西"小说"观之间的冲突，但又反过来加剧其复杂性。——"小说"观的双重标准导致"小说史"观及评判标准的随意、片面而致论断之失正。（说详下）这种调和的表达，使我们清楚地看到鲁迅承继传统的知识体系以建构《史略》与预先作出的理论设定相冲突的情形。

鲁迅认为，从《新唐志》剔除史部鬼神传而入"小说"始，至《四库全书总目提要》将"小说之志怪中又杂入本非依托之史"、"多含传说之书"剔入于"小说"，史志所录小说"稍整洁"，从而与西方文艺理论视域下的"小说"观，渐行渐远。同时，历代史志又几不录盛于民间的小说，不合于其对小说源于民间的基本判断，无法有效论证预先设定的西方文艺理论视域下的"小说"观。而通俗小说又是唐以降小说发展的主流之一，无法规避，致使两种"小说"观发生冲突。对此，《史略》对唐及唐以降之小说的讨论，如话本、拟话本、讲史小说、神魔小说、人情小说、讽刺小说、狂邪小说等，采取以通俗小说为主，而略史志所录小说，并转以西方文艺理论视域下的"小说"观为主导，而非史志所载。这与对唐以前的小说的探讨以史志所录为主的情形相反。

导致此举之由，在于《史略》前后两部分论述所采取的"小说"观念不同而致：纵观《史略》，其对汉魏六朝小说的探讨以《汉志》等史志所载为主，佐以西方文艺理论视域下的"小说"观；对唐及唐以降的小说的

---

① 鲁迅：《中国小说史略》，北京，北新书局，1927 年，第 7 页。
② 王齐洲、屈红梅：《汉人小说观念探赜》，《南京大学学报（哲学·人文科学·社会科学）》2011 年第 4 期，第 109 ～ 120 页。

探讨，主要是以西方文艺理论视域下的"小说"观为主。（另一层客观原因在于唐以降的小说形态在白话通俗方面确有长足的发展，这种客观情形导致鲁迅的论述转而以通俗小说为主；但从鲁迅的个人思想及其逻辑结构层面看，其所接受的学术训练对建构小说史的影响，当成为首先作用且影响深远的行为选择。）显然，鲁迅已意识到单纯据以史志所载，无法调和其所接受的以西方文艺理论为主导的"小说"观对研究唐及唐以降的小说及其演变史迹二者的冲突，故其对此时期的小说的探讨，逐渐弱化史志所载的影响。这是因为此时期的史志所载已渐渐不合其所圈定的研究对象，已不需要对中西"小说"观进行调和。同时，宋元明清时期的通俗文学样式已蔚为大观，已能充分论证西方文艺理论视域下的"小说"观；之前对"小说"的正名，已解决了"小说"的存在前提。可见，据史志所载不过是种策略，是其承继传统的知识体系的下意识之举；西方文艺理论视域下的"小说"观才是指导《史略》编纂的最本根的"小说"观，是建构《史略》使之体系化所预先作出的前提设定。这从其对唐及唐以降的小说的论述，即见一斑。

对此，欧阳健曾指出："鲁迅的小说观常处于自我矛盾的状态。当他处于自为状态，用的是西方的文学观和方法论；而当他处于自在状态，用的又是中国的文学观和方法论。"[1] 此言甚是。鲁迅曾在《写在〈坟〉后面》（1926 年 11 月 11 日）一文中说过："别人我不论，若是自己，则曾经看过许多旧书，是的确的，为了教书，至今也还在看。因此，耳濡目染，影响到所做的白话上，常不免流露出它的字句、体格来。但自己却正苦了背了这些古老的鬼魂，摆脱不开，时常感到一种使人气闷的沉重。就是思想上，也何尝不中些庄周韩非的毒，时而很随便，时而很峻急。"[2] 这话带有一定程度与传统决裂，转而寻求"现代"根性依据的思想倾向。但鲁迅坦言"旧书"的耳濡目染对"所做的白话"的影响，即使鲁迅想极力摆脱，却因这些"古老的鬼魂"对其思想影响的根深蒂固，已无力摆脱开来。既然这种思想对鲁迅"所做的白话"产生了深刻影响，我们大可推测这对鲁迅的学术研究当亦产生重要影响——"所做的白话"主要指其小说创作与杂文写作，小说研究亦是"白话"的一种。（《史略》第十一篇"宋之话本"曾说："平话"即"今所谓'白话小说'者是也。"）可见，鲁迅无法对传统思想文化的影响彻底决裂开来。也就是说，鲁迅在传统思想文化的影响与外来文化的抉择中始终处于艰难的尴尬之态。

---

① 欧阳健：《〈中国小说史略〉批判》，第 65 页。
② 鲁迅：《鲁迅全集》第 1 卷，第 301 页。

若据以这种矛盾心态反观鲁迅的古小说研究，亦可见及《史略》在传统思想文化的影响与外来理论的借鉴中，依旧处于矛盾的两难之中。《史略》"小说"观的矛盾状态，就是这种两难的集中反映，从而导致《史略》的组织思路及相关论断存有诸多自相矛盾之处。当然，我们并非有意苛责《史略》的种种不足，而是希望透过鲁迅的思想倾向、学术素养、编纂意图及行为选择等方面，弄清《史略》如此编纂的前因后果。因而，我们更应该注意其对汉魏六朝小说的探讨依《汉志》等史志所载，而对唐及唐以降的小说的探讨则以西方文艺理论视域下的"小说"观为主，这种特殊的选择及行为背后的目的意图。从这个层面去探讨《史略》的建构，将会更有意义，且深刻有效。

三、古典目录学传统与进化论思想的交融

据此，鲁迅虽熟悉目录学并用于治学，却非简单地借用，而是将其作为一种思维方式、作为思想理论，以达到梳理古籍及古代文学演变脉络的目的。这种意图决定古典目录学传统之于《史略》是不会单独运用的，必然要与其他思想、方法相结合，以组成建构《史略》体系的指导思想链条。上文已述及，鲁迅在传统思想文化的影响与外来文化的抉择中始终处于艰难的尴尬之态。若据以这种矛盾心态反观鲁迅的小说史研究，即见《史略》的两难抉择主要集中于古典目录学传统与进化论思想的交融。

简要地说，进化论对《史略》编修的影响主要体现在以下几方面：首先，鲁迅认为中国古代小说的演进历程应该是一种进化的过程，之后的小说发展应该比之前的小说发展来得高级与深刻。在这种思想的作用下，鲁迅认为古代小说的发展应该由最初写作者的无意创作到"有意为之"演进，且小说的写作方法、审美特性及叙事模式应该是后来居上。1924年，鲁迅在西安讲授《中国小说的历史的变迁》时，曾说："我所讲的是中国小说的历史的变迁。许多历史家说，人类的历史是进化的，那么，中国当然不会在例外。但看中国进化的情形，却有两种很特别的现象：一种是新的来了好久之后而旧的又回复过来，即是反复；一种是新的来了好久之后而旧的并不废去，即是羼杂。然而就并不进化么？那也不然，只是比较得慢，使我们性急的人，有一日三秋之感罢了。文艺，文艺之一的小说，自然也如此。"从而将进化论当作考察古代小说演进史迹的主要工具。因而，在进化论思想的主导下，《史略》提出了古代小说演进的"三大规律"，即"由写神的向写人的演进"、"由无意为小说向有意为小说演进"与"由文言文向白话文演进"。这种对小说演进规律的宏观把握，就是进化论思想

影响《史略》框架设定的典型。其次，进化论对《史略》的影响又体现在对具体作品的评骘之中。比如，《史略》论及"唐之传奇文"时，所言："小说亦如诗，至唐代而一变，虽尚不离于搜奇记逸，然叙述宛转，文辞华艳，与六朝之粗陈梗概者较，演进之迹甚明，而尤显者乃在是时则始有意为小说。"等等。简要地说，进化论思想对《史略》的小说规律把握、框架设定、方法使用乃至具体作品的评骘意见等方面，均有着十分显著的影响。

然而，由于学界往往过于纠缠进化论思想对《史略》建构带来的种种影响，未曾对传统目录学影响《史略》的建构予以足够关注，更不曾注意到古典目录学传统与进化论思想的纠缠交织对《史略》所带来的诸多影响。[①] 简而言之，两者冲突的典型表现有二：

一是，"史家对于小说之著录及论述"篇的变动。此篇原置于《小说史大略》之首，题为"史家对于小说之论录"，含奠定基调之意。但到《中国小说史大略》则以删除，而以"神话与传说"一篇起论；至初版本上册又重新修订收录。不过，《小说史大略》仅是梗概式的片断论述，题意不甚清晰，初版本以降的修订本方才具备较为清晰之论断；但比《小说史大略》多出小说源于民间、"多含传说之书"等论断。鲁迅将此篇删之又补的原因，除了为规避声誉日隆的胡适的观点，[②] 更是鲁迅寻求中西"小说"观相协调的矛盾心态的反映。《小说史大略》云："至于唐之传奇体记传，宋以来之诨词小说，史志皆不取，盖俱以猥鄙荒诞而见黜也。"[③] 此时鲁迅虽欲据史志所载对"小说"进行正名，但史志所载与其对西方文艺理论视域下的"小说"观的接受有本质之别，且尚未找到有效调和二者相冲之"中间物"。不过，鲁迅已意识到若简单据以史志所载是无法有效确定进化论思想作用下的古代小说演进规律的源头问题。进化论思想与西方文艺理论视域下的"小说"观一道，是鲁迅因时代特殊要求，借以建构《史略》体系的两大支柱，是建构之前就已预先设定的。故《小说史大略》有关小说演进规律的探讨是从第二篇"神话与传说"开始的，

[①] 案，现今从考据学与进化论观念两方面对《史略》进行研探者，唯有张蔚《〈中国小说史略〉研究方法略论》（湖北大学硕士学位论文，2007 年）一文，但张氏仅从方法论的层面切入，泛泛而论，且对考据学、进化论两视角的讨论采取分而待之，尚未注意二者的交织，并不曾注意到古典目录学传统对建构《史略》的方法论意义、思想理论的指导价值及其肇端因由。

[②] 参见拙稿《对鲁迅"唐传奇"文类说的检讨》，第 43 ～ 47 页。

[③] 鲁迅：《小说史大略》，《中国现代文艺资料丛刊（第 4 辑）》，上海，上海文艺出版社，1979 年，第 38 页。

云："凡民族，当草昧之时，皆有神话。""神话稍演进，乃渐近于人间，谓之传说。"① 此时专列第一篇的目的仅是为正名而已。《中国小说史大略》直径删除，转而以西方文艺理论为指导，反而失却为小说正名的包装。由《小说史大略》到《中国小说史大略》，再到初版本的修订过程，是《史略》渐自疏离传统学术，且不再以传统文献为论断基点，转而以西方文艺理论为主，试图概括一条小说"进行的线索来"的转变过程。据此，若剔除"史家对于小说之论录"一篇，就无法为小说进行正名，亦无法合理论述据《汉志》所总结出来的"小说"观对汉魏小说发展的影响（汉人小说多已散逸，讨论亦惟有据以《汉志》），无法确定古代小说演进的源头。故初版本修订以补录，增加小说起于民间之"中间物"，使得为小说正名、小说演进规律之源头与史志所载的"小说"观三者，得以有效融合，即见鲁迅修订《史略》的本意。据此，早在《史略》撰写之初以及修订过程中，古典目录学传统与进化论思想就已激烈纠缠，两者是本质层面的冲突。

二是，由《史略》建构体系的双重标准而致，其据进化论思想确定了古代小说演进的三大规律，即由写神向写人的方向演进、由无意为小说向有意为小说演进及由文言向白话文演进等。② 其中，由文言向白话文演进这一条系采用西方文艺理论视域下的"小说"观以确定古代小说演进史迹之意图所归纳得出的。据上所述，鲁迅若依《汉志》所载及《史略》的论述逻辑，先唐之"小说"应兼及记言、叙事、考证、辑佚等多种形式，可谓诸体兼备，故清翟灏曾言："古凡杂说短记，不本经典者，概比小道，谓之小说，乃诸子杂家之流，非若今之秽诞言也。"③ 则"俳优小说"、"俗赋"等当时流行的通俗文学样式亦可归入其中，这就是通俗小说的早期存在样式。依鲁迅所认为的历史是进化的、不间断的观点，④ 则古代小说的演进规律就应该是文言与白话小说约略同时演进了，并非由文言向白话文演进。由于《史略》对古代小说的讨论采取了双重的"小说"观，对先唐小说的论述以史志所载为主，而对唐及唐以降的小说的讨论则依据西方文艺理论视域下的"小说"观，导致古典目录学无法涵盖自先秦至清之小说演进的全部情形，故无法兼容对小说演进规律的概括，而渐被疏离。而由无

---

① 鲁迅：《小说史大略》，第 38～39 页。
② 对这三大规律的组织情形及得失，欧阳健《〈中国小说史略〉批判》有详论，可参看。（山西人民出版社，2008 年，第 70～84 页。）
③ 翟灏：《通俗编（卷2）》，丛书集成初编本，上海，商务印书馆，1937 年，第 24 页。
④ 案，第八篇"唐之传奇文（上）"云"小说亦如诗，至唐代而一变，虽尚不离于搜奇记逸，然叙述宛转，文辞华艳，与六朝之粗陈梗概者较，演进之迹甚明"，可资佐证。

意为小说向有意小说演进之规律，亦值得推敲。既然鲁迅认为汉魏小说的创作主体为"方士文人"，那么方士借用诸子百家或传说人物以言其说或自神其说，已触及创作的自觉问题了，"自神其说"就是允许作品的虚构（鲁迅认为"小说"是虚构的），这就不存在汉魏小说"无意为小说"之说，此条演进规律的概括亦乏准的。可见，《史略》"小说"观的双重标准，以及进化论思想与古典目录学传统相冲突的情形，终致其建构体系的双重性、规律总结的失正。

由此可见，进化论思想与古典目录学传统的冲突，于《史略》编纂之初就已存在，更表现在鲁迅对《史略》进行编纂的指导思想上。自据进化论总结的小说演进规律之源头始，到具体规律的提出，二者的冲突通过其采取双重"小说"观的细节表现得十分突出，涵盖《史略》的大部分章节。分析《史略》可知，进化论思想作为编纂的一种思想指导（学界已有详论，不赘），而古典目录学传统不仅是种考证的方法，更是一种思想理论，是鲁迅所接受的知识体系于建构过程中的经验式的反映，从而导致其编纂《史略》的多头指导。可见，指导《史略》编纂的多种思想理论是鲁迅在传统思想文化的影响与外来文化的抉择中处于艰难的尴尬之态的典型。因而，在《史略》中，进化论思想与古典目录学思维的交融是不可避免的。不过，双重"小说"观的采用又在一定程度上缓解二者的冲突。

检视相关文献可知，考据学与进化论思想相结合是 20 世纪初期的学士文人研究古典文学的主要方法。以顾颉刚为首的"古史辨"提出历史的"层累说"为肇始。胡适亦曾提出"归纳的理论、历史的眼光和进化的观念"，并以之指导其《白话文学史》（1920 年至 1922 年）的撰写。郑振铎作《研究中国文学的新途径》（1927 年）一文，提出的文学研究路径中即有"归纳的考察"与"进化的观念"相结合的路径，并说："自归纳的考察方法创立后，'无征不信'便成了诸种学者的一个信条。他们怀疑，他们虚心的去考察，直等到有了种种的证据。""等到证据搜罗得完备了，等到把这些证据或材料归纳得有一个结果了，于是他的定论才可告成立，他的研究才可告终结。"又说："在中国，进化论更可帮助我们廓清了许多传统的谬误见解。这些谬误见解之最大的一个，便是说：古是最好的，凡近代的东西总是不如古代。""所谓'进化'者，本不完全是多进化而益上的意思。他乃是把事物的真相显示出来，使人有了时代的正确观念，使人明白每件东西都是时时随了环境之变异而在变动，有时是'进化'，有时也许是在'退化'。文学与别的东西也是一样，自有他的进化的曲线，有时而高，有时而低，不过在大体上看来，总是向高处趋走，如小说便是一个最好的例子。"①可见据以时势背景的考察，即见《史略》此举于彼时的普遍意义。这种冲突表明鲁迅所采取的建构路径不仅受到自身的知识储备与预设作出的前提理论相冲突的制约，亦深受彼时的学术范式、治学路径等时势背景的影响。不过，鲁迅与胡适、郑振铎等人的最大不同，在于其所采用的古典目录学不仅是种考证的方法，更是指导编纂的思想理论。

---

① 郑振铎：《郑振铎全集》第 5 卷，第 290 ～ 296 页。

第四章 资料发掘、同仁研究与《中国小说史略》的修订

众所周知，《中国小说史略》最初是鲁迅于北京大学、北京女子高等师范学校、世界语学校等处讲授"小说史"课程而编的授课讲义稿，后经其多次修订而渐趋完善。故此书版本众多，从最初的油印讲义稿《小说史大略》到铅印本《中国小说史大略》，再到1923年、1924年北大新潮社初版上下册本，1925年2月新潮社再版上下册本，1925年9月北新书局合订本，1931年9月北新书局订正本，1933年3月第九版印刷，再到1935年6月北新书局第十次修订本，凡十余版（以上均名为《中国小说史略》）。这些修订本相对先前一稿而言，在篇目、内容、篇幅、论断及材料使用等方面，往往有诸多变化。那么，如何看待鲁迅对《史略》的修订？鲁迅修订时的依据、缘由是什么？弄清此疑，将有助于学界更加客观地评价《史略》。本章将从彼时有关小说文献材料的不断挖掘、学界同行同仁的研究成果等方面，讨论鲁迅是如何进行《史略》修订的。

第一节 鲁迅所编《明以来小说年表》与《史略》之修订 [1]

受囿于主客观条件，鲁迅编纂《史略》时所见小说文献材料十分有限，且随着彼时学界对中国小说史研究的持续深入，彼时海内外尤其是日本所藏的诸多小说文献资料被不断挖掘。这些对鲁迅是有深刻触动的。其于1924年3月3日所作《校记》就曾说："右《中国小说史略》二十八篇，其第一至第十五篇以（已）去年十月中印讫。已而于朱彝尊《明诗综》卷八十知雁宕山樵陈忱字遐心，胡适为《〈后水浒传〉序》考得其事尤众；于谢无量《平民文学之两大文豪》第一编知《说唐传》旧本题庐陵罗本撰，《粉妆楼》相传亦罗贯中作，惜得见在后，不及增修。第十六篇以下

---

[1] 案，本节主体部分曾以《鲁迅所编〈明以来小说年表〉与〈中国小说史略〉之修订》为题，发表在《明清小说研究》2013年第2期上。特此说明。

草稿则久置案头，时有更定。然识力俭隘，观览又不周洽，不特于明清小说阙落尚多，即近时作者如魏子安、韩子云辈之名，亦缘他事相牵，未遑博访。"在这种情况下，鲁迅编纂了《明以来小说年表》一文，试图以此作为修订完善《史略》时的文献依据。这就为我们探讨鲁迅如何修订《史略》提供了一个合适的切入视角。

一、《明以来小说年表》之编写时间及其用图考辨

自 2005 年《鲁迅全集》（增订修改本）出版以来，不少学者仍对《鲁迅全集》之外的佚文进行广泛搜罗，辑录了不少新资料。刘运峰所编《鲁迅全集补遗》即是此中代表。这对我们全面研究鲁迅及其作品不无益处。不过，《补遗》仍存有若干编年失误之处，如《明以来小说年表》一文即是如此。现试辨正如下。

早在 1984 年，鲁迅博物馆鲁迅研究室等编《鲁迅年谱》（第 2 卷）之"一九二三年 四十三岁"条就著录此文之梗概，云："本年 撰《明以来小说年表》。所录起于明洪武元年（1368 年），迄于民国癸亥年（1923 年）。上列公元，次列干支，再次是年号纪元。端有凡例两则：'一，云某年作某年成者皆据序文言之，其脱稿当较先。二，所据书名注于下，无注者皆据本书。'稿本现存，未印。"[1] 2000 年出版的《鲁迅年谱》（增订本）亦将此条列于 1923 年，[2] 但仍未录有全文，读者罕见。直到《补遗》出版，方窥全豹。但《补遗》却将其列于 1920 年，并云："本篇据鲁迅手稿抄录。"[3] 二者编年所依皆为鲁迅手稿，却何以有不同判断？《鲁迅年谱》判断之由当系《年表》所编下限于 1923 年而定，《补遗》未知编定之他由。这里的问题是，若《年表》编写于 1920 年，则此《年表》当是鲁迅 1920 年至 1921 年初编《小说史大略》时的思考，其意义则可见及鲁迅对古代小说衍变史迹的最初认识；若编写于 1923 年，则当与鲁迅修订《史略》之时大体相当，其意义在于探讨鲁迅修订《史略》时的意念发端及受启之处。虽然已有不少学者曾指出此书由《小说史大略》到《中国小说史大略》的修订变化，[4] 但对于鲁迅为何要修订、如何修订及修订对象的确定等问题，向无学者述及。据此正本清源，对客观对待《史略》编纂或修订的过程及

---

[1] 鲁迅博物馆鲁迅研究室等编：《鲁迅年谱》第 2 卷，北京，人民文学出版社，1984 年，第 120 页。

[2] 案，2009 年出版的《鲁迅著译编年全集》第 5 卷，亦将此《年表》列为 1923 年。

[3] 刘运峰：《鲁迅全集补遗》，天津，天津人民出版社，2006 年，第 377～391 页。

[4] 单演义：《关于最早油印本〈小说史大略〉讲义的说明》，《中国现代文艺资料丛刊（第 4 辑）》，上海，上海文艺出版社，1979 年，第 117 页。

其缘由，当有助益。

据《年表》凡例可知，其所依他据者皆注明出处，主要有《努力（周报）一》、俞平伯《红楼梦辨》、胡适《〈镜花缘〉的引论》、周桂笙《新庵笔记》、钱静方《小说丛考》、蔡元培《石头记索隐》、胡适《西游记考证》。查胡颂平编著《胡适之先生年谱长编初稿（二）》之1923年部分，此年胡适于2月4日改定《西游记考证》，"《镜花缘的引论》一文，从二月至五月，陆续草完"。① 同时，《年表》之"癸亥（民国十二年）"条，云："四月，德清俞平伯《红楼梦辨》出，三卷。三月，胡适《西游记考证》出"。可见，此表先录俞著而非先出之胡著，并未严格依照时间以编年。佐以整份《年表》的草创、粗糙之实，则其中缘由当系鲁迅编写此表之时，依据其所见资料的先后而陆续编定，非一时之作。情形绝无相反之可能。查《鲁迅日记》：胡适曾于1923年4月17日赠鲁迅"《西游记考证》一本"②，鲁迅当首次见到《西游记考证》一文。换句话说，此表的编写早在鲁迅1923年4月17日见到《西游记考证》之前就已成草稿，鲁迅收到《西游记考证》后则加以增补。

查胡颂平编著《胡适之先生年谱长编初稿（二）》之"1923年"部分，胡适于此年自从撰写《镜花缘的引论》之后，未再撰写与古代小说相关的宏论。又查《胡适著译系年目录与分类索引》之1923年部分，所言情形亦如《胡适之先生年谱长编初稿》③。而《年表》曾引《〈镜花缘〉的引论》有关李汝珍的生卒年考定时间，即编入乾隆二十八年（1763年）之"李汝珍生（？）"，编入道光十年（1830年）之"李汝珍卒（？）"，凡两处。原稿加有"？"，表明鲁迅虽对胡适考证结果存有疑虑，当仍据以编年，则《年表》的编写受胡适影响当较深。而《〈镜花缘〉的引论》首载于1923年5月上海亚东图书馆出版的《镜花缘》中。从《年表》援引他据资料之出版时间的先后看，则《〈镜花缘〉的引论》当为鲁迅编写此表前后所见有关小说研究资料的最后一份。又，《中国小说史大略》第二十三篇"清之以小说见才学者"援引胡适有关《镜花缘》之论断后，云："以上详见新标点本《镜花缘》卷首胡适《引论》。"④ 所谓"新标点本"为

---

① 胡颂平编著：《胡适之先生年谱长编初稿》（二），台北，联经出版事业公司，1984年，第523～559页。

② 鲁迅：《鲁迅全集》第15卷，北京，人民文学出版社，2005年，第466页。

③ 季维龙编：《胡适著译系年目录与分类索引》，上海，上海人民出版社，1984年，第37～41页。

④ 鲁迅：《中国小说史大略》，《鲁迅研究资料（第17辑）》，天津，天津人民出版社，1986年，第160页。

上海亚东图书馆本所独有。可见此表的搁笔时间下限当于 1923 年 5 月亚东图书馆出版的《镜花缘》之后。但此处的考论与上文所言此表于 1923 年 4 月 17 日见到《西游记考证》之前就已成草稿，似略有不合。究其缘由，在于《年表》为陆续编定，而非一时之作。因而，鲁迅补入《西游记考证》之后，见及《〈镜花缘〉的引论》有关论断之后又再次加以补录。可见，此《年表》所编的时间跨度当达数月之久，并经数次修补。

由于《年表》所注俞平伯《红楼梦辨》等资料均被吸收进《中国小说史大略》中，并未出现于《小说史大略》中，可证《年表》所编时间当约于鲁迅修订《史略》之前不久。尤其是，《西游记考证》为《中国小说史大略》所引，云："又作者禀性，'复善谐剧'，故虽述变幻恍忽之事，亦每杂解颐之言，使神魔皆有人情，精魅亦通世故，而玩世不恭之意寓焉（详见胡适《西游记考证》）。"[1] 又，《年表》之"咸丰六年（1867 年）"条，所编"李宝嘉（伯元）生（四月廿九日子时）。吴沃尧生（《新庵笔记四》）"，亦《中国小说史大略》所独有。《中国小说史大略》第二十六篇"清末之谴责小说"论吴沃尧时，三引《新庵笔记》，即体现在对吴沃尧之生平及科举经历、著作情形及《恨海》、《劫余灰》、《电术奇谈》三种小说的主旨解读。[2] 以上例子可证此类书籍对鲁迅修订《史略》的影响力。而鲁迅着手以大规模修改《史略》的时间主要集中于 1923 年上半年。又，查《鲁迅日记》：1923 年 10 月 8 日"以《中国小说史略》稿上卷寄孙伏园，托其付印"。[3] 则此《年表》作为鲁迅修订《史略》的重要依据，其编写当于《中国小说史大略》出版之前就已不再修补。

由此可见，《年表》当始纂于 1923 年上半年，约搁笔于 1923 年 5 月《镜花缘》亚东初版本之后。所编的时间跨度长达数月之久，并经数次修补，以作为《中国小说史大略》修订的主要依据。据此，《鲁迅年谱》所言为是，《补遗》误编。

二、《明以来小说年表》与鲁迅对《史略》的修订

《年表》所收小说书目起于明洪武元年（1368 年），迄于民国癸亥年（1923 年），近九十种。尤其是，《年表》对崇祯以降直至晚清时期的小说，著录尤详；又录有大量文言小说、晚清小说作品，对《红楼梦》及其续作关注度亦甚浓。这些情形本为《小说史大略》所略而《中国小说史大略》

---

① 鲁迅：《中国小说史大略》，第 102 页。
② 鲁迅：《中国小说史大略》，第 184～190 页。
③ 鲁迅：《鲁迅全集》第 15 卷，第 483 页。

所详者，即《小说史大略》到《中国小说史大略》的修订部分。可知鲁迅修订《史略》当以《年表》为依托，逐类修改；《年表》成为由《小说史大略》到《中国小说史大略》修订的中间环节。而《史略》对此类小说的修订，在《年表》中多有所本，属"凡例"所言"所据书名注于下"者。可见，鲁迅编写《年表》受此类研究著作的左右。因而，弄清"所据书名注于下"的研究著作对《年表》的影响，有助于探明鲁迅修订《史略》相关部分的意念发端、前后经过及论断下定。

（一）胡适有关小说之论断与鲁迅对《史略》的修订

在《年表》所列诸多书目中，胡适所著被援引得最多。可见，《年表》的编写很大程度上受胡适著述的影响；则《年表》编纂的最终目的，即为修订《史略》，受胡适观点的影响当亦甚浓烈。现试以《史略》修订《镜花缘》及对晚清小说的论述等为例，与胡适所著进行比较，期以有效梳理鲁迅修订《史略》的前后及相关缘由。

1.《年表》所引《〈镜花缘〉的引论》与《史略》有关《镜花缘》"以小说见才学"之论断

上文已述及《年表》曾两次援引《〈镜花缘〉的引论》有关李汝珍生卒年考定时间，虽鲁迅对胡适考证结果有所疑虑却仍据以编年，则《年表》有关《镜花缘》的判断当深受胡适影响。这种影响又对鲁迅修订《史略》产生了重要影响，从而成为《中国小说史大略》论述"清之以小说见才学者"篇的事实依据及主导观念。在《小说史大略》中，《史略》对《镜花缘》的论述稍见于第十二篇"明之历史的神异小说"中，云："历史演义之作，宋元以来至今不绝。清人于开辟至明季之事，多有演述，英贤神异之作亦然，在今尤显者，有《镜花缘》记武后开科录取女子，次及诸女以后之运命，而间以奇士浮海，历游异境，虽多据《山海经》，实亦'西游'之一叶也。"认为其属历史的神异小说的范畴，并属"西游"题材之一种。但到《中国小说史大略》中，《史略》列"清之以小说见才学者"专篇，将其当作"以小说见才学"的主要代表。鲁迅对《镜花缘》认识的前后转变如此巨大，此现象虽多为治小说史者所注意，却似未有学者能言清个中缘由。因《年表》有关李汝珍与《镜花缘》的编年依据源自胡适所撰《〈镜花缘〉的引论》，现试将《中国小说史大略》有关论断与《〈镜花缘〉的引论》逐一对比，以明所以。

《中国小说史大略》论述《镜花缘》产生背景时，言："雍乾以来，江南人士慑于文字之祸，因避史事不道，折而考证经子以至小学，若艺术之微，亦所不废；惟语必征实，忌为空谈，博识之风，于是亦盛。逮风气既成，则学者之面目亦自具，小说乃'道听途说者之所造'，史以为'无可观'，故亦不屑道也；然尚有一李汝珍之作《镜花缘》。"①而《〈镜花缘〉的引论》之"李汝珍的人品"，言："这部书是清朝中叶的出产品；那个时代是一个博学的时代，故那时代的小说也不知不觉的挂上了博学的牌子。这是时代的影响，谁也逃不过的。"又说"关于时代的影响，我们在《镜花缘》里可以得着无数的证据"，并以"鸿雁来宾"，《易经》王弼偏重义理，"既欠精详，而又妄改古字"为例，云："这都是汉学时代的自然出产品。"②比对二段文字可知，《中国小说史大略》从《镜花缘》产生的时代背景考察其产生的缘由，所说不过是胡适观点的另一种方式的表达而已。

之后，《中国小说史大略》论述李汝珍的生平及其述学部分，云："顾不得志，盖以诸生终老海州，晚年穷愁，则作小说以自遣，历十余年始成，道光八年遂有刻本；不数年，汝珍亦卒，年六十余（约一七六三——一三八〇）。于音韵之著述有《音鉴》，主实用，重今音，而敢于变古（以上详见新标点本《镜花缘》卷首胡适《引论》）。"③此部分的论述本于《〈镜花缘〉的引论》之第一部分"李汝珍"与第二部分"李汝珍的音韵学"，《中国小说史大略》已自注。值得注意的是，鲁迅将《镜花缘》作为"以小说见才学"代表的主要逻辑及事实依据是，认为其属李汝珍"不得志"、"作小说以自遣"之作，故李汝珍"敢于变古"。这些判断的最初意念发端本源于《〈镜花缘〉的引论》——第一部分"李汝珍"言"《镜花缘》是李汝珍晚年不得志时作的"与第二部分"李汝珍的音韵学"所谓李汝珍之音韵学的长处"（1）注重实用，（2）注重今音，（3）敢于变古"等两段文字。④既然鲁迅对《镜花缘》的价值评价本于胡适，则其有关"以小说见才学"之归纳的意念发端，或亦受启自胡适。在援引《〈镜花缘〉的引论》有关论断后，鲁迅接着自我发挥："盖惟精声韵之学而仍敢于变古，乃能居学者之列，博识多通而仍敢于为小说也；惟于小说又复论学说艺，数典谈经，连篇累牍而不能自已，则博识多通又害之。"⑤此文有关李汝珍因精通声韵之学而侧学者之列，而以博识多通而敢于变古，并以小说为手段展示才艺的论断，就是鲁迅对"以小说见才学"的具体诠释。而这种诠释却是建立在胡适的相关考证、对李汝珍之思想判断与行为分析的基础上，其自我发

---

① 鲁迅：《中国小说史大略》，第 159 ～ 160 页。
② 胡适：《中国章回小说考证》，合肥，安徽教育出版社，2006 年，第 380 页。
③ 鲁迅：《中国小说史大略》，第 160 页。
④ 胡适：《中国章回小说考证》，第 372 ～ 377 页。
⑤ 鲁迅：《中国小说史大略》，第 160 页。

挥的部分亦不出胡适左右。可知，鲁迅单列"以小说见才学者"专篇的意念发端，在很大程度上与《〈镜花缘〉的引论》有关。

接着，《中国小说史大略》稍加述及《镜花缘》内容梗概之后，云："作者命笔之由，即见于《泣红亭记》，盖于诸女，悲其销沉，爰托稗官，以传芳烈。书中关于女子之论亦多，故胡适以为'是一部讨论妇女问题的小说，他对于这个问题的答案，是男女应该受平等的待遇，平等的教育，平等的选举制度'（详见本书《引论》四）。"① 可知鲁迅对《镜花缘》的思想判断及价值意义的认识，亦源于《〈镜花缘〉的引论》第四部分"《镜花缘》是一部讨论妇女问题的书"。之后，鲁迅又自我发挥："其于社会制度，亦有不平，每设事端，以寓理想；惜为时势所限，仍多迂拘，例如君子国民情，甚受作者叹羡，然因让而争，矫伪已甚，生息此土，则亦劳矣，不如作诙谐观，反有启颜之效也。"② 检视《〈镜花缘〉的引论》，有云："大凡写一个社会问题，有抽象的写法，有具体的写法。抽象的写法，只是直接指出一种制度的弊病，和如何救济的方法。君子国里的谈话，便是这种写法。"又说："那时代的小说也不知不觉的挂上了博学的牌子。这是时代的影响，谁也逃不过的。"又说："他又怕我们轻轻放过这一点，所以又用诙谐的写法，叫人不容易忘记。"③ 可见，《中国小说史大略》此段对《镜花缘》的思想内涵、时代价值及艺术手段的分析文字，亦不过是对《〈镜花缘〉的引论》相关论断的吸收，几与胡适观点如出一辙，并不能归为鲁迅自我发明者之列。

《中国小说史大略》又说："又其罗列古典才艺，亦殊繁多，所叙唐氏众女之游行，才女百人之聚宴，几占全书什七，无不广据旧文（略见钱静方《小说丛考》上），历陈众艺，一时之事，或亘数回。"④ 而《〈镜花缘〉的引论》有言："至于全书说的那些外国名，一一都有来历；那些异兽奇花仙草的名称，也都各有所本（参看钱静方《小说丛考》卷上，页六八～七二）；这种博览古书而不很能评断古书之是否可信，也正是那个时代的特别现象。"⑤ 比对可知，《中国小说史大略》所言亦为《〈镜花缘〉的引论》所论，所谓"无不广据旧文"与"一一都有来历"本为同一层意思；甚或《中国小说史大略》援引钱静方《小说丛考》之文，亦受《〈镜花缘〉的引

---

① 鲁迅：《中国小说史大略》，第 161 页。
② 鲁迅：《中国小说史大略》，第 161 页。
③ 胡适：《中国章回小说考证》，第 383～390 页。
④ 鲁迅：《中国小说史大略》，第 162 页。
⑤ 胡适：《中国章回小说考证》，第 380 页。

论》所启，亦不无可能。《中国小说史大略》对《镜花缘》一书的最后评价，为："盖以为学术之汇流，文艺之列肆，然亦与《万宝全书》为邻比矣。惟经作者匠心，剪裁运用，故亦颇有虽为古典所拘，而尚能绰约有风致者。"① 此文后一句亦为《〈镜花缘〉的引论》所有（详见上文），惟前一句论断尚属鲁迅自我发明。但《万宝全书》本为资料汇编，并无多少观点属于编纂者自我发明的；鲁迅将《镜花缘》归为与此类书籍等用，则其对《镜花缘》的价值并不看好，整体评价亦不高。据此，鲁迅将其当作"以小说见才学者"的代表作之逻辑前提及分类意义，或须重估。

综上所述，鲁迅修订《史略》时，有关《镜花缘》的绝大部分论断本于胡适《〈镜花缘〉的引论》，罕有自我发明者。同时，鲁迅以《镜花缘》为"以小说见才学"的代表，而《中国小说史大略》阐述"以小说见才学"的逻辑依据与判断依据均本于《〈镜花缘〉的引论》。这或可推知《中国小说史大略》设"清之以小说见才学者"专篇的意念发端，与胡适《〈镜花缘〉的引论》有很大关系。②

2.《史略》有关白话小说与近代小说之论断的时代背景及其他

同时，《年表》编年较详的部分，主要有通俗白话小说与晚清小说等。比如编录《三宝太监西洋记通俗演义》、《三遂平妖传》、《醒世恒言》、《绿野仙踪》、《雪月梅传》、《施公案》、《七侠五义》等通俗白话小说，表明鲁迅对此类小说的认识已有所加强，而欲对此类小说着手进行修订。这方面的意识在《中国小说史大略》中已有所体现。相比《小说史大略》而言，《中国小说史大略》增有"宋元之拟话本"一篇，将"元明传来之历史演义"改为"元明传来之讲史"两篇，增加"明之神魔小说"（上下篇），将"明之人情小说"扩充成两篇，增加"清之讽刺小说"一篇等，这些情形表明《中国小说史大略》有关通俗白话小说的论断篇幅及所列作品已有较大扩充。而这种加强早在鲁迅进行修订时所依《年表》之中，就已初见端倪。又如晚清小说部分，录有李伯元《官场现形记》、吴沃尧《最近怪现状》《恨海》《上海游骖录》等、刘鹗《老残游记》、曾朴《孽海花》、黄小配《廿载繁华梦》等，关注诸如《繁华报》、《月月小说》、《小说林》等报纸所载小说情形。虽然在《小说史大略》中，已对《孽海花》（归入"清

---

① 鲁迅：《中国小说史大略》，第 163 页。

② 案，有关《史略》专列"以小说见才学者"的缘由，参见拙稿《"以小说见才学者"辨正及其小说史叙述意义——兼及"才学小说"的概念使用》（《南京师大学报（社会科学版）》2014 年第 4 期。）以及本书第五章《〈中国小说史略〉所提出的古代小说演进现象及其小说史意义》第三节《"以小说见才学者"辨正及"才学小说"的概念使用》的相关论述。

之侠义小说及公案"篇)、《官场现形记》、《二十年目睹之怪现状》(后两种归入"清之谴责小说"篇)等均有述及,但尚未形成"晚清四大小说"的研究势态,而归并专题讨论。这种现象在《中国小说史大略》修订后才形成的,归入"清末之谴责小说"篇,表明鲁迅对晚清小说的探讨已上升到某种整体高度。并且,《中国小说史大略》讨论此类小说时,广泛注意诸如《绣像小说》、《月月小说》、《指南报》、《新小说》、《小说林》等报刊对传播晚清小说的重要影响,而这些论断的重点——广泛关注晚清时期的小说创作,并注意晚清小说的报刊式的传播方式,这些亦早在《年表》中就已初见端倪。由此可见,《年表》所编正代表鲁迅由《小说史大略》到《中国小说史大略》的修订过程中对晚清小说认识的变化。——《中国小说史大略》名以"清末之谴责小说",表明鲁迅认为晚清的小说发展值得在小说史中予以专篇体现。虽然鲁迅认为此类小说的价值不大,但由于此类小说作品极多、传播较广,使得鲁迅不得不予以重视。而鲁迅的这种认识是有着深刻的时代背景。换句话说,《史略》推重我佛山人、李伯元、刘鹗等近代小说作者及其作品,其背后的潜在观念是小说地位的提高,尤其是在通俗白话小说被奉为文坛正宗的情况下才可能出现。而白话文学为"文坛正宗论"的鼓吹者即是胡适。胡适曾于《藏晖室杂记》中(原载1916年9月《留美学生季报》秋季第3号),将文学分为"死文学"(文言)与"活文学"(白话),并说:"文学革命至元代而登峰造极,其时,词也,曲也,剧本也,小说也,皆第一流之文学,而以俚语为之……今日之文学,独我佛山人(吴趼人)、南亭亭长(李伯元)、洪都百炼生(刘鹗)诸公之小说可称'知文学'耳。"又说:"元以来之小说杂剧,其在今日,惟有白话小说,如吴趼人李伯元洪都百炼生之作,足称有生气之文学。"[1]又于《历史的文学观念论》(1917年5月1日《新青年》第3卷第3号)一文中,提出"当以白话文学为正宗"的著名论断,认为白话文学才是中国文学史的"活文学",云:"小说则明清之有名小说,皆白话也。近人之小说,其可以传后者,亦皆白话也。"[2]胡适所论,影响甚广。《中国小说史大略》第十一篇"宋之话本",云:"宋一代文人之为志怪,既平实而乏文彩,其传奇,又多托往事而避近闻,拟古且远不逮,更无独创之可言矣。然在市井间,则别有艺文兴起。即以俚语著书,叙述故事,谓之'平话',而今所谓'白话小说'者是也。"[3]即见鲁迅有关白话小说的论断深

---

① 欧阳哲生编:《胡适文集》第9集,北京,北京大学出版社,1998年,第737页。
② 欧阳哲生编:《胡适文集》第2集,第27页。
③ 鲁迅:《中国小说史大略》,第64页。

受时势影响，其修改之因亦与此有所关联。而检视《年表》所列近代分诸部小说，并不出胡适所列的左右。在这种情形下，鲁迅修订《史略》深受时势影响，则其对白话小说与近代小说的论断深受胡适观点的影响，亦不无可能。上文所论《中国小说史大略》有关《镜花缘》的绝大部分论断本于胡适《〈镜花缘〉的引论》、有关"以小说见才学"的意念发端或导源于《〈镜花缘〉的引论》等情形，可资佐证。由此可见，鲁迅对《史略》有关白话小说与近代小说之论断的修订，在很大程度上深受彼时学术背景及相关研究成果的影响。据此，受彼时学界有关小说研究之动态的影响，从而成为鲁迅修订《史略》相关论断以完善《史略》之意念转变过程中的重要一环。

值得注意的是，鲁迅对胡适的某些考证结果并不是十分信服，却仍据以编年《年表》，并对其观点进行援引。除上文所引有关李汝珍的生卒年考订外，另有《小说史大略》第十四篇"清之人情小说"。鲁迅对学界有关《红楼梦》本事考证的四种说法予以举例后，云："以上四类，合之更可为二：一叙人；一自叙也。然世间信后说者特少，如王国维《静安文集》言'所谓亲见亲闻者，亦可自旁观者之口言之，未必躬为剧中之人物'即是。盖读者狃于习惯，以为文人涉笔，必有美刺，据此推究，遂或疑其关涉国事，或诬以弹射豪家。"[1] 对胡适之说似不甚认可。究其原因，一方面由于鲁迅于1912年任政府官员直至撰写《史略》的当下："一般都得到教育部去上班，公馀时间又多用于翻译、创作，还得为《新青年》等等撰稿。他对于古籍的兴趣，又偏于纂辑史书、搜集拓本、研究佛经，再加上探亲、结婚、访友、购书、听唱、看病及种种政治的人事的纠纷。"[2] 因而没有多少时间从事小说考证和文本阅读，惟有参考他人研究成果；另一方面，由于当时的古典小说研究尚处于方兴未艾的阶段，无过多参考资料，而胡适的研究成果较多、影响较大。因而，鲁迅虽有意想规避声誉日隆的胡适的观点，却因自身对古代小说的文献及文本并未穷尽所有，则对某些小说的研究意见势不得不抄自或受启于他人。可见，鲁迅对《史略》进行修订而受胡适的影响，实属势不得已而为之。

（二）俞平伯《红楼梦辨》与鲁迅对《红楼梦》相关论断的修订

由《小说史大略》到《中国小说史大略》的修订过程中，鲁迅对《红楼梦》的论断有了较大转变。首先，对胡适"涉红"观点的认识。据上所引，《小说史大略》对胡适提出的"自叙说"等观点似仍有疑虑。《中

---

① 鲁迅：《小说史大略》，第98页。
② 欧阳健：《〈中国小说史略〉批判》，第3页。

国小说史大略》转而部分肯定，并加以援引，云："然胡适既考得作者生平，而此说遂不立，最有力者即曹雪芹为汉军，而《石头记》实其自叙也。"又说："其《石头记》未成，止八十回，次年遂有传写本（详见《胡适文存三》及《努力周报一》）。"① 其次，对《红楼梦》思想价值认识的变化。《小说史大略》盛赞曹雪芹"知人性之深，得忠恕之道，此《红楼梦》在说部中所以为巨制也"，② 从人道主义的视角解读《红楼梦》的主旨。而《中国小说史大略》则说"盖叙述皆存本真，闻见悉所亲历，正因写实，转成新鲜"，接受"自叙说"观点之后转而关注此书的"写实"特征。③ 再次，对《红楼梦》后四十回的意见。《小说史大略》认为："《红楼梦》后四十回题目，是否原书有目无文，抑并无回目，并文皆高鹗续撰，今不可考。凡所补作，校以原作者前文伏线，似亦与原意不甚相违。"④ 而《中国小说史大略》则认为"续《红楼梦》八十回本者，尚不止一高鹗"，明言后四十回属续作。最后，援引版本的变化。《小说史大略》所据主要是据程甲本，云："《红楼梦》一名《石头记》，乾隆中叶，始有钞本，止八十回。乾隆末程伟元以活字印行，计一百二十回为全书。程氏序言，后四十卷之中，二十余卷得于藏书家及故纸堆中，十余卷得于鼓担上，然漫漶不可收拾，乃与友人厘剔，截长补短，抄成全部。审此，则《红楼梦》原止八十回，为未完之书。程伟元得残本，又与友人补缀之印行，而世间始有全帙者也。"⑤ 可见此本所据版本主要是程本，而此时鲁迅判断后四十回是否为原著所有的文献依据及意念发端主要是程伟元的序言，而非源于"新红学派"。而《中国小说史大略》援引版本主要是戚蓼生所序之本，并参校"程本"。

如此变化的关键，主要是鲁迅对俞平伯观点的接受。《年表》援引俞平伯《红楼梦辨》者凡三处，即乾隆二十年（1755 年）至乾隆廿七年（1762 年）"曹雪芹作《红楼梦》八十回"、乾隆三十年（1765 年）"《红楼梦》初次流行"、乾隆三十五年（1770 年）"《红楼梦》盛行"。即据《〈红楼梦〉辨·〈红楼梦〉底年表》（卷中）有关《红楼梦》的流传情况，以此作为看待《红楼梦》的前提依据及认识基础。⑥ 据前所述，《红楼梦辨》为鲁迅编《年表》而后补，则鲁迅对《红楼梦辨》的论断当较为重视。《中

① 鲁迅：《中国小说史大略》，第 149～150 页。
② 鲁迅：《小说史大略》，第 99 页。
③ 鲁迅：《中国小说史大略》，第 148 页。
④ 鲁迅：《小说史大略》，第 99 页。
⑤ 鲁迅：《小说史大略》，第 94 页。
⑥ 俞平伯：《俞平伯论红楼梦（上）》，上海，上海古籍出版社，1988 年，202～208 页。

国小说史大略》直接援引《红楼梦辨》，云："续《红楼梦》八十回本者，尚不止一高鹗。俞平伯从戚蓼生本所序之八十回旧评中抉剔，知先有续书三十回，似叙贾氏子孙流散，宝玉贫寒不堪，'悬崖撒手'，终于为僧；然其详不可考（《红楼梦辨》下有专论）。"又说："二书所补，或俱未契于作者本怀，然长夜无晨，则与前书之伏线亦不背。"主要关注《红楼梦》之成书版本、续书问题。对这些问题的关注只能在对《红楼梦》写作情况及流传过程有较为清晰认识的基础上才能进行。可见，《中国小说史大略》对俞平伯观点的吸纳，是在《年表》的认识基础上进一步延展的必然。据此，《中国小说史大略》改变对后四十回的观点即是受俞平伯的研究而致——俞平伯对高鹗等的续书情形予以详细考辨，指明《红楼梦》前八十回流传的大致情况，并认为《红楼梦》的续书先有三十回本；而高鹗的续书尚较晚，不足为据。这就使得鲁迅转而对程甲本进行疑息。从"俞平伯从戚蓼生本所序之八十回旧评中抉剔，知先有续书三十回"等语可知，鲁迅引录《红楼梦》文本转而以"戚本"为主，亦与俞平伯有关。《红楼梦辨》有专节"高本戚本大体的比较"，对两种本子的优劣有详论；以鲁迅对《红楼梦辨》的重视及熟知情形，则其转而肯定"戚本"亦不无可能。再者，鲁迅曾于1912年购有"戚本"，其"编著小说史据以抄录，纯是为了方便。"[1] 而俞平伯所论则加深其对"戚本"的文献及价值的认可，这两层因素的综合致使《中国小说史大略》转而较重视"戚本"。因而有学者指出："是俞平伯的《红楼梦辨》给鲁迅以启发，使得他对戚本、程本有了较为深入的了解。"[2] 不过，据前所述，鲁迅接受"自叙说"的观点并非直接受启于胡适，当亦是借鉴《红楼梦辨》而得。早在鲁迅编《年表》之时，援引《红楼梦辨》却不引《红楼梦考证》，则其对俞平伯与胡适两人的"涉红"观点取舍势态已有所差别。这说明早在鲁迅修订《史略》之前，他就已着手考虑如何对待时贤同好的相关研究成果。《中国小说史大略》的相关论断正是这种意识倾向的最终行为表现。

由于鲁迅对《红楼梦》亦无过多深究，为保证《史略》体系的完整、论断的客观、论证的严密，其论述《红楼梦》时只得转向注意时贤同好的相关研究成果，如蔡元培《石头记索隐》、胡适《红楼梦考证》、俞平伯《红楼梦辨》、王国维《红楼梦评论》等。这些著作成为鲁迅论述《红楼梦》的主要参考文献，亦属势不得已而为之。但这里的问题是，为何《中国小说史大略》的修订深受俞平伯影响而非胡适？

① 欧阳健：《〈中国小说史略〉批判》，第55页。
② 苗怀明：《风起红楼》，北京，中华书局，2006年，第102～103页。

关键原因，或在于诸家的研究方法有别。早在《小说史大略》时，鲁迅就批评"盖读者狃于习惯，以为文人涉笔，必有美刺，据此推究，遂或疑其关涉国事，或诬以弹射豪家"之类的研究思路，认为《红楼梦》首先是小说而非信史。因而，《小说史大略》又说"凡所补作，校以原作者前文伏线，似亦原意不甚相违"，主要从小说创作的内部规律与一般现象入手，认为《红楼梦》首先是"说部巨制"，属于文学创作的范围，并以此评价《红楼梦》的思想意义。而《中国小说史大略》所谓"二书所补，或俱未契于作者本怀，然长夜无晨，则与前书之伏线亦不背"，更为明确地说明鲁迅对《红楼梦》以小说定位的评价思路。故《怎么写〈夜记之一〉》（1927 年 10 月 10 日）曾说："只要知道作品大抵是作者借别人以叙自己，或以自己推测别人的东西，便不至于感到幻灭，即使有时不合事实，然而还是真实。其真实，正与用第三人称时或误用第一人称时毫无不同。倘有读者只执滞于体裁，只求没有破绽，那就以看新闻记事为宜，对于文艺，活该幻灭。而其幻灭也不足惜，因为这不是真的幻灭，正如查不出大观园的遗迹，而不满于《红楼梦》者相同。倘作者如此牺牲了抒写的自由，即使极小部分，也无异于削足适履的。"[①] 而俞平伯《红楼梦辨》采用从文学创作的特征入手的主要研究思路，对《红楼梦》这部小说的基本定位，这些情形与鲁迅研究《红楼梦》的基本思路及研究方法是如此的一致，以至于鲁迅将《红楼梦辨》编入《年表》，成为其修正《红楼梦》研究观点的主要参考。如《高鹗续书底依据》（中卷）曾引顾颉刚的话"我觉得高鹗续作《红楼梦》，他对丁文本曾经细细地用过一番功大，要他的原文恰如雪芹底原意。所以凡是末四十回的事情，在前八十回都能找到他的线索"，认为顾氏的话"大体上也是很正确的"，并列举诸如宝玉出家及中举、鸳鸯殉主等二十条例子，以说明高续后四十回之内容在前八十回的线索；又说"后四十回中还有许多大，也可以约略考见其线索"。[②] 而胡适的考证方法及其研究态度，向不太为鲁迅所认可。《谈金圣叹》（1933 年 7 月 1 日）云："他抬起小说传奇来，和《左传》《杜诗》并列，实不过拾了袁宏道辈的唾余；而且经他一批，原作的诚实之处，往往化为笑谈，布局行文，也都被硬拖到八股的作法上。这余荫，就使有一批人，堕入了对于《红楼梦》之类，总在寻求伏线，挑剔破绽的泥塘。"[③]《出关的关》（1936 年 5 月）又说："如果作者手腕高妙，作品久传的括，读者所见的就只是书中人，和

---

① 鲁迅：《鲁迅全集》第 4 卷，第 23 页。
② 俞平伯：《俞平伯论红楼梦（上）》，第 102 ～ 127 页。
③ 鲁迅：《鲁迅全集》第 4 卷，第 542 页。

这曾经实有的人倒不相干了。例如《红楼笋》里贾宝玉的模特儿是作者自己曹霑，《儒林外史》里马二先生的模特儿是冯执中，现在我们所觉得的却只是贾宝玉和马二先生，只有特种学者如胡适之先生之流，这才把曹霑和冯执中念念不忘的记在心儿里：这就是所谓人生有限，而艺术却较为永久的话罢。"① 虽然鲁迅修订《史略》有关《镜花缘》论断借鉴了胡适的研究著作，唯独有关《红楼梦》的论断对胡适相关研究却有所保留。究其原因，抛开鲁迅与胡适后来交恶的影响因素，主要在于鲁迅对胡适研究《红楼梦》的目的意图及论证方法的不认可而致，从而导致上文所论鲁迅对胡适的"涉红"观点有所保留等情形。

据此看来，鲁迅由于偏向俞平伯《红楼梦辨》的研究方法，从而认可其有关《红楼梦》成书情况、流传过程的论述，以促使鲁迅形成对《红楼梦》的基本判断意见及认识基础；进而促使鲁迅赞同俞平伯有关《红楼梦》版本、续书、思想主旨等判断。而在鲁迅认识《红楼梦》的转变过程中，《年表》即已揭示鲁迅寻求时贤同好的相关研究成果的目的意图。正是鲁迅编《年表》所形成的基本判断，最终促使其以《红楼梦辨》为主要论断依据进行《史略》修订。这就进一步坐实《年表》是由《小说史大略》到《中国小说史大略》变化过程中不可或缺的一环之判断。可见，借以《年表》的视角，有助于客观梳理鲁迅修订《中国小说史大略》的某些论断，如有关《镜花缘》的论断主要借鉴于胡适《〈镜花缘〉的引论》、对《红楼梦》论断的修订主要借鉴于俞平伯《红楼梦辨》，这种修订的意念发端的形成过程——早在其编于 1923 年的《明以来小说年表》中，就已初见端倪，以此探明鲁迅修订《史略》相关部分的前后变化过程与论断下定缘由，并见及鲁迅修订《史略》是如何深受时贤同好相关研究成果的影响。因而，从小说史学史的视角看，《史略》相关论断并非处于引领小说史研究界的地位，而是受彼时小说史研究界的主流判断的影响。这说明《史略》作为一部教科讲义书，"述学"性质才是其主要的品性——鲁迅完全可以自我选择接受何人的研究意见而否定其他人的研究成果，而开创性意见则是"述学"性质而外的延伸品。

---

① 鲁迅：《鲁迅全集》第 6 卷，第 538 页。

第二节　学界同仁研究的推进与《史略》的完善①

因"中国之小说自来无史"，鲁迅编纂《史略》时缺乏可供参考的同类作品。后随着晚清"小说界革命"的深入及"五四"运动的展开，学界逐渐重视对小说尤其是通俗小说的研究，才渐有成果问世。在这种背景下，经鲁迅多次修订，《史略》得以从最初的授课讲义稿件渐自演化为专门著述。这种修订除了鲁迅辑佚《唐宋传奇集》等作为编纂前的学术准备外，又是引用《汉书·艺文志》、《郡斋读书志》、《四库全书总目提要》等历代公私书目以考镜源流的体现，更是鲁迅尽可能援引彼时同行同仁研究的最新成果的体现，以使《史略》占据学界研究的前沿领域。

一、《史略》援引同行同仁相关情形示表

在鲁迅编纂及修订《史略》的十余版中，以《小说史大略》、《中国小说史大略》、1927 年北新书局合印修订本及 1935 年 6 月北新书局第十次修订本（最后修订本）的修订情形尤为明显，故本表列鲁迅引彼时海内外同行同仁的观点即以这四次编纂或修订情形为主。示表如下：

版本 篇目及内容	小说史大略 《小说史大略》，刊于 1920 年 12 月至 1921 年 1 月	中国小说史大略 《中国小说史大略》，刊于 1921 年下半年至 1922 年	中国小说史略 北新书局合印修订本，刊于 1927 年	中国小说史略 最后修订本，刊于 1935 年 6 月
			第二篇"神话与传说"	第二篇"神话与传说"
1. 高木敏雄（日本）《比较神话学》有关神话定义。			1."神话大抵以一'神格'为中枢，又推演为叙说"之定义。	1. 所引同北新书局合印修订本。
2. 马克斯·缪勒（德国）有关神话与传说递变之观点。			2. 自"迨神话演进，则为中枢者渐近于人性"至"皆其例也"。	2. 所引同北新书局合印修订本。
				第十四篇"元明传来之讲史（上）"

① 案，本节主体部分曾以《学界研究的推进与〈中国小说史略〉的完善》为题，发表在《中南大学学报（社会科学版）》2014 年第 6 期上。特此说明。

3. 盐谷温《关于明的小说"三言"》及其刊印有关日本内阁文库藏元至治间虞氏刊本全相平话五种之文献资料。			3. "日本内阁文库藏元至治（1321—1323）间新安虞氏刊本全相（犹今所谓绣像全图）平话五种。……今惟《三国志》有印本（盐谷博士影印本及商务印书馆翻印本），他四种未能见。"
4. 郑振铎《三国志演义的演化》有关《三国志通俗演义》的版本流传情形。			4. "弘治以后，刻本甚多，即以明代而论，今尚未能详其凡几种（详见《小说月报》二十卷二十号郑振铎《三国志演义的演化》）。"
5. 日本《内阁文库书目》有关《残唐五代史演义》的著录情形。			5. "《残唐五代史演义》未见，日本《内阁文库书目》云二卷六十回，题罗本撰，汤显祖批评。"
	第十一篇"元明传来之历史演义"	第十三篇"元明传来之讲史"	第十四篇"元明传来之讲史"	第十五篇"元明传来之讲史（下）"
6. 胡适《胡适文存》（三）有关《水浒传》版本、繁简嬗变关系及故事演变等情形。		6. "又有一百十回之《忠义水浒传》，亦《英雄谱》本。"至"亦此类"。又，"而成书年代，盖在嘉靖中（一五二二——一五六六），设郭本所据旧本已列施名，则其人当生成化至正德（一四六五——一五二一）之际（详见《胡适文存》三）。"	6. 所引同《中国小说史大略》。又，所引同《中国小说史大略》。	6. 所引同《中国小说史大略》。又，最后修订本予删。
7. 吴梅《顾曲麈谈》有关施耐庵的资料。			7. "近吴梅著《顾曲麈谈》，云《幽闺记》为施君美作。……案惠亦杭州人，然其为施耐庵居士，则不知本于何书，故亦未可轻信矣。"

8. 胡适《胡适文存》（三）有关金圣叹删改《水浒传》（七十回本）之由。	8. "至于刊落之由，什九常因于世变，胡适（《水浒传考证》）说：圣叹生在流贼遍天下的时代。"至"其卷首有乾隆壬子（1792）赏心居士序。"	8. 所引内容同《小说史大略》，惟"《水浒传考证》"作"《（胡适）文存》三"。	8. 所引同《中国小说史大略》。	8. 所引同《中国小说史大略》。
		第十五篇"明之神魔小说（上）"	第十六篇"明之神魔小说（上）"	第十六篇"明之神魔小说（上）"
9. 盐谷温校印元杂剧《西游记》的文献，即有关西游戏与小说《西游记》之嬗变关系。		9. "元杂剧有吴昌龄《唐三藏西天取经》（钟嗣成《录鬼簿》），一名《西游记》，其中收孙悟空，加戒箍，沙僧，猪八戒，红孩儿，铁扇公主等皆已见。似取经故事，自唐末以至宋元，乃渐渐演成神异，且能有条贯，小说家因亦得取为记传也。"	9. 所引同《中国小说史大略》。	9. 所引内容同《中国小说史大略》，惟"一名《西游记》"后补入"（今有日本盐谷温校印本）"等字。
		第十六篇"明之神魔小说（下）"	第十七篇"明之神魔小说（中）"	第十七篇"明之神魔小说（中）"
10. 胡适《西游记考证》有关《西游记》旨意的论述。		10. "又作者禀性，'复善谐剧'，故虽述变幻恍忽之事，亦每杂解颐之言，使神魔皆有人情，精魅亦通世故，而玩世不恭之意寓焉。"至引第五十一回《心猿空用千般计》以论述"复善谐剧"之旨。	10. 所引同《中国小说史大略》。	10. 所引同《中国小说史大略》。
		第十六篇"明之神魔小说（下）"	第十八篇"明之神魔小说（下）"	第十八篇"明之神魔小说（下）"

11. 日本《内阁文库图书馆第二部汉书目录》有关《封神传》的版本。			11. "《封神传》一百回，今本不题撰人。梁章钜（《浪迹续谈》六）云，'其封神事则隐据《六韬》，《阴谋》，《史记·封禅书》，《唐书·礼仪志》各书，铺张俶诡，非尽无本也。'然名宿之名未言。日本藏明刻本，乃题许仲琳编（《内阁文库图书馆第二部汉书目录》），今未见其序，无以确定为何时作，但张无咎作《平妖传》序言，已及《封神》，是殆成于隆庆万历间（十六世纪后半）矣。"
12. 钱静方《小说丛考》有关《封神传》的论述。		12. "《封神传》即始自受辛进香女祸宫。"至"截教不知所谓，钱静方（《小说丛考》上）以为《周书·克殷篇》有云，'武王遂征四方，凡憝国……俘人三亿万有二百三十。'（案此文在《世俘篇》，钱偶误记。）魔与人分别言之，作者遂由此生发为截教。"	12. 所引同《中国小说史大略》。	12. 所引同《中国小说史大略》。
			第二十一篇"明之拟宋市人小说及后来选本"

13. 盐谷温《关于明的小说"三言"》及《宋明通俗小说流传表》有关"三言"的本事及编辑情形。				13.「已而有三言,三言云者。」至「《通言》则四十卷,有天启甲子(1624)豫章无碍居士序,内收《京本通俗小说》七篇(见盐谷温《关于明的小说"三言"》及《宋明通俗小说流传表》),因知此等汇刻,盖亦兼采故书,不尽为拟作。」 又,《史略》有关《古今奇观》的编辑情形,言:「据《宋明通俗小说流传表》,则取《古今小说》者十八篇,取《醒世恒言》者十一篇,取《拍案惊奇》者七篇,二刻三篇。三言二拍,印本今颇难觏,可借此窥见其大略也。至成书之顷,当在崇祯时,其与三言二拍之时代关系,盐谷温曾为之立表(《明的小说"三言"》)如下……(引按:表略不引。)」
		第二十一篇"清之讽刺小说"	第二十三篇"清之讽刺小说"	第二十三篇"清之讽刺小说"
14. 亚东书局新标点本《儒林外史》卷首引言有关吴敬梓生平。		14.「吴敬梓字敏轩,安徽全椒人。」至「所著有《诗说》七卷,《文木山房集》五卷,诗七卷,皆不甚传(详见新标点本《儒林外史》卷首)。」	14. 所引同《中国小说史大略》。	14. 所引同《中国小说史大略》。
15. 亚东书局新标点本《儒林外史》钱玄同《序言》关于此书的主题分析。		15.「此外刻划伪妄之处尚多。」至「则描写良心与礼教之冲突,殊极刻深(详见本书钱玄同序)。」	15. 所引同《中国小说史大略》。	15. 所引同《中国小说史大略》。
	第十四篇"清之人情小说"	第二十二篇"清之人情小说"	第二十四篇"清之人情小说"	第二十四篇"清之人情小说"

16. 胡适《红楼梦考证》有关《红楼梦》旨意、成书情况、流传情形等观点。	16. "袁枚《随园诗话》云：康熙年间，曹练亭为江宁织造。……胡适《红楼梦考证》更证实其事。盖当时金陵权贵无过曹氏，则凡有煊赫繁华之事，自舍曹氏莫属，而雪芹为寅孙，故托之石头，缀半世亲见亲闻之事为说部也。"	16. "然胡适既考得作者生平，而此说遂不立，最有力者即曹雪芹为汉军，而《石头记》实其自叙也。"又，"其《石头记》未成，止八十回，次年遂有传写本（详见《胡适文存三》及《努力周报一》）。"又，"续《红楼梦》八十回本者，尚不止一高鹗。"	16. 所引同《中国小说史大略》。又，所引内容同《中国小说史大略》，惟"《胡适文存三》及《努力周报一》"作"《胡适文选》"。又，所引同《中国小说史大略》。	16. 所引同《中国小说史大略》。又，所引同北新书局合印修订本。又，所引同《中国小说史大略》。
17. 俞平伯《红楼梦辨》有关《红楼梦》的成书版本、续书等问题。		17. "续《红楼梦》八十回本者，尚不止一高鹗。俞平伯从戚蓼生所序之八十回旧评中抉剔，知先有续书三十回，似叙贾氏子孙流散，宝玉贫寒不堪，'悬崖撒手'，终于为僧；然其详不可考（《红楼梦辨》下有专论）。"又："二书所补，或俱未契于作者本怀，然长夜无晨，则与前书之伏线亦不背。"又，"以上，作者生平与书中人物故事年代之关系，俞平伯有年表（见《红楼梦辨》卷中）括之，并包续书。今撮其略。……（引按：表略不引。）"	17. 所引同《中国小说史大略》。又，所引同《中国小说史大略》。又，所引同《中国小说史大略》。	17. 所引同《中国小说史大略》。又，所引同《中国小说史大略》。又，最后修订本予删。
18. 孟森《董小宛考》有关《红楼梦》旨意之"清世祖与董鄂妃故事说"。	18. "孟莼孙作《董小宛考》（见《石头记索隐》附录），辟此说甚力。"	18. "孟森《董小宛考》（《心史丛刊》三集），则历摘此说之谬。"	18. 所引同《中国小说史大略》。	18. 所引同《中国小说史大略》。
19. 蔡元培《石头记索隐》有关《红楼梦》旨意之"康熙朝政治状态说"。	19. "康熙朝政治状态说"有关论述部分。		19. 所引同《中国小说史大略》。	19. 所引同《中国小说史大略》。

20. 王国维《红楼梦评论》对蔡元培"康熙朝政治状态说"之诘难。		20. "而世间信者特少，王国维（《静庵文集》）且诘难此类，以为'所谓亲见亲闻者，亦可自旁观者之口言之，未必躬为剧中之人物'也，迨胡适作考证，乃较然彰明，知曹雪芹实生于荣华，终于苓落，半生经历，绝似'石头'，著书西郊，未就而没；晚出全书，乃高鹗续成之者矣。"	20. 所引同《中国小说史大略》。	20. 所引同《中国小说史大略》。
21. 蒋瑞藻《小说考证》（卷七）有关《红楼梦》续书。		21. "蒋瑞藻《小说考证》七引《续阅微草堂笔记》此又一本，盖亦续书。"	21. 所引同《中国小说史大略》。	21. 所引同《中国小说史大略》。
		第二十三篇"清之以小说见才学者"	第二十五篇"清之以小说见才学者"	第二十五篇"清之以小说见才学者"

22.胡适《〈镜花缘〉的引论》有关《镜花缘》之产生背景、李汝珍生平情形、主题思想。		22."雍乾以来，江南人士慑于文字之祸，因避史事不道，折而考证经子以至小学，若艺术之微，亦所不废；惟语必征实，忌为空谈，博识之风，于是亦盛。逮风气既成，则学者之面目亦自具，小说乃'道听途说者之所造'，史以为'无可观'，故亦不屑道也；然尚有一李汝珍之作《镜花缘》。"	22.所引同《中国小说史大略》。	22.所引同《中国小说史大略》。
		又，"顾不得志，盖以诸生终老海州，晚年穷愁，则作小说以自遣，历十余年始成，道光八年遂有刻本；不数年，汝珍亦卒，年六十余（约一七六三—一八三〇）。于音韵之著述有《音鉴》，主实用，重今音，而敢于变古（以上详见新标点本《镜花缘》卷首胡适《引论》）。"	又，所引同《中国小说史大略》。	又，所引同《中国小说史大略》。
		又，"作者命笔之由，即见于《泣红亭记》，盖于诸女，悲其销沉，爰托稗官，以传芳烈。书中关于女子之论亦多，故胡适以为'是一部讨论妇女问题的小说，他对于这个问题的答案，是男女应该受平等的待遇，平等的教育，平等的选举制度'（详见本书《引论》四）。"	又，所引同《中国小说史大略》。	又，所引同《中国小说史大略》。
		第二十四篇"清之狭邪小说"	第二十六篇"清之狭邪小说"	第二十六篇"清之狭邪小说"
23.蒋瑞藻《小说考证》八引《雷颠笔记》有关《花月痕》作者文献。		23."长乐谢章铤《赌棋山庄诗集》。"至"知此书为魏子安作。"	23.所引同《中国小说史大略	23.所引同《中国小说史大略》。

24. 蒋瑞藻《小说考证》八引《谈瀛室笔记》有关《海上花列传》作者文献。		24. "《海上花列传》今有六十四回，题'云间花也怜侬著'，或谓其人即松江韩子云……未详其名，自署云间，则华亭人也。"	24. 所引同《中国小说史大略》。	24. 所引同《中国小说史大略》。
	第十五篇"清之侠义小说及公案"	第二十五篇"清之侠义小说及公案"	第二十七篇"清之侠义小说及公案"	第二十七篇"清之侠义小说及公案"
25. 蒋瑞藻《小说考证》八有关《金玉缘》之创作旨意。	25. "纪献唐者，蒋瑞藻（《小说考证》八）云：吾之意，以为纪者，年也……其事迹与本传所记悉合（《小说考证》八）。"	25. "书中人物亦常取同时人为蓝本或取前人，如纪献唐，蒋瑞藻（《小说考证》八）云：吾之意，以为纪者，年也。"至"或者有慨于子而反写之。"	25. 所引同《中国小说史大略》。	25. 所引同《中国小说史大略》。
		第二十六篇"清之谴责小说"	第二十八篇"清之谴责小说"	第二十八篇"清之谴责小说"
26. 周桂笙《新庵笔记》、"李祖杰致胡适书"及顾颉刚《读书杂记》有关李伯元的生平事迹。		26. "南亭亭长李宝嘉，字伯元。"至"有《芋香印谱》行于世（见周桂笙《新庵笔记》李祖杰致胡适书）。"	26. 所引同《中国小说史大略》，惟"李祖杰致胡适书"后补"顾颉刚《读书杂记》等"字。	26. 所引同北新书局合印修订本。
27. 罗振玉《五十日梦痕录》有关刘鹗生平事迹。		27. "鹗字铁云，江苏丹徒人。"至"流新疆死（约1850—1910，详见罗振玉《五十日梦痕录》）。"	27. 所引同《中国小说史大略》。	27. 所引同《中国小说史大略》。

案：上表所言"所引同××本"，即谓诸修订本之间的文意梗概相同，若有个别用字差异或措词不同者，如第24条所引：《中国小说史大略》及北新书局合印修订本作"《小说考证》八引《谈瀛室笔记》"，而最后修订本衍"蒋瑞藻"三字，列表所示便归为"所引同××本"，不再一一注明异同。又，此表所列凡27条，除第1、2条有关神话及传说与古代小说起源之关系的论证为钟敬文比对相关文献所得出的，[①] 第22条有关《镜花缘》产生背景为笔者考相关文献而得外，余皆为鲁迅于《史略》所自注。

二、《史略》的编纂及修订与同行同仁的相关研究

上引鲁迅《校记》所言："已而于朱彝尊《明诗综》卷八十知雁宕山樵陈忱字遐心，胡适为《〈后水浒传〉序》考得其事尤众；于谢无量《平

---

① 钟敬文：《中国民间文学讲演集》，北京，北京师范大学出版社，1999年，第239～254页。

民文学之两大文豪》第一编知《说唐传》旧本题庐陵罗本撰,《粉妆楼》相传亦罗贯中作,惜得见在后,不及增修。第十六篇以下草稿则久置案头,时有更定。然识力俭隘,观览又不周洽,不特于明清小说阙落尚多,即近时作者如魏子安、韩子云辈之名,亦缘他事相牵,未遑博访。"此终致其"时会交迫,当复印行,乃任其不备,辄付排印"等情形。① 所谓"阙落尚多"之资料的发现及谢无量等氏研究的持续推进,即彼时学界同行同仁研究成果的不断涌现与新的小说文献资料被不断挖掘,这些是促使鲁迅多次修订《史略》的重要原因。对于借鉴学界同行成果及《史略》存在的不足,鲁迅从不讳示,其于 1925 年 9 月 10 日所写"识记"亦明言:"此书印行之后,屡承相知发其谬误,俾得改定;而钝拙及谭正璧两先生未尝一面,亦皆贻书匡正,高情雅意,尤感于心。"② 不仅如此,鲁迅又于《史略》文本具体援引处予以注明,则显示出其修改这些评骘时的意念发端:据上所示,《小说史大略》据彼时学界同行同仁成果以修订并注明凡 4 处,《中国小说史大略》凡 26 处,北新书局合印修订本凡 4 处,最后修订本凡 9 处。这些注明出处的修改部分均是鲁迅于不同时期对《史略》进行修改时的显著之处,较于先前的版本,其在论点评骘、文献征引及篇目增删等方面皆有所修订。可见,从《史略》援引彼时学界同行同仁研究成果之一面切入,对分析鲁迅于不同时期所作的修改及其前后因由,对深入理解《史略》相关评骘,将不无益处。

早在鲁迅着手修订《史略》之时,其曾编有《明以来小说年表》,以此指导相关论断的修订。此表始纂于 1923 年上半年,约搁笔于 1923 年 5 月《镜花缘》亚东初版本之后,陆续增补而成;其所收录彼时学界同行同仁的小说研究成果有《努力(周报)一》、俞平伯《红楼梦辨》、胡适《〈镜花缘〉的引论》、周桂笙《新庵笔记》、钱静方《小说丛考》、蔡元培《石头记索隐》、胡适《西游记考证》等若干种。③ 而据以上表,《史略》诸修订本所引同行同仁者主要有高木敏雄、马克斯·缪勒、盐谷温、胡适、郑振铎、吴梅、钱玄同、俞平伯、孟森、蔡元培、王国维、钱静方、蒋瑞藻、周桂笙、罗振玉等氏,即见《明以来小说年表》所列多为而后修订所采纳。而对于吴梅、钱玄同等氏之研究的关注,进一步说明鲁迅时刻关注同行成果,并以广泛吸收。

---

① 鲁迅:《中国小说史略》,北新书局,1927 年,第 347 页。
② 鲁迅:《中国小说史略》,第 2 页。
③ 参见拙稿《鲁迅所编〈明以来小说年表〉与〈中国小说史略〉之修订》,第 223 ～ 237 页。

在上述所列诸多参考出处中，则以盐谷温、胡适、蒋瑞藻的研究成果为著。其中，所引盐谷温论著集中于宋明"话本"小说，并借此关注"内阁文库图书馆"等日本汉学界有关中国小说的研究情形。据以列表第8条、第10条，可证鲁迅所引胡适论著集中于明清章回体通俗小说：从《小说史大略》援引胡适著述所注出处为《水浒传考证》、《西游记考证》，到《中国小说史大略》（及以后各修订本）所引注明出处改为《胡适文存（三）》，可证鲁迅对胡适的小说研究成果已由零星注意转而全方位关注胡适的通俗小说研究——鲁迅当全面阅读过《胡适文存》对章回体通俗小说的相关研究，以此修正、补充《史略》研究过程中的不确或未厘部分。《胡适文存》所收录的通俗小说大部分文章及主要观点多为《史略》所吸纳，即是明证；尤其是，《中国小说史大略》对《水浒传》、《红楼梦》相关论断之修订，更是说明鲁迅对胡适研究成果的信服。其所引蒋瑞藻论著集中于明清小说作家的传记资料，尤其是清代小说家资料；然大多限于文献资料的转引，这与对盐谷温、胡适等氏研究观点的接受及征引略有差别。《〈小说旧闻钞〉序言》（1926年8月1日）云："昔尝治理小说，于其史实，有所钩稽。时蒋氏瑞藻《小说考证》已版行，取以检寻，颇获稗助。"即证。①他如引钱静方、周桂笙、罗振玉等氏的研究成果，类同蒋瑞藻。

鲁迅曾自我感叹《史略》之不足，云："我的《中国小说史略》，是先因为要教书糊口，这才陆续编成的，当时限于经济，所以搜集的书籍，都不是好本子，有的改了字面，有的缺了序跋。《玉娇梨》所见的也是翻本，作者，著作年代，都无从查考。那时我想，倘能够得到一本明刻原本，那么，从板式，印章，序文等，或者能够推知著作年代和作者的真姓名罢，然而这希望至今没有达到。"（《柳无忌来信按语》）②故其相关修订集中于如何选用较好的小说版本及相关文献典籍，这从其广泛引用盐谷温等氏所刊小说资料及援引蒋瑞藻、钱静方等小说文献资料之举，即见一斑。鲁迅又说："说起来也惭愧，我虽然草草编了一本《小说史略》，而家无储书，罕见旧刻，所用为资料的，几乎都是翻刻本，新印本，甚而至于是石印本，序跋及撰人名，往往缺失，所以漏略错误，一定很多。"（《关于〈三藏取经记〉等》）③故其研究多据同行成果而按图索骥。

鲁迅援引同行同仁研究成果的来源途径有二：一是，同行同仁的惠赠提示。上引鲁迅1925年9月10日所写"识记"，可证。又，其多次获得

---

① 鲁迅：《鲁迅全集》第10卷，第70页。

② 鲁迅：《集外集拾遗补编》，北京，人民文学出版社，1995年，第295页。

③ 鲁迅：《华盖集续篇》，北京，人民文学出版社，1980年，203页。

同行的赠书，如 1923 年 11 月 14 日得丸山昏迷转交藤冢邻赠《通俗忠义水浒传》及《拾遗》一部凡八十册（《日记》十二）等，^①1926 年 8 月 17 日得盐谷温所赠《至治新刊全相平话三国志》一部及《日本内阁文库书目》与日本古代的进口书账《舶载书目》等书目两种（《日记》十五），^②1927 年 2 月 23 日与盐谷温会晤并获盐氏所赠《三国志平话》、杂剧《西游记》及盐氏转交辛岛骁所刻中国旧本小说戏曲若干（《日记》十七），^③1929 年 6 月 3 日得常惠所赠盐谷温编《宋明通俗小说流传表》一册（《日记》十八），^④等等。可见，鲁迅获知日本汉学界的研究情形，多赖日本同行的赠书，使其得以发现《史略》之不足。二是，鲁迅主动关注学界研究动态，上文所述已说明此点。但不管哪种来源方式，皆可见及鲁迅对海内外同行同仁研究成果的援引多以严谨姿态为之。如第 3 条论及元代讲史小说的实物依据时，引"日本内阁文库藏元至治间新安虞氏刊本全相平话五种"为证，云："今惟《三国志》有印本（盐谷温博士影印本及商务印书馆翻印本），他四种未见。"以言其所见实物文献之情形，注明"未见"之意则体现出其治学的严谨。又，第 8 条论及《红楼梦》主题说引孟森《董小宛考》时，《小说史大略》作："孟莼孙作《董小宛考》（见《石头记索隐》附录），辟此说甚力。"而《中国小说史大略》作："孟森《董小宛考》（《心史丛刊》三集），则历摘此说之谬。"——其将之前援引蔡元培《石头记索隐》处获得的"二手资料"摒弃，转以核查孟森《心史丛刊》原文，以求引用文献的准确性。亦可佐证。

据以此表，《史略》对彼时同行同仁相关研究之援引，有以下几大特点：

一是，鲁迅对彼时同仁同行的研究成果并非一味推崇，而是据以事实依据、文献材料，客观地采纳。如第 12 条：《中国小说史大略》引钱静方《小说丛考》相关论断后，云："案此文在《世俘篇》，钱偶误记。"即证。同时，鲁迅对相关成果的关注，亦有持保留意见者，如第 7 条：最后修订本引吴梅《顾曲麈谈》所谓"《幽闺记》为施君美作"时，对施耐庵作者身份持保留意见，云："案惠亦杭州人，然其为施耐庵居士，则不知本于何书，故亦未可轻信矣。"（案，鲁迅此处引用为谭正璧所提示。）可见《史略》相关评骘多为中肯之论——鲁迅关注学界的研究动态，在保证《史略》

① 鲁迅：《鲁迅全集》第 14 卷，第 472 页。
② 鲁迅：《鲁迅全集》第 14 卷，第 612 页。
③ 鲁迅：《鲁迅全集》第 14 卷，第 703 页。
④ 鲁迅：《鲁迅全集》第 14 卷，第 767 页。

具备前瞻性的同时，又不人云亦云，多有坚持己见之处。据此推及鲁迅对《史略》主体部分的评骘，仍有相当的自信。这种心态使得其在面对陈源于《闲话》（《现代评论》，1925 年 11 月 21 日）及陈氏与友人的通信中指责《史略》抄袭盐谷温《中国文学概论讲话》有关小说论述部分时，能力以驳斥、以正始末的重要原因。

二是，《史略》有些研究尚处于推断阶段，后据同行研究成果进行修订，以坐实所其推导或夯实论据。如第 3 条：最后修订本论及元代讲史小说的文本文献时，据以盐谷温影印日本内阁文库所藏"新安虞氏刊本全相平话五种"及商务印书馆翻印本等实物文献以坐实元代讲史小说的存在依据；而在此之前，鲁迅多阙而不论。又如第 9 条：最后修订本对之前的研究，即元杂剧《唐三藏西天取经》又名《西游记》的推断，引盐谷温校印本等实物加以证实。又如第 13 条：引盐谷温《关于明的小说"三言"》及《宋明通俗小说流传表》）有关《警世通言》的研究成果而断此书"兼采故书，不尽为拟作"，而《中国小说史大略》及北新书局合印修订本作"《拗相公》见宋《京本通俗小说》第十四卷中，则《通言》盖兼采故书，不尽为拟作"，证据则稍显薄弱。最后修订本同篇又引盐谷温著述，以进一步论述《古今小说》与"三言二拍"之关系，从而使其有关"明之拟宋市人小说"之论更趋完善。（暂且不论此篇相关论述所存在的逻辑缺陷、证据不严及观念先行等问题。）相关援引又有据以补充《史略》相关论断之不足者，如第 11 条：最后修订本引《内阁文库图书馆第二部汉书目录》以确定《封神传》作者为许仲琳，并据以推断此书的成书年代。等等。总体而言，此类援引仅限于对相关论断的部分修订，尚未触及《史略》筋骨。

三是，同行同仁的研究成果亦影响了《史略》的篇目设定。《中国小说史大略》设"清之以小说见才学者"篇的意念发端即受胡适《〈镜花缘〉的引论》的启迪：其有关《镜花缘》的产生背景、李汝珍的生平及其述学部分，对此书主题的论述："是一部讨论妇女问题的小说，他对于这个问题的答案，是男女应该受平等的待遇，平等的教育，平等的选举制度。"从"社会制度"视角予以分析，等等，这些解读无不受胡适影响。可以说，此篇有关《镜花缘》的绝大部分论断本于《〈镜花缘〉的引论》；且鲁迅以《镜花缘》为"以小说见才学者"的代表，其所述"以小说见才学者"的逻辑及判断依据亦本于《〈镜花缘〉的引论》，故"清之以小说见才学者"篇的设立及具体论断，与胡适的研究成果有很大关系。对此，本书第五章已有专文述及，兹不展开。从这个角度看，彼时同行同仁的研究成果对《史略》篇目设定之影响，辄不容小觑。这种影响已从根本上触及《史略》

的建构主体。

四是，《史略》的修订部分集中于唐以降的通俗小说中。而《史略》对宋以前的文言小说（即汉代方士小说、六朝志怪小说与志人小说、"唐传奇"）的探讨，几乎不曾援引同行同仁之论，而以史籍或目录著述为主。鲁迅于这些篇目的讨论不引他人论述，一方面由于彼时学界对宋以前的文言小说的讨论几乎空白，另一方面则是鲁迅据以传统目录学思维建构《史略》框架所使然。《史略》相关讨论有添补彼时学界研究空白之力，"唐传奇"文体类名即为鲁迅首创，之后广为学界接受。郑振铎于《申报》所刊《鲁迅先生的治学精神——为鲁迅先生周年纪念作》（1937 年 10 月 19日）曾说："他的《中国小说史略》为近十余年来治小说史者的南针。虽然只是三百四十多页，篇幅并不算多，但实是千锤百炼之作。"又说："近来对于唐宋传奇文的认识比较清楚，全是鲁迅先生之力。"即为明证。[①] 同时，鲁迅对相关通俗小说的修改早在《中国小说史大略》时就已着手，最后修订本时又再次深入修改。这两次修改时间正是彼时小说研究界呈井喷式发展的时期。自 1922 年至 1925 年间，学界的相关研究，如胡适就撰有《红楼梦考证》、《三国演义序》（1922 年亚东图书馆版《三国演义》）、《吴敬梓年谱》（《努力周报》，1922 年 12 月 3 日至 1923 年 5 月 13 日）、《西游记考证》（《读书杂志》第 6 期，1923 年 2 月 4 日《努力周报》增刊）、《〈镜花缘〉的引论》（1923 年亚东图书馆版《镜花缘》）、《水浒传续集两种序》（1924 年亚东图书馆版《水浒续集》）、《读吴承恩〈射阳文存〉》（《猛进》周刊第 4 期，1925 年 4 月 3 日）、《三侠五义序》（1925 年亚东图书馆版《三侠五义》）、《重印〈文木山房集〉序》（《图书馆学季刊》第 1 卷第 1 号，1926 年 3 月）、《老残游记序》（1925 年亚东图书馆版《老残游记》）、《儿女英雄传序》（1925 年亚东图书馆版《儿女英雄传》）；此时期，郑振铎亦大量收藏、研究古代小说及相关文献，并于 1925 年的《时事新报》副刊《鉴赏周刊》（第 2 至 18 期）发表《中国小说提要》，以期对"中国小说作一番较有系统的工作"（《中国小说提要·短序》）。[②] 而 20世纪 30 年代的小说研究则处于井喷式发展，不仅众多出版社大量刊行小说文献，如胡朴安等选辑《唐人传奇选》（上海文艺小丛书社 1930 年 5 月初版）、胡伦清编注《传奇小说选》（南京正中书局 1936 年 3 月初版）、卢冀野选注《唐宋传奇选》（长沙商务印书馆 1937 年 11 月初版）等，即采用"唐传奇"的类名称谓；亦有范烟桥、胡怀琛、谭正璧等治小说史者辛

①　鲁迅：《鲁迅全集》第 3 卷，第 544～547 页。
②　郑振铎：《中国文学研究（上）》，北京，人民文学出版社，2000 年，第 306 页。

勤耕耘，使得此时期的小说研究蔚为大观——随着小说文献整理及小说史通史撰写的不断深入，学界的古代小说研究已呈空前鼎盛之势。这种情况正可以弥补鲁迅"明清小说阙落尚多"之憾，故其于 1930 年 11 月 25 日所作"题记"云："回忆讲小说史时，距今已垂十载，即印此梗概，亦已在七年之前矣。尔后研治之风，颇益盛大，显幽烛隐，时亦有闻。"这终致鲁迅"稍施改订，余则以别无新意，大率仍为旧文"。说明其已意识到20 世纪 30 年代的小说研究情形致使《史略》不得不有所修订。可见，彼时同行同仁对小说研究的推进是促使《史略》进行修订的主要形势原因。同时，《史略》诸多修订本得以顺利出版，亦多倚赖同行同仁的帮助。

据此，鲁迅编纂《史略》之初，因所用小说文献多为"翻刻本"、"新印本"等，又"家无储书，罕见旧刻"而致观览不周、"阙落尚多"，故其通过同行同仁的惠赠提示与主动关注学界研究动态等方式获知彼时进行小说研究的相关情形，以严谨态度多次修订。尤其是，日本同行的多次赠书使鲁迅能及时获知日本汉学界的小说研究情形，得以吸纳彼时海内外小说研究界的绝大部分成果。这些修订使《史略》保持前瞻性的同时，鲁迅又能据以事实依据、文献材料等客观地吸纳学界成果，而非人云亦云，故其书多有坚持己见之处。《史略》对盐谷温、胡适、郑振铎、吴梅、俞平伯、蔡元培、王国维、钱静方、蒋瑞藻等氏研究成果的吸纳既有论断评骘及实物文献等方面的援引，以坐实其所推导或夯实论据；又有以此调整篇目设定（如"清之以小说见才学者"篇），从而触及《史略》的建构主体。尤其是，《史略》对唐以降通俗小说的修订，更是说明鲁迅已意识到彼时同行同仁有关小说研究的推进对其进行《史略》修订的影响，这实在是时势使然。鲁迅主观的有意完善与学界研究的客观推动等多方面因素的杂糅导致其不厌其烦地多次修订，使《史略》得以由讲义稿件向专家著述转变，终为典范之作。

第五章 《中国小说史略》所提出的
古代小说演进现象及其小说史意义

　　鲁迅在《中国小说史略》中提出了古代小说演进过程中的诸多创作现象，并对这些现象作了诸多论证，影响深远。在这些论断中，对后世小说史影响最深远的，莫过于中国小说起源于"神话与传说"、古代小说的"仿拟"现象及"以小说见才学者"的创作倾向等三种。其中，《史略》所提出的中国小说起源于"神话与传说"之论断，直接影响现代意义的小说史对古代小说起源的认识。而《史略》以"宋元拟话本"、"明之拟宋市人小说"及"清之拟晋唐小说"为例专论古代小说"仿拟"现象时，对"仿拟"作品的"精神"和"形式"之间的关系及对古代小说雅化历程的影响等方面的认识，亦颇具慧识；然多为近今治小说史者所误读。又，《史略》为建构"从无意为小说向有意为小说演进"的小说史演进规律而强调小说写作者"自寓"、"寄慨"的创作倾向在小说史演进过程中的意义，以突出"以小说见才学者"创作现象的小说史叙述意义；然这种意见被近今治小说史者径直曲解为"才学小说"、"才藻小说"，并当作重要的小说文类。客观地讲，《史略》提出这些古代小说演进现象，原本有助于我们进一步认识古代小说的演进历程，但学界的误读曲解又使《史略》相关论断的存在价值渐趋复杂化。有鉴于此，我们主张应首先还原《史略》提出此类论断的前因后果及其影响，并分析近今治小说史者予以误读的缘由，以正本清源。在此基础上，进一步探讨这些小说创作现象的小说史意义。

第一节　中国小说起源于"神话与传说"辨正 ①

　　中国古代小说的起源，是撰写中国小说史不容回避的问题。20 世纪

---

① 案，本节主体部分曾以《中国小说起源于"神话与传说"辨正——以〈中国小说史略〉为中心》为题，发表在《南京大学学报（哲学·人文科学·社会科学）》2014 年第 5 期上。特此说明。

初期海内外学人编纂具有现代意义的中国小说史著述和诸多文学史著述中的小说论述部分，无不将神话与传说作为中国古代小说的主要源头。鲁迅《史略》作为中国小说史的发轫之作，专置"神话与传说"篇以论述古代小说的起源，不仅奠定了小说史撰写的框架及模式，且有关"神话与传说"与小说之关系的诸多论断，向被奉为经典，后世治小说史者纷纷仿效。但为何以神话与传说作为探讨古代小说的起源，神话与传说如何向"小说"演进及其演进过程，等等，这些问题自《史略》始，编纂小说史者极少进行科学的论证，但它对小说史的框架设计及理论指导又极为重要。因而，探究《史略》为何以神话与传说来探讨古代小说的起源，还原鲁迅建构中国小说史之初所面临的时势背景以及鲁迅所作的取舍，对客观理解《史略》乃至中国小说史的早期编纂，将不无益处。

一、"犹他民族然"的先验认识与《史略》探讨古代小说起源的切入点

早在北京大学、北京女子高等师范学校等处讲授中国小说史时，鲁迅就于《小说史大略》第二篇"神话与传说"中提出古代小说起源于神话与传说的观点。《小说史大略》（1921 年 1 月起由北京大学国文系教授会随课陆续印发）言："凡民族，当草昧之时，皆有神话。神话言天地之所由创成与神祇之情状，即原始宗教信仰矣。""神话稍演进，乃渐近于人间，谓之传说。传说或言神性之人，或言英雄殊异之事。"此处的意图是理顺中国小说的起源及其动态发展过程，但此时并未指明神话与传说如何演变至"小说"。所谓《周书》虽为虞初小说所本，而今本《逸周书》中，惟《克殷》《世俘》《王会》《太子晋》四篇，记述颇近夸饰，类于传说"，[①] 仍不曾指明演进的过程环节。至《中国小说史大略》（1921 年下半年至 1922年刊发）时，鲁迅则借用日本高木敏雄《比较神话学》有关文艺的意识进化论思想，同时接受德国马克斯·缪勒有关神话由来、性质及"人"在神话与传说嬗变过程中的作用等观点，[②]"以神格为中枢"，试图突出"人"及"人性"觉醒对文艺演进的重要性。以明确神话、传说、"小说"三者的演进顺序，即由"神格"向"人性"进化，从而提出古代小说演进的三大规律之一"由写神的向写人的方向演进"。[③] 这使其在"书写人的文学"[④] 等

---

① 鲁迅：《小说史大略》，《中国现代文艺资料丛刊（第 4 辑）》，上海，上海文艺出版社，1979 年，第 38～41 页。

② 钟敬文：《中国民间文学讲演集》，北京，北京师范大学出版社，1999 年，第 247～248页。

③ 欧阳健：《〈中国小说史略〉批判》，太原，山西人民出版社，2008 年，第 80～88 页。

④ 周作人：《日本近三十年小说之发达》，《新青年》第 5 卷第 1 号，1918 年 7 月。

"五四"运动思想的影响下提出的创造者由"无意为小说"向"有意为之"演进的论断具有了理论依据。尽管此时神话向传说演进的过程已得到有效解决，但这两者向"小说"演进的过程仍然缺乏有效的连接点。造成之因，在于鲁迅未曾明确界定"小说"的性质、内涵及外延。《史略》对"小说"定义的有意规避，一方面由于彼时中西文学观念的巨大差异，深深影响《史略》对研究对象及其特征、价值的评判；另一方面为表达与时贤胡适以西律中的不同，于是从梳理历代史志著录小说作品入手，以言"小说"在史志所占的位置及其背后的文治意义，试图证明"小说之名"中国古亦有之，已为以正史为代表的正统文化所接受。① 这两方面的杂糅，导致以"文学为人学"② 为指导的鲁迅纠缠于小说史研究对象挑选的中西标准难于取舍。《中国小说史大略》删除《小说史大略》第一篇"史家对于小说之论录"，避而不谈，即是明证。但尔后的诸修订本对"神话与传说"篇不断完善，显然西方的文学观念一直成为鲁迅探究"小说"起源的主要指导。并且，鲁迅一方面将神话与传说当作中国古代小说起源的绝对阶段予以强化，作为论述的基点；另一方面又试图以史志著录描述古代小说演进的过程、机制及原因，从而导致相关论述的出发点与目的意图互不融合，故其论断存有若干问题也就不难理解。

虽然鲁迅多次修订、完善《史略》，直至 1935 年 6 月北新书局第十次修订本（也是最后一次修订）③，在体例、思想及内容等方面较于前各版，皆有质之飞跃，但诸多版本仍未能有效论述神话与传说向"小说"演进的过程。由于以"神话与传说"作为文学作品创作的起源，是彼时中外学者的共同选择，鲁迅只是略以吸纳并采用成说。自 1923 年北京大学新潮社

---

① 参见拙稿《如何客观对待鲁迅〈中国小说史略〉——从欧阳健先生〈中国小说史略批判〉谈起》（《内江师范学院学报》2012 年第 3 期），《近现代尚鬼神妖怪之风、"国民性批判"与鲁迅〈中国小说史略〉（下）——以"六朝之鬼神志怪书"、"明之神魔小说"为例》（《上海鲁迅研究》2013 年春之卷），《鲁迅所编〈明以来小说年表〉与〈中国小说史略〉之修订》（《明清小说研究》2013 年第 2 期）等文。

② 案，如鲁迅于《我怎样做起小说来》一文，回顾自己的小说创作时曾说："说到'为什么'做小说罢，我仍抱着十多年前的'启蒙主义'，以为须是'为人生'，而且要改良人生。"（《鲁迅全集》第 4 卷，第 526 页。）认为文学作品的最大价值在于突出"人"、"人生"。

③ 案，鲁迅从 1921 年 1 月在北京大学、北京女子高等师范学校等处讲授小说史课程开始编纂《小说史大略》起，再到约略 1921 年下半年至 1922 年刊发的铅印本《中国小说史大略》，再到 1923 年、1924 年北京大学新潮社初版上下册本《中国小说史略》，以及 1925 年 2 月新潮社再版上下册本、1925 年 9 月北新书局合订本、1931 年 9 月北新书局订正本、1933 年 3 月第九版印刷，再到 1935 年 6 月北新书局第十次修订本，《史略》经过了十余版的修订。具体情形，参见本书其他章节，不赘。

初版上册本起,《史略》第二篇"神话与传说",开头即冠以"志怪之作,庄子谓有齐谐,列子则称夷坚,然皆寓言,不足征信。《汉志》乃云出于稗官,然稗官者,职惟采集而非创作,'街谈巷语'自生于民间,固非一谁某之所独造也,探其本根,则亦犹他民族然,在于神话与传说"等语①。《中国小说的历史的变迁》(1924 年 7 月于西安讲学时的记录稿)更是说道:"现在一班研究文学史者,却多认小说起源于神话。"② 鲁迅以"犹他民族然"作为论述小说起源的经验判断,并将小说起源于神话与传说当作一种无须论证的"事实"予以真理化,试图规避论证神话与传说向"小说"演进的过程环节。所谓"探其本根",是基于小说源自"民间"的判断。而"犹他民族然"的先验认识使得鲁迅直接吸收西方理论有关文艺起源的探讨方式,彼时治文学史者的共同之举无疑加深了鲁迅的相关认识,从而形成其思维定式。据此,经过《小说史大略》、《中国小说史大略》到北京大学新潮社初版本等若干修订后,鲁迅径直规避"小说"早期发生的前提论证及过程讨论而确立"小说"起源于神话与传说。

《史略》此说具有鲜明的时代背景,"现在一班研究文学史者"云云,表明了鲁迅之说与彼时时势的联系。因《史略》第十四篇"元明传来之讲史(上)"、第十六篇"明之神魔小说(上)"、第二十一篇"明之拟宋市人小说及后来选本"等多处讨论曾引用日本学人盐谷温的著作,③ 又因鲁迅在面对陈源挑起的《史略》抄袭风波时曾于《不是信》(1926 年 2 月 8 日)中自我辩解:"盐谷氏的书,确是我的参考书之一,我的《小说史略》二十八篇的第二篇,是根据它的,还有论《红楼梦》的几点和一张《贾氏系图》,也是根据它的,但不过是大意,次序和意见就很不同。其他二十六篇,我都有我独立的准备,证据是和他的所说还时常相反。"④ 就已明言"神话与传说"篇袭用盐谷温的著作。将盐谷温《中国文学概论讲话》下篇第六章"小说"第一节"神话传说"⑤ 与北京大学新潮社初版上册本第二篇比对,可知:一是,盐谷氏开篇所言"无论那一种国民,在太古草昧之世都是有神话传说的。印度这样,希腊这样,自然在中国神话传说也是很多的",鲁迅则据以概括为"亦犹他民族然"。二是,盐谷温认为中国神话

---

① 案,下引《史略》诸文,若非特别注明,皆据北京大学新潮社初版上册本,不再一一注明。

② 鲁迅:《鲁迅全集》第 9 卷,第 312 页。

③ 参见拙稿《鲁迅所编〈明以来小说年表〉与〈中国小说史略〉之修订》,第 223 ～ 237 页。

④ 鲁迅:《鲁迅全集》第 3 卷,第 244 页。

⑤ 〔日〕盐谷温:《中国文学概论讲话》,上海,开明书店,1929 年,第 312 ～ 322 页。

传说之所以"片段散见",在于先民居于黄河流域,"汉族底性格是极其实际的,力农勤业只管逐于利用厚生的日常生活,排斥空理空想,因而没有耽于沉思冥想的余裕"及以孔子为代表的儒家文化主张"不语怪力乱神",这两点意见不仅为《史略》所吸纳,后来的《中国小说的历史的变迁》亦予以突出强调。三是,盐谷温重点讨论的材料如《楚辞·天问》、《穆天子传》、《山海经》等,详细讨论的神话故事如昆仑山与西王母等,亦多为《史略》所详。所不同者,鲁迅受"文学为人学"等观点的影响,借用了高木敏雄及马克斯·缪勒的理论,试图据"由写神的向写人的方向演进"以连系神话传说与小说之演进过程;而盐谷温则认为"《山海经》在《庄》、《列》、《楚辞》、《竹书纪年》等里均以为是依据太古传说而小说化了的"。可见二者对"小说"演进规律及途径的认识颇具异趣。但盐谷温所提出的各民族皆有神话与传说,并作为各民族文学(这里主要指小说)发生源头的说法深深影响着鲁迅,从而成为其讨论"小说"起源的逻辑切入点;尤其是,鲁迅对盐谷温有关神话传说的产生过程、发展致因及故事源流等探讨,皆未进行辨证就予以吸纳。可见,"犹他民族然"的先验认识,并非为鲁迅深入掌握大量材料的基础上所形成的理性认识,而是照搬于他处;"现在一班研究文学史者"的相似做法,无疑加深了其将此当作颠扑不破之真理予以接受的认同感。这对其后学术界编纂的中国小说史著述产生了深远影响。因为这些小说史著述同《史略》一样,大多未进行科学的论证。

应该说,参考盐谷氏著作,使鲁迅探讨"小说"起源之初就陷入一种思维桎梏中,其欲据此讨论"小说"发生过程中的演进规律时,始终面临无法有效描述演进过程的难题。从《小说史大略》、《中国小说史大略》至北京大学新潮社上册本乃至而后的诸多修订,其对"神话与传说"篇的修订主要集中于如何有效勾勒神话传说向"小说"演进的过程,即可证。为此,鲁迅采以创作的虚构的"故事"之标准来进行沟通。之所以将《汉志》著录小说剔除出"小说"起源的讨论之外,除了其认为《汉志》所载为"小说书"(详下文)外,也因此类作品"惟采集而非创作"。鲁迅认为,神话以"神格"为中枢"又推演为叙说",而传说以"渐近于人性"为中枢,所叙为"神性之人,或为古英雄,其奇才异能神勇为凡人所不及,而由于天授,或有天相者"。这与其当作最早的小说作品的《克殷》等篇"记述颇多夸饰,类于传说"、引《太平御览》载《琐言》佚文之"皆记梦验,甚似小说"等判断,二者具备连系之可能;《中国小说的历史的变迁》将"故事"作为连接神话传说与"小说"的关键点言说得更为清晰,即云"谈论故事，正就是小说的起源"，① 则鲁迅以虚构的"故事"作为"小说"的基本要素即很明确。而"神话与传说"篇认为小说演进是书写对象由"神格"向"人性"的转变，《中国小说的历史的变迁》进一步提出："这些口传，今人谓之'传说'。由此再演进，则正事归为史；逸史即变为小说了。"玩其文意，似认为"口传"的"故事"在经过史官筛选后，具有实录的"故事"被征于史，而被史官摒弃的具有虚构成分的"故事"才是"小说书"的主体。问题是，"口传"与记录的"故事"是否有本质之别？史官的介入如何有效区分"正事"与"逸史"？如何界定"正事"的"实录"和"逸史"的"虚构"？"逸史"又如何演变至"小说"，它们之间存在怎样的本质之别？民间文艺与史官文化对"小说"起源的影响有何区别？鲁迅对这些问题均未作说明。这些情况导致后世学者编纂小说史时，往往据以多角度发挥，试图弥补《史略》的不足及阙略。

鲁迅论述中国小说起源于"神话与传说"的最大问题在于，论证传说向"小说"演进时不自觉地将起源置换成来源。最明显的证据是"神话与传说"篇所言："《汉志》乃云出于稗官，然稗官者，职惟采集而非创作。"又说："晋既得汲冢书，郭璞为《穆天子传》作注，又注《山海经》，作图赞，其后江灌亦有图赞，盖神异之说，晋以后尚为人士所深爱。然自古以来，终不闻有荟萃融铸为巨制，如希腊史诗者，第用为诗文藻饰，而于小说中常见其迹象而已。"《汉书·艺文志》所载小说"篇又言"采自民间"。所谓"神异之说"、"于小说中常见其迹象"属于小说创作的来源，"惟采集而非创作"、"采自民间"则指向来源于民间之一面。可见鲁迅在具体讨论时往往将"小说"的来源当作"小说"的起源加以论述，有偷换概念之嫌。其实，"来源并不等于起源，正如我们不能把马克思主义的三个来源当作它的三个起源一样，因为这里有着本质的区别：起源标示着某一事物的诞生，而来源却只表明构成这一事物的某种因素，这种因素完全可以来自不同性质的别一事物。"② 古代"小说"中含有神话、传说的某些特征，二者具有相似的"迹象"，这属于来源范畴。因为神话、传说等作为一种有独立特征的体裁，有自身产生发展的历史阶段；将"小说"起源依附于此不仅不能有效了解"小说"的发生机制、过程，甚至会出现将史书、神话、传说、民间文学等其他文学样式的起源与"小说"起源相杂糅的情形。"小说"起源的探讨则须从"小说"的观念发生、文本形态及与此相关的历史语境、文化主体、发生机制、话语选择、知识结构等方面着手，而非

① 鲁迅：《鲁迅全集》第 9 卷，第 312 页。

② 王齐洲：《中国小说起源探迹》，《文学遗产》1985 年第 1 期，第 16 页。

纠缠于与别一体裁的关系。

尚须指出的是，《史略》讨论古代小说起源时所存在的起源与来源相混淆的问题，依旧存在后世编纂的各类小说史著述中。学界编纂小说史时，对"小说"的起源与来源的探讨皆可分别深入，却不能将两者混淆不分。《史略》以"神话与传说"与"《汉书·艺文志》所载"两条思路探讨"小说"起源，目的是指明"小说"早期发生的"民间趣味"与"正统因素"，意图说明古代就有西方文艺理论视域下的"小说"，且具有深厚的文化底蕴，它们符合"五四"运动的思想精髓，试图进行中西小说观的融通。同时，在鲁迅以"由写神的向写人的方向演进"为先行观念的编纂思路、"小说"观的模棱两可等作用下，其以虚构的"故事"作为联系传说向"小说"演进的过程环节仍未能将这种演进过程言述清晰。因此，在"五四"运动的影响下以西方文艺理论为指导而预先设定出一条小说史的演进规律的做法，是导致鲁迅混淆来源与起源的关键原因。而直接原因是鲁迅采用"现在一班研究文学史者"的普遍做法。——依神话与传说作为"宗教之萌芽，美术所由起，且实为文章之渊薮"（第二篇）以论证"小说"起源，以未经论证的"犹他民族然"的先验认识为逻辑切入点。这种论述所造成的论断过程不严密、证据不充分及逻辑混乱等情形，鲁迅是有所察觉的。因此他在探讨过程中，有意将"小说"起源细分为"小说书"的起源与"小说"的起源，且以"小说书"的起源及衍变作为讨论的重点。

二、"小说"、"小说书"的杂糅与《史略》对小说规律及框架的建构

《中国小说的历史的变迁》云："小说是如何起源的呢？据《汉书》《艺文志》上说：'小说家者流，盖出于稗官。'稗官采集小说的有无，是另一问题；即使真有，也不过是小说书之起源，不是小说之起源。"[①] 对此，欧阳健指出："将'小说书'（稗官为其源头）与'小说'（神话为其源头）区分开来，堪称鲁迅的一大发明。但他并没有说明：与'小说书'截然有别的、还没有写成'书'的'小说'，究竟是怎么样的？它既然还没有写成'书'，他又是如何得知它的存在的，又如何判断它一定比'小说书'要早呢？"[②] 分析颇为中肯。由于鲁迅不认可盐谷温"依据太古传说而小说化"的认识，已意识到盐谷温之说无法有效论证神话传说向"小说"的演进过程，故试图将"小说"的起源与"小说书"的起源分而待之，以勾勒

① 鲁迅：《鲁迅全集》第9卷，第312页。
② 欧阳健：《〈中国小说史略〉批判》，第70页。

演进过程的线索。这种补救措施虽含有鲁迅独立的"意见",但从《史略》的框架设计、论述重点等方面看,它带来的影响无疑是深远的。也就是说,《史略》的大部分篇幅主要讨论"小说书"的起源——从"《汉书·艺文志》所载小说"起,对汉代小说、六朝鬼神志怪小说、《世说新语》与其前后、唐传奇、宋志怪传奇文、元明讲史小说、明清神魔小说人情小说、清代讽刺小说、"清之以小说见才学者"、清代狭邪小说、清末谴责小说等探讨皆是"小说书"的思路,涵盖中国小说史上的绝大部分小说类型,对这些类型在"小说"起源阶段的论述几无涉及;也就无法链接"小说"的发生与"小说"的演进过程,有违其希望有效描述小说史演进过程的思路。因而,对"小说"的起源及与"小说书"起源之间的过渡情形、"小说"的演变过程等,反而成为《史略》的薄弱之处。从鲁迅此举之目的意图看,上述问题的存在或系其当初未曾充分考虑者。

《史略》探讨小说起源于"神话与传说"时将起源分为"小说"与"小说书"两种形态,但在具体讨论过程中又相混淆,存在颇多缺憾。"神话与传说"篇意图是论述"小说"的起源,但所使用的材料,如《列子》、《淮南子》、《春秋左传》、《史记》、《山海经》、《穆天子传》、《逸周书》等,无一不是经后人加工整理的纸质文献,属于"小说书"的范畴。两种思路的混淆也就不可避免。紧承此的"《汉书·艺文志》所载小说"篇,主要论述"小说书"的起源,而问题甚于前者。首先,此篇的"小说"观徘徊于中国史志所载与西方文艺理论观之间。如认为《青史子》为"古之史官","遗文今存三事,皆言礼,亦不知当时何以入小说",即是以西律中之典型。其又言"《逸周书·太子晋》篇记师旷见太子,聆声而知其不寿,太子亦自知'后三年当宾于帝所',其说颇似小说家",则此篇的"小说"观仍以虚构的"故事"为主。而所言"审其书名,依人则伊尹鬻熊师旷黄帝,说事则封禅养生,盖皆出方士假托。惟《青史子》非是。又宋子名钘,亦见《庄子》,《孟子》作宋牼,《荀子》引子宋子曰'明见侮之不辱,使人不斗',则'黄老意',然俱非方士之说也",系依史志寻绎这些"小说书"的文化蕴意。又,论及《隋书·经籍志》著录的《燕丹子》时引清人孙星衍"学在纵横小说两家之间"语,其意亦非论述"故事"。通观《史略》可知,据史志所载的小说作品探讨古代小说的观念变迁不过是鲁迅的一种编纂策略,是其承继传统的知识体系的下意识之举;西方文艺理论视域下的"小说"观才是指导《史略》编纂的最本根的"小说"观,是建构《史略》使之体系化所预先作出的前提设定。① 其次，此篇讨论的重点并非"小说书"的起源过程，仅以"其所录小说，今皆不存，故莫得而深考，然审察名目，乃殊不似有采自民间，如《诗》之《国风》者"等语带过；而是细致考究《汉志》所载小说的存佚情形及主体内容，上引伊尹鬻熊师旷黄帝青史子等例可证；以此总结出汉人小说的两大特征：方士所作（即小说作者）及黄老之意（即小说内容）。此论虽涉及小说的特征范畴，但对"小说书"的起源过程仍未言述清晰。据上述，鲁迅以《汉志》现存"小说书"的特征（"审其书名"云云）推测"小说"起源的发生过程，又以西方的"小说"观主导对"小说书"的讨论，这对《史略》带来的最大弊端则是以西方"小说"标准去讨论《汉志》"小说书"的起源过程，故"《汉书·艺文志》所载小说"篇的讨论结果难免有偏差，以致影响《史略》的严谨性——不仅存在所述文献不准、所举文献有误等情形，所论亦有差失。② 如言："青史子为古之史官，然不知在何时。其书隋世已佚，刘知几《史通》云'《青史》由缀于街谈'者，盖据《汉志》言之，非逮唐而复出也。遗文今存三事，皆言礼，亦不知当时何以入小说。"此说所举文献之误有三：一是"由缀"应为"曲缀"；二是"《青史》曲缀于街谈"语出《文心雕龙·诸子篇》而非《史通》；三是《文心雕龙》非据《汉志》而言，《隋书·经籍志》的《燕丹子》条下注云，"梁有《青史子》一卷"，刘勰当能见及。等等。

鲁迅编纂及修订《史略》时因未理清"小说"起源与"小说书"起源两种形态的联系与区别，致其梳理古代小说的演进史迹时以"小说书"为主导；且探讨"小说书"起源时以古体小说为主，略及白话通俗小说，致使《史略》在"进化论"的指导下建构小说演进规律时，不仅将古体小说与白话通俗小说的起源杂糅，对白话通俗小说起源与演进的探讨亦受"小说"与"小说书"杂糅的影响，试图以"小说书"思想为主导涵盖白话通俗小说的"小说"与"小说书"两种形态衍变的全部实情。宋元"说话"与"话本"小说的讨论即其显例。"宋之话本"篇认为宋代"市井间，则别有艺文兴起"，"市井间有杂技艺，其中有'说话'，执此业者曰'说话人'"，又说："说话之事，虽在说话人各运匠心，随时生发，而仍有底本

---

① 参见拙稿《古典目录学与〈中国小说史略〉之建构》（《安徽大学学报（哲学社会科学版）》2015 年第 2 期。）及本书第三章《鲁迅的小说创作思想、古典目录学传统与〈中国小说史略〉的体系建构》第二节《古典目录学传统与〈史略〉之建构》的相关论述。

② 王齐洲：《〈中国小说史略〉"汉书艺文志所载小说"辨正》，《黑龙江社会科学》2008 年第 2 期，第 118 页。

以作凭依，是为'话本'。"讨论重心不在"说话"，而是这种技艺的文本样式，而后据《新编五代史平话》、《京本通俗小说》为中心加以申说。囿于文献，此处讨论仍以"小说书"思路为主，而对宋代"说话"如何产生及向"话本"的演变过程亦未能有效勾勒。显然，鲁迅已意识到随之面临的难题：宋代"说话"的兴盛（即"说话"的"小说"形态）与今存宋代"说话"文本——平话（即"小说书"）艺术水平低下相矛盾。现存的"平话"是如何形成的，能否真实反映当时的"说话"水平？这就涉及鲁迅提出的"小说"起源与"小说书"起源及其互动关系的问题。口头讲授的"故事"往往须具备很强的通俗趣味性、广泛的群众基础。据《都城纪胜》、《武林旧事》等载，作为"小说"的宋代"说话"的发展已从杂戏中独立成专门的技艺形式，达到很高水平。出现数量众多以"说话"为职业的专业艺人。甚至出现了不少专门为皇帝或王公贵族消遣解闷的"御用"说话人，他们"各以艺呈"，"说话中，杂以俳优诙谐语"，讲授"故事"的表演性及趣味性都很强，以致"天颜喜动，则赏赍无算"。[1]当时政府曾设专局于民间采访各种"说话"，以供宫廷演出之需。而民间的演出场所，如"瓦舍"、寺庙等，不仅具有固定场所，规模亦相当宏大，多则可容纳数千人，《东京梦华录》就载有当时汴京"瓦舍"的繁盛情形。由民间至宫廷，皆见及宋代"说话"的受欢迎程度。同时，出现专门替说话人编写"话本和脚本"的文人，这些文人又有自己的专门组织书会。当时还在说话人中形成了大型的行会组织（雄辩社），以相互切磋，提高技艺水平。这种互相竞争致宋代"说话"出现专门的家数，各有门庭与看家技艺。如有专演"烟粉灵怪传奇说公案"之事的"小说"、演"士马金鼓之事"的"说铁骑儿"、"谓宾主参禅悟道等事"的"说参请"、"演说佛书"的"说经"、"说前代书史文传兴废争战之事"的"讲史书"等。[2]甚至出现了"说三分"、"说五代史"的专门家。宋代"说话"家数的出现说明："为了适应听众日益提高的文化娱乐水平和战胜同行的竞争，迫使他们不断把自己的技术专门化，以不断提高质量。"[3]这些都是宋代"说话"发达与表演水平高超的表现。

那现存平话小说文本粗糙是否整理者的水平不高造成的？就传世文献来看，整理者的身份虽说十分复杂（如科举失意的士人、低级官吏、商贾、教坊子弟等），但这些人大多熟悉说话技艺，具有较高的业务本领，

① 胡士莹：《话本小说概论》，北京，中华书局，1980 年，第 41 ～ 43 页。

② 灌圃耐得翁：《都城纪胜》，《武林掌故丛编本》，第 56 页。

③ 胡士莹：《话本小说概论》，第 102 页。

故不乏有高水平者。① 这里最关键的问题是，现存宋代平话小说文本是否是"说话"的底本或整理本，并不能确定。这个问题学界至今仍未解决。因此，尽管鲁迅或许意识到宋代"说话"的表演水平很高，但这属于表演的技艺形式，是"小说"而非"小说书"。这里鲁迅抛弃了讨论"小说"起源时对口头故事的重视，转而据《新编五代史平话》、《京本通俗小说》等经后人整理的文献，以"小说书"思路来论证宋代"说话"盛况与平话小说水平，这不仅不能还原宋代"说话"的真实水平，而且使对宋代平话小说文本的讨论亦缺乏说服力。就《史略》所论看来，鲁迅当时对这两者相矛盾的情形，颇有无力调和之叹：今存《新编五代史平话》等宋代平话小说文本的粗糙，使得受"进化论"影响的鲁迅对宋代"说话"水平及其文本的艺术水平抱以怀疑。以为白话通俗小说起源的早期，其水平并不高明；所言"《新编五代史平话》者，讲史之一，孟元老所谓'说《五代史》'之话本，此殆近之矣"，可证。其实，《新编五代史平话》在《史略》的框架里属于"小说书"，而"说《五代史》"则是"小说"，以《新编五代史平话》来推测宋人"说《五代史》"的水平，显然是不能成立的。《史略》"宋之话本"开篇即言："在市井间，则别有艺文兴起。即以俚语著书，叙述故事，谓之'平话'，即今所谓'白话小说'者是也。""清之侠义小说及公案"篇又言："侠义小说之在清，正接宋人话本正脉，固平民文学之历七百余年而再兴者也。"《中国小说的历史的变迁》进一步说道："至于创作一方面，则宋之士大夫实在并没有什么贡献。但其时社会上却另有一种平民底小说，代之而兴了。这类作品，不但体裁不同，文章上也起了改革，用的是白话，所以实在是小说史上的一大变迁。"② 然而，《史略》却始终未能系统清理过这条线索，反而以"话本"的讨论来代替这种清理。"小说书"的存在迫使其作出"仍有底本以作凭依"的不得已判断。从这个角度讲，因"小说书"起源的主导与"小说起源于神话与传说"的纠缠，不仅影响其对白话通俗小说的"小说"起源的论述，更是影响对白话通俗小说的"小说书"起源与演进的规律探讨；终致其未处理好古体小说与白话通俗小说各自的起源与演进及其复杂的互动关系，使得《史略》的内在逻辑及篇章设计颇为凌杂。加上宋代说话与杂剧、戏曲等有很深关联，也影响到鲁迅对宋代"说话"发生机制的探讨。

应该说，鲁迅创造性地提出"小说"起源与"小说书"起源之说，它对勾勒中国小说演进的动态过程起着一定积极作用；但"小说"思路明显

---

① 胡士莹：《话本小说概论》，第 65 ～ 70 页。
② 鲁迅：《鲁迅全集》第 9 卷，第 329 页。

让位于"小说书",整部《史略》几乎是对"小说书"起源与演进的探讨。"小说"与"小说书"思想的杂糅导致《史略》进行论证时存有编纂意图与具体编纂的某些脱节。这又是撰写小说史时预设的理论框架与古代小说演进实情相矛盾的体现。宋代"说话"的口头传授与写入文本的形态样式之间是如何演变的,这个问题自鲁迅建构现代意义的小说史始,至今仍困扰着学界。它对探讨白话通俗小说起源的发生机制,乃至古代小说演变史迹又尤为关键。因此,探讨"小说"的发生与演变时,作为口头讲授的"小说"是如何演进的,"小说书"的演进过程又该如何描述,"小说"如何向"小说书"演变,甚至,古代小说演进中出现的文言与白话两种形态而形成的古体小说与白话通俗小说,它们的演进过程应如何描述,编纂小说史时如何确保小说史的框架设定、规律归纳等与古代小说的演进实情达到历史与逻辑的统一,这些问题是《史略》未能解决的问题,恐怕也是今后撰写小说史者须首先解决的。

　　总之,《史略》在探讨古代小说的起源时,由于径直接受盐谷温的主张,以未经科学论证的神话与传说作为书写中国小说史早期发生的事实依据,以"犹他民族然"的先验认识作为建构的主导,以"由写神的向写人的方向演进"作为编纂的理论支撑,依以西律中的"小说"观进行研究对象的筛选,从而将中国小说史的发生讨论置换成来源论述,这不仅导致其论断过程不严密、证据不充分及逻辑混乱等情形,甚至影响《史略》建构的理论基石。同时,为能有效论证古代小说的早期发生情形,鲁迅将古代小说的起源分为"小说"的起源与"小说书"的起源。而囿于文献材料及上古小说的发展实情,其又以讨论"小说书"的起源和发展为主体,相对忽略了对"小说"发展的描述。然而,中间又不得不插入宋元"说话"这一"小说"形态。从《史略》全部篇目设置及具体内容的书写情形看,是以描述"小说书"的演进为重点,导致其对"小说"与"小说书"的起源与演进过程及两者的衔接情形等探讨缺乏历史与逻辑、理论与事实的统一。应该说,作为中国小说史的奠基之作,《史略》以"神话与传说"为小说史源头的做法成为近今小说史著述的主流选择。但与《史略》一样,这些小说史著述大多未曾对神话与传说作为古代小说源头进行科学而客观的前提论证及可行性辨正,这不能不说是种遗憾。

第二节　古代小说"仿拟"现象的小说史叙述

在中国古代文学演变过程中，"仿拟"现象颇为壮观，有着特殊的文学史意义。汉代文人善喜仿拟"楚辞"，始肇"仿拟"之风。王逸《楚辞章句序》曾说："屈原之词，诚博远矣。自终没以来，名儒博达之士，著造词赋，莫不拟则其仪表，祖式其模范，取其要妙，窃其华藻。"[①]文学史上的"仿拟"现象演至六朝时蔚为大观，《文选》就收有《杂拟（上、下）》、庾信《拟咏怀》、陆机《拟古诗》等诸多仿拟名篇。后世文人仿拟之风，长久不绝。然文学史上的"仿拟"现象主要集中于诗、词等韵文领域：一是，对"楚辞"等文学名篇之拟；二是，拟作民歌，如六朝文人对《古诗十九首》、汉横吹曲等民歌之拟，历代文人时有拟"乐府"古题。学界对此已有诸多探讨。鲁迅1926年编纂《汉文学史纲要》对此展开了文学史的叙述，如第二篇"《书》与《诗》"就以为《卿云歌》等诗作"汉魏始传，殆亦后人拟作"，[②]第四篇"屈原与宋玉"则对汉人拟作"楚辞"多有研释。[③]

在古代小说演进过程中，亦有诸多"仿拟"现象，对小说史的演进有着特殊意义，然学界罕有述及者。基于中国小说史视角，最早对"仿拟"现象予以关注并进行小说史叙述的，当推鲁迅《中国小说史略》。[④]1921年下半年至1922年，鲁迅编纂《中国小说史大略》时，第十二篇为"宋元之拟话本"，第十九篇为"明之拟宋市人小说及后来选本"，第二十篇为"清之拟晋唐小说及其支流"；其于篇目冠以"拟"字，试图概述不同时期的文人对某一或多种小说类型进行"仿拟"的创作现象。这种做法具有典型的小说史叙述意义。后世治小说史者对此多有承继。如因鲁迅对宋元

---

① 严可均辑：《全上古三代秦汉三国六朝文》，北京，中华书局，1958年，第787页。

② 鲁迅：《鲁迅全集》第9卷，第362页。

③ 鲁迅：《鲁迅全集》第9卷，第382～389页。

④ 案，有关《史略》的编纂情形及版本概况，参见本书其他章节。虽说《史略》版本众多，各版内容迥异不一，之后各版的篇目顺序及具体内容虽有所变化，但有关"宋元之拟话本"、"明之拟宋市人小说及后来选本"及"清之拟晋唐小说及其支流"的论述，并无本质之别。参见拙稿：《对鲁迅"唐传奇"文类说的检讨——〈中国小说史略〉辨正（一）》（《内江师范学院学报》2011年第7期）、《鲁迅所编〈明以来小说年表〉与〈中国小说史略〉之修订》（《明清小说研究》2013年第2期）、《"以小说见才学者"辨正及其小说史叙述意义——兼及"才学小说"的概念使用》（《南京师大学报（社会科学版）》2014年第4期）等文。为正本清源，本节所引《史略》语均据《中国小说史大略》（载《鲁迅研究资料（第17辑）》，天津人民出版社，1986年）。除有必要，不再一一注明。

"话本"及"拟话本"的论断极具独到而深刻，学界遂接受"拟话本"一词，以为古代小说演变史上的重要类型。但对"拟话本"提出质疑者，亦不在少数。① 这种接受与质疑的交织客观上引起治小说史者对《史略》提出"仿拟"现象的注意。不过，学界的考察限于针对"拟话本"而言，并未过多注意到鲁迅对"明之拟宋市人小说"与"清之拟晋唐小说"的归纳，更不曾从总体上把握《史略》专论"仿拟"现象的前后因由。因此，对《史略》专论"仿拟"现象进行综合考察，不仅可以有效把握《史略》编纂的体例及思想，亦可对这种"仿拟"现象的小说史叙述模式及其文学史意义作深入分析，以期进一步客观描述古代小说的演进史迹。

一、鲁迅对古代小说"仿拟"现象的论述及其因由

鲁迅编纂《小说史大略》时，并无以"仿拟"作为篇目的迹象，但已使用"仿拟"一词。如第四篇"今所见汉小说"认为《十洲记》"亦颇仿《山海经》"等。直至《中国小说史大略》的编纂，才形成系统的"仿拟"论思想。

（一）鲁迅对古代小说"仿拟"现象的论述

《中国小说史大略》论述宋元"拟话本"时，研究对象主要是《青琐高议》、《青琐摭遗》、《大唐三藏法师取经记》及《大宋宣和遗事》四种。前两种被认为"文辞虽拙俗，然尚非话本"，所谓"文辞拙俗"则认为言语有似话本，而"非话本"体式，故被略谈；转而集中讨论后两种作品。而《宣和遗事》的主体部分属"宋代之讲史"，是"取正史所遗的传闻逸事"，故符合标准的作品惟有《大唐三藏法师取经记》一部。不过，鲁迅据《大唐三藏法师取经记》卷尾有"中瓦子张家印"而断其为元人作品，曾引发此书原收藏者日本德福苏峰的质疑，鲁迅进行辩解时又难以自圆其说；其在与郑振铎的争辩中又冠以"世间许多事，只消常识，便得了然"的答复，这些举动表明鲁迅对此书的版本判断亦有问题。② 在展开"拟话本"作品的评判时，鲁迅论及后两种文本时云："二书流传，皆首尾与诗相始终，中间以诗词为点缀，辞句多俚，顾与话本又不同，近讲史而非口谈，似小说而无捏合。"③ 所谓"多含诗词"是鲁迅区分"话本"与"拟话

---

① 如傅承洲《拟话本概念的理论缺失》（《文艺研究》2008 年第 4 期），周怡《拟话本小说夭折探源》（《东岳论丛》2000 年第 3 期），王毅《明代拟话本小说之文化理念与历史哲学的发生——拟话本作为平民社会伦理小说的成因》（《文学遗产》1995 年第 5 期）等。

② 欧阳健：《〈中国小说史略〉批判》，第 30～40 页。

③ 鲁迅：《中国小说史大略》，第 71～75 页。

本"的主要标准；在鲁迅看来，这就有了文人加工的痕迹。其又言《宣和遗事》："虽亦有词有说，而非全出于说话人，乃由作者掇拾故书，益以小说，补缀联篇，勉成一书，故形式仅存，而精采遂逊，文辞又多非己出，不足以云创作也。"又说是书"口吻有大类宋人者，则以抄撮旧籍而然，非著者之本语"，"惟节录成书，未加融会，故先后文体，致为参差，灼然可见"。① 鲁迅将"掇拾故书，益以小说，补缀联篇"的作品当作"拟话本"，却说"文辞又多非己出，不足以云创作"，文意主要集中于"仿拟"上，此类作品的价值也就不如"创作"的。所言"近讲史而非口谈，似小说而无捏合"，意即语言并没有完全口语化，没有把历史故事和时事很好地糅合，但毕竟含"益以小说"的成分；"文辞又多非己出"，以为比"杂辑"的《青琐高议》来说还是多些文人加工的成分。然据"形式仅存，而精采遂逊"等语，可知此类作品之所以被罗列讨论是因为它们具有与"话本"相同或相近的"形式"而已，而"精采"及内涵却不及所"仿拟"的对象，以致遭贬。不过，从某种意义讲，鲁迅专列"宋元之拟话本"篇是对宋元小说中文人模拟"话本"作品的专题研究，是对这种小说史现象的强调。

《小说史大略》未专论"明之拟宋市人小说"，然第十篇"宋人之话本"文末谈"宋市人小说"时云："南宋亡，杂剧消歇，说话遂不复行，然话本盖颇有存者，后人目染，仿以为书，虽已非口谈，而犹存曩体。讲史者流，有《东周列国》《两汉》《三国演义》等。小说者流，有《古今奇观》《龙图公案》。而世间不复严别，第以小说为共名。"② 可见早在鲁迅编写《小说史大略》时，就已考虑到宋人小说对后世小说的影响。到《中国小说史大略》"明之拟宋市人小说及后来选本"篇，鲁迅虽不曾对"拟宋市人小说"进行正面界说，而据上引可知"宋市人小说"包括"讲史"与"小说"两类，这是此篇设定的讨论对象。《中国小说史大略》又说："惟至明末，则宋市人小说之流复起，或存旧文，或出新制，顿又广行世间，但旧名湮昧，不复称市人小说。"③ 关注重点集中于明末，其所列举的"三言"、"二拍"、《西湖二集》、《醉醒石》等均为晚明作品，似与篇目不合。且其不曾对"拟宋市人小说"的特征进行严格归纳，惟以"或存旧文，或出新制"等语带过，并作为此篇的重要评判标准之一。但此等作品如此做法与"仿拟"行为并不相关，算不得"仿以为书"。如论《警世通言》云：

① 鲁迅：《中国小说史大略》，第 72 页。
② 鲁迅：《小说史大略》，第 77 页。
③ 鲁迅：《中国小说史大略》，第 119 页。

则四十卷，有天启甲子（1624）豫章无碍居士序，内收《京本通俗小说》七篇，因知此等汇刻，盖亦兼采故书，不尽为拟作。"论《醒世恒言》亦云"兼存旧作，为例盖同于《通言》矣"，"杂以汉事二，隋唐事十一，多取材晋唐小说"，"宋事十一篇颇生动，疑《错斩崔宁》而外，或尚有采自宋人话本者，然未详"。又，论《拍案惊奇》云："亦兼收古事，与'三言'同。"论《西湖二集》云："其书亦以他事引出本文，自名为'引子'。"认为《今古奇闻》所录"颇凌杂"，除可考抄引《醒世恒言》、《西湖佳话》等五篇外，"余未详所从出"。可见，"兼存旧作"的判断几贯穿于此篇对所举具体作品的论述之中。其对"或出新制"并未展开，玩味文意，此处应该指向"仿拟"作品对被拟对象的形式承继与形式创新。因为此篇的另一评判标准即是对具体作品"劝惩"意图的评判，如批《西湖二集》："文亦流畅，然好颂帝德，垂教训，又多愤言。"批《醉醒石》："至于垂教诫，好评议，则尤甚于《西湖二集》。"鉴于这种情形的普遍性，鲁迅于该篇末又言："宋市人小说，虽亦间参训喻，然主意则在述市井间事，用以娱心；及明人拟作末流，乃诰诫连篇，喧而夺主，且多艳称荣遇，回护士人，故形式仅存而精神与宋迥异矣。"①"回护士人"等语则肯定文人"仿拟"作品与被拟作品的品格差异。然"仿拟"失却宋市人小说"用以娱心"的用意而"好垂教诫"，导致"形式仅存而精神与宋迥异矣"，这使得市人小说逐渐走向雅化。也就是说，文人的有意"仿拟"行为对古代小说的演进有着明显推进意义。

鲁迅对"拟晋唐小说"的认识也经历了长时间思考。《小说史大略》第九篇"唐传奇体传纪（下）"篇末曾说："清蒲松龄作《聊斋志异》，亦颇学唐人传奇文字，而立意则近于六朝之志怪。其时鲜见古书，故读者诧为新颖，盛行于时，至今不绝。河间纪昀身负重望，作《阅微草堂笔记》凡五种，则立意在唐宋以下，而记叙乃如干宝、颜之推，以此为文人所喜也。余书尚多，今不详举。"②将《聊斋志异》、《阅微草堂笔记》归为"唐人传奇"之流。但《小说史大略》仅认为蒲松龄学技于"传奇文字"，而《聊斋志异》的立意在"六朝"；又说《阅微草堂笔记》的立意在"唐宋以下"，比起《聊斋志异》更次。但《小说史大略》将这两部小说归入"唐人传奇"绪流，而非"六朝志怪"，又说这两部小说的立意有"六朝志怪"余绪，这些意见颇为凌乱。鲁迅后来编纂《中国小说史大略》时，或因难以在"唐人传奇"与六朝小说之间对此类小说准确定位，遂径直称为"拟

---

① 鲁迅：《中国小说史大略》，第119～124页。
② 鲁迅：《小说史大略》，第71页。

晋唐小说"。但《小说史大略》并未展开详述，尚不具有"仿拟"论思绪。《中国小说史大略》专列"清之拟晋唐小说及其支流"篇，表明鲁迅更清晰认识到"唐人传奇"对后世小说演进的影响，更突出"影响论"的意义，这说明"进化论"思维已逐渐成为《中国小说史大略》组织与论断的指导思想。①

《中国小说史大略》"清之拟晋唐小说及其支流"篇的主要框架，是谈及受"晋唐小说"影响明显、在彼时影响较大且成就较高的代表作品，如《聊斋志异》、《阅微草堂笔记》等，以分析是否承继"传奇风韵"、"晋宋志怪精神"，作为评论"仿拟"作品成功与否的主要标准。开篇即云："迨嘉靖间，唐人小说乃复出，书估往往刺取《太平广记》中文，杂以他书，刻为丛集，真伪错杂，而颇盛行。文人虽素与小说无缘者，亦每为异人侠客童奴以至虎狗虫蚁作传，置之集中。盖传奇风韵，明末实弥漫天下，至易代不改也。"②此处并未细言"传奇风韵"，但"唐之传奇文（上）"篇言："小说亦如诗，至唐而一变，虽尚不出于搜奇记逸，然叙述宛转，文辞华艳，与六朝之粗陈梗概者较，演进之迹甚明，而尤显者乃在是时则始有意为小说。胡应麟（《笔丛》三十六）云，'变异之谈，盛于六朝，然多是传录舛讹，未必尽幻设语，至唐人乃作意好奇，假小说以寄笔端。'其云作意，云幻设者，则即意识之创造矣。此类文字，当时或为丛集，或为单篇，大率篇幅曼长，记叙委曲，时亦近于俳谐，故论者每訾其卑下，贬之曰传奇。"③知当指唐人"有意为之"而作"叙述宛转，文辞华艳"、"近于俳谐"的小说时形成的独特风格。对此，先看鲁迅对《聊斋志异》的论述：在摘引蒲松龄所著《聊斋自志》后，云："是其储蓄收罗者久矣。然书中事迹，亦颇有从唐人传奇转化而出者，此不自白，殆抚古而又讳之也。"所非议在于蒲松龄"抚""唐人传奇"而不注明。鲁迅又说："至谓作者搜采异闻，乃设烟茗于门前，邀田夫野老，强之谈说以为粉本，则不过委巷之谈而已。""至谓"云云似非直接针对《聊斋志异》而言；但联系《史略》全文，"不过委巷之谈"等语仍见其对此书内容及思想、价值的鄙意。究其缘由，系这些"委巷之谈"不合"传奇风韵"。鲁迅论《阅微草堂笔记》时，亦云："虽'聊以遣日'之书，而立法甚严，举其体要，则在尚质黜

---

① 可参见张蔚《〈中国小说史略〉研究方法略论》（湖北大学硕士学位论文，2007 年），以及拙稿《古典目录学与鲁迅〈中国小说史略〉之建构》（《安徽大学学报（哲学社会科学版）》2015 年第 2 期）及本书相关章节所论。

② 鲁迅：《中国小说史大略》，第 126 页。

③ 鲁迅：《中国小说史大略》，第 39 页。

华，追踪晋宋。""与《聊斋》之取法传奇者涂径自殊，然较以晋宋人书，则《阅微》又过偏于论议。盖不安于仅为小说，更欲有益人心，即与晋宋志怪精神，自然揆隔；且末流加厉，易堕为报应因果之谈也。"①批评《阅微草堂笔记》不合"晋宋志怪精神"。（鲁迅亦不曾细指。）鲁迅又说纪昀"托鬼神以抒己见，隽思妙语，时足解颐；间杂考辨，亦有灼见。叙述复雍容淡雅，天趣盎然"，仅是创作手法上的肯定。其对《聊斋志异》的正面评价亦如此："然描写委曲，叙次井然，用传奇法，而以志怪，变幻之状如在目前；又或易调改弦，别叙畸人异行，出于幻域，顿入人间；偶述琐闻，亦多简洁，故读者耳目，为之一新。"

（二）鲁迅论述古代小说"仿拟"现象的因由

怀特海《思维方式》曾说："一切体系化的思想都必须从一些预先作出的假定出发。"②鲁迅论述古代小说"仿拟"现象的模式亦不例外——以预先设定的"小说"观、"小说史"观及小说演进规律为主导，以具体作品进行示范举证。③在《中国小说史大略》中，鲁迅明确提出"由写神的向写人的演进"、"由无意为小说向有意为小说演进"与"由文言文向白话文演进"等小说史演进的三大规律，④其中，鲁迅认为魏晋志人小说与志怪小说尚处于"无意为小说"阶段，"唐传奇"属"有意为之"，然属文言小说创作的自觉之始；明清时，章回小说创作的高潮，标志白话通俗小说创作自觉阶段的到来。⑤鲁迅认为文人"有意为之"是古代小说成熟的重要标志与演进的主要助力。从"其云作意，云幻设者，则即意识之创造矣"等语，可知鲁迅提出"有意为之"的观点明昂受启于近代中国"人之觉醒"的时代风潮。

在《中国小说史大略》编纂与授课过程中，鲁迅曾于1923年7月被聘为女子高等师范学校讲师，同时担任小说史和文艺理论两门课程。⑥在

---

① 鲁迅：《中国小说史大略》，第131页。

② 〔英〕怀特海：《思维方式》，北京，商务印书馆，2004年，第1页。

③ 参见拙稿《如何客观对待鲁迅〈中国小说史略〉——从欧阳健先生〈中国小说史略批判〉谈起》（《内江师范学院学报》，2012年第3期），《近现代尚鬼神妖怪之风、"国民性批判"与鲁迅〈中国小说史略〉（上）——以"六朝之鬼神志怪书"、"明之神魔小说"为例》（《上海鲁迅研究》2012年冬之卷），《近现代尚鬼神妖怪之风、"国民性批判"与鲁迅〈中国小说史略〉（下）——以"六朝之鬼神志怪书"、"明之神魔小说"为例》（《上海鲁迅研究》2013年春之卷）等文。

④ 欧阳健：《〈中国小说史略〉批判》，第80～88页。

⑤ 参见拙稿《"以小说见才学者"辨正及其小说史叙述意义——兼及"才学小说"的概念使用》，《南京师大学报（社会科学版）》2014年第4期。

⑥ 李柯林等编：《鲁迅年谱》第2卷，第113页。

此前后，鲁迅曾大量接触西方文艺理论，并有译作问世，如 1921 年译有《小俄罗斯文学略说》，1922 年作《北欧文学的原理》着重分析 19 世纪北欧文学的特征；曾翻译多部俄国"十月革命"后的文学作品，并创作作品对"文学即人学"等西方文艺理论予以有力支持。如《〈故事新编〉序言》云："第一篇《补天》——原先题作《不周山》——还是一九二二年的冬天写成的。那时的意见，是想从古代和现代都采取题材，来做短篇小说，《不周山》便是取了'女娲炼石补天'的神话，动手试作的第一篇，首先，是很认真的。虽然也不过取了茀罗特说，来解释创造——人和文学的——缘起。"① 又，《中国小说史大略》第一篇"神话与传说"云："迨神话演进，则为中枢者渐近于人性，凡所叙述，今谓之传说。传说之所道，或为神性之人，或为古英雄，其奇才异能神勇为凡人所不及，而由于天授，或有天相者，简狄吞燕卵而生商，刘媪得交龙而孕季，皆其例也。"《中国小说的历史的变迁·从神话到神仙传》亦云："从神话演进，故事渐近于人性，出现的大抵是'半神'，如说古来建大功的英雄，其才能在凡人以上，由于天授的就是。"② 上述所列举，主要论述点皆在于"人"的觉醒与"人性"价值。从这个角度看，鲁迅评《聊斋志异》："不外记神仙狐鬼精魅故事，然描写委曲，叙次井然，用传奇法，而以志怪，变幻之状，如在目前；又或易调改弦，别叙畸人异行，出于幻域，顿入人间；偶述琐闻，亦多简洁，故读者耳目，为之一新。""使花妖狐魅，多具人情，和易可亲，忘为异类，而又偶见鹘突，知复非人。"必然肯定《聊斋志异》对人情的刻画，从而成为其肯定"拟晋唐小说"的价值所在。

《中国小说史大略》总结"仿拟"现象具备"回护士人"、"用以娱心"、"搜奇记逸"等特征，立脚点仍在"人"的觉醒与"人性"价值。据上所述，这种"有意为之"主要体现于文人对历代小说名篇（如"唐人传奇"）与源于民间的白话通俗小说（如宋市人小说）的吸收与借鉴上。（就此而言，与文学史上诗词等韵文领域的"仿拟"现象并无本质之别。）这代表"人"的自觉创作改变了古代小说演进的发展轨迹。因此，《中国小说史大略》论述古代小说"仿拟"现象最初目的是为说明文人创作与古代小说"自觉"发展的关系，也是其最终要解决的问题。这使得鲁迅集中批判"仿拟"小说中"钞撮旧籍"、"兼存旧作"、"兼收古事"、"从唐人传奇转化而出者，此不自白，殆抚古而又讳之也"等现象。从肯定"人"的觉醒与"人性"价值切入，鲁迅采取的评判标准主要是据以"仿拟"小说的

① 鲁迅：《鲁迅全集》第 2 卷，第 353 页。
② 鲁迅：《鲁迅全集》第 9 卷，第 312 页。

"形式"与所拟对象的相似度，对"仿拟"小说的"精神"及内涵予以鄙薄，关注"仿拟"小说的"娱心"功用，并以此否定"劝惩"功用。这是因为受进化论思想影响明显的鲁迅，认为后世的小说发展不仅"形式"上应较于之前的小说有所超越，"精神"方面更应如此。在鲁迅看来，"精神"的超越主要体现于对"人"的觉醒与"人性"价值等方面的书写，故其认为"娱心"、"达情"、"写意"等是古代小说演进的主要趋向。文人"有意为之"的"仿拟"，就是这种趋向的突出反映。故而，其批评《滦阳消夏录》等："其影响所及，则使文人拟作，虽尚有《聊斋》遗风，而摹绘之笔顿减，终乃类于宋明人谈异之作。"批判"仿拟"《阅微草堂笔记》的小说："貌如志怪者流，而盛陈祸福，专主劝惩，已不足以称小说。"

造成此举的另一重要原因是鲁迅对古代小说起源及小说功用的特殊认识而致。《中国小说的历史的变迁》曾说："我想，在文艺作品发生的次序中，恐怕是诗歌在先，小说在后的。诗歌起源于劳动和宗教。其一，因劳动时，一面工作，一面唱歌，可以忘却劳苦。所以从单纯的呼叫发展开去，直到发挥自己的心意和感情，并偕有自然的韵调；其二，是因为原始民族对于神明，渐因畏惧而生敬仰，于是歌颂其威灵，赞叹其功烈，也就成了诗歌的起源。至于小说，我以为倒是起于休息的。人在劳动时既用歌咏以自娱，借它忘却劳苦了，则到休息时，亦必要寻一种事情以消遣闲暇。这种事情，就是彼此谈论故事，而这谈论故事，正就是小说的起源。——所以诗歌是韵文，从劳动时发生的；小说是散文，从休息时发生的。"①认为古代小说起源于劳作休息时所谈的"故事"，故与"歌咏以自娱"一样，主要是消遣娱乐。因而，在《史略》中，小说"自娱"功用成为鲁迅肯定的对象，而与此相对的"劝惩"功用则遭批判。据此，鲁迅虽已注意到"唐人传奇"、"宋市人小说"的"劝惩"倾向，但仍强调小说"娱心"功用的特殊之举，或是鲁迅的有意取舍。在鲁迅看来，这种"娱心"性质才是古代小说的核心价值所在；后之"仿拟"虽形式上模拟，却不能有效承继此等"精神"。因此，鲁迅一方面批判"仿拟"小说的"劝惩"意图，另一方面据"仿拟"思想讨论古代小说演进的"进化"史迹时，必然要对"仿拟"现象予以部分肯定，故其选择从"形式"着眼而非更看重的"精神"内涵。

二、古代小说"仿拟"现象的叙述方式与小说史意义

20世纪颇负盛名的美国科学哲学家拉里·劳丹在《进步及其问题——

---

① 鲁迅：《鲁迅全集》第9卷，第312～313页。

科学增长理论刍议》中指出：科学从根本上讲是一种解决问题的活动，"其合理性只能通过对科学成就随时间变化的经验研究而得出"。所谓"合理性"，"在于作出最进步的理论选择"。科学研究的模式是通过对研究对象进行"经验研究"的"引导假定"展开的，且不对"引导假定"的优缺点进行细致讨论，而是通过互相比较的方式研究各种"引导假定"的适合性。科学研究就是通过解决问题获得进步，即把经验问题中未解决问题与反常问题变成已解决问题，或尽可能减少概念问题，来实现进步的。所谓进步，是一种"认知上的进步"，就是研究者解决了比历史上的研究更为重要的问题，或者找到一种更为合理的研究模式。在解决问题的过程中，研究活动若获得了解决问题的能力及建立探讨问题的合理机制，这个过程就会产生理论。[1] 后来柯林伍德等人据此提出了一切历史研究就是通过提出问题并解决问题以建立历史理论的观点。[2] 然而，"进步必定是一个与时间有关的概念。谈到科学进步必定涉及到一段时间内所发生的一个过程。"[3]据此反思《中国小说史大略》的编纂：拟解决的问题是采用西方的小说观念以梳理古代小说演进的基本规律。为此，鲁迅依据彼时"人"的觉醒与"人性"价值之时势，以"文学为人学"为指导思想，以文人创作与古代小说"自觉"发展二者的关系为论述重心，尝试通过提出古代小说"由写神的向写人的演进"、"由无意为小说向有意为小说演进"等观点作为编纂小说史的"引导假定"，以具体作品进行示范举证。这种研究思路建立了一个具有可操作性的研究范式，在现代中国小说史建立初期无疑有着重要的进步意义。同时，鲁迅试图"从倒行的杂乱的作品里寻出一条进行的线索来"（《中国小说的历史的变迁》），[4] 基本理清了古代小说演进的大势，较为客观地进行着提出问题并拟解决问题以建立小说史理论的研究活动。从这个角度讲，《中国小说史大略》是科学且进步的。

鲁迅论述古代小说"仿拟"现象时，主要从作品的"精神"与"形式"切入，亦是一种进行解决问题的研究活动。其提出文人"有意为之"的"仿拟"观点就属于需进一步证明的"引导假定"，对后世治小说史者亦有着重要启迪。近年来，西方文艺理论界提出了"互文性"理论，试图研究文学作品中文本互相影响的问题，代表者有朱丽娅·克里斯特娃、米伊

---

① 〔美〕拉里·劳丹：《进步及其问题——科学增长理论刍议》，上海，上海译文出版社，1991年。
② 〔英〕柯林伍德：《历史的观念》，北京，商务印书馆，1997年。
③ 〔美〕拉里·劳丹：《进步及其问题——科学增长理论刍议》，第8页。
④ 鲁迅：《鲁迅全集》第9卷，第313页。

尔·巴赫金、罗兰·巴特、麦克·里法特尔、热拉尔·热奈特、米歇尔·施奈德、蒂费纳·萨莫瓦约等。（然西方文艺理论界至今仍对"互文性"的概念界定、研究范畴与理论模式，有较多争议。）其中，引用、戏拟、仿作、合并与粘贴等成为"互文性"理论研究的关键词。如仿作被认为是对"原作有所修改"，是模仿原作的"写作风格"。阿尼克·布亚盖《模仿的作品》提出了仿作的两种类型："风格仿作"与"体裁仿作"。前者侧重对作品风格的仿拟；后者主要是"把风格视为一种服务于体裁的整体形式，因而认为自己首先应该符合一些必需的体裁要求，而后才自主考虑属于独特表达的要求"，包含题材仿拟与形式仿拟。① 以此反观鲁迅对古代小说的"仿拟"论述，知其已涉及古代小说"仿拟"作品的风格与体裁两方面的讨论。唯鲁迅以自身建构古代小说演进规律的意图出发，主张"风格仿作"（鲁迅概括为"精神"）的重要性甚于"体裁仿作"（即"形式"）。这种情形并非如学者所言鲁迅"研究向度侧重于文体'仿拟'，兼及文本'仿拟'"。② 罕有学者注意鲁迅所言古代小说"仿拟"作品的"精神"与"形式"时的意图，暨鲁迅试图以此探讨文人创作与古代小说"自觉"发展的关系，因此鲁迅对其间的内容与思想意蕴的探讨多于对形式的描述。近年来有学者试图借鉴"互文性"理论探讨古代小说的文本演变，③ 但多数属于"体裁仿作"方面的探讨，研究效果并不理想。借鉴"互文性"理论探讨古代小说的"仿拟"现象或文本演变时，或许可分别对文言小说的"仿拟"现象与白话通俗小说的"仿拟"现象进行有效勾勒，但白话通俗小说对文言小说的"仿拟"现象或文言小说对白话通俗小说的"仿拟"现象，又该如何有效建构？这是古代小说史演进过程中的重要现象，已非文体演变或形式探讨所能解决的。自鲁迅始，此问题至今仍未有较合理的解决对策。④

同时，就古代小说的演进史迹看，"风格仿作"与"体裁仿作"两种类型是无法截然切割开来的。研究古代小说的"仿拟"现象，更应从"仿拟"者的意图切入，进一步追问所拟作品是"仿拟"者达情遣意的个人行

---

① 可参看热拉尔·热奈特《隐迹稿本》（《热奈特论文集》，百花文艺出版社，2000 年），蒂费纳·萨莫瓦约《互文性研究》（天津人民出版社，2002 年）等论著。

② 杨彬、李桂奎：《"仿拟"叙述与中国古代小说的文本演变》，《复旦学报（社会科学版）》2011 年第 6 期，第 64 页。

③ 除《"仿拟"叙述与中国古代小说的文本演变》外，另有杨义《中国古典小说史论》（人民出版社，1998 年，第 369～371 页），王进驹《论〈野叟曝言〉对世情小说的仿拟和改造》（《明清小说研究》2006 年第 4 期），李桂奎《"互文性"与中国古今小说演变中的文本仿拟》（《河北学刊》2011 年第 2 期）等文。

④ 参见拙稿《学界研究的推进与〈中国小说史略〉的完善》，《中南大学学报》（社会科学版）2014 年第 6 期，第 291～298 页。

为，还是为商业目的而规模化生产，抑或二者兼而有之。比如，蒲松龄《聊斋自志》曾自言创作目的：“集腋为裘，妄续幽冥之录；浮白载笔，仅成孤愤之书。”① 故鲁迅所言蒲松龄“此不自白”等语，颇有可议者。鲁迅又说《聊斋志异》：“至于每卷之末，常缀小文，则缘事极简短，不合于传奇之笔，故数行即尽，与六朝之志怪近矣。”以创作手法不合“唐人传奇”而否定，亦有失公允。《聊斋志异》所创“异史氏曰”是对《左传》“君子曰”与《史记》“太史公曰”的承继，清人邹强《三借庐笔谈·蒲留仙》（卷六）曾说：“蒲留仙先生《聊斋志异》，用笔精简，寓意处全无迹相，盖脱胎于诸子，非仅抗手于左史、龙门也。”② 蒲松龄博采众长，对子史传统多有承继。“异史氏曰”既表明蒲松龄“成孤愤之书”的寄托是可信的，又能深化具体作品的主题，画龙点睛。粗略统计，“异史氏曰”出现于《聊斋志异》中凡四百九十余处，所“曰”或长或短，或针对作品而议（如《莲香》等）或借题发挥（如《冤狱》、《夏雪》等），所议或称赞贤者（如《王六郎》等）或针砭时弊（如《胭脂》等），各不相同；不仅篇幅长短有别、语言骈散兼具，而且内容多样，寄托着蒲松龄的世界观、价值观，从而成为《聊斋志异》所独有的创作特色。鲁迅也承认《阅微草堂笔记》属于“聊以遣日”、“托鬼神以抒己见”之书③。以写作者“孤愤之书”面貌出现的“仿拟”作品，虽在题材、本事方面承继被拟小说，但经过写作者的艺术加工、思想寄托，具有特殊性。这才是研究小说史演进史迹的努力方向。近年来，治小说史者逐渐重视小说文体演变、叙事模式等“形式”方面的探讨，取得了一定成就，却渐渐减少作品思想蕴涵、精神旨趣、文本特色等方面的探讨。这种重“形式”轻内容的探讨导致了许多问题，如生拉硬套西方文艺理论，以古代小说的某些现象印证西方文艺理论的某些观点，过分夸大规律的普遍性、联系的有效性，以致影响结论的客观性。以“互文性”理论研究古代小说“仿拟”现象就存在上述问题。对古代小说“仿拟”现象的研究，进行思想与内容的探讨或许将会比纯粹的文体探讨来得有意义。因此，鲁迅的研究思路比后来治小说史者的选择更为科学，唯论证方式及结论尚可商榷。

随之而来的是，如何客观详细地对古代小说“仿拟”现象进行小说史描述？也就是说，描述时应该忠于小说史的体例与目的意图还是如实客观

---

① 蒲松龄著，张友鹤辑校：《〈聊斋志异〉会校会注会评本》，上海，上海古籍出版社，1978年。
② 朱一玄：《〈聊斋志异〉资料汇编》，天津，南开大学出版社，2002年，第393页。
③ 鲁迅：《中国小说史大略》，第131页。

地描述"仿拟"作品？《中国小说史大略》采取的叙述模式即属前者，然研究效果亦有不少问题。纵观古代小说的演进史迹，娱情与教化一直是古代小说演进过程中的两种主要功用，只是不同体裁的小说、不同时期的作品，乃至同一时期同一体裁的具体作品对这两种功用的表达有诸多差异。娱情与教化这两种书写关注点的不同终致"仿拟"作品品格的差异，对"仿拟"现象的小说史意义亦有不同的影响。因此，我们研究"仿拟"作品应以描述"仿拟"现象及其写作者的行为意图为主，佐以分析"仿拟"作品对娱情与教化等功用的实际表达，将对作品"精神"与形式的探讨相结合。同时，我们要继续沿着鲁迅探讨"仿拟"作品"精神"的思路，客观描述某类型"仿拟"作品的基本特征与存在因由，乃至某一典型"仿拟"作品在小说史的意义。

我们探讨古代小说"仿拟"现象所要解决的最主要问题，当是古代小说发展的雅俗交融现象与小说史的演进历程。据上所述，古代小说"仿拟"的重要特征之一即是文人对民间文学的仿拟，也就是白话通俗小说演变过程中形成的文人化、案头化过程。古代小说演进过程中一旦出现文人"仿拟"阶段，说明该类型的小说风格已趋向雅趣。创作主体的文人化、知识化特征使得作品的风格、品质与之前相比有本质之别，转向案头化、程序化；即使"仿拟"作品间含民间的趣味成分，也是经过文人的加工整理。也就是说，文人的不断"仿拟"使得此类型小说丧失了它们赖以生存的根本，不再为满足民间趣味而存在，或者说已经渐渐脱离大众所喜闻乐见的审美文化与富有表演性的娱乐需求，转而成为文人赏玩的对象。因此，演进至文人"仿拟"阶段，说明此类型的小说已经开始走雅化路线。文人的大规模"仿拟"与独创行为，必将古代小说演进的雅化趣味渐渐推向顶峰。然而，这种发展越至后来将使作品的受众主体逐渐脱离文化水平不高、审美趣味较低且以娱乐为主的普通民众。不论是作品的语言使用、思想内容还是作者的表达习惯都将带有明显的文人化烙印，成为少数文人群达情言辞过程中或遣怀或娱情或说教的中介物。普通民众已不能从"仿拟"作品中获得深刻的审美体验、休闲的娱乐宣情。这将导致此类型小说的读者群文化程度越来越高，终致个别文人"发愤著书"的寄托工具。经过案头化、文人化处理后，此类型小说的艺术特征、思想内涵、理论色彩，或许要比被拟作品来得突出，其受益对象却会不断缩小。这种雅化趋势，预示着该类型小说最终将极端雅化，形成一部或若干该类型小说的经典作品，成为此类型小说的标杆。该类型小说后来的发展将围绕这一部或若干部经典作品进行再一次的文人"仿拟"。在这种情况下，"仿拟"经典作品的作品，其艺术特征、思想深度、理论色彩，大多不如此类型小说的标杆作品。换句话说，古代小说的发展一旦经过文人化阶段，形成较为稳定的雅趣品格，就意味着它将由盛转衰。比如清中叶出现的《红楼梦》，其人物刻画之高超、环境描写之细腻、文化底蕴之深厚、思想意蕴之深刻、社会背景之广博，后来的白话通俗小说无有能望其项背者。清中叶以降，虽有诸多仿拟《红楼梦》的作品，但水平均百不及一，白话通俗小说逐渐走向没落。又如，从古代小说的演进看，《聊斋志异》、《阅微草堂笔记》作为清代"拟晋唐小说"的典型，在叙事模式、语言表达、人物刻画、思想内涵方面，要比"唐人传奇"或魏晋"志人小说"、"志怪小说"来得突出，从而将文人仿拟"晋唐小说"推至顶峰，产生了广泛影响。清中叶以降出现了许多文人步趋《聊斋志异》的"仿拟"作品，如沈起凤《谐铎》、和邦额《夜谭随录》、长白浩歌子《萤窗异草》、曾衍东《小豆棚》、王韬《淞隐漫录》《淞滨琐话》等，蔚为大观。这些"仿《聊斋》"作品或形式仿拟，或"精神"仿拟，然水平不如《聊斋志异》。这也是客观事实。大略而言，文人"仿拟"现象的出现加速了古代小说演进的雅化历程，而古代小说雅化历程的完成预示着古代小说的演进将由盛转衰。对此现象的深入探讨，当成为治小说史者今后研究的重要方向之一。

第三节 "以小说见才学者"辨正及
"才学小说"的概念使用 [①]

自《史略》针对《野叟曝言》、《镜花缘》、《燕山外史》及《蟫史》等作品提出"以小说见才学者"论断以来，学界逐渐重视对此类作品的研究，冠之以"才学小说"，以为古代小说演进过程中的重要创作现象，并对此类作品进行小说史意义的叙述，取得了一些共识。然而，学界对"才学小说"概念的使用及界定，并未趋一，仍有许多分歧。因此，辨正鲁迅"以小说见才学者"之说及其小说史叙述意义，重新讨论"才学小说"的概念使用，将有助于相关研究的持续深入。

---

① 案，本节主体部分曾以《"以小说见才学者"辨正及其小说史叙述意义——兼及"才学小说"的概念使用》为题，发表在《南京师大学报（社会科学版）》2014 年第 4 期上。特此说明。

一、误读《史略》：从"以小说见才学者"到"才学小说"

1921 年下半年至 1922 年刊印的《中国小说史大略》首列"清之以小说见才学者"篇，[①] 这使《野叟曝言》等作品得以进入中国小说史的现代研究视野。作为《史略》的重要组成部分，1924 年以降的各修订本有关"以小说见才学者"的论断，本质未变。然"以小说见才学者"提法于《史略》则属特例，与其所言讲史小说、神魔小说、狂邪小说等其他小说类型有别，后者主要据古代小说题材类型或表现手法而名类，致后来研究者接受此观点时与鲁迅原意多有偏差。

自"以小说见才学者"提出伊始，研究者就提出不同看法。如明确标注参考过《史略》的胡行之《中国文学史讲话》（1932 年）论述清代小说时说："清代小说之创作，据鲁迅在《中国小说史略》里，共分为七类。"却径自将《野叟曝言》等称为"才华小说"而非"清之以小说见才学者"，直接替代；并言此类小说："不只以表现故事为目的，而以作小说见才学，抒写一种特别思想者，当以《野叟曝言》为先。继之者有《蟫史》、《镜花缘》、《燕山外史》等。"[②] 甚至将这四部小说以创作时间先后之时序排列。胡行之虽认可鲁迅的小说类型提法，然又言《镜花缘》"可以称通俗文学中底社会小说"，则非完全信服鲁迅之说。所谓"才华小说"，其所解说并非据小说题材及描写主题，而是从作者炫学角度切入。而 1934 编写的赵景深《中国文学史新编》第三编第十二讲"清代小说"却将这些小说归为"才藻小说"，亦是基于写作者创作动机而言。[③] 而较早以"才学小说"概念替代者当推陈子展《中国文学史讲话》，云："鲁迅先生的《中国小说史略》把清代小说分为拟晋唐小说，讽刺小说，人情小说，才学小说（原题'清之以小说见才学者'），狭邪小说，侠义小说，清末之谴责小说，并把清人补续前代神魔小说的作品放在前代，那是很精当的。"[④] 直接转为"才学小说"的表达。据此，20 世纪 30 年代的研究者虽注意到鲁迅提法，各自却尝试自我诠解，提出异议。这种解读虽有助于转化视角深入研究《野叟曝言》等作品，然已逐渐偏离鲁迅原意。

---

① 案，有关《史略》的编纂情形及版本概况，参见本书其他章节。虽说《史略》版本众多，然对"清之以小说见才学者"的论述，本质并未脱离铅印本《中国小说史大略》。故为正本清源，本节所引《史略》语均据《中国小说史大略》（载《鲁迅研究资料（第 17辑）》，第 153 ～ 163 页）。除有必要，不再一一注明。

② 胡行之：《中国文学史讲话》，上海，光华书局，1932 年，第 153 ～ 158 页。

③ 赵景深：《中国文学史新编》，北京，北新书局，1936 年，第 320 ～ 321 页。

④ 陈子展：《中国文学史讲话》（下册），北京，北新书局，1937 年，第 365 ～ 366 页。

在"才华小说"、"才藻小说"与"才学小说"三种诠解中,"才学小说"更为近今治小说史者所青睐。系"才学小说"或可从小说题材着手或从作者创作动机考虑,具有更大的诠释操作空间;又因"才学小说"提法与"讲史小说"等表述结构及意指相近,更契合此类作品产生的社会背景(即乾嘉考据兴盛之时),学界遂偏向"才学小说"提法,以为《史略》对古代小说类型的又一重要归纳。

近年来,不少研究者进一步将《野叟曝言》等四部小说作为"才学小说"典范,希冀从整体上把握此类小说的发展情形。然将这些小说作为"才学小说"典例,并以此为某一独立小说流派或类型的做法,首先面临以下几大难点:一是,作为研究对象的作品数量仅此四部,相对较少;且这四部作品水平参差不齐,以《野叟曝言》、《镜花缘》为优,《蟫史》、《燕山外史》为次,难以放在一起整体关照。二是,鲁迅之说被置换为"才学小说"后,"才学小说"提法似乎可认为既是着眼于小说题材,亦可认为是从作者的创作动机考虑,这给后续研究带来诸多困扰,各家评判标准、取舍角度的分歧相对较大——怎样解决《野叟曝言》等作品叙述的实际主题与学界赋予"才学小说"内涵与外延相冲突的情形?如何解释《蟫史》欲"于小说见其才藻之美"[①]的存在形态与"作者自寓"的主观意图之间的冲突?换言之,"才学小说"作为小说史的功能性叙述意义,如何与具体作品进行协调?三是,这四部作品既有文言小说又有白话小说,作品的存在形体并不一样,所描写的内容亦有天壤之别。所赋予"才学小说"的内涵显然无法涵盖这些作品书写的重要主题。造成此难之由,系学界未对"清之以小说见才学者"提法进行科学论证,更未对"以小说见才学者"向"才学小说"转变进行合理说明而致。

对此,有研究者尝试从《野叟曝言》等四部作品的时代背景入手,借助文化阐释等视角,或从作者的创作意图出发,试图对"才学小说"内涵进行补充论证。典型者如王琼玲《清代四大才学小说》对"才学小说"所下定义,试图从作者创作意图方面以补鲁迅所说,云:"(才学小说)乃是以小说的形式,罗列、炫耀个人才学的作品。作者的创作本衷是'露才显能',亦即'以撰写小说为手段、工具,试图达成其展现、炫耀个人才学的主要目的'。因'才学小说'以展现作者个人的才学内涵为主,故对于小说艺术的各项要求,虽有时兼顾,但为了炫才则不一定重视、遵行。"[②]但这四部小说均有的共同点则是"自寓"并以自遣为主调,显然这与"露

---

① 鲁迅:《中国小说史大略》,第 155 页。

② 王琼玲:《清代四大才学小说》,台北,台湾商务印书馆,1997 年,第 7 页。

才显能"之论有本质之别。虽学界有诸多补充论证之作，^①仍无法对上述几点矛盾进行比较充分的圆说。又有研究者据小说的创作主旨批判"才学小说"类名有欠周延，并试图对这四部小说进行重新分类，比如试图将《镜花缘》归为博物体小说，^②或归为世情小说，^③或推为言志小说，^④这些情形就是具体作品的实际书写主题与"才学小说"内涵相冲突的典型。它们均存在这样的弊病：鲁迅只是提过"以小说见才学者"，所谓"才学小说"并非鲁迅本意，而是后世研究者对鲁迅之论的一种解读而已，以"才学小说"为小说类名实是后世治小说史者所为，这就导致相关补充论述不能切中肯綮。

应该说，近今治小说史者论述"才学小说"时，往往缺乏牢靠的前提基础及科学论证。研究者对"才学小说"提法或补正或非议，主要围绕作者创作意图与"才学小说"定义等方面展开，对鲁迅当初名类"以小说见才学者"初衷的理解则渐行渐远。因而，若欲解决目今学界研究"才学小说"的尴尬态势，势必需正本清源，还原鲁迅此说的初衷，彻底跳出"才学小说"从概念到概念的拘囿。

二、鲁迅提出"以小说见才学者"的前后及其本意

早在《小说史大略》第十二篇"明之历史的神异小说"文末，鲁迅就提及《镜花缘》、《野叟曝言》二书，以为"历史的神异小说"之余绪，"源出英贤小说"，^⑤此即鲁迅对这两部作品最初的类型归纳。直至《中国小说史大略》，才专列"清之以小说见才学者"篇，将《蟫史》、《燕山外史》与之罗列，形成四部小说并驾的论述格局。故还原"以小说见才学者"提出缘由，应从鲁迅对《野叟曝言》等作品的熟知情形谭起。

（一）鲁迅对《野叟曝言》等小说不甚熟悉

应该说，鲁迅对《野叟曝言》并不够熟悉。遍查《鲁迅全集》"日记"

---

① 如张蕊青《清代朴学与才学小说的学术化》（载《学海》2005 年第 6 期），施媛《清代作家屠绅写作风格的成因》（载《南京师范大学文学院学报》2007 年第 4 期），赵春辉、孙立权《才学小说的内涵及其美学特征》（载《吉林大学社会科学学报》2011 年第 5 期）等。

② 陈文新：《传统小说与小说传统》，武汉，武汉大学出版社，2005 年，第 268 ~ 280 页。

③ 王永健：《别具一格的世情小说——〈镜花缘〉新论》，《连云港师范高等专科学校学报》2010 年第 2 期，第 6 ~ 10 页。

④ 董国炎、蔡之国：《言志小说，还是才学小说？——试论〈野叟曝言〉性质及小说分类细化之得失》，《明清小说研究》2010 年第 1 期，第 49 ~ 59 页。

⑤ 鲁迅：《小说史大略》，载《中国现代文艺资料丛刊》（第 4 辑），上海，上海文艺出版社，1979 年，第 88 页。

部分（1910～1925年）与"书信"部分（1910～1927年），未见记载购买、钞录或借阅《野叟曝言》的记录。一般而言，鲁迅钞书、借阅或托买时会有所记录，如1920年11月12日记"午往图书馆访子佩，借《文苑英华》六本"，1920年12月13日记"午后往张阆声寓借《说郛》两本"，等等。又，1921年3月14日记"夜写《青琐高议》讫"，1921年4月16日记"三弟往留黎厂，托买《青箱杂记》一本，《投辖录》一本，共泉（钱）五角"，①亦不曾见书信载向友人寻访《野叟曝言》的记录。（鲁迅曾去信胡适，交流《西游记》等小说的研究意见，并曾托胡代查《红楼梦索隐》作者之名，可资佐证。②）据此，可推测鲁迅并未购买或托人代借过《野叟曝言》。

据《中国小说史大略》所言："其书光绪初始出，序云康熙时江阴夏氏作，其人'以名诸生贡于成均，既不得志……屏绝进取，壹意著书'。"③所据为光绪八年（1882）西岷山樵序本（至于是石印本还是巾箱本，已难确知）。然其所言"迨印行时，已有小缺失；一本独全，疑他人补足之"，此观点并非鲁迅所创。早在1907年，黄人《小说小话》就言："《野叟曝言》作者江阴夏某（名二铭，著有《种玉堂集》，亦多偏驳。此书原缺数回，未刊，不知何人补全？先后词气多不贯），文白即其自命，盖析夏字为姓名也。康熙中，当道诸公争尚程朱学说，而排斥陆王。作者曾从某相国讲学，故雅意迎合。书中所谓时太师者，虽若影射彭时，实指某相国也。其平生至友，为王某、徐某，则所谓匡无外、余双人者是也。同邑仇家周某，则所谓吴天门者是也。夫小说虽无所不包，然终须天然凑合，方有情趣。若此书之忽而讲学，忽而说经，忽而谈兵论文，忽而诲淫语怪，语录不成语录，史论不成史论，经解不成经解，诗话不成诗话，小说不成小说。杂事秘辛，与昌黎《原道》同编；香奁妆品，与庙堂礼器并设；阳阿激楚，与云门咸池共奏，岂不可厌！且作文最患其尽，小说兼文学、美术两性质，更不宜尽。而作者乃以尽之一字，为其惟一之妙诀，真别有肺肠也。其竭力贡献尊王法圣之奴隶性，以取媚于权要者，固无足深论矣！"④而《中

---

① 鲁迅：《鲁迅全集》第15卷，第393～497页。
② 案，鲁迅于1922年8月14日《致胡适》、8月22日《致胡适》，这两封信主要记录与胡适交流研究《西游记》之心得；而1923年12月28日《致胡适》信曾谈及《史略》之编纂，并言及《三侠五义》、《西游补》、《海上花列传》等小说，信末并云"作《红楼梦索隐》之王沈二人，先生知其名（非字）否？"（载《鲁迅全集》第11卷，第418～440页。）
③ 鲁迅：《中国小说史大略》，第153页。
④ 黄人：《小说小话》，《小说林》，1907年，第6辑。

国小说史大略》有所谓："文白或云即作者自寓，析'夏'字作之；又有时太师，则杨名时也，其崇仰盖承夏宗澜之绪余，然因此遂或误以《野叟曝言》为宗澜作。"① 据此语可知鲁迅对《野叟曝言》版本及作者自寓之说的判断依据当源于《小说小话》。鲁迅手稿《采录小说史材料书目》列有"《小说小话》蛮 在小说林中 丁未（光绪 ）至戊申印行"② 一条，知《小说小话》为《史略》重要参考书。进一步推测，鲁迅所谓"但欲知当时所谓'理学家'之心理"等判断，当亦源于《小说小话》而引申。

《中国小说史大略》相关论述，罕有征引《野叟曝言》原文，③ 所据主要是《江阴艺文志》与西岷山樵之序、《凡例》及《小说小话》，泛泛而论，并无过多研究，势必无法深谭此书精髓。《野叟曝言》主要写作者夏敬渠借文素臣以抒发身肩天下之重，抒发自己不凡抱负，诚如此书《凡例》所言："是书之叙事、说理、谈经、论史、教孝、劝忠、运筹、决策，艺之兵、诗、医、算，情之喜、怒、哀、惧，讲道学、辟邪说、措春态，纵谐试，无一不臻顶壁一层。至文法之设想、布局、映伏、钩绾，犹其余事，为古今说部所不能仿佛。"④ 应该说，《野叟曝言》对彼时社会各方面及各地风土人情的描写是全方位的，甚至包含印度等海外习俗；不仅含有经史内容，兼及医算兵书，范围广泛。这里虽含有作者炫才之一面，但小说描写内容的广泛、主题意指的多样及描写手法的精湛，显非炫才一语所能涵盖的。因而，有研究者根植于此书文本描写而对其主题书写进行诸如人情小说、博物体小说的重新划分，是有一定道理的。换句话说，《中国小说史大略》提出"庀学问文章之具，与寓惩劝同意而异用"之初，其主要据作者创作意图而发，而非作品文本本身。然鲁迅所言伊始，并未处理好作品实际描写与作者创作意图之间的关系。其所谓"衒学寄慨，实其主因，圣而尊荣，则为抱负"⑤ 等语，则倾向于描述作者的创作意图。要之，不论是鲁迅翻阅《野叟曝言》的时间条件，还是对成书及具体论断的判定情形，均表明鲁迅对《野叟曝言》不够熟稔。

鲁迅对《燕山外史》、《蟫史》等作品，也缺乏深入了解。早在《小说史大略》时，这两部小说尚未进入鲁迅视野，或可推知其当时对这两部小说价值并不肯定。查鲁迅"日记"、"书信集"及"书帐"等资料，亦不见

① 鲁迅：《中国小说史大略》，第 155 页。
② 刘运峰：《鲁迅全集补遗》，天津，天津人民出版社，2006 年，第 392 页。
③ 案，此处所引介绍文素臣的文字及"镇国卫圣仁孝慈寿宣成文母水太君"语，不过为坐实夏敬渠自寓而作之论，并不涉及全书思想。
④ 夏敬渠：《野叟曝言》，北京，人民文学出版社，1997 年，第 3 页。
⑤ 鲁迅：《中国小说史大略》，第 154 页。

鲁迅购买这两部小说的记录。同时，《鲁迅日记》多载其去图书馆查书之事，如 1917 年 12 月 17 日记"午后视午门图书馆"，[①]1918 年 3 月 1 日记"下午往通俗图书馆"，[②]亦未曾提及此书。鲁迅真正注意这两部小说当于编纂《中国小说史大略》。其时，鲁迅于《野叟曝言》、《镜花缘》中形成的意见已大体成型，《蟫史》、《燕山外史》刚好符合此类而被归入。这与鲁迅无时间细读文本、以致编纂时所用材料皆为曾看过或熟稔者之情形亦有很大关系。[③]另据《中国小说史大略》相关论述，可知鲁迅对《蟫史》、《燕山外史》不熟悉的程度。比如，《燕山外史》首先因"以排偶之文试为小说"的叙述手法而被注意，其次才是"略以寄慨"的作者意图。但贯穿《燕山外史》一书的中心议题则是"情"，陈球曾说其书为："枯肠搜句，总缘我辈钟情。"吕清泰《序》亦言："《燕山外史》传窦生逸事，始由钟情，继至割情，终于忘情。"[④]"情"成为《燕山外史》塑造人物、道德评判的价值标准，窦生与爱姑聚散就是在"情"的笼盖下进行的——有情之人如爱姑，必为节妇；无情之人如"前大妇"，必遭批斗。然《燕山外史》的书写主题不为鲁迅注意，其所引文为《燕山外史》（第二卷）有关爱姑与窦生分别之"辞"，关注重点仍在"排偶之文"上。而鲁迅认为《蟫史》是"欲于小说见其才藻之美"的代表，这对以西方文艺理论为评判准绳的《史略》来说，评价不可谓不高。[⑤]但鲁迅又说："虽华艳而乏天趣，徒奇崛而无深意也。《蟫史》亦然，惟以其文体为他人所未试，足称独步而已。"[⑥]其对《蟫史》主题有所贬低，所肯定的只是"他人所未试"的叙述"文体"。据此，鲁迅对《燕山外史》、《蟫史》思想价值均不持肯定态度，重点关注这两部小说以才藻见长及其创作形式的特殊。相比"庋学问文章之具"的《野叟曝言》与"博识多通而敢于为小说"的《镜花缘》而言，这种评价意见要差得多。

在这四部小说中，鲁迅最为熟悉的当属《镜花缘》。早在《小说史大略》"明之历史的神异小说"篇末，鲁迅就推为清代"英贤神异之作"典型。到《中国小说史大略》，据鲁迅自注"详见新标点本《镜花缘》卷首

---

① 鲁迅：《鲁迅全集》第 15 卷，第 304 页。
② 鲁迅：《鲁迅全集》第 15 卷，第 320 页。
③ 参见拙稿《如何客观对待鲁迅〈中国小说史略〉——从欧阳健先生〈中国小说史略批判〉谈起》，《内江师范学院学报》2012 年第 3 期，第 14 页。
④ 陈球：《燕山外史》，沈阳，春风文艺出版社，1987 年，第 77 页。
⑤ 参见拙稿《古典目录学与鲁迅〈中国小说史略〉之建构》，《安徽大学学报（哲学社会科学版）》2015 年第 2 期。
⑥ 鲁迅：《中国小说史大略》，第 158 页。

胡适《引论》"，①知鲁迅曾读过上海亚东图书馆出版的《镜花缘》（1923年）。但据学界研究，《中国小说史大略》与《镜花缘》有关的绝大部分论断并非鲁迅自我发明，而是钞自胡适《〈镜花缘〉的引论》——鲁迅从《镜花缘》产生的背景考察其产生的缘由，认为李汝珍"不得志"、"作小说以自遣"而"敢于变古"等判断，对《镜花缘》思想内涵、时代价值及艺术手段的分析等等，这些论断大多是对《〈镜花缘〉的引论》相关论断的吸收或借用。②这种情形说明鲁迅虽曾读过《镜花缘》，然亦无太多心得，反而对同行胡适的观点更为信服，故其对《镜花缘》文本的熟知程度是可存疑的。鲁迅对"以小说见才学者"最为重要的代表作《镜花缘》所采取的论述方式及其断语，尚且有些随意，几无自家见解。（按：鲁迅专列"清之以小说见才学者"篇的初衷或有受启于胡适之一面。）要之，"清之以小说见才学者"篇所列举的四部作品，鲁迅均不算太熟悉。

（二）鲁迅对"以小说见才学者"的阐述

既然《中国小说史大略》有关《野叟曝言》、《镜花缘》等的研究意见多转述、援引他处，以作为一种"述学"性质的讲义稿存在。那么，据此而列的"清之以小说见才学者"篇如何组织框架、展开论述呢？

因鲁迅对这四部小说的文本不太熟悉，故所论重点并非对作品文本的分析，而侧重于作者创作意图方面。如其除论述《野叟曝言》"庋学问文章之具"等特点外，主要关注此书"自寓"倾向，云："作者'抱负不凡，未得黼黻休明，至老经猷莫展'，因而命笔，比之'野老无事，曝日清谈'（凡例云）。可知衒学寄慨，实其主因，圣而尊荣，则为抱负。"又说："文白或云即作者自寓，析'夏'字作之。"而"于小说见其才藻之美"的《蟫史》，被贯以"虽华艳而乏天趣，徒奇崛而无深意"的基本论调，其所探讨重点亦是屠绅自寓之论，云："书中有桑蠋生，盖作者自寓，其言有云，'予，甲子生也。'与绅生年正同。"论及《燕山外史》时，亦云："其本成于嘉庆中，专主词华，略以寄慨。"论《镜花缘》时，更为直白："（作者）顾不得志，盖以诸生终老海州，晚年穷愁，则作小说以自遣，历十余年始成。""盖惟精声韵之学而仍敢于变古，乃能居学者之列，博识多通而仍敢于为小说也；惟于小说又复论学说艺，数典谈经，连篇累牍而不能自已，则博识多通又害之。"由此，这四部小说共存的作者自寓的创作倾向成为鲁迅论述的主体。在鲁迅看来，"以小说见才学者"是这四部作品唯一的

---

① 鲁迅：《中国小说史大略》，第 160 页。

② 参见拙稿《鲁迅所编〈明以来小说年表〉与〈中国小说史略〉之修订》，《明清小说研究》2013 年第 2 期，第 223 ～ 237 页。

共同点。因而，虽然鲁迅未曾对"以小说见才学者"进行正面且直接的概念及内涵阐释，亦不见从产生背景、文化孕育及后续影响等方面进行述说，但据鲁迅的分析归纳可知着眼于作者"自寓"倾向是鲁迅对"以小说见才学者"内涵的主要表达。作者"自寓"行为会在一定程度上含有炫才成分，这或可切"以小说见才学者"语。然作者自寓的情感投射更多是导向寄慨之一面，这点鲁迅是深有感触的。因为相关论述着重关注"衒学寄慨""略以寄慨""作小说以自遣"等方面。据此看来，鲁迅当初名类时，篇目命名之意与对作品的实际分析并不完全一致，多有偏差。这点鲁迅或许有所察觉，其论述这四部小说的情感倾向总体上以鄙薄为主，针对这四部小说的思想内涵而论；且蜻蜓点水，不作深入探讨，以作折中之意。如评《蟫史》为"徒奇崛而无深意"，批《镜花缘》"博识多通又害之"。可见，鲁迅论述时并未妥善处理作者创作意图与作品实际书写主题之间的冲突，而以分析作者创作意图为主，则这四部小说"自寓"的表现方式是被归纳分析的重要原因之一。

　　不过，此篇论述的主要目的非欲行对这四部作品进行小说类型的圈定。在《小说史大略》时，《野叟曝言》就被定为"源出于英贤小说"，云："并非虚构人物，寄其理想。"①《中国小说史大略》则说："与明人之神魔及佳人才子小说面目似异，根柢实同，惟以异端易魔，以圣人易才子而已。"据所言"面目似异，根柢实同"可知，自《小说史大略》至《中国小说史大略》，《野叟曝言》一直被当做"神魔小说"之余绪；对此书的类型归纳，本质并不变。《中国小说史大略》论《蟫史》时亦云："《蟫史》神态，仿佛甚奇，然探其本根，则实未离于神魔小说；其缀以亵语，固由作者禀性，而一面亦尚承明代'世情书'之流风。"论《燕山外史》亦说："其事殊庸陋，如一切佳人才子小说常套，而作者奋然有取，则殆缘转折尚多，足以示行文手腕而已。"《中国小说史大略》虽未曾对《镜花缘》进行明确类型归纳，但《小说史大略》第十二篇"明之历史的神异小说"篇末就已将其推为"英贤神异之作"的典型，并言："虽多据《山海经》，实亦《西游》之一叶也。"以作神异小说之流。②《中国小说史大略》依旧与《野叟曝言》放在一起论述，表明鲁迅对此书的类型归纳并不曾改变。据此，《中国小说史大略》对这四部作品的类型归纳多靠向"神魔小说"与才子佳人型的"世情小说"，此为鲁迅对这四部作品所作的类型归纳。惟因这四部作品或"以异端易魔，以圣人易才子"，或"神态仿佛甚奇"，或"行文手腕"足

---

①　鲁迅：《小说史大略》，第 88 页。

②　鲁迅：《小说史大略》，第 88 页。

示，创作手法与形式有别于一般"神魔小说"与"才子佳人小说"，且均含有作者"自寓"、"寄慨"的创作倾向，而被专篇讨论。可见，此篇主要评判这四部小说的创作动机或心态，并非着眼于小说类型的文体判断。

值得注意的是，《中国小说史大略》专篇论述时并非采取以时间为顺序的进化论评判模式，而是列举式的评判模式。即首先将《野叟曝言》当做"庋学问文章之具"，《蟫史》概括为"欲于小说见其才藻之美者"，《燕山外史》概况为"以排偶之文试为小说者"，《镜花缘》概况为"博识多通而敢于为小说"，然后分别对这四部小说展开论述，并不直接涉及"以小说见才学者"的论述主题，亦不对篇目内涵进行深度论述。在《中国小说史大略》全部篇目中，这种列举式评判模式极为罕见。纵观古代小说的演进过程，展露出才华与学问者并非《野叟曝言》、《蟫史》、《燕山外史》、《镜花缘》四部而已，"才子佳人小说"、"剪灯系列"、《红楼梦》等作品亦为此中代表。在《中国小说史大略》有限篇幅里，若采用进化论评断模式以搜罗殆尽，显然不太可能。因此，鲁迅采用列举式的论断模式，对或炫才、或寄慨、或展辞藻等小说分别各举示例以诠说。这种行文模式大可不必照顾通篇的整体与个体之间的协调问题。而有研究者认为"才学小说"起于《野叟曝言》、继之以《蟫史》等小说的论断，则进一步曲解鲁迅本意。然而正是这种批评模式，加重了鲁迅论述过程中未妥善处理这四部小说的作者创作意图与作品实际书写之间的矛盾程度，使其偏向分析作者创作意图之一面。这使得"以小说见才学者"一语，在作者意图与作品书写之间来回摇摆，难以界定。这种缺憾是导致后世研究者将"以小说见才学者"曲解为"才藻小说"、"才华小说"与"才学小说"等的主要原因。

三、"以小说见才学者"的小说史叙述意义及"才学小说"的概念使用

应该说，鲁迅提出"以小说见才学者"，实为强调此类小说的史料与文献价值，以突出"自寓"创作倾向的小说史叙述意义。《中国小说史大略》开篇即言："以小说为庋学问文章之具，与寓惩劝同意而异用。"论《野叟曝言》更明确为："意既夸诞，文复无味，殊不足以称艺文，但欲知当时所谓'理学家'之心理，则于中颇可考见。"知鲁迅非议《野叟曝言》为"非文艺"，仅以资料目之。《且介亭杂文二集·寻开心》（1935年）又称："这一部书是道学先生的悖慢淫毒心理的结晶。"[①]《题未定草（三）》（1935年）批评"事大"与"自大"之人时，亦云："有人佩服得五体投

---

① 鲁迅:《鲁迅全集》第 6 卷，第 279 页。

地的《野叟曝言》中，那'居一人之下，在众人之上'的文素臣，就是这标本。他是崇华，抑夷，其实却是'满奴'；古之'满奴'，正犹今之'西崽'也。所以虽是我们读书人，自以为胜西崽远甚，而洗伐未净，说话一多，也常常会露出尾巴来的。"① 这些意见是对《中国小说史大略》的强化。而论《蟫史》时，引该书文本开篇"海隅之行，若有所得，辄就见闻传闻之异辞，汇为一篇"语，关注重点亦是此书汇编性质的材料。换句话说，鲁迅系对清代中叶出现的通过写小说炫学这种创作倾向的注意，把它们当作研究社会背景的资料加以对待；其仅仅将"以小说见才学者"当做小说史演进过程中出现的新现象，即撰写动机的特殊性与创作手法的新鲜味，予以突出。

众所周知，古代小说（主要是通俗小说）衍变至明末清初，经历了集纂的"世代累积型"至文人独立创作的衍变势态，即如署名施耐庵或罗贯中的《水浒传》，其广为流传前亦经过长时间的世代积淀，在诸多"小本水浒故事"的基础上，方经写定者加工润色并定稿；然"世代累积型"的作品所体现的内涵与才情，并非写定者所独有。清代才进入文人独立创作小说的普遍化阶段，尤其是文人创作通俗小说现象突出。而文人创作的小说中普遍具有炫才、寄慨及"自寓"的倾向。因此，将这种现象冠之"以才学见长者"，对其中较为明显的作品予以列举式探讨，当是鲁迅从小说史叙述意义方面专篇讨论的初衷。古代小说创作往往需要有才学，文人化的作品创作大都具备这样的特征，此即"以小说见才学者"语的最主要内涵。

同时，突出"以小说见才学者"的小说史叙述意义，实为鲁迅进一步强化"从无意为小说向有意为小说演进"② 的古代小说演进规律的必然结果。基于整部《史略》而言，鲁迅认为魏晋的志人与志怪小说尚处于"无意为小说"阶段，"唐传奇"属"有意为之"，然属文言小说创作的自觉之始；明清时，章回小说创作的高潮，标志通俗小说创作自觉阶段的到来。然鲁迅亦意识到世代累积型的通俗小说并不能十分有效显现小说自觉的特征，文人的独立创作才是"有意为之"的典型。从古之各类文体衍变的一般规律看，一种文体的孕育、发展、成熟过程即是创作主体由"罕为"到"少为"，再到"勤为"，并且这种文体逐渐成为创作主体寄慨寓才之载体的衍变过程，亦是此类文体之功用呈现阶段化衍变的重要表现。清代康、乾时期集中出现的一批具有"以才学见长"特征的小说作品，这些小说创

<hr>

① 鲁迅：《鲁迅全集》第 6 卷，第 367 页。
② 欧阳健：《〈中国小说史略〉批判》，第 80～88 页。

作主体的创作心态已进入以小说寄寓作者才情、慨思的特定阶段。因而，清代文人独立创作的小说作品所体现的思想化与知识化倾向，是古代小说演进过程中的一种特殊现象。在鲁迅看来，"以才学见小说者"即是作者创作意图的突显，这种创作倾向是文人"有意为小说"的典型。据此，鲁迅专列"清之以小说见才学者"篇，最终目的是为强化"从无意为小说向有意为小说演进"的规律。从这个角度讲，"以小说见才学者"的表述，惟有且仅有小说史叙述意义，并不具备文体判断意义。近今学者将鲁迅之意曲解为"才学小说"，转向类型指称，实际上已倾向于使用"才学小说"的文体学意义。

然而，"才学小说"是否可作一单独类名，进行补充论证，使其具备文体学意义的存在依据与使用价值呢？我们知道，"才学小说"一词最初是对鲁迅"以小说见才学者"一语的曲解而致，并不具备牢靠的前提基础。早期使用"才学小说"的学者，并未深入进行过科学的内涵论证；直至当下，"才学小说"一词及其类名内涵的使用仍停留在约定俗成，甚至望文生义的阶段。虽有学者尝试对其进行定义，但这种定义主要局限于对《中国小说史大略》进行强化或补充说明，不曾对由"以小说见才学者"到"才学小说"之用语的替代过程进行可行性论证，因而无法规避徘徊于作品的实际描写主题与作者创作意图之间的尴尬，亦有碍于当今学界将文言小说与白话小说分而待之的论述格局。而据上述，"才学小说"一词无法准确描述《野叟曝言》等小说的本质特征。因而，若欲继续使用已广传的"才学小说"一词，并把它当做一种重要的小说类型予以突出的话，就必须从小说作品的实际出发，而不是拘囿于从概念到概念的圈定，而应进行从作品实情到归纳概括的推演。合理的做法是将文人创作的带有作者"自寓"创作倾向的所有小说作品放在一起综合讨论，如"才子佳人小说"、"剪灯系列"、《红楼梦》等小说。虽说"才子佳人小说"被当做一种重要的小说类型，但除开作品的题材书写，其于作者"自寓"的创作倾向上，与《野叟曝言》等小说并无本质区别。这样，可归入"才学小说"范围下的作品就比较多，这就有助于深入言说"才学小说"一词的内涵及外延，从而在"才学小说"内部区分不同的书写题材，使之趋于合理而科学，其在古代小说演变史上方可真正占据一角。而另一种办法，则是摒弃"才学小说"作为小说类型的使用，而对含有"以才学见长"趋向的小说进行创作（或流传）时间、描写主题等方面的界定，将符合此范围的小说予以集中讨论。如王进驹《乾隆时期自况性长篇小说研究》从"以才学见长"的

"自况性"特征着手，①将对象限定为乾隆时期的长篇小说，这就将论题集中，不失为一良举。但这种做法的最大局限则是不能对讨论对象的全部主题作深入分析、不能明确此类小说的特殊性，亦无法从小说史的高度对此类小说的价值予以合理定位。要之，"才学小说"的类名缺乏严密的逻辑依据与科学论证，不具备太高的文体价值；但将"以小说见才学者"作为古代小说演变史上出现的一种特殊的创作现象予以关注，从作品的实际情形入手，对其进行探讨还是很有价值的。

---

① 王进驹：《乾隆时期自况性长篇小说研究》，北京，中国社会科学出版社，2006年。

第六章 《中国小说史略》所列
小说类名及其小说史意义

《中国小说史略》对后世治小说史者的主要影响之一，是将古代小说分为志怪小说、志人小说、"唐传奇"、讲史小说、神魔小说、人情小说、"话本"、"拟话本"、讽刺小说、狂邪小说、侠义及公案小说、谴责小说等诸多类型。学界至今编纂的各类小说通史、断代史、题材史等著述，仍奉为圭臬。然而，《史略》提出这些小说类名时的背景、目的、论述过程、材料使用及褒贬势态并不尽相同，对后世治小说史者的影响（含积极影响与不良影响两方面）亦有别。因此，基于中国小说学史史视角，对《史略》所列小说类名进行还原研究，并探讨该小说类名的小说史意义，或有助于进一步深入客观地认识《史略》。本章试图对《史略》所列"唐传奇"、讽刺小说、谴责小说等小说类名的前因后果及其小说史意义展开论述。识者正之。

第一节 《史略》有关"唐传奇"的认识转变 ①

自《中国小说史大略》首列"唐之传奇文"专篇，以名类"唐人小说"，并以此探讨唐代小说的发展伊始，"唐传奇"作为一种小说文体的提法，遂被学界推重备至。如 1927 年出版的范烟桥《中国小说史》、1935年出版的谭正璧《中国小说发达史》等小说史著述，莫不以为准绳。近今治小说史者更是奉为圭臬，甚至纷纷修补、完善鲁迅有关"唐传奇"之说的种种不足，期以学界对此说能形成共识。这种做法的典型表现，莫过于治小说史者极力寻求并总结"唐传奇"之说所应具备的带有普遍特性的文体特征，于此学界遂产生了"唐传奇与小说的文体独立"、"唐传奇的文体生成与唐代文治环境之关系"、"唐传奇的文体特征"、"唐传奇的兴起与繁

---

① 案，本节主体部分曾以《对鲁迅"唐传奇"文类说的检讨——〈中国小说史略〉辨正（一）》为题，发表在《内江师范学院学报》2011 年第 7 期上。特此说明。

荣"等诸多研究纲目。据此，还原鲁迅提出"唐传奇"之初的意念发端及目的，进一步探讨"唐传奇"作为一种文体所应具备的概念内涵与外延，则颇有必要。

一、学界对鲁迅"唐传奇"说的认识情形

梁启超《中国学术思想变迁之大势》（1902 年）曾说："大抵西人之著述，必先就其主题立一界说，下一定义，然后循定义以纵说之，横说之。"近世以降，学者著述立言仿学于"西人"，此亦为现代学术体系建立的基点。因而，对近世以降之治小说史者而言，确立小说文体类名及其特征当成为其考察文学发展不可忽略的环节之一。按理，治小说史者的这番努力本是现代学术体系发展的必然情形，无可厚非。但鲁迅设定"唐传奇"类名之时，本身就存在史料不全、逻辑不贯、论断不明等诸多缺陷。因此，近些年来不少有识之士试图跳出盲目推崇鲁迅及其著述的怪圈，对所谓"唐传奇"文体说进行反思。即使是推奉此说的研究者，亦意识到鲁迅提出的"唐传奇"文体类名存有诸多无法调和的矛盾，试图加以补救。因此，部分学者开始以理性姿态审视《史略》之种种开创及不足。

较早对"唐传奇"文体说提出质疑的，有孙逊、潘建国《唐传奇文体考辨》等文。但该文主要据"唐传奇"的作者队伍及创作动机带有明显的史家色彩、唐宋目录文献相关记载等方面，集中反驳鲁迅"传奇者流，源盖出于志怪"之误；同时，该文仍将"唐传奇"当作一种小说类名，并由此提出"传奇小说"的发展分期：先秦两汉至六朝人物杂传为"发生发展期"，唐五代为"第一个繁荣期"，宋代为"衍生期"，元明两代为"第二个繁荣期"，清代为"衰微期"。[①] 此论颇为可观，却仍未厘清鲁迅提出此说的始末，亦未触及"唐传奇"作为小说文体类名所应具备的内在特征、概念外延、潜在观念，乃至所引发的种种谬误，依旧陷入约定俗成的文体分类思维中无法自拔。

全面且深入梳理此说者，当属欧阳健《"传奇体"辨正——兼论裴铏〈传奇〉在神怪小说史上的地位》一文。此文首先梳理唐宋之时以"传奇"名篇的作品，指出"从字面上看，'志怪'与'传奇'的含义完全相通，二者都是从题材上着眼的"；并通过梳理大量文献资料，证明"不论这些小说是否有过单篇流传的事情，但在当时及尔后相当长的时期内，人们并不曾将它们称作'传奇'，更没有出现'传奇体小说'的概念，却是确定

---

① 孙逊、潘建国：《唐传奇文体考辨》，《文学遗产》1999 年第 6 期，第 34 ~ 49 页。

无疑的",从而认为"古代小说研究的实践证明,将'传奇'作为一种特殊的文体,实际是很难操作的"。[①] 此文着重依史料指出"传奇"作为一种文体类名不仅缺乏文献依据,指出"传奇体小说"文体分类既不符合古代小说的实际,且缺乏相应的理论根据。该文从"传奇"作为文体类名缺乏相应的概念内涵与外延的角度加以辨别,所论深见功力。相较之前的质疑文章更具思辨色彩,亦更进一步触及问题的关键之处,颇具启发意义。

但这些质疑仍旧忽视了这样的事实:将"唐传奇"作为文体类名大书特书的则是后来的治小说史者;鲁迅只提出了"唐之传奇文"的说法。此说虽然具有一定程度的文体分类意义,却非以此作为分类的全部意义体现于《史略》中。据以比对《史略》各修订本之间的变动及差异,即可明了(说详下)。造成此谬之因,盖系治小说史者对《史略》或推崇、或反思之时,所援引鲁迅有关"唐传奇"的论述时,所依版本多为鲁迅后期不断加以修订的定稿版本,即或1933的修订本,或1935年的最后一次修订本,从而以此揣度并夸大鲁迅的言意;而未曾注意到在《史略》不同版本的修订中,鲁迅对"唐传奇"的表达亦处于不断改变的过程中。而这种认识过程对探讨鲁迅建构《史略》的匠心尤其重要,且有助于厘正鲁迅对"唐传奇"认识的始末。可见,指明鲁迅原意与后世治小说史者接受的区微,从而正确评估将"唐传奇"作为一种文体类名的合理性与可行性。溯源以正流,方可正学界之谬。

二、鲁迅评判"唐传奇"标准的转变:
从"唐传奇体记传"到"唐之传奇文"

前文已指出,《史略》经鲁迅的不断修订,已历十余种版本,且各版之间多有差异。如自《小说史大略》至《中国小说史大略》,增"唐之传奇集及杂俎"、"宋之志怪及传奇文"、"宋元之拟话本"、"明之神魔小说"(上下篇)等五篇,删"史家对于小说之论录"一篇,改"元明传来之历史演义"作"元明传来之讲史",改"明之历史的神异小说"作"明之讲史",他如引证论断亦多所差别;到北京大学新潮社初版时,重新补入"史家对于小说之论录",增"明之神魔小说(中)"、"清之讽刺小说"等五篇,引证论断亦为之一变;尔后各修订本的篇幅、规模不断扩大,颇为壮观。

在诸多版本的修订过程中,各版本对"唐传奇"的引证及论断,差异

---

① 欧阳健:《"传奇体"辨正——兼论裴铏〈传奇〉在神怪小说史上的地位》,《复旦学报(社会科学版)》1999年第1期,第113～119页。

颇大。在《小说史大略》中，第八、九篇分别为"唐传奇体传记"上下篇，云："小说亦如诗，至唐而一改进，虽大抵尚不出于搜奇记逸，然叙述宛转，文辞华艳，发达之迹甚明。当时道释二教，侈陈感通；有名位者，又好谈神异，于是方士文人，闻风而作，竞为异记。牛僧儒有《玄怪录》……高骈从事裴铏有《传奇》，皆其例也。然文人于杂集成书而外，亦撰记传，始末详悉，往往孤行，今颇有存于《太平广记》中者。"① 所言"唐传奇体传记"是《小说史大略》独创，为以后各修订本所无。由此可知，鲁迅对唐代小说的最早认识主要是"传记"、"杂传"，"传奇体"仅仅是"传记"、"杂传"的形容修饰词。所谓"搜奇记逸"即表明鲁迅对"传奇"的基本定位，即"传"奇异之事、物，与"志"怪异之事、物，其本质并无二致。同时，作"传奇"或"志怪"不外乎表达作者喜异闻逸事，在寓意作者"牢落之悲"等功用上，二者亦无差异。

《小说史大略》"唐传奇体传记（上）"篇又言："按唐人传奇记传之实质，亦不外乎二途：一为异闻，一为逸事。异闻者，或寓意以写牢落之悲，或但弃翰墨以抒窈窕之思。逸事者，大概记时人情事，或更外轶闻，已离神怪，而较近于人事矣。"② 此文亦为以后各修订本所无。"亦"字表明鲁迅认为"唐传奇体记传"的本质实与"六朝志怪"无二致。《小说史大略》第五篇"六朝之鬼神志怪书（上）"认为六朝小说"皆张皇鬼神，称述怪异"，第七篇"世说新语与其前后"言及晋人著述时认为"或者掇拾旧闻，或者记叙并世"，所言《世说新语》所记皆为"名隽之言，奇特之行，足资谈助者"，等等，即是明证。所不同者，在于"唐传奇体记传"更近人事。可见，鲁迅在《小说史大略》中对"传奇"的使用与明清"传奇"之"传奇"文类尚无关联。这大概是为区分六朝小说与唐代小说于志"神怪"与近"人事"的不同而标异别立之故。而《中国小说史大略》第七篇"唐之传奇文（上）"的相关论述虽有所改动，云："传奇者流，源盖出于志怪，然施之藻绘，扩其波澜，故所成就乃特异，其间虽亦或托讽喻以纾牢愁，谈祸福以寓惩劝，而大归则究在文采与意想，与昔之传鬼神明因果而外无他意者，甚异其趣矣。"③ 然细玩此意，《中国小说史大略》虽将六朝小说与唐代小说的区别进一步定格于"文采与意想"，但其潜在观念依旧认同六朝小说与唐代小说于达意抒情、谈奇搜异资以谈助等功用上，二者的本质相通。其后各修订本的相关表达，亦大同小异。可见，此观念一直贯穿于

---

① 鲁迅：《小说史大略》，第 62～63 页。
② 鲁迅：《小说史大略》，第 63 页。
③ 鲁迅：《中国小说史大略》，第 39 页。

《史略》各修订本中，从而导致《史略》的相关论断前后矛盾，无法调和。

对此，我们不禁要问：鲁迅将唐代小说名类为"唐传奇体传记"最初的意念发端为何？检视《小说史大略》，最早出现"唐传奇体传记"相关字眼的是第一篇"史家对于小说之论录"，云："至于唐之传奇体记传，宋以来之诨词小说，史志皆不取，盖俱以猥鄙荒诞而见黜也。"据此，在鲁迅讲授小说史之初，其或讲义准备阶段，即已认同"唐传奇体传记"的名类。所言"史志皆不取"，知此意念发端当源于史志书目。"史家对于小说之论录"开篇即言汉孝武帝"建藏书之策，置写官，诏刘向校经传、诸子、诗赋，向辄条其篇目，撮其指意，录而奏之"，又引《汉书·艺文志》、《隋书·经籍志》所录"小说家"书目，并比对《古今书录》、《旧唐书·艺文志》、《新唐书·艺文志》所录"小说"的相关情况，从而认为《燕丹子》、《博物志》等"诸小说"："《隋书》及刘昫《唐书》多在史部杂传类，至是乃以虚妄而黜之。"尔后，《小说史大略》分别予以罗列：录《燕丹子》、《笑林》、《类林》、《博物志》，注"《隋志》在子部杂家"；录《列异传》，注"《隋志》、《旧唐志》作，魏文帝撰，在杂传"；录《郭子》、《世说》、《小说》、《续世说》、《述异记》、《志怪》等，注"以上十部，《隋志》、《旧唐志》并在史部杂传"；录《鬼神列传》，注"《旧唐志》在杂传"；录《幽明录》、《齐谐记》、《续齐谐记》，注"以上三部《隋志》、《旧唐志》皆在史部杂传"；录《感应传》、《系应验记》，注"以上二部《隋志》在子部杂家，《旧唐志》在史部杂传"；录《冥祥记》、《续冥祥记》，注"以上二部《隋志》、《旧唐志》皆在史部杂传"；录《因果记》，注"《旧唐志》在杂传"；录《冤魂志》，注"《隋志》、《旧唐志》俱在杂传"；录《集灵记》、《征应集》，注"此二部《旧唐志》在杂传"；录《旌异记》，注"《隋志》、《旧唐志》俱在史部杂传"。但《小说史大略》接着引《四库全书总目提要》有关小说三派（即"叙述杂事"、"记录异闻"、"缀缉琐语"）的相关论述，在对三派的代表作品分别予以罗列后，云："《山海经》旧皆录史部地理，《穆天子传》隶起居注，至是又以神怪恍惚而黜之。""今退置于小说家，义求其当，无庸以变古为嫌也。"[1] 据此，鲁迅名类以"唐传奇体传记"，显系受《隋志》、《旧唐志》的著录启发，非以《四库全书总目提要》为准。

不过，《小说史大略》受传统书目学的影响远非仅此。粗略概观，《小说史大略》几乎每篇均存有征引史志书目的情形。如第三篇除援引《汉志》外，另引《群书治要》、《史通》、《隋志》；第四篇"今所见汉小说"

---

[1] 鲁迅：《小说史大略》，第 36 ～ 38 页。

引晁公武《郡斋读书志》等；第五、六篇"六朝之鬼神志怪书"（上下篇）多次征引《隋志》；第十一篇"元明传来之历史演义"征引《续文献通考》等。据《鲁迅年谱》（第一卷）载，鲁迅1914年曾抄录《志林》，作《〈志林〉序》言其书在《晋书》、《隋志》、《旧唐志》的收录情形，[①]并多次参与筹谋收藏文津阁《四库全书总目提要》等事；又鲁迅曾长期坚持抄录藏目书志，如《年谱》（第二卷）载：1922年8月27日曾"夜抄《遂初堂书目》，九月三日抄毕"。[②]可知鲁迅对史志目录曾细细深究一番，对史志目录学及其学术体系当有所吸纳。据此，鲁迅编《小说史大略》之时，受传统书目学影响不可谓不深。大体而言，《小说史大略》大略是据史志书目所载而编的梗概式讲义，例类多而论断少。在《小说史大略》中，对"唐传奇体记传"的论述亦深受此风所及。第九篇"唐传奇体传记（下）"云："传奇记传，此外尚多"，"有许尧佐之《柳氏传》""其事亦见孟棨《本事诗》，盖实录也。"又，第八、九篇引证来源大多集中于《太平广记》"杂传"类，概见史志观念影响之深之广。由此，鲁迅对"传奇体记传"的最初取材及其意识，决定其对唐代小说的认识当主要源于史家观念。而对史家"实录"精神的推崇，使得《小说史大略》编排时尚未陷入以某种小说演进规律为主的论断模式。可以说，《小说史大略》仅仅是采取时序性概述的论断模式，尚未上升到对小说史理论建构规律的抽象把握视域。故鲁迅对"唐传奇体记传"的论述，仅仅概言"发达之迹甚明"，并未出现诸如《中国小说史大略》所谓"传奇者流，源盖出于志怪"那般明显具有进化论演进的规律意识表达。

而《中国小说史大略》第七、八篇则将"传奇体传记"改为"传奇文"，作"唐之传奇文"上下篇，引证论断亦多有异样，云："小说亦如诗，至唐代而一变，虽尚不出于搜奇记逸，然叙述宛转，文辞华艳，与六朝之粗陈梗概者较，演进之迹甚明，而尤显者乃在是时则始有意为小说。胡应麟（《笔丛》三十六）云，'变异之谈，盛于六朝，然多是传录舛讹，未必尽幻设语，至唐人乃作意好奇，假小说以寄笔端。'其云作意，云幻设者，则即意识之创造矣。此类文字，当时或为丛集，或为单篇，大率篇幅曼长，记叙委曲，时亦近于俳谐，故论者每訾其卑下，贬之曰传奇，以别于韩柳辈之高文，顾世间则甚风行，文人往往有作，投谒时或用之为行卷，今颇有存于《太平广记》中者。"[③]这两种讲义稿对唐代小说产生、存

① 李柯林等编：《鲁迅年谱》第1卷，北京，人民文学出版社，1983年，第317～318页。
② 李柯林等编：《鲁迅年谱》第2卷，第79页。
③ 鲁迅：《中国小说史大略》，第39页。

在根由的论述，前后判若迥异：《小说史大略》主要从"道释二教"等思想视域的影响与方士文人"好谈神异"的风气着眼；《中国小说史大略》则据以胡应麟之语，因"人学"而言文人意识的主导作用，着重强调"传奇文"为小说史发展的"有意为之"的阶段。同时，《小说史大略》认为作传奇者为"方士文人"，受《汉志》"小说家"影响深远；而《中国小说史大略》为突出"有意为之"而删改作者仅为"文人"。更甚者，《中国小说史大略》已注重小说史"演进"之迹，相较《小说史大略》更具有进化论色彩。大体而言，《中国小说史大略》已逐渐具备一种建构中国小说发展史的规律性探索，即进化论思想主导下的小说史体系的建构。典型者如"唐之传奇文（上）"将小说"幻设为文"的发端推溯于魏晋，云"幻设为文，晋世固已盛"，又言"传奇者流，源盖出于志怪"；论王度《古镜记》言其"缀古镜诸灵异事，犹有六朝志怪风流"。同时，《中国小说史大略》第七、八篇论述"唐之传奇文"时，已开始采用以时序进化为主的论述方式，分"隋唐间"、"唐初"、"武后时"等不同时段，引证论述；又用"吴兴才人沈亚之，元和十年进士第，太和初为德州行营使者柏耆判官"、"白行简字知退，贞元末进士第"等带有时间标识的言语以行文组织。可见，《中国小说史大略》对小说规律的探索已逐渐借用西方某些思维观及理论框架以建构，并呈浓烈上升态势。而这种建构是在鲁迅提出小说"演进"之"三大规律"的支配下进行的，即"由写神向写人的方向演进"、"由无意为小说向有意为小说演进"、"由文言文向白话文演进"。[①]对"唐之传奇文"的论述恰是为论证"由无意为小说向有意为小说演进"这条规律的。但诚如欧阳健所言，鲁迅将小说起源定于神话，且认为神话是最富于想象的充满创造性的，此论断立刻冲击第二条小说规律——富于想象的、充满创造性的必然是"有意为之"而成。[②]为坐实第二条小说规律，鲁迅必然要将"唐之传奇文"的产生及存在缘由依附于"人之觉醒"（即作者"有意为之"）。它或许受到胡应麟言语的直接触动，但胡应麟之语不过是鲁迅为支撑其说而"有意"引证罢了。

而据《鲁迅年谱》（第二卷）载，1923年7月鲁迅被聘为女子高等师范学校讲师之时，同时担任小说史和文艺理论两门课程。[③]在此前后，鲁迅曾大量接触西方文艺理论，并有译作问世，如1921年译有《小俄罗斯文学略说》，1922年作《北欧文学的原理》（收入《壁下译丛》）着重分

---

① 欧阳健：《〈中国小说史略〉批判》，第82页。

② 欧阳健：《〈中国小说史略〉批判》，第88～89页。

③ 李柯林等编：《鲁迅年谱》第2卷，第113页。

析 19 世纪北欧文学的特征；曾翻译多部俄国"十月革命"后的文学作品，并创作文学作品对"文学即人学"等西方文艺理论予以有力支持。如作《不周山》等，《〈故事新编〉序言》云："第一篇《补天》——原先题作《不周山》——还是一九二二年的冬天写成的。那时的意见，是想从古代和现代都采取题材，来做短篇小说，《不周山》便是取了'女娲炼石补天'的神话，动手试作的第一篇，首先，是很认真的。虽然也不过取了萧罗特说，来解释创造——人和文学的——缘起。"① 随着对西方文艺理论接受程度的深入，鲁迅在修订《史略》的过程中逐渐开始按照西方文艺理论来建构小说史框架，即如《中国小说的历史的变迁》（1924 年）所言，编《史略》的目的是为"从倒行的杂乱的作品里寻出一条进行的线索来"，试图在《中国小说史大略》中践行其所设定的三大小说演进规律，期以有效而合理建构因受西方进化论思想、"文学即人学"等文艺理论影响而形成的小说史框架。这大概是导致《史略》由《小说史大略》到《中国小说史大略》变化的主要原因。以至于《中国小说史大略》渐渐剔除引证史志的部分以减少受史志目录观的影响，如将"传奇体记传"改为"传奇之文"等。不过，《小说史大略》的粗糙梗概、不成体系等因素，大概是促使鲁迅借用西方文艺理论建构《史略》的重要推力。

但在《中国小说史大略》中，鲁迅的这种编织指导与目的意图并未得到有效施行。从《小说史大略》到《中国小说史大略》，尽管鲁迅已剔除"记传"等字眼，删除"史家对于小说之论录"一篇，但传统学术的思维方式及训练体系已深深扎根于鲁迅脑中，对传统学术的承继并未因方法的改变或接受了新观念而被即刻抹净。因此，在《中国小说史大略》中，我们依然可以发现鲁迅对"传奇体传记"表述的残留。如言《游仙窟》"殆实录矣"，言《李娃传》"行简本善文笔，李娃事又近情而耸听，故缠绵可观"。又，《中国小说史大略》所增"唐之传奇集及杂俎"篇中言及《莺莺传》，云"元稹以张生自寓，述其亲历之境，虽文章尚非上乘，而时有情致，固亦可观"，言《杜阳杂编》、《唐阙史》"虽间有实录，而亦言见梦升仙，故皆传奇，但稍迁变"，并援引《郡斋读书志》之语；增"宋之志怪及传奇文"，言《太平广记》云："其末有杂传体九卷，则唐人传奇文也。"② 以上例类，即见传统史志观念仍深刻渗入鲁迅论述小说规律演变的言语之中。

为剔除传统史志观念对论述"唐之传奇文"的影响，鲁迅则开始有意

---

① 鲁迅：《鲁迅全集》第 2 卷，第 353 页。

② 鲁迅：《中国小说史大略》，第 39～63 页。

从史志"小说家"寻求文献依据。如第七篇引证《唐书·艺文志》"小说家"著录陈鸿《开元升平源》一卷，第九篇论《续玄怪录》、《河东记》引《四库全书总目提要》之"子部小说家类"语。鲁迅此举本意当为突出"小说家"，但仍据史志目录以论断则可反证传统学术观依旧深深扎根于《中国小说史大略》对"传奇文"的论述过程中。尽管"唐传奇体记传"已于《中国小说史大略》中被改为"唐之传奇文"，但《中国小说史大略》对"传奇文"之"传奇"的理解仍旧停留于传奇异之事与物的层面。《中国小说史大略》第九篇言《杜阳杂编》、《唐阙史》，云"虽间见实录，而亦言见梦升仙，故皆传奇，但稍迁变。至于康骈《剧谈录》之渐多世务，孙棨《北里志》之专叙狭邪，范摅《云溪友议》之特重歌咏，虽若弥近人情，远于灵怪，然选事则新颖，行文则逶迤，固仍以传奇为骨者也"，言《诺皋记》云"续集则有《贬误》以收考证，有《寺塔记》以志伽蓝，所涉既广，遂多珍异，为世爱玩，与传奇并驱争先矣"，① 等等，即是证例。这就导致《中国小说史大略》有关"唐之传奇文"的引证论断，仍未完全具备独立的文体分类意义，存有诸多拗口乃至自相矛盾之处。要之，《中国小说史大略》在传统学术与西方文艺理论、史志目录思维与建构小说史体系之目的意图的双重把握中，终难两全。

从《中国小说史大略》到北大新潮社初版（上卷），《史略》有关"唐之传奇文"的相关部分，论断并无大变化。惟因新潮社初版重新收录"史家对于小说之论录"篇，尚值得注意。此次收录之文较《小说史大略》而言，几近重写，面目全非（下引皆据此，不再注明）。② 而后各修订本大体延续初版之貌。在该篇中，初版将有关"记传"的表达删除殆尽，取以"小说"引证表达代之：如详引《汉志》"小说家"著录的书目及班固论断，删《小说史大略》中有关"小说"于《隋志》、《旧唐志》"史部杂传"类的著录详情；增列《隋志》之"论列则仍袭《汉书·艺文志》"，"刘昫等因韦述旧史作《唐书·经籍志》"、"所录小说，与《隋书·经籍志》亦无甚异，惟删其亡书，而增张华《博物志》十卷，此在《隋志》，本属杂家，至是乃入小说"等语；又增列欧阳修《新唐书·艺文志》"小说类中，则大增晋至隋时著作，自张华《列异传》、戴祚《甄异传》至吴筠《续齐谐记》等志神怪者十五家一百五十卷，王延秀《感应传》至侯君素《旌异记》等明因果者九家七十卷，诸书前志本有，皆在史部杂传类，与耆旧高隐孝子良吏列女等传同列，至是退为小说，而史部遂无鬼神传；又增益唐

---

① 鲁迅：《中国小说史大略》，第 52 ～ 55 页。

② 鲁迅：《中国小说史大略（上卷）》，北京，北京大学第一院新潮社，1923 年。

人著作……并入此类，例乃愈棼，元修《宋史》，亦无变革，仅增芜杂而已"等内容。

据此可知，由《中国小说史大略》至初版的修订过程，鲁迅援引史志书目以正"小说"的倾向愈发明显。而最大的不同，还在于初版增引了《庄子·外篇》、桓谭《新论》、《隋书·经籍志》、新旧《唐书·艺文志》、胡应麟《少室山房笔丛》等文献以论"小说"命名的演变。尤其是，引证胡应麟有关"小说"六大派别之语（即"志怪"、"传奇"、"杂录"、"丛谈"、"辩订"、"箴规"），以言"小说繁多，派别滋多"等情形。对胡应麟著述引证的增多，使得初版有关"小说"来源及流派的论述得以有力佐证；尔后初版则据以修改"唐之传奇文"的有关论断，以申述"传奇文"文类的合理性。但通观此篇，却不曾对小说概念及其文体特征作任何说明，而此举与初版其后各篇所遵循的言说路径，甚有异趣。据此可知，初版对小说史的理论框架建构，尚缺乏严密的逻辑与客观的论断。此引证手法虽或受朴学方法所影响——述而不论，例类引而意自明，又恐有隐情。欧阳健指出鲁迅此举不过是想规避对胡适的重复，因此前胡适已于学界大举推崇小说，借西方文艺理论的观点言说，影响披靡；且鲁迅最早讲授《史略》是在北大，为避开胡适观点，寻求据文献以申述，以另辟蹊径。此论颇有见地。① 鲁迅此举当是不得已而为之，当为初版重新补录"史家对于小说之论录"一篇的重要原因。如若非此，则恐难以解释《中国小说史大略》极力淡化《小说史大略》之"史家记传观"而以西方文艺理论相待，却又补录起总纲性质的"史家对于小说之论录"篇等举动，更难解释初版首篇与其后各篇的研究路数及志趣相异样的情形。要知道，鲁迅自 1920 年起不断对《史略》进行修订，对此中矛盾当不会无所察觉。据上述以推之，初版仍未有效调和传统学术与西方文艺理论、史志目录思维与建构小说史体系的目的意图之间的矛盾冲突。而较之于《中国小说史大略》而言，初版对"唐之传奇文"的引证论断的最大不同，大概是更加突出"唐之传奇文"的文体意义。这从补录"史家对于小说之论录"一篇，即可明了：该篇所引诸多史志书目不外乎强调"小说"如何从史志书目中被剔除而渐自独立成体；尤其是，初版引《四库全书总目提要》"小说家"后，云"于是小说之志怪中又杂入本非依托之史，而史部遂不容多含传说之书"，引《续文献通考》、《百川书志》、钱曾《藏目志》收录《三国志通俗演义》、

---

① 案，鲁迅曾于《热风》说到"现在的中国，社会上毫无改革，学术上没有发明，美术上也没有创作；至于多人继续的研究，前仆后继的探险，那更不必提了"，知鲁迅看中学术研究的发明权，不愿拾人牙慧。

《水浒传》、《灯花婆婆》等"通俗小说"的情形。以上诸多引证是《史略》为说明"小说"从"杂家"、"史部杂传"、"史记鬼神传",到"子部小说家",再到明清公私书目著录"通俗小说"的变化过程,实为"小说"文类独立的演进历程。其间的意图,颇为明显。此当为补录"史家对于小说之论录"篇的另一重要原因。但《中国小说史大略》所体现出来的种种矛盾,初版依旧存在,之后各修订本亦不曾有效地解决。恐鲁迅修订过程中,并不曾意识到此中逻辑及引证的悖谬。

综上所述,通过对《史略》各版本的比对可知,在《史略》各版本修订过程中,鲁迅对"唐传奇"的认识经历了"唐传奇体记传",到"唐传奇体记传"与"唐之传奇文"杂糅,再到"唐之传奇文"文类定名等三种变化情形。这三种变化情形的形成恰恰是鲁迅对传统学术思想与西方文艺理论、史志目录传统与建构小说史体系的目的意图双重把握的不同认识阶段的表现。《史略》最初的"传奇体记传"的表达,恰恰受史志书目及传统学术思维方式的影响,并不具备文体分类意义。而《中国小说史大略》所体现的分类定名亦非具备独立的文体分类意义。尽管后一种情形的类名表达具备了一定的文体分类意义,但这是在极力推崇西方文艺理论且试图消除传统学术思想影响的情况下形成的。它虽使《史略》得以具备一套较为完整的理论框架,却渐渐疏离了传统学术思想,且不再以传统文献为论断基点,转而以西方文艺理论为主,试图概括出一条小说"进行的线索来"。这种"小说史观"所设定的潜在思维禁锢在于:小说史的建构并非根植于古代小说发展的实情,并非以当时人的"历史"的观念为主,而带有以材料套框架的嫌疑,致使《史略》无法调和对古代小说的认识与古代小说演进实情之间的矛盾冲突,更无法有效言明古代小说的演变实情。

三、有关"唐人小说"之称谓

然而,后世治小说史者失察,未曾注意到《史略》不同版本有关"唐传奇"论断的变化,直接援引修订本之语以证某说为某某,搬出《史略》作靠山。殊不知不正《史略》源本,已引发后世治小说史者的无限遐想。这种情况使得后世治小说史者,同样陷入《史略》后期修订出现的思维禁锢——以材料套框架、以理论隶文献。这种治学方法渐行渐远,当理论大张其道且主导一切时,即使反思者欲以文献依据纠正《史略》的局限,亦无法跳出由理论到理论的论断模式——以文献为起点而最终又回归为"唐传奇"补征，这实际上是仍未曾调节好传统学术思想与西方文艺理论之间的矛盾冲突的表现。此思维及治学路径若不根治，恐有无限循环之弊。

"传奇体小说"作为文体类名，必须同时具备其概念内涵、外延符合古代小说发展实际的情形。然而，据唐宋以降的史志及公私书目所著录"小说"的相关情形，以及唐代小说的存在实物特征，以"传奇体"为小说文类尚难符合这种要求。大体而言，唐代小说属于"史部记传"类。单就唐代小说多以"××传"名篇这情形一项，即见一斑。而"有意为之"、小说作品叙述的完整性、叙事思想的多样等内容，并不能成为"唐之传奇文"的主要文体特征。"史部杂传"类等论述，亦可见这几种特点。其实，鲁迅所谓"传奇者流，源盖出于志怪"一语，并未涉及文体演变之意，而是为表达古代小说发展至唐所写内容由"志神怪"到"近人事"的转变。何况，《史略》所言"唐之传奇文"与后世治小说史者所言"唐传奇"，其指称内涵亦有所不同："传奇文"之"传奇"仅仅是个形容修饰词；而"唐传奇"之"传奇"则变为名词。既然"唐传奇"作为文类，不仅具有逻辑缺陷，更是缺乏文献、实物依据，那么，以"唐传奇"小说类名建构小说史则必定会带来种种弊端，大致有理论先行、主观分类而非根植于唐人小说的存在实情、论断过程中往往会以偏概全等三种缺陷。对此，或据"传奇体记传"的提法，或以"唐人小说"涵盖，摒弃"唐传奇"的文体分类，当更符合唐代小说的发展实情。

第二节 《史略》名类讽刺小说与谴责小说的前后

在《史略》所划分的小说类名中，最难区别、最不周延的分类当属谴责小说与讽刺小说。《史略》对古代小说的分类标准与命名的依据主要有小说的题材、小说的创作手法或态度、小说的动机等三种。名类谴责小说与讽刺小说概属第二种，且是"以错误判断的小说的手法或作者的态度来命名的"。[①] 虽然已有学者注意到《史略》界定"讽刺"与"谴责"时的诸多不合理处，但受时代潮流的影响，学界对讽刺小说与谴责小说仍存在严重误读。[②] 不过，《史略》不同版本之间对这两类小说的认识并不一致，联

① 欧阳健：《〈中国小说史略〉批判》，第 127～130 页。
② 欧阳健：《"讽刺"与"谴责"的错位与误读》，《厦门教育学院学报》2007 年第 3 期，第 18～22 页。

系鲁迅的"文人习气"及其小说创作、与彼时同行的异趣等情形，知鲁迅所言这两种小说类型的缘由颇为复杂，须正本清源。

一、由单列谴责小说到讽刺小说、谴责小说镳道并驱

在《史略》诸修订本中，《小说史大略》第十七篇为"清之谴责小说"，此时尚未专言讽刺小说。《小说史大略》将《儒林外史》作为谴责小说的滥觞，云："此类著作，早有成书，如《儒林外史》作于乾隆初，而中间忽无嗣响。"次叙《老残游记》，云："其书借铁英即号老残者之游行，而历记其闻见言论，笔墨虽远逊《儒林外史》，且多叙作者之信仰，而攻击官吏之处亦多。"又述《官场现形记》，云："作者本意，虽云深恶官场，惜观察至为浅薄，较之《老残游记》相去尚远，盖第有谴责之心，初无痛切之感，故言多肤泛，与慨然有作者殊科矣。"又述《二十年目睹之怪现状》，云："所叙之范围较大，作者之经历亦较深，故文意亦视《官场现形记》为繁变，惜其叙述过于巧合，亦多附会而已。"《小说史大略》所论大概以水平由优及劣、"文意真挚与感人之力"渐微之次为序，含有一定的进化论思想。同时，鲁迅对谴责小说作了如下概括："文人于当时政治状态或社会现象有不满，摹绘以文章，且专著其缺失，则所成就者，常含有攻击政俗之精神，今名之曰谴责小说。"① 除此之外，尚未发现此时期的鲁迅及其著述对谴责小说的其他说明。其所言"不满政治状态与社会现象"以"攻击"的概括，显然无法切中"谴责"二字本意。恐鲁迅最初名类谴责小说与晚清社会及政治积弊的背景有关，因为《小说史大略》接着说："逮光绪末，积弱呈露，人心渐不平，抉剔弊窦之风顿起，于是谴责小说亦忽而日盛矣。"②

《小说史大略》将《儒林外史》当作谴责小说源头的最初考虑或是为谴责小说寻求合理的"身份"定位，并非直接针对《儒林外史》而发，而是溯流清源之思维的惯性作用。其所指主要是《老残游记》之类的晚清小说。且若严格按照时间为序以描述谴责小说的衍变，则依《老残游记》等三部小说发行的先后，论述顺序当为《官场现形记》、《二十年目睹之怪现状》、《老残游记》。而《小说史大略》相关论述并非恪守以时间为序的进化论思想，反而因水平优劣而鄙薄《老残游记》等此类晚清小说。可见，鲁迅名类谴责小说之初，就以鄙薄之态出现。应该说，《儒林外史》作为

① 鲁迅：《小说史大略》，《中国现代文艺资料丛刊（第4辑）》，上海，上海文艺出版社，1979年，第109～119页。
② 鲁迅：《小说史大略》，第109页。

此类小说源头仅仅是进化论思想作用下的必然，其时鲁迅潜意识中恐非将此作为谴责小说的主要代表。

这种情形在《中国小说史大略》中，表现得尤为显著。《中国小说史大略》将《儒林外史》剔除谴责小说之外，专列讽刺小说一类。其对讽刺小说的论断及评价为："迨吴敬梓《儒林外史》出，乃秉持公心，指摘时弊，机锋所向，尤在士林；其文又感而能谐，婉而多讽：于是说部中乃始有足称讽刺之书。"[①] 远比对谴责小说之"虽命意在于匡世，似与讽刺小说同伦，而辞气浮露，笔无藏锋，甚且过甚其辞，以合时人嗜好，则其度量技术之相去亦远矣，故别谓之谴责小说"[②] 的评价及定位要高得多。如欧阳健所言，鲁迅从所谓"度量技术"以对待谴责小说确含有意拔高《儒林外史》而鄙薄晚清小说之嫌。[③] 所言"秉持公心"、"后世亦少有以公心讽刺之书如《儒林外史》者"，[④] 言外之意则以为有清一代的其他讽刺小说，乃至谴责小说均无法超越《儒林外史》。

在进化论思想的作用下，鲁迅剔《儒林外史》于谴责小说之外，必然要重新为谴责小说寻求源流表达。由于鲁迅对谴责小说的分类并未切中有清一代小说的存在实情，即表述过程中的历史与逻辑不统一，且其名类谴责小说之初本是直接针对晚清小说的。因而，《中国小说史大略》第二十六篇名为"清末之谴责小说"，不再冠以"清代"二字，也不再亦无法寻求此类小说的源流衍变。故《中国小说史大略》开篇则以"光绪庚子（1900）后，谴责小说之特盛"一语展开，只能模糊泛论谴责小说"似与讽刺小说同伦"。在《中国小说史大略》全部二十六篇中，要么言"六朝"、"唐"、"宋"、"明"、"清"，要么言"宋元"、"明清"，而冠"清末"以论述某一时期小说类别的情形尚属特例，颇令人疑窦。同时，《中国小说史大略》将晚清四大谴责小说的论述顺序调整为《官场现形记》、《二十年目睹之怪现状》、《老残游记》、《孽海花》，虽然仍最为肯定《老残游记》的文学艺术性，却更严格依照进化论思想，并与《小说史大略》的表述多所不同，但对谴责小说的鄙薄之态仍存在。胡适《官场现形记·序》言："鲁迅先生这样推崇《儒林外史》，故不愿把近代的谴责小说同《儒林外史》

---

① 鲁迅：《中国小说史大略》，《鲁迅研究资料（第17辑）》，天津，天津人民出版社，1986年，第135页。

② 鲁迅：《中国小说史大略》，第184页。

③ 欧阳健：《"讽刺"与"谴责"的错位与误读》，《厦门教育学院学报》2007年第3期，第18～22页。

④ 鲁迅：《中国小说史大略》，第140页。

并列。"① 一语道破玄机。总的来说,《中国小说史大略》对讽刺小说与谴责小说的褒贬势态,已非常明显。

　　《中国小说史大略》之后的各修订本,有关谴责小说与讽刺小说的论断仅作个别字句的变动。至此,《中国小说史大略》中有关讽刺小说与谴责小说的论断被鲁迅当作八大"小说名类"之二而确立,镳道并驱。可知,鲁迅名类讽刺小说与谴责小说的思考主要集中于由《小说史大略》到《中国小说史大略》刊行这段时间内。《小说史大略》仅仅是讲义课件稿,其逻辑不严、论断不详及体例不明,原本无可厚非。而就名类讽刺小说与谴责小说而言,《中国小说史大略》所确立的体例及相关论断表明鲁迅对这两类小说的思考尚不明确。鲁迅所言谴责小说"似与讽刺小说同伦",又言《官场现形记》"殊不足望文木老人后尘",即是明证。故此版本存在论断混乱与引证逻辑不严的情况则无法避免。然《中国小说史大略》的相关论述未必比《小说史大略》来得高明。从《小说史大略》到《中国小说史大略》,相关论断虽有所变化,但二者皆是对"攻击政俗之精神"(《小说史大略》)、"匡世"(《中国小说史大略》)的肯定,不管是单列"谴责小说"类还是"谴责小说"与"讽刺小说"并存,二者的命题本质并无二致,均导向古代小说文治教化的"美刺"作用。因此,由"谴责"到"讽刺"的变化实是鲁迅强调古代小说"美刺"功用之内在逻辑及思维发展的必然结果。据两版本的相关表达看,二者的最大不同仅仅表现在"攻击政俗之精神"的高下、"度量技术"的优劣而已。但《中国小说史大略》将讽刺小说与谴责小说并列反而使读者无法明确这两类小说的各自本质,容易将二者混淆。言及至此,大概不能算是对《史略》的苛责!

　　这里有两点尚须注意。一是,《中国小说史大略》有关"讽刺小说"的论述。该篇虽提到《西游补》、《钟馗捉鬼传》两部小说,但认为前者"私怀怨毒,乃逞恶言",后者"词意浅露,已同嫚骂",② 均属平庸之作。而《中国小说史大略》着力论述《儒林外史》时,主要从两方面加以肯定:首先,肯定《儒林外史》的笔法。所谓"指擿时弊,机锋所向,尤在士林;其文又感而能谐,婉而多讽","描写既多据自所闻见,而笔又足以达之,故能烛幽索隐,物无遁形……间亦有市井细民,皆现身纸上,声态并作,使彼世相,如在目前。惟全书无主干,仅驱使各种人物,行列而来,事与其来俱起,亦与其去俱迄,虽云长篇,颇同短制;但如集诸碎锦,合为帖

---

① 胡适:《中国小说考证》,上海,上海书店出版社,1980 年,第 451 ～ 453 页。
② 鲁迅:《中国小说史大略》,第 135 页。

子，虽作巨幅，而时见珍异，因亦娱心，使人刮目矣"，① 这些描写颇似鲁迅对杂文笔法的认可意见，尤其是"婉而多讽"、"虽云长篇，颇同短制"，颇似杂文笔法之精髓（详下文）。其次，《中国小说史大略》肯定《儒林外史》"掊击习俗"之举。该篇在引范进中举、马二事迹（第十四回）、"王玉辉之女殉夫之事"（第四十八回）等例子后，指出《儒林外史》"刻画伪妄之处尚多，掊击习俗者亦屡见"，"托稗说以寄慨"，② 具有深刻的匡世意义。这种随处可见的"掊击习俗"之举是鲁迅大力推崇《儒林外史》的重要原因之一。而"掊击习俗"之举亦是杂文命意的题中之意。据此，《中国小说史大略》否认《西游补》、《钟馗捉鬼传》等小说，无非是因为它们既无笔法（即"词意浅露，已同嫚骂"），又无"掊击习俗"之意（即"私怀怨毒，乃逞恶言"）。显然，这些论断并不合这两部小说的实际，从中不难看出鲁迅个人喜好对《史略》论断的影响。

二是，有关《孽海花》的论断，《小说史大略》将其归入"清之狂邪小说"一篇，而《中国小说史大略》将其归入"清末谴责小说"篇，二者所论差别显著。《小说史大略》"清之狂邪小说"云："其以记注狭邪为全书线索者，在今所见，盖起于清咸丰末年而泛滥于光绪末以至宣统初年者也。"③ 将《孽海花》归入此类是因为是书"谓北京名妓赛金花也"，"专叙洪傅佚事，而清末琐闻亦错出其中，且写当时名士习气、颇极刻露，盖已甚有掊击社会之意矣"。④ 而《中国小说史大略》"清末谴责小说"篇对《孽海花》的相关论断为："第一回犹楔子，有六十回全目，自金沟抢元起，即用为线索，杂叙清季三十年间遗闻逸事。""书于洪傅特多恶谑，并写当时达官名士模样，亦极淋漓，而时复张大其词，如凡谴责小说通病；惟结构工巧，文采斐然，则其所长也。书中人物，几无不有所映射。"⑤ 比较这两段论断，《小说史大略》是将《孽海花》的构思线索当作全书所写重点，《中国小说史大略》则关注《孽海花》揭露黑暗社会的笔墨及当时达官名士的"遗闻逸事"等描写重点。前一论断大致流于肤浅与武断，后一论断与是书写作者曾朴本意及当时人看法，亦多有迥异。曾朴《修改后要说的几句话》言："想用主人公做全书的线索，尽量容纳近三十年来的历史，

---

① 鲁迅：《中国小说史大略》，第 136 页。
② 鲁迅：《中国小说史大略》，第 136 ～ 140 页。
③ 鲁迅：《小说史大略》，第 104 页。
④ 鲁迅：《小说史大略》，第 108 ～ 109 页。
⑤ 鲁迅：《小说史大略》，第 192 页。

专把些有趣的琐闻逸事,来烘托出大事的背景,格局比较的廓大。"①《孽海花》最初连载于《小说林》时,是以"历史小说"标榜。(金松岑所写前六回则标"政治小说"。)又,《清朝野史大观·清代述异》(卷十一)云:"近日社会小说盛行,如《孽海花》、《怪现状》、《官场现形记》,其最著者也,然追溯原委,不得不以《儒林外史》一书为吾国社会小说之嚆矢也。"将《儒林外史》、《孽海花》当作"写社会之恶态,而替笑训诫之"的"社会小说",这种分类明显受西方文艺理论的影响,是近代"西学东渐"的特殊产物。②据此,不管《史略》是将《孽海花》当作狂邪小说抑或是谴责小说,既非基于彼时特定的时代背景,亦非与时人论断相类,缺乏相应的理论支撑,更非根植于《孽海花》作者曾朴的"作者本意",有别大众而属于独创。可见,探讨《史略》名类谴责小说的原因当更侧重从鲁迅的个人思想及其文学创作所带来的影响等方面着手。

二、"文人习气"与小说研究:鲁迅的文学创作与《史略》相关论断

鲁迅作为"五四"新文化运动的重要人物,奠定文坛领袖地位的是文学创作。换句话说,鲁迅首先是以作家身份独步现代文坛的。尽管早在1909 年鲁迅就已经着手辑录《古小说钩沉》,1912 年辑录《唐宋传奇集》,为编纂"中国小说史"课程讲义做了必要准备,又写有《汉文学史纲要》等学术著述,具有深厚的学养,但鲁迅自我认可较多的还是他的小说创作与杂文。可以说,以文人的身份定位鲁迅,大概还算贴切。而在鲁迅身上,我们可以发现文人习气的典型性,诸如随意性、文人相轻等表现得十分明显。苏雪林《我论鲁迅》曾说:"鲁迅的性格是怎样呢? 大家公认的是阴贼、刻薄、气量偏狭、多疑善妒、复仇心坚韧强烈、领袖欲旺盛。"③若言苏雪林的意见有些偏激的话,那么好友林语堂所言"鲁迅政治气味甚浓,脱不了领袖欲",④就深刻说明鲁迅的这种性格与心理给予周遭人士的强烈感受。正是这种性格与心理,鲁迅的文章多以尖刻闻名于世。学者周质平将其精括为:"鲁迅的文章以忌刻尖酸名世,所谓'师爷'、'刀笔'都是指此而言。……鲁迅的刻薄却在个人的批评上,表现得特别突出。鲁迅曾这样地讥讽过胡适:'杜威教授有他的实验主义,白璧德教授有他的人

① 魏绍昌编:《孽海花资料(增订本)》,上海,上海古籍出版社,1982 年,第 128 ~ 129 页。
② 佚名:《清代述异》,载《清朝野史大观》,上海,中华书局,1934 年。
③ 苏雪林:《我论鲁迅》,台北,传记文学出版社,1979 年,第 10 页。
④ 林语堂:《追悼胡适之先生》,《海外论坛(三卷四号)》,1962 年 4 月 1 日。

文主义，从他们那里零零碎碎贩运一点回来的就变了中国的呵斥八极的学者'。他也曾以'丧家的''资本主义的乏走狗'骂过梁实秋。类似这样的文字，就是我说的'个人的批评'。"①检视鲁迅的相关文章，批判的重点对象之一即是针对个人的批评，例证颇多；且这种"个人的批评"往往是独造词语，不走大众路线，谴责小说的提出即是此类。从某种意义讲，鲁迅杂文被喻为"匕首"的重要原因是其刻薄、气量偏狭等性格与"领袖欲"心理造成的，导致其不甘寂寞而以不断讽刺各种不公的现象为己任，其杂文的尖刻即是显例。

客观地讲，这种"个人的批评"的批评方式因批评者之兴趣爱好而存在，无可厚非；但应当以客观事实为依据，以公正心态对待评判对象。况且，这种"个人的批评"还应当注意在文学创作中与学术研究过程中的差异性。文学创作中的"个人的批评"并无对错是非之分，随作者个性爱好使然；而学术研究过程中的"个人的批评"显然要以研究对象的客观存在为依据，虽有评论者关注重点、角度、方法不同等情形，却不能偏离研究对象而随意发挥。两者的差别不仅体现在量上，还因为二者的批评思维有本质之别。文人习气不仅会影响作家的文学创作，更会阻碍他们进行学术研究的客观性与公正性，对学术研究带来的负面影响将十分明显。

事实上，这种针对个人的尖锐批评在《史略》相关论断中尤其多。比如，《史略》赞扬吴敬梓是"秉持公心"、"以公心讽世"，批评李伯元等晚清谴责小说家"缘借笔墨为生"，"以抉摘社会弊恶自命……徒作谯呵之文，转无感人之力……其下者乃至丑诋私敌，等于谤书；又或有嫚骂之志而无抒写之才，则遂堕落而为'黑幕小说'"。②影响这种抑扬的因素除鲁迅采用的"度量技术"之外，更在于鲁迅对晚清小说所持的否认态度及与这些小说作者所关注重点之不同而致：鲁迅认为小说作品只有进行"国民性批判"方可救世，③而《老残游记》等晚清小说关注的重点很大程度上集中于官僚机制，故鲁迅极力贬低此类小说。所谓"抉摘社会弊恶"、"有嫚骂之志而无抒写之才"即是认为此类小说仅是暴露社会弊端，无甚感人之力，批判这些作品并未深层次思考造成此现象的原因，更未提出解决措施。

① 周质平：《胡适与鲁迅》，台北，时报文化出版企业有限公司，1988 年，第 41～43 页。
② 鲁迅：《中国小说史大略》，第 186～194 页。
③ 案，有关《史略》编纂与"国民性批判"的关系，参见本书相关章节以及《近现代尚鬼神妖怪之风、"国民性批判"与〈中国小说史略〉——以"六朝之鬼神志怪书"、"明之神魔小说"为例（上）》（《上海鲁迅研究》2012 年第 4 期）、《近现代尚鬼神妖怪之风、"国民性批判"与〈中国小说史略〉——以"六朝之鬼神志怪书"、"明之神魔小说"为例（下）》（《上海鲁迅研究》2013 年第 1 期）等文。

由于梁启超等氏对小说的大力推崇，晚清的小说家普遍有一种崇高的使命感，他们主动担负起"开民智"、寻求中国民主富强的重任。[①]鲁迅曾受梁启超所编《新小说》及《论小说与群治之关系》一文的影响，肯定并大力创作小说作品，认为小说是改革社会之利器。（周作人《关于鲁迅之二》）[②]这种情形本是晚清小说精神之延续。（《史略》曾多次强调小说的"美刺"功用。）那么，鲁迅本当认可同含有此种意图的晚清小说，而事实却相反：鲁迅等认为"自己才是白话运动的倡导者，是新文学运动的缔造者"，有意无意地忽略新文学运动与晚清小说精神的源流承继关系。[③]鲁迅极力批判晚清小说的浅薄，并不曾吸纳同时期人对晚清小说的公允评价，这不能不说是"个人的批评"意识作用的重要表现。

我们从《革命时代的文学》（1927年）一文即可洞察个中缘由。在这篇文章中，鲁迅将革命时代的文学分为大革命之前、大革命之时、大革命之后三个时期，其中第一时期："大革命之前，所有的文学，大抵是对于种种社会状态，觉得不平，觉得痛苦，就叫苦，鸣不平，在世界文学中关于这类的文学颇不少，但这些叫苦鸣不平的文学对于革命没有什么影响。因为叫苦鸣不平，并无力量，压迫你们的人仍然不理……仅有叫苦鸣不平的文学时，这个民族还没有希望。……至于富有反抗，蕴有力量的民族，因为叫苦没用，他便觉悟起来，由哀音变为怒吼。怒吼的文学一出现，反抗就快到了；他们已经很愤怒，所以与革命爆发时代接近的文学每每带有愤怒之音；他要反抗，他要复仇。"鲁迅鄙薄晚清谴责小说大概因这类小说产生在革命之前，仅仅是鸣不平的"叫苦"之作，"无甚感人之力"，史无反抗复仇之意。但鸣不平积累到一定量态时，势必会导向反抗与复仇之一面，而鲁迅对此量变过程直接予以忽略。据此，"偏狭"心态及"领袖欲"当是导致鲁迅鄙薄谴责小说的主要原因之一，则文人习气已影响到其编纂《史略》的基本态度及具体小说的论断。在与胡适的通信中，鲁迅明确表示："《小说史略》竟承通读一遍，惭愧之至。论断太少，诚如所言；玄同说亦如此。我自身太易流于感情之论，所以力避此事，其实正是一个缺点。"（1923年12月31日《信》）[④]其自我承认"太易流于感情之论"为《史略》一大缺点，正是《史略》存有过多"个人的批评"的重要原因。所谓"力避此事"表明鲁迅已意识到这对《史略》的不良影响，却无法规

①　欧阳健：《晚清小说史》，杭州，浙江古籍出版社，1997年，第400页。
②　周作人：《瓜豆集》，香港，九龙实用书局，1969年，第232页。
③　欧阳健：《〈中国小说史略〉批判》，第182页。
④　胡适：《胡适日记全编》第4册，合肥，安徽教育出版社，2001年，第145页。

避殆尽。据此，从文人批评习气的视角探讨对《史略》编纂所造成的影响，当不至于南辕北辙。

这种文人习气对《史略》造成的不良影响，主要有二：

一是，导致《史略》体系不严谨，论断过于随意。《史略》对古代小说类型的八分，标准并非趋一而是多重杂糅。若纯粹地或从小说题材、或小说创作手法来名类古代小说类型，并非不可。但从动机去判断小说类型之做法就值得商榷：古代小说尤其是白话通俗小说发展的早期，多属于世代积累的集体创作型作品，且这类小说往往与同题材的戏曲、杂剧等说唱文学有紧密关系，这些因素导致我们难以精确把握这类小说的动机；何况这种分类标准主要针对的是《镜花缘》等小说，无法兼顾清中叶及其之前的古代小说发展情形。[①]《史略》将这三种标准杂糅，使得所分类的各种小说类型之间往往互相包含，不具备典型特征，缺乏严密的类型内涵与外延。对讽刺小说与谴责小说的分类即是概念内涵与外延不严的典型，相关论断显得过于随意，褒贬的个性化情绪太浓，即证。

二是，鲁迅创作思维与研究思维相杂糅，导致《史略》的感性认识过浓，缺乏客观而公正的理性认识。其曾否认胡适的考证癖好，批判其缺乏艺术的欣赏能力，《出关的关》云："如果作者手腕高妙，作品久传的话，读者所见的就只是书中人，和这曾经实有的人倒不相干了。例如《红楼梦》里贾宝玉的模特儿是作者自己曹霑，《儒林外史》里马二先生的模特儿是冯执中，现在我们所觉得的却只是贾宝玉和马二先生，只有特种学者如胡适之先生之流，这才把曹霑和冯执中念念不忘的记在心儿里：这就是所谓人生有限，而艺术却较为永久的话罢。"[②] 诚然，若是研究者只知道为考证而考证，不懂艺术鉴赏，势必影响对具体小说的赏鉴论断；但仅从艺术鉴赏角度论述而缺乏相应文献考证的话，艺术鉴赏势必无法切中肯綮。《史略》有关古代小说版本与作者的文献考据并不多，其中有关小说作者的考究大多集中于唐前，对古代小说版本的考证则集中于《宣和逸事》、《水浒传》、《西游记》、《隋唐志传》等少数作品，[③] 原因即于此；其余部分大多属于艺术赏鉴论断，且在这些论断中，相当一部分论断带有浓厚个性偏好，缺乏相应的文献支撑。可见，《史略》编纂时是创作思维占主导，致使论

---

① 参见拙稿《"以小说见才学者"辨正及其小说史叙述意义——兼及"才学小说"的概念使用》，第146页。

② 鲁迅：《鲁迅全集》第6卷，第538页。

③ 参见拙稿《中国小说起源于"神话与传说"辨正——以〈中国小说史略〉为中心》，第134～143页。

断感性认识成分颇多。而鲁迅认为研究古代小说的版本仅需依据通行本即可,《致台静农》云:"郑君(郑振铎)治学,盖用胡适之法,往往恃孤本秘笈,为惊人之具,此实足以炫耀人目,其为学子所珍赏,宜也。我法稍不同,凡所泛览,皆通行之本,易得之书,故遂孑然于学林之外。"①这种研究思路直接导致《史略》所据文献基础并不牢靠,从而影响对作品思想的把握及所进行的艺术鉴赏。典型则如有关《红楼梦》之论断:《史略》论断本源于胡适《红楼梦考证》所提出的"自传说"、"高鹗续书说"等。这必然导致《史略》有关《红楼梦》后四十回的艺术鉴赏与将《红楼梦》一百二十回本当作一个整体所得出的鉴赏意见不同。近年来,经过研究者的不懈努力,大致可确定《红楼梦》一百二十回本是一个有机的艺术整体;胡适《红楼梦考证》所据文献及相关论断存有诸多漏洞,并不牢靠。②而鲁迅未对《红楼梦》的版本及作者进行深究,其所下论断并不可取。此系鲁迅采用推崇艺术赏鉴而忽略文献版本的研究思路所致。鲁迅为规避胡适所谓"白话文学正宗论"致对胡氏有关白话小说的诸多考论,多持批判态度;但《史略》又不得不加以援引,导致《史略》有关《红楼梦》的论断与《出关的关》等意见自相矛盾,有违古代小说研究要将文献考据与艺术赏鉴相结合的一般研究思路。这种情形归根到底在于受鲁迅文人习气的影响,致使《史略》论断缺乏客观公正的理性认识。"清末谴责小说"篇中表现得尤为明显。

文人习气对学术研究的渗透会导致研究论断的感性成分多于理性成分,这种思维发展的必然则是鲁迅小说创作所体现的思想及其目的意图渗透到《史略》与此相关或相似的论断之中——推崇古代小说与其小说创作相一致的部分,否定相反或不相干的部分。具体而言,鲁迅的杂文创作及对"讽刺"作品的推崇,是导致《史略》由单列谴责小说到讽刺小说、谴责小说镳道并驱之变化的重要原因。《论讽刺》(1928年)云:"我们常不免有一种先入之见,看见讽刺作品,就觉得这不是文学上的正路,因为我们先就以为讽刺并不美德。""现在的所谓讽刺作品,大抵倒是写实,非写实决不能成为所谓'讽刺';非写实的讽刺,即使能有这样的东西,也不过是造谣和诬蔑而已。"③事实上,最早推崇讽刺小说的是鲁迅,《史略》更

① 鲁迅:《鲁迅全集》第12卷,第321～322页。

② 可参考欧阳健《红楼新辨》(花城出版社,1994年)、《还原脂砚斋》(黑龙江教育出版社,2003年),曲沐《红楼会真录》(台湾弘毅出版社,1997年),克非《红学末路》(重庆出版社,2004年),以及拙稿《"红迷"剖析"红楼之谜"》(黑龙江教育出版社,2010年)等相关论述。

③ 鲁迅:《鲁迅全集》第6卷,第286～288页。

是首次在古代小说中划出讽刺小说一类。在现代文坛上，创作讽刺作品（包括小说、杂文）用力最勤的作家莫过于鲁迅。鲁迅强调"讽刺作品"必须是写实的，与《史略》"清之讽刺小说"一篇所言"敬梓之所描写多据自所闻见，而笔又足以达之，故能烛幽索隐，物无遁形"，"《儒林外史》所传人物，大都实有其人，而以形象谐声或廋词隐语寓其姓名，若参以雍乾间诸家文集，往往十得八九"，二者表达相似。《出关的关》却批评胡适的小说本事索隐而不懂艺术创作规律，这不但与《史略》的相关表达矛盾，更是否定了自身所提出的写实原则。应该说，鲁迅有意名类并推崇讽刺小说并非根植于《儒林外史》的存在实情。从某种程度讲，《史略》名类讽刺小说是鲁迅推崇讽刺作品之意识的产物——由于鲁迅所创作的作品在很大程度上带有讽刺性质，而当时社会本对讽刺作品带有偏见，故必须为所创作的讽刺作品正名，寻求历史渊源的支撑。鲁迅于《再论"文人相轻"》一文中，曾为其所写杂文的正当必要性辩解："轻蔑杂文的人，不但他所用的也是杂文，而他的杂文，比起他所轻蔑的别的杂文来，还拙劣到不能相提并论。"① 显然鲁迅对自己的杂文颇为得意；鲁迅的杂文被公认为像"匕首"，而杂文与"讽刺"是紧密相连的。联系上引，知鲁迅为杂文及讽刺作品的辩解行为并不在少数。鲁迅曾自述其往往将小说当作杂文来写，② 据此，鲁迅的小说创作，尤其是讽刺类小说与杂文精神是相通的。以古代小说《儒林外史》作为讽刺作品的代表刚好可以满足这种需求。又，许钦文《跟鲁迅先生学小说》曾回忆道："他讲的虽然是《中国小说史略》，可是，他在阐述古典作品时，随时提到小说的做法。""他是故意时常附带讲些作法和鼓励我们写作的话的人。"③ 由此可见，鲁迅讲授《史略》最终目的不单单是为梳理古代小说之演变轨迹，更含有鼓励青年人进行文学创作的迫切愿望。④ 鲁迅以阐述《儒林外史》的讽刺艺术为契机，即可以启发青年人学做讽刺文学，这是鲁迅"故意时常附带讲些作法和鼓励我们写作的话"的重要表现。上述两方面原因的杂糅，致使鲁迅未曾注意到其有关讽刺理论前后表达的逻辑混乱。既然鲁迅认为讽刺小说是写实的，谴责小说的存在也是写实的，二者本无二致，何以要区别对待？

---

① 鲁迅：《鲁迅全集》第 6 卷，第 347 页。
② 冯雪峰：《回忆鲁迅》，载《雪峰文集》，北京，人民文学出版社，1985 年，第 262 页。
③ 许钦文等：《鲁迅先生二三事：前期弟子忆鲁迅》，石家庄，河北教育出版社，2000 年，第 84 页。
④ 参见拙稿《近现代尚鬼神妖怪之风、"国民性批判"与〈中国小说史略〉——以"六朝之鬼神志怪书"、"明之神魔小说"为例（下）》，《上海鲁迅研究》2013 年第 1 期，第 78～93 页。

同时，鲁迅又说："'讽刺'的生命是真实；不必是曾有的实事，但必须是会有的实情。所以他不是'捏造'也不是'诬蔑'。"这种观点与20世纪中国启蒙思潮中追求"科学"的主题有很大关联，将"科学"中求实求真的精神引入对传统文学的评判，使得鲁迅惊讶地发现传统文学中遍地是"瞒和骗"的作品。而谴责小说仅仅是对不合理事实的夸大揭露而已，并未符合"艺术的真实"的观点。在鲁迅看来，文学艺术的求真精神往往导致文学作品过于关注现实的不足之处，使得文艺塑造过程中出现过多的反面意义，但求真并不等于无限地夸大缺陷与丑弱，因而鲁迅反对艺术的"溢美"与"溢恶"。1924年北大新潮社初版下册本《史略》及以后各修订本，评谴责小说："惜描写失之张皇，时或伤于溢恶，言违其实，则感人之力顿微，终不过连篇'话柄'，仅足供闲散者谈笑之资而已。"就是反对艺术"溢恶"的典型。① 鲁迅认为此类作品不仅缺乏艺术感染力，有违求真原则，更无法达到启迪人心之作用。据前引述，鲁迅对真的追求本身就带有浓烈的功利性目的，即希望通过求真达到国民性批判的意图。而讽刺的作品正是鲁迅所欲追求的求真精神的典型表现，因而鲁迅说："'讽刺'的生命是真实"。从鲁迅对艺术求真的理解情形看，鲁迅必然会对谴责小说予以批判。据此，单纯的"度量技术"是无法解释鲁迅抑谴责小说而扬讽刺小说之举的缘由。它与鲁迅极力推崇讽刺作品的行为密不可分。可见，鲁迅褒讽刺小说而贬谴责小说的做法不仅受鲁迅文人习气的影响，又与鲁迅推崇讽刺作品的文学创作行为有关。

当然，《史略》对讽刺小说、谴责小说的论断，仍较为深入地指出晚清小说演进的若干重要现象。这些内容需要学界予以进一步深入。不过，通过梳理《史略》名类讽刺小说与谴责小说的前因后果，我们亦应注意《史略》所言的若干不妥之处。

---

① 参见拙稿《近现代尚鬼神妖怪之风、"国民性批判"与〈中国小说史略〉——以"六朝之鬼神志怪书"、"明之神魔小说"为例（上）》，《上海鲁迅研究》2012年第4期，第32～45页。

第七章　实体示范：
鲁迅建构中国小说史的另一途径①

近代以降，随着小说地位的提高及功用的强化，小说研究逐渐成为专门之学。在近代学校与学制变革的推动下，不仅出现诸多具有现代意义的小说史著述，小说作品和资料的整理与出版亦方兴未艾。钱静方、蒋瑞藻开先，鲁迅、郑振铎等氏继之，风气所及，效者云集，蔚为壮观。因而，探讨古代小说研究专门之学的早期情形，对还原中国小说史的建立过程，将不无益处。近年来，已有学者关注中国小说史的早期编纂，但对古代小说作品集和资料集的"现代"专科选编情形，罕有及之者。在20世纪初期，系统将古代小说作品集和资料集作为专门之学以大力整理并具领航意义的，非鲁迅莫属。其所编《古小说钩沉》、《唐宋传奇集》及《小说旧闻钞》可作为此类选集"现代"专科选本的起点。②因其所著《中国小说史略》被当作小说史的奠基之作，故《古小说钩沉》等的整理出版向被学界指为鲁迅撰写《史略》之准备或延续。而学界至今未将这三种选集纳入古代小说作品现代整理的坐标中进行学术史的考察，对其间的开创及其时代特征等评价，或难公允。同时，鲁迅对作品选集的高标准及其文学史价值的严把握，对现今学界进行文学作品的选编仍有重要启迪。

第一节　"现代"专科选本的形成及其精选精校的学术品格

姚名达《中国目录学史》曾辟"专科目录篇"，以为学者通古今所学"不得不各自就其本科目录作彻底之研究"，"专家用之"则须"专精一科"，

---

① 案，本章主体部分曾以《实体示范：鲁迅建构中国小说史的另一途径——以鲁迅所编古代小说作品集和资料集为中心》为题，发表在《内江师范学院学报》2016年第7期上。特此说明。

② 案，本章所引《古小说钩沉》、《唐宋传奇集》及《小说旧闻钞》诸书内容，皆据《鲁迅辑录古籍丛编》第1卷、第2卷（人民文学出版社，1999年），除有必要，不再一一注明。

亦可消弭"初学者望洋兴叹"之憾。^① 昉于姚氏，所谓古代小说作品集和资料集之专科选本：其选编对象主要集中于某类或某代小说，而阅读对象不仅含选编者、研究同行，亦有初学者；其精神品质不仅包含所处时代的风气，本身亦须有精湛的学术品质，以体现出专科特征；其选编意图不仅要包含某类或某代小说之演进主流及其内在品格，亦有赋予此类选本以某种或教化或消遣等其他方面的隐含意图。而古代小说作品集和资料集"现代"专科选本的形成，主要是彼时小说地位的提高及"小说"观念的转变引起的一系列连锁反应，从而具有"现代"意义。

一、以"为人生"文学观为指导、突出书写虚构故事与娱乐趣味的遴选标准

古代小说作品选集及资料集"现代"专科选本的兴起，与中国小说史的编纂肇启约同时，二者在很大程度上均受囿于彼时小说观念的转变。借用西方引入的"小说"观念作为选编古代小说作品集和资料集的指导思想，则是此类选集具有"现代"意义的重要标志之一。虽然《史略》规避了对"小说"观念的直接界定，但鲁迅以"文学为人学"为编纂指导，认为古代小说的演进主体在于"人"的觉醒，^② 从而确立"立人"、"为人生"的文学观，促使《史略》设定由写神的向写人的、由无意为小说向有意为小说等小说演进的两大规律。《我怎样做起小说来》又说："（小说）所写的事迹，大抵有一点见过或听到过的缘由，但决不全用这事实，只是采取一端加以改造，或生发开去，到足以几乎完全发表我的意思为止。人物的模样儿也一样，没有专用过一个人，往往嘴在浙江，脸在北京，衣服在山西，是一个拼凑起来的脚色。"^③ 不仅强调小说创作要有虚构性、故事性，且认为小说研究的运用标准亦当如此。故《中国小说的历史的变迁》云："在文艺作品发生的次序中，恐怕是诗歌在先，小说在后的。诗歌起源于劳动和宗教。其一，因劳动时，一面工作，一面唱歌，可以忘却劳苦，所以从单纯的呼叫发展开去，直到发挥自己的心意和感情，并偕有自然的韵调；其二，是因为原始民族对于神明，渐因畏惧而生敬仰，于是歌颂其威灵，赞叹其功烈，也就成了诗歌的起源。至于小说，我以为倒是起于休息的。人在劳动时，既用歌咏以自娱，借它忘却劳苦了，则到休息时，亦必要寻一种事情以消遣闲暇。这种事情，就是彼此谈论故事，而这谈论故事，正

---

① 姚名达：《中国目录学史》，上海，上海书店出版社，1957年，第312页。
② 欧阳健：《〈中国小说史略〉批判》，第62～64页。
③ 鲁迅：《鲁迅全集》第4卷，第527页。

就是小说的起源。——所以诗歌是韵文，从劳动时发生的；小说是散文，从休息时发生的。"①在鲁迅看来，小说就是讲虚构的故事，这与《史略》叙述中国小说的历史从"神话与传说"起笔的做法一致。这种小说观念成为了鲁迅确定小说史叙述对象、评价古代小说作品的历史价值的核心思想和重要理论的基石。②

据鲁迅的"小说"观审视其古代小说作品集和资料集的选辑标准，本质相一致。如《小说旧闻钞》的选辑初衷虽为鲁迅撰写《史略》时搜集小说资料的副产品，涉及的作品共41部：含《大宋宣和遗事》、《水浒传》等"水浒"系列凡4部，《三国志通俗演义》、《英烈传》等"讲史"系列凡3部，《三遂平妖传》、《西游记》等"神怪"系列凡8部，《儒林外史》、《红楼梦》等"世情"系列凡17部，《今古奇观》、《今古奇闻》等"话本"系列凡2部，《剪灯新话》、《六合内外琐言》等文言小说凡7部。就对通俗小说作品的关注度而言，对"世情"系列最为关注，次之"神怪"系列，"讲史"系列又次。将这种关注度与《史略》相对照：《史略》凡28篇（以北新书局1927年版为例），论述"世情"小说者含"明之人情小说"（上中下）3篇、"清之讽刺小说"1篇、"清之以小说见才学者"1篇、"清之狂邪小说"1篇、"清之侠义小说及公案"1篇、"清末之谴责小说"1篇，论述"神怪"小说者含"明之神魔小说"（上中下）3篇，论及"讲史"小说者唯"元明传来之讲史"（上下）2篇，二者选编倾向相一致。鲁迅之所以倾注于"世情"小说，对书写"人"之价值及相关层面的作品的关注，正是其"文学为人学"之思想的具体化。可见，《小说旧闻钞》的选拔标准即是撰写《史略》的指导思想。

就此而言，此类选集的遴选标准有两大特征：一是，以"为人生"的文学观为指导，肯定创作主体（作者）"有意为小说"与文本（作品）对"人"之价值及相关层次的正面描写或者反面批判，其最主要表征则是入围对象的遴选。如《唐宋传奇集》"序例"言："本集所取，唐文从宽，宋制则颇加决择。"又言："宋好劝惩，撼实而泥，飞动之致，眇不可期，传奇命脉，至斯以绝。"由于此选集最初为撰《史略》而准备，《史略》"唐之传奇文（上）"篇推崇此类作品为"叙述宛转，文辞华艳"、"大归则究在文采与意想"，则是选辑《唐宋传奇集》的重要标准。此书所采《柳毅传》、《谢小娥传》、《李娃传》、《虬髯客传》等大多包含对人性的描写（赞

① 鲁迅：《鲁迅全集》第9卷，第312页。
② 王齐洲、姚娟：《小说观、小说史观与六朝小说史研究——兼论鲁迅〈中国小说史略〉的有关论述》，《湖北大学学报（哲学社会科学版）》2008年第6期，第63页。

誉或批判），文采亦艳丽，即是明证。二是，偏向书写虚构的故事、具有一定娱乐趣味的小说作品。《古小说钩沉》对东晋"志怪"作品的收集，如《曹毗志怪》、《殖氏志怪》、《孔氏志怪》、《祖台之志怪》等20余条，又如对《鬼神列传》、《集异记》、《集灵记》、《异闻记》等"杂鬼神"作品的收集，这些大多包含有西方文艺理论所强调的具有虚构性的故事。而"杂鬼神志怪"的说法本身就含有消遣趣味。① 突出小说作品的演进主流在于"人"的觉醒，以"为人生"为指导，认可小说书写虚构故事，强化作品的娱乐趣味，成为鲁迅进行古代小说作品集和资料集选编的核心指导，致使这些选集本质别于以往。

二、古代小说资料集之"现代"专科选本的出现

在鲁迅之前，以小说资料专科选集名世的《小说考证》，其遴选对象包括戏曲、小说（含文言小说与通俗小说）两类文体。蒋氏将戏曲与小说合称为"小说"，其"小说"内涵的"所指"更多倾向于通俗文学的代名。蒋氏所处时代与鲁迅约略同时，但与蒋氏的处理方式不同的是，鲁迅在《小说旧闻钞》中的做法则是将对象限定于小说（即纯文学）。对此，赵景深《中国小说史家的鲁迅先生》（1936年）曾将二者相比较："蒋氏的书虽名为《小说考证》，实际上是连戏曲的考证也放在一起，并且随得随刊，检查不便。"② 郑振铎《中国通俗小说书目·序》亦言："其中材料甚为凌杂，名为'小说'，而所著录者乃大半戏曲。"③ 两者差异的关键，在于鲁迅的"小说"观及小说文体的本位意识与蒋氏有本质之别。经"五四"新文化运动的煽定，进一步确立小说作为一种独立的具有纯文学意义的文体，并逐渐成为治小说史者的主流思想，这是此类选集"现代"专科选本形成的前提。故《小说旧闻钞》"序言"（1926年8月1日）针对蒋氏的做法明确提出异议："昔尝治理小说，于其史实，有所钩稽。时蒋氏瑞藻《小说考证》已版行，取以检寻，颇获稗助；独惜其并收传奇，未曾理析，校以原本，字句又时有异同。于是凡值涉猎故记，偶得旧闻，足为参证者，辄复别行移写。"《再版序言》（1935年1月24日）进一步说道："特以见闻虽隘，究非转贩，学子得此，或足省其复重寻检之劳焉而已。"此选集的

---

① 参见拙稿《近现代尚鬼神妖怪之风、"国民性批判"与〈中国小说史略〉——以"六朝之鬼神志怪书"、"明之神魔小说"为例（下）》，《上海鲁迅研究》2013年第1期，第78～93页。

② 赵景深：《中国小说丛考》，济南，齐鲁书社，1980年，第2页。

③ 郑振铎：《中国通俗小说书目》，北京，国立北平图书馆出版社，1933年。

直接意念发端主要针对以《小说考证》为代表的传统意义的资料选集，校正"传奇"与小说不分的情形。可以说，名《小说旧闻钞》以为小说资料的专科选本，将比《小说考证》更名副其实。因为《小说旧闻钞》以现代西方"小说"观为指导，将小说与戏曲分离，使得小说文体价值得到进一步肯定。

而《小说旧闻钞》"序言"中批评《小说考证》所选"未曾理析"，颇为粗糙，强调此集所选"足为参证"，且"摭自本书，未尝转贩"，此为该集编纂的又一直接原因。这种针对性意见一方面说明鲁迅对彼时此类选集之不足有深刻认识，并意图纠正；另一方面表明：就选集的学术性而言，《小说旧闻钞》颇具严谨性，不仅有助于学子们"省其复重寻检之劳焉"，亦可参证校勘。"精于校刊"则为其一大特色。检视《小说旧闻钞》引用书目凡 66 种：含明代书目 12 种，清代书目 40 种，近人书目 4 种；其中，史志私目 5 种，方志 7 种，诗话曲话 7 种，笔记资料 44 种，其他 3 种。所引用诸多资料亦有校勘，并附各种校记、案语，颇见鲁迅辑录之严谨及其艰辛程度。赵景深《评介鲁迅的〈小说旧闻钞〉》将此集优点概况为"采辑谨慎"、"搜罗宏富"、"比类取断"及"删汰伪作"，[①] 甚是。尽管此集存在材料处理不当等局限，[②] 但鲁迅主观所希冀达到的意图，即忠于原始资料的实际并信誉以录，为后世的小说资料选集树立了标杆，并为治小说史者所认可，开创了西方文艺理论视野下的"小说"观为指导以精选精校小说资料集的先河。因此，从小说资料选集的学理诉求及其学术史演进动态看，《小说旧闻钞》的最大贡献在于采用全新的"小说"观念，专以小说作品为遴选对象进行资料的精准收罗，具有开先意义。

三、古代小说作品集之"现代"专科选本的出现

《古小说钩沉》、《唐宋传奇集》作为鲁迅整理小说作品集的典型，其直接编纂思想与选编《小说旧闻钞》时略有一致性，但又不尽相同。由于《古小说钩沉》直至鲁迅去世时仍未最终定稿，亦未出版（1938 年版《鲁迅全集》方首次面世），影响有限；所存稿本并无序跋、目录，亦不分卷，故无法直接窥探其间的直接促缘。但《唐宋传奇集》"序例"有言："顾复缘贾人贸利，撮拾雕镌，如《说海》，如《古今逸史》，如《五朝小说》，如《龙威秘书》，如《唐人说荟》，如《艺苑捃华》，为欲总目烂

---

① 赵景深：《中国小说丛考》，第 13～14 页。
② 参见欧阳健《〈中国小说史略〉批判》（第 12 页）、赵景深《中国小说丛考》（第 14～21 页）等相关论述。

然，见者眩惑，往往妄制篇目，改题撰人，晋唐稗传，黥劓几尽。"又说"昔尝病之，发意匡正"。据"序例"，编辑缘由有三：一是，强调"究非转贩"，这不仅仅针对时氏所编古代小说作品选集，更是扩大到明清时期所编辑的各种小说类书；与其编辑古代小说资料集的直接原因是一致的。可见，鲁迅的整理很大程度上是基于尊重古代小说本身的客观实情与严谨治学的态度双重要求综合的结果。从这个意义讲，此类选集亦必然会靠向精选精校之一面。二是，不满于时氏所编作品集的若干缺失，如言："郑振铎君所编《中国短篇小说集》，扫荡烟埃，斥伪返本，积年埋郁，一旦霍然。惜《夜怪录》尚题王洙，《灵应传》未删于遂，盖于故旧，犹存眷念。"这种缺失不仅表现在资料选辑的不严谨、校勘的缺失，亦表现在对郑氏选辑时的指导观念的不满（所谓"盖于故旧，犹存眷念"是也）。三是，有感于学界对"唐传奇"的淡漠，故言："复念近数年中，能恳恳顾及唐宋传奇者，当不多有。"可见，从学术研究的严谨程度看，鲁迅不论选编作品集抑或是资料集，均本于尊重研究对象，以矫正时氏研究的缺失与弊病。这种态度与其全面整理古代小说及曾对中国小说演进史迹进行通盘考虑等行为有很大关系。

就作品的内容而言，《古小说钩沉》收录周代《青史子》至隋代侯白《旌异记》等小说作品共 36 种。这些小说多为《汉书·艺文志》、《隋书·经籍志》、《新唐书·艺文志》等史志所载，另有少量小说为史志所阙（约 9 种）。这种依史志寻绎作品的做法与《史略》研究隋代以前小说作品时的"小说"观一致，即据以《汉志》为主的史志所载归纳得出的"小说"观作为探讨汉魏六朝小说的主导，在此基础上又佐以西方文艺理论视域下的"小说"观。据此而言，《古小说钩沉》可看作是对古代子部（文言）小说作品的选集，具有专科性质。而《唐宋传奇集》的专科性质要比《古小说钩沉》来得显著，集中于唐宋时期的"传奇"小说，影响更大。"唐传奇"小说类名于《史略》首次被提出，后经鲁迅的揄扬，方为世人熟知。郑振铎曾于《申报》发文《鲁迅先生的治学精神——为鲁迅先生周年纪念作》（1937 年 10 月 19 日），云"他的《中国小说史略》为近十余年来治小说史者的南针。虽然只是三百四十多页，篇幅并不算多，但实是千锤百炼之作"，"近来对于唐宋传奇文的认识比较清楚，全是鲁迅先生之力"，"对于材料的真伪，取舍的不苟"，[1] 可证。而 1927 年出版《唐宋传奇集》时，此小说类名称谓并不为学界所熟知，鲁迅所言"复念近数

---

① 郑振铎：《郑振铎全集》第 3 卷，石家庄，花山文艺出版社，1998 年，第 544～547 页。

年中，能恳恳顾及唐宋传奇者，当不多有"则是实情。据《民国时期总书目·文学理论·世界文学·中国文学（1911～1949）》、《中华书局图书总目（1912～1949)》等书目及"中国国家图书馆特色数字资源（民国专栏～民国图书)"、"台湾'国家图书馆'馆藏目录"等数据库统计，"传奇"小说选集的出版高峰期主要集中于20世纪30年代，有：龚学明编《唐人小说选》（上海开化书局1933年9月初版），未题编辑者新式标点本《唐人小说选》（上海三友书店1935年10月初版），胡伦清编注《传奇小说选》（南京正中书局1936年3月初版），卢冀野选注《唐宋传奇选》（长沙商务印书馆1937年11月初版），胡朴安、胡寄尘选辑《唐人传奇选》（上海文艺小丛书社1930年5月初版），汪辟疆编《唐人小说》（上海神州国光社1930年5月初版），杨定宇选注《唐人三传》（南京书店1926年9月初版），储菊人校订《唐人创作小说选》（中央书店1935年1月初版）等；这些选集曾多次印刷，流传甚广。与之前的最大区别在于：接受了《史略》有关"唐传奇"的界定（如汪辟疆《唐人小说》书末附鲁迅《唐小说史略》等论著，强调对鲁迅学术思想的承继），以虚构的、写"奇"的及"有意为小说"为此类小说的核心内涵。可见，有关"唐传奇"的作品辑录与文学研究，鲁迅均有拓荒之功。

就选辑的方法而言，利用目录学著述是鲁迅进行古代小说作品选编的重要途径，这不仅体现在《古小说钩沉》中，《唐宋传奇集》亦如此。如"序言"云："本集所取文章，有复见于不同之书，或不同之本，得以互校者，则互校之。"又如"卷末·稗边小缀"考《补江总白猿传》源流时，引《新唐书·艺文志》、《郡斋读书志》、《直斋书录解题》《宋史·艺文志》等史志以征；考《东城老父传》时，云"《宋史·艺文志》史部传记类著录陈鸿《东城老父传》一卷，则曾单行"等。① 就是《小说旧闻钞》亦如此，如援引《百川书志》、《古今书刻》、《也是园书目》书目所载考辨《大宋宣和遗事》、《水浒传》、《三国志演义》之源流及版本。② 应该说，鲁迅在彼时新的"小说"观念的指导下，将传统的辑佚考证方法与古代小说作品集和资料集的专科选辑相结合，不仅具有中西融通之意，其方法更是成为后世选辑古代小说作品集和资料集的学者所热衷并擅长，故具开先之风气。其间的精选精校意味，则不言自明。

---

① 鲁迅：《鲁迅全集》第2卷，第306～344页。
② 鲁迅：《鲁迅全集》第2卷，第352～390页。

第二节　以小说作品集和资料集的
选编再现古代小说的演进主脉

据以古代小说作品集和资料集"现代"专科选编的学术史视角，《古小说钩沉》、《唐宋传奇集》及《小说旧闻钞》作为此类选集"现代"专科选本的起点，其所开创则是促使"现代"专科选本的形成，赋予明清时期兴盛的"小说选本"以现代性特征，奠定此类专科选本精选精校的学术品格。而从鲁迅对古代小说演进史迹的通盘考虑情形看，这三部选集又有另一层重要意义。《史略》探讨古代小说演进时，以全新的"小说"观念为指导，以理论的形式梳理出"一条演进的规律来"，属于学术研究的范畴。但这种概论并未直观地展现出古代小说的演进情形，读者未必能深刻体会其思想的独特性，故鲁迅试图通过具体的小说文本以再次申明相关理论及思想。其十分重视作品背后的"不朽价值"，希望通过作品的再现（包括翻译、选辑与阐释）以挖掘作品背后的价值。[①] 这种挖掘不仅包含对当时创作的各种文学作品的内涵的挖掘，亦包含对古代优秀文学作品及其价值的深度挖掘与利用。上引《唐宋传奇集》"序例"所言"昔尝病之，发意匡正"等语，即证。因而，抛开这三部作品集和资料集出版后的传播与接受情形，单就鲁迅选辑时的主观意图而言，已可见鲁迅意图通过古代小说作品集和资料集的选编以再现古代小说演进主脉的思想。

据前文所述，《古小说钩沉》所收 36 种、凡 1400 余篇，主要是先唐的小说作品，除《水饰》、《娘记》、《续异记》、《杂鬼神志怪》等 8 种不曾见于《史略》外，余皆为《史略》所吸收。且《古小说钩沉》辑录《汉志》十五家小说及东晋"志怪"小说等资料尤多，这些恰好是《史略》相关篇目之论述中心。从《史略》的编纂情形看，对"《汉书·艺文志》所载小说"、"今所见汉人小说"、"六朝之鬼神志怪书"、"《世说新语》与其前后"等篇详细讨论的依据，亦是《古小说钩沉》重点辑佚的资料。据此，鲁迅编纂《史略》时的思想意图完全可以在《古小说钩沉》辑佚资料的详略中找到对应关系。而《唐宋传奇集》主要辑佚唐宋时期的"传奇"小说作品。从古代小说演进的时序看，《唐宋传奇集》所辑完全承接《古小说钩沉》而来。《唐宋传奇集》所辑录的作品亦为《史略》相关篇目的论述重点，是《史略》论述时的事实依据。《唐宋传奇集·稗边小缀》若干言语与《史略》相关论断的表述是一致的。对此，台静农（署名孔嘉）《鲁迅

---

① 〔日〕增田涉：《鲁迅的印象》，长沙，湖南人民出版社，1980 年，第 26～28 页。

先生整理中国古文学之成绩》（原载重庆《理论与现实》1939年第1卷第3期）一文曾有详细比对。①而《小说旧闻钞》主要辑录明清时期"所谓俗文小说之旧闻，为昔之史家所不屑者"，涉及作品凡41部，主要是对通俗小说作品旧闻、版本及作者资料的收集，并不涉及作品文本，"旧闻"多为《史略》所采用（说详上）。据此，从《古小说钩沉》到《唐宋传奇集》，再到《小说旧闻钞》，刚好涵盖古代小说演进的全部时期，其所辑录的主体作品亦是《史略》的中心论述。这三部选集所详者，正是《史略》重点阐发部分；《史略》所批或鄙薄者，这三部选集则多略以待之。这三部选集勾连成一条线，通过对集内作品的阅读，可以发现与《史略》相一致的学术诉求。不少学者已注意到《史略》建构小说史时采用理论概述与作品引述相结合的论述方式，因其面对的首要受众是入门的初学者，这种言说方式有助于在演说者与听讲者之间形成良性沟通。而《史略》中比比皆是的作品引述是直观再现古代小说演进的具体情形的最有效方式，但限于课堂授课时限、讲义梗概面貌及授课意图的详略，征引并不能大规模或多篇幅地详细展开。从这三种选集的辑录难度及鲁迅的辛勤校勘看，鲁迅已完全将作品引述的方式转移到对古代小说作品集和资料集的搜集过程中，并孜孜以求。《史略》总结出来的古代小说演进的"三大规律"，完全可看成是这三部选集的遴选标准。因此，将这三部选集放在一起，则体现出鲁迅意图以作品集和资料集再现古代小说演进主脉的苦心，这是其对所提出的古代小说演进理论的事例（作品）践行。

要之，《史略》是从理论层次对古代小说演进史迹的梳理，而《唐宋传奇集》等则以具体的作品通过实体样式，再次直观而详细地再现古代小说演进的具体过程。这两种方式的有机结合，一是理论引导，一是作品再现；一深刻而精炼，一具体而直观，不论是对古代小说爱好者、初学者抑或同行专家而言，均能有效展现鲁迅有关古代小说演进史的全部看法，从而获得他人的认可。不过，由于鲁迅生前并非将这三部选集全部出版，且就治学的严谨程度而言，这三部选集的学术品格亦各不相同，从而导致学界往往认为这仅仅是鲁迅编纂《史略》的"副产品"，多所忽略其间的重要意图。可见，讨论鲁迅选集《唐宋传奇集》等缘由及其目的，应与《史略》相结合。从这个角度看，《唐宋传奇集》等三部选集并非简单作为《史略》附属品而存在，其背后蕴含鲁迅建构小说史演进理论的具体实践。因此，不论从鲁迅表达其有关古代小说演进史迹之践行方式，还是从此类选

---

① 台静农：《鲁迅先生整理中国古文学之成绩》，载陈子善编《龙坡论学集》，沈阳，辽宁教育出版社，2000年，第198～222页。

集之现代选编的兴起意义看，这三部选集均有着与《史略》一样的开创意义与典范价值。

第三节 鲁迅选编小说作品集的学术史价值及当下启迪

从小说作品集选编的"现代"意义角度看，小说作品的编选不仅具有较为严格的编选标准，亦需要选编者具有较高的学术水平与学术视野。在此基础上，才能出现较为经典的作品选编集。

一、鲁迅选编小说作品集的学术史价值

从鲁迅选编古代小说作品选集的实际看，若欲于选集中准确而全面地展现古代文学（或某类文体）的主流演进史迹，非有对选编对象有深入研究者不能为之；唯此，选集的学术品格方能具有经典意义。鲁迅于北大、北京女子高等师范学校、世界语学校等的授课经历，使得其对如何践行古代小说演进思想与授课目的、讲解方式之间有较为深入的考量，故其作品选集不仅能较为合理地展现有关古代小说的认识，而且能精准地向读者展现古代小说演进的实貌。[①] 从这个意义讲，其小说史著述与作品选辑是紧密融合在一起的，故其作品选辑之标准、体例、内容及方法等均有着无法逾越的典范意义，学者们至今仍奉为准绳。据此，进行作品选辑时，不论遴选标准如何更改、时代思想如何变迁，对选辑对象学术品格及其文学史价值的严格把握，方为评判选辑成功与否的最重要标准。

二、鲁迅选编小说作品集的当下启迪

随着现代学术体系的建立，近百年来古代文学作品选集的编辑与出版亦颇蔚为大观，但这些作品选集多数作为相关文学史教材的辅助资料出现。换句话说，在选辑之初就决定这些选集并非作为一种有完全且独立的学术品格及价值意义而存在，教育启迪的功用迫使这些作品选集往往带有明显的时代特征。如建国后至"文革"期间所编的诸多作品选集及选集中的注释思想，多有鲜明的时代特色，乃至意识形态方面的影子；又如20世纪80年代以来，在"重写文学史"反思热潮下所出现的一系列"中国当代文学作品选"，代表者有中山大学等十六所高等院校编选的《中国当代

---

① 参见拙稿《学界研究的推进与〈中国小说史略〉的完善》，《中南大学学报（社会科学版）》2014年第6期，第291～298页。

文学作品选讲》（1980年）、中国人民大学等十八所院校编选的《中国当代文学作品选》（1981年）、方谦等编《中国当代文学作品选》（1983年）、郭志刚主编《中国当代文学作品选》（1989年）等，这些作品选集多受当时"拨乱反正"的影响，政治倾向亦显著。据此看来，这些作品选集并非基于纯粹的学术研究，而带有明显的政治意图及受时代主流变迁的影响，以致不能经受历史考验，学界尔后又多次进行相关选辑。尤其是，近年来作品选集的编纂与文学的通俗传播及大学学科体系建立的背景有很大关系，故不可避免要受选编者的个性旨趣、时代主流思想的变迁、学科体系及传播意图等方面的影响，致相关选集之学术品格良莠不齐。具体而言，通俗传播类的作品选集，多为选编者的个性旨趣或体例所限，虽使得读者有较为愉悦的阅读感受，但毕竟反映不出选编对象的主流演变，更别说具备较为精湛的学术品格。这类作品选集往往缺乏严密的校勘，选辑文献来源亦有不少问题。从学术价值及文化传承的角度看，它们造成的不良影响将十分严重。而大学学科体系影响下的作品选集，又进一步加剧文学史演进史迹的展现、教学任务与文学作品讲解深度之间的矛盾——选辑之初所赋予辅助文学史教材的意图致使选编者、阅读者并未将其看做具有严谨学术品格的严肃存在，这往往导致所选篇目并非此类文体（或某断代文学）的主流代表，选辑的文献依据存有诸多问题，相关篇目的注释、校勘之误更是比比皆是。上述问题的存在，不仅导致同类作品选集反复出现——所据标准及篇目大同小异，亦致使出现为满足自考、高校通识普及需要，面向中文专业及社会等不同对象的作品选集，这种因不同对象而设定的标准使得相关选集的学术品格明显偏劣。

尽管鲁迅选辑《古小说钩沉》等选集时，限于时代主客观条件，相关选集存有一些校勘讹误，但这并不妨碍其被学界奉为典范。究其原因，首先是鲁迅对古代小说演进理论进行过深入研究，能较为精准掌握古代小说演进于各个时期及不同类型小说的主流思想；其次，鲁迅辑录相关作品时，不仅具有深厚的治学功底，更以严谨的治学态度严肃对待，使得这些作品选集具有精湛的学术品格；再次，这些作品选集并非作为一般意义的通俗读物，亦非作为《史略》的补充存在，而是其试图对古代小说演进史迹进行的全方位的、深刻的文本展示，是独立的存在。因此，作为古代小说作品集和资料集"现代"专科选本的起点，鲁迅及其《古小说钩沉》等选集对当下进行古代文学作品选辑的最主要启示意义，即在于：古代文学作品选辑是一项严肃的学术活动，不仅需要选辑者端正态度严谨待之，而且需要选辑者具备深厚的学术功底以便能对选辑对象有深入本质的精准认识；

同时，进行作品选辑时应注意尽可能全面而深刻地展示对象的演进实情。作品选集并非作为文学史教材的补充，而是与文学史编纂一样具有同等的学术价值及功用目的——所不同者：一是理论概况，一为实体展示，但二者均可有效展现相关对象的演进实情，获得本质一致的思想启迪与价值引导。本着对鲁迅辑录时的选择及治学态度的实践经历等研究，可以发现：尽管选辑的标准及目的可以有多种，时代思想的变迁亦会影响选辑，但选辑之精选精校的学术品格却不能因此缩水；这种思路及其实践经历完全可有效规避近今进行作品选辑所产生的一系列桎梏。我们应重拾以鲁迅为代表的现代学术史建立早期所践行的良好的治学传统，以严谨的治学态度及高标准进行文学作品的选辑，促使具有精选精校等高品格的选集不仅能有效反映相关对象的演进主体，并使阅读者获得阅读审美的同时达到教育启迪之图。

附录

"整理国故"、报刊连载与庐隐《中国小说史略》之编撰
——兼与鲁迅《中国小说史略》比较

庐隐（1898～1934）原名黄淑仪，福建闽侯人，与冰心、林徽因并称"福州三大才女"，被誉为"五四"妇女解放运动的先行者，"五四时期的女性作家能够注目在革命性的社会题材"的"第一人"，[①] 其文学创作向为学者重视。而所撰《中国小说史略》原连载《晨报副镌·文学旬刊》1923 年 6 月 21 日第 3 号至 1923 年 9 月 11 日第 11 号，后收入《庐隐集外集（1920～1934)》中，[②] 又收入陈洪主编《民国中国小说史著集成（第十卷）》，[③] 不仅鲜为庐隐研究者所重视，亦罕见治中国小说史者专题论及。[④] 自鲁迅 1920 年 12 月起在北京大学、北京女子高等师范学校等处讲授"小说史"课程并编纂《中国小说史略》以来，现代意义的中国小说史编纂得

---

① 茅盾：《论中国现代作家作品》，北京，北京大学出版社，1980 年，第 108 页。

② 钱虹编：《庐隐集外集（1920～1934)》，北京，书目文献出版社，1989 年，第 456～486 页。

③ 案，《民国中国小说史著集成（第十卷）》将《中国小说史略》连载《晨报副镌·文学旬刊》的时间作"1922 年 6 月 21 日（第 3 号）至 9 月 11 日（第 10 号）"，误。（南开大学出版社，2014 年，第 457 页）此文连载的具体情形，参见下文。

④ 案，曹惠民《多元共生的现代中华文学》第四章《新文学作家评选》"庐隐"曾粗略探讨了庐隐《中国小说史略》的编纂情形。（中国华侨出版社，1997 年，第 141～146 页）除此之外，杨义《〈红楼梦〉与五四小说》（《红楼梦学刊》1984 年第 1 期）、杨扬《略论"五四"时期女作家的创作》（《中国文学研究》1992 年第 1 期）、毕艳《觉醒·迷惘与抗争——中国早期现代女作家自我书写的三重奏》（《中国文学研究》2007 年第 2 期）、胡从经《中国小说史学史长编》（上海文艺出版社，1998 年，第 376～377 页）、许建平等著《20 世纪中国古代文学研究史（小说卷）》第四章《"中国小说史"著作的编纂》（东方出版中心，2006 年，第 74 页）等略有涉及。然这些论著并未对庐隐编纂《中国小说史略》的前后因由与时代特色，乃至在中国小说史学史上的意义，作专门讨论，似有缺憾。

以肇始①；20 世纪初期编纂的诸多中国小说史，均在一定程度上受到鲁迅的影响②。庐隐曾在大学时代听过鲁迅"小说史"课程，故论者以为其所著亦不脱鲁迅樊篱。然庐隐《中国小说史略》连载于报刊有其特色，其体裁、内容及思想较之于 20 世纪初期编纂的其他"中国小说史"著述，颇有异趣，可借此进一步探讨中国小说史的早期编纂，故仍有深入研究的必要。

一、"整理国故"与庐隐《中国小说史略》编撰缘起与指导思想

　　庐隐于 1919 年秋以旁听生资格考入北京国立女子高等师范专科学校，1922 年 8 月毕业；1923 年，任教于北平师大附中。其在读期间，在同乡郑振铎及时任《小说月报》主编茅盾的鼓励下，发表文学创作的处女作；1921 年 1 月 4 日，成为文学研究会的首批会员。③庐隐编纂《中国小说史略》的时间，主要集中在其于北平师大附中任教期间。然《中国小说史略》并非庐隐首篇谈论文学的论文。早在 1920 年，21 岁的庐隐曾于女子高等师范专科学校"文艺研究会"创办的《文艺会刊》第 2 期发表论文《利己主义与利他主义》；1921 年在《文艺会刊》第 3 期发表论文《近世戏剧的新倾向》，开始关注戏剧文学的发展趋势，认为："戏剧是活的文学，随时代精神而变迁"，戏剧的发展经历了"由贵族进于平民"、"由空想进于现实"、"由奢侈进于实用"等阶段。④据载，庐隐于女子高等师范专科学校求学期间，对当时的新思潮新学说兴趣颇浓，曾听过陈独秀、李大钊、胡适等课程，购买许多新学说的书籍。⑤《近世戏剧的新倾向》一文，显然与"五四"时期提出的"三大主义"，即"推倒雕琢的阿谀的贵族文学，建设平易的抒情的国民文学"，"推倒陈腐的铺张的古典文学，建设新鲜的立诚的写实文学"，"推倒迂晦的艰涩的山林文学，建设明了的通俗的社会

---

① 参见拙稿《中国小说起源于"神话与传说"辨正——以〈中国小说史略〉为中心》，《南京大学学报（哲学·人文科学·社会科学）》2014 年第 5 期，第 134 ～ 141 页。

② 参见拙稿《鲁迅〈中国小说史略〉之"经典化"历程》，《澳门理工学报（人文社会科学版）》2015 年第 4 期。

③ 肖凤、孙可：《庐隐的生平和创作道路简介》，载《庐隐选集》，石家庄，百花文艺出版社，1983 年，第 493 ～ 494 页。

④ 庐隐：《近世戏剧的新倾向》，载李书敏、严平、蔡旭主编《庐隐散文小说选》，重庆，重庆出版社，1999 年，第 255 ～ 261 页。

⑤ 王国栋、郭薇萱：《庐隐年表》，中国作家协会福建分会等编著《福建新文学史料集刊（第四辑）》（内部出版），1984 年，第 169 页。

文学"，① 紧密相关；其所采取的思路，就是以当时的新学说重新诠释文学演进历程及意义。在庐隐看来，"新文学"并非凭空立置而与"旧文学"紧密相关，其曾在《整理旧文学与创造新文学》（原载 1921 年 7 月 30 日《时事新报·文学旬刊》第 9 期）一文中说："一国文学，从他诞生，以至现在，其中历程是很长的，且又因果相生，而形成今日的文学，所以新文学与旧文学绝不是没有关系的。要想创造新文学，所以不能不先知道旧文学。"② 这种思想是与当时"整理国故"思潮相契合的，故其又说："至于近年里新出刊的文学史，其中固也有很可取的，但求其能以科学精神，把吾国破碎的、零片的文学，成为一贯不紊的历史，似尚未有，所以现在有志研究文学的人对于中国文学的渊源，及其因果得失，很难得到正确的知识，而文艺界热心的诸君，对于创造新文学的提倡，唯恐不力；而对于旧文学的整理竟置于不理，遂使创造新文学的，唯以崇拜外国文学为事，大有凡是外国的都是好的，所谓创造新文学，又大半是模拟外国的，这一方面固是中国人缺乏创造的精神，而安于因袭的故智；而一方面实因其未尝了解中国旧文学的真面目，要想创造真正的中国新文学自是不可按的事。""我们很可以用在创造新文学，必先要明了旧文学的得失；而要晓得旧文学的得失，必须先整理旧文学。"③ 据此，早期庐隐主张研究"旧文学"的目的是希冀在了解"旧文学"真面目的基础上"创造新文学"。

1921 年 1 月，文学研究会的重要骨干郑振铎在《小说月报》上刊登《文学研究会章程》，明确提出："以研究介绍世界文学、整理中国旧文学、创造新文学为宗旨。"④ 郑氏又于《文艺丛谈（一）》云："现在中国的文学家有两重的重大的责任：一是整理中国的文学；二是介绍世界的文学。"⑤ 又，余祥森《整理国故与新文学运动》（1923 年 1 月 10 日）亦言："整理国故就是新文学运动当中一种任务，他的地位正和介绍外国文学相等。"⑥

① 王世栋选辑：《新文学运动评论（上）》，上海，新文化书社，1920 年，第 49 页。
② 钱虹编：《庐隐集外集（1920～1934）》，第 452 页。
③ 钱虹编：《庐隐集外集（1920～1934）》，第 452～453 页。
④ 郑振铎：《文学研究会章程》，《小说月报》12 卷 1 号，1921 年 1 月。
⑤ 郑振铎：《文艺丛谈（一）》，《文学研究会章程》，《小说月报》12 卷 1 号，1921 年 1 月。
⑥ 余祥森：《整理国故与新文学运动》，《小说月报》14 卷 1 号，1923 年 1 月 10 日。

文学研究会就此大力鼓吹"整理国故"思想。与此同时，郑振铎^①、王伯祥^②等氏，纷纷撰文呼吁用世界文学的眼光进行"整理国故"运动。可见，在彼时文学研究会"整理国故"的意见中，把整理"旧文学"当作"新文学运动"的任务之一，是与介绍外国文学地位相等的。

自 1923 年 1 月起，文学研究会"整理国故"的主张有了实际行动，如《小说月报》14 卷 1 号设立了"读书杂记"专栏，连载郑振铎《中国文学者生卒年考（附传略）》等，并刊发一组"整理国故与新文学运动"的专题讨论；《时事新报·文学旬刊》从 1923 年 5 月 12 日第 73 期起，连载顾颉刚、王伯祥《元曲选叙录》，等等。《晨报副镌·文学旬刊》1923 年 6 月 21 日第 3 号连载庐隐《中国小说史略》，又连载了伍剑禅《诗经逸诗篇名及逸句表》及《诗经字句篇章之多寡异同》、杨鸿烈《中国诗学大纲》等等，就是此次行动的一部分。那为何会在杂志报刊上展开"整理国故"的具体实践？这是因为"当时办杂志和读杂志者渐有形成一个社群的趋势，不甚注意杂志之外的读物"，而且"当时一方面是人人读杂志，另一方面是中国旧学与'社会'的疏离，那些'由固有之学派发生'的专门著述尤其不为'阅杂志之少壮诸君'所注意，整个社会似乎呈现一种分解疏离的状态"。^③因此，"整理国故"运动从杂志报纸加以展开，不仅可以扩大影响收效卒显，亦可通过论争或连载同仁实践成果推动运动的持续深入。据上述，此时的庐隐在《时事新报·文学旬刊》所发《整理旧文学与创造新文学》一文系其有关"整理国故"的具体意见，文中不难发现其对文学研究会主张的响应。^④《近世戏剧的新倾向》就是对"整理国故"的直接有力的支持。可见，庐隐编纂《中国小说史略》并连载于《晨报副镌·文学旬

① 案，1922 年 10 月，郑振铎在《文学旬刊》发表《整理中国文学的提议》，云："我们要明白中国文学的真价，要把中国人的传说的旧文学观改正过，非大大的先下一番整理的功夫，把金玉从沙石中分析出来不可。"又说："研究中国文学，非赤手空拳从平地上做起不可。以前的一切评论、一切文学上的旧观念都应一律打破。无论研究一种作品，或是研究一时代的文学，都应另打基础。就是有许多很好的议论，我们对他极表同情的，也是要费一番洗刷的功夫，把它从沙石堆中取出，而加之以新的证明、新的基础。"（《文学旬刊》1922 年 10 月 1 日）就主张以"现代"的立场、"世界的文学观念"以整理"旧文学"。

② 王伯祥：《国故的地位》，《小说月报》14 卷 1 号，1923 年 1 月 10 日。

③ 罗志田：《新旧能否两立：二十年代〈小说月报〉对于整理国故的态度转变》，《历史研究》2001 年第 3 期，第 9～13 页。

④ 案，此处暂且不论彼时文坛与思想界有关"整理国故"的意见与文学研究会同仁乃至庐隐思想的异同，亦不论庐隐的思想与文学研究会的主张之异同。此处仅是指明彼时庐隐为响应文学研究会主张发布了有关"整理国故"的个人意见，这个举动对其整理"旧文学"有着重要指导。

刊》，不仅是其所提出的"在今日中国的情形，整理旧文学，实比创造新文学更要紧"①的具体实践，同时也是对文学研究会"整理国故"主张的实际行动。应该说，"整理国故"不仅是庐隐编纂《中国小说史略》的直接触动，同时也成为此文的最重要编纂指导。

具体而言，庐隐有关"整理国故"的意见对其编纂《中国小说史略》的影响，主要体现在以下两点：

一是，以当时的新学说新思潮指导中国小说的史实建构。上述文学研究会主张用世界文学的眼光进行"整理国故"运动，这里的世界文学的眼光，很大程度上指向"五四"时期提出的诸多新学说新思潮，如"国民文学"、"写实文学"、"通俗的社会文学"等。这一点，庐隐早在《近世戏剧的新倾向》一文中就已实践，《中国小说史略》进一步为之。如论述"宋代小说"时，云："仁宗的时候，宋兴方百年，且太平久，一代的文化，得酝酿而成。平民文学亦于是时勃兴，所以宋朝可算是平民——白话——文学的一个重要时代。"②又如论述《金瓶梅》言："此书与《西游记》的空想，恰成一反比例，乃中国最写实的小说，认识社会的半面。"所谓"平民——白话——文学"、"空想"与"写实"，系以当时新学说指导中国小说史建构的典例。这也是对郑振铎所谓"整理中国的文学"、"介绍世界的文学"相结合之倡导予以践行的表现。

在庐隐《中国小说史略》中，以世界文学的眼光整理"旧文学"的显著表现，当系"小说"观界定标准中的西化倾向。1921 年 5 月 29 日庐隐发表《小说的小经验》(《时事新报·文学旬刊》1921 年第 3 期) 一文，曾说："小说是甚么？现在虽然没有很的确的解释，但大概说起来，可以说他是：用剪裁的手段，和深刻的情绪，描写人类社会种种的状况的工具，且含有艺术的价值，浓厚的兴致，和自然的美感，使观者百读不知厌，且不知不觉而生出强烈的同情，忘记我相，喜怒哀乐都受他的支配的一种文学。"又说："所以作小说要取材结构之得，当多看多作是唯一的方法，至于措辞，一方面要有强烈的想象力，和直觉力，一方面是对于平日耳闻目见的事，加以细密的观察，如此措辞才能各得其当，不然万口一律，必不能描写得深刻而精当，便难引起观者的同情了。"③所谓"深刻的情绪"、"观者百读不知厌，且不知不觉而生出强烈的同情"、"有强烈的想象力，

---

① 钱虹编：《庐隐集外集（1920～1934)》，第 453 页。
② 钱虹编：《庐隐集外集（1920～1934)》，第 476 页。下引庐隐《中国小说史略》均据此版，不再一一注明。
③ 钱虹编：《庐隐集外集（1920～1934)》，第 454～455 页。

和直觉力"，显然是西方文艺理论视域下的"小说"观。庐隐又于《文学与革命》（原于爱国中学演讲，后整理刊于《国闻周报》第 4 卷第 10 期）进一步指出文学的"要素"，言："文学之要素，有所谓思想，想象，感情，形式，而感情且为每一篇作品之唯一冲动力，大有箭在弦上，不发不止之势，故曰文学之出发点，在感情之激冲。"①《中国小说史略》的"小说"观就以此为指导的：开篇引用《汉书·艺文志》有关"小说"的话后，言："观此小说之名目实起于汉，而其实在汉以前，中国已不乏小说，但形式未成，只能称之为小说的先驱罢了。这一时期是神话传说时期。"小说之"名"依《汉书·艺文志》，而小说之"实"则据西方文艺理论视域下的"小说"观，因为所言"形式"实系上引《小说的小经验》一文所提出的内容。这在《中国小说史略》具体论述过程中，多有体现。首先，庐隐多次强调小说的趣味性与故事性。如认为唐代小说所写："故叙事新奇，言情凄惋，文辞典丽，风韵富裕，有一唱三叹之妙。""神怪类为神仙、道释、怪谈等。关于小说者，亦《神异经》，《搜神记》等之流亚。不过唐人文笔清丽，事实极富趣味，因未可同日而语了。"（《唐代小说》）所谓"文笔清丽"，实是对唐人小说"剪裁的手段"或"措辞"的肯定。又，《清代小说》论及《红楼梦》等小说时，云："《西游记》极幽玄奇怪之思，《水浒传》富豪大博宏之致，《红楼梦》饶华丽丰赡之趣，可配为天、地、人，三者在中国小说界上，诚足鼎争学霸。"所谓"幽玄奇怪"就是针对小说的"想象"要素而言，"华丽丰赡之趣"则针对小说的"措辞"、"感情"要素。此类意见皆是强调小说所写应具故事性，有情感感染力进而形成趣味，以引起读者的兴趣。故《六朝小说》论及颜之推《颜氏家训》时批评道："盛说因果之理，此书上自春秋，下迄晋宋，列举事实，以证报应之说。但其文古雅，异于小说体之冗滥，然报应劝戒之说，不免浅薄之讥。"否定意味多于肯定。所谓"小说体之冗滥"云云，系指向小说的"描写"、"形式"等方面。其次，《中国小说史略》突出小说的想象与文笔。如《明代小说》论及《西游记》，以为："想象的丰富，文笔的雄健，在文学史实占得一席之地。"实际上就是针对小说的"艺术的价值"与"自然的美感"等方面展开。等等。可见，《中国小说史略》是以西方文艺理论视域下的"小说"观——即含有以下要素：丰富的想象，华丽雄健的文笔，深刻的思想情感，多样的艺术手段，充满趣味性与故事性——进行史迹建构的。②

① 钱虹编：《庐隐集外集（1920～1934）》，第 487 页。
② 案，庐隐虽以西方文艺理论视域下的"小说"观进行史迹建构，然其"小说"观亦与传统目录学视域下的小说观念相杂糅，说详下。

此举即是庐隐以当时新学说重新诠释旧文学演进历程及意义之常用做法。

二是，基于时代背景展开对中国小说于不同时期的演进过程与因由的分析。庐隐曾在《整理旧文学与创造新文学》一文批评"现在有志研究文学的人对于中国文学的渊源，及其因果得失，很难得到正确的知识"，可见其期冀整理"旧文学"不仅强调了解文学的渊源，还应弄清现象背后的"因果得失"。其又于《文学与革命》一文指出："文学又为时代精神之反映，每一时代各有其代表之文学家，盖文学不能无背景，此背景必根据于时代思想及事实，为其思想之中轴。""文学既是时代精神之反映，则对于某一时代之社会制度，人类生活，常予以批评，故曰：'文学乃批评人生的，——此即文学对于思想上之反抗，而革命则为现实生活不满足而生的反动，——即积极的实际运动，而其对于一切之不满，实与文学同一意味。'"① 知庐隐强调文学生发"背景"系为突出文学背后所蕴涵的"时代精神"。这种思想深深反映于《中国小说史略》中。如《六朝小说》言："六朝的小说，多取材于神仙道术，是因佛教东来的影响。盖佛说之入中国，始于后汉。魏晋以后名僧辈出，经典之翻译甚多。梁武帝时，达摩大士到中国，武帝沈约等都归依三宝。又北魏之胡太后亦笃信神佛。所以南北朝佛法横流，其势滂渤。渐渐浸染于读书人脑中，小说中遂不能不带佛说的色彩。"又，《唐代小说》云："唐自太宗平定了各地割据的小国，前后三百余年，故文化也有从容发展的机会。唐代之文学如诗如散文，皆盛极一时。小说亦随一般文学共同发达。"之后论及唐代"剑侠"类小说的兴盛原因时，亦言："唐中叶以后，藩镇跋扈，拥兵权，藐天子，殆有独立之势。各蓄死士，为暗杀之事，所谓剑侠者横行于当世。于是关于剑侠的小说，乃应运而兴。"又如上引其论述"宋代小说"时所言"仁宗的时候，宋兴方百年，且太平久，一代的文化，得酝酿而成"。尤其是，论述"元代小说"时言："元代为弹词小说及杂剧流行之时，盖元世祖忽必烈汗以蒙古人入主中原，并吞宋国，统一天下，醉心汉族文化，而趋向于娱乐方面，故欢迎杂剧、小说等，实际又可由此探中原的人情风俗。"认为元代杂剧、小说的兴盛得益于统治者的支持及彼时娱乐文化的发达。这里隐约可见及其提出的不同的"时代精神"对文学样式、文学品格有不同影响的说法。《中国小说史略》开言某一时代的小说演进前，大多先论及该时代的背景及其对小说演进的影响，此类勾连是庐隐对古代文学"因果得失"进行分析之意见的体现，也是对上述小说应该书写"人类社会种种的状况"

---

① 钱虹编：《庐隐集外集（1920～1934）》，第487～488页。

的具体实践。

可见，庐隐"整理国故"的意见不仅成为《中国小说史略》研究对象的挑选与评判标准，亦成为此文编纂的指导思想，同时影响此文的内容展开（即每节开篇皆以分析"中国文学的渊源，及其因果得失"为主要目标），影响不可谓不深不广。

二、报刊连载、书目提要与庐隐
《中国小说史略》框架结构及篇章设置

那么，庐隐是如何进行《中国小说史略》框架结构与篇章设置的？

此文原连载于《晨报副镌·文学旬刊》，具体情形如下：1923 年 6 月 21 日第 3 号，连载有关"小说"名实、"神话与传说时期"、"两汉小说"部分内容；1923 年 7 月 1 日第 4 号，连载"两汉小说"剩余部分、"六朝小说"；1923 年 7 月 11 日第 5 号，连载"唐代小说"部分内容；1923 年 7 月 21 日第 6 号，连载"唐代小说"剩余部分；1923 年 8 月 1 日第 7 号，连载"宋代小说"；1923 年 8 月 11 日第 8 号，连载"元代的小说"；1923 年 8 月 21 日第 9 号，连载"明代的小说"；1923 年 9 月 1 日第 10 号，连载"清代小说"部分内容；1923 年 9 月 11 日第 11 号，连载"清代小说"剩余部分。其中，第 10 号、第 11 号连载"清代小说"时，篇幅相对之前的较少，约占一版中的两个横截面；余则或 3 个或 4 个横截面不等（如图），略为多版；然此文整体篇幅较短，论述亦简。故时人毕树棠在《清华周刊·书报介绍副刊》（1925 年）发文，比对鲁迅《中国小说史略》与庐隐《中国小说史略》后，认为庐著："这篇东西比较尚平适清楚，但苦于太简，搜集的材料嫌太少了。其中凡说到的差不多读者都已知到了，那末知道的，他却也老实不睬了。再关于近代的小说更没提到，所以这篇文简我们嫌它太短。"[1] 与鲁迅《中国小说史略》相比，此文确实有诸多不足，毕树棠所言亦是。然事出有因。由于庐隐《中国小说史略》的发布形式是在《晨报副镌·文学旬刊》连载，庐隐除应切合"整理国故"之需外，不可避免地要受报刊连载乃至《晨报副镌·文学旬刊》用稿风格及刊用标准的影响。也就是说，此文没有长篇阔论的必要与条件，而受囿于《晨报副镌·文学旬刊》的篇幅限制。加之庐隐编纂时，主要围绕"整理旧文学"

---

① 毕树棠：《中国小说史略》，载《清华周刊·书报介绍副刊》1925 年第 16 期，第 53 页。

以指导"新文学"创作之目的展开，①故其言述中国小说演进的大体史迹之余，必然有所忽略对所有小说作品的搜集与解读。因此，此文所涉及的小说作品不仅数量较少，内容亦多为概述介绍历代小说之类，可以说是以典型作家典型作品进行小说史的粗略组织与编纂。同时，彼时庐隐的学识并不及鲁迅，故其著不及鲁迅《中国小说史略》亦属常情。何况鲁迅《中国小说史略》后经鲁迅多次修订才渐趋完善的！②当然，这里不排除由于庐隐学识所限而对中国古代小说的发展史迹并不都十分熟稔的影响因素。

1923 年 6 月 21 日第 3 号

庐隐《中国小说史略》受《晨报副镌·文学旬刊》影响不仅体现于此书篇幅的短小，亦影响了此文内容设置。1922 年 11 月 11 日，《晨报副镌》曾刊发编辑孙伏园《编余闲话三则》一文，云："日报的副刊，照中外报纸的通例，本以趣味为先。"因此，《晨报副镌·文学旬刊》所登作品多"以趣味为先"；即使是为支持"整理国故"而刊登的研究文章，亦在一定程度上受囿于此。据上述，庐隐《中国小说史略》在内容编写上强调小说的趣味性与故事性，一定程度上契合了《晨报副镌》的用稿风格，可资佐

---

① 案，《明代小说》论及《水浒传》时曾言："《水浒传》写智勇的两面，可供中国国民性及风俗的研究。"论述《金瓶梅》时亦云："此书与《西游记》的空想，恰成一反比例，乃中国最写实的小说，认识社会的半面。"等等。可资佐证。

② 参见拙稿《学界研究的推进与〈中国小说史略〉的完善》，《中南大学学报（社会科学版）》2014 年第 6 期，第 291 ～ 298 页。

证。具体而言，报刊连载对此文框架结构及篇章设置的影响，主要有以下两点：

首先，篇幅简短，结构松散。

据上述，此文共分七小节，每一小节自成一体；论述模式主要是先介绍某一朝代的社会政治经济文化背景（或取一而述，或论及多面）及其对文学演变的影响，尔后挑选若干小说作品进行提要式解读。这种论述方式往往缺乏对不同朝代间小说演进之住与变的书写，而致此文整体性、系统性乃至理论性较差。在具体解读过程中，此文略含有影响论叙事的撰写模式；也就是说，注意某一或某类具体作品对后世小说（戏曲）创作的影响。如《唐代小说》论述《长恨歌传》时，云："《长恨歌传》，白乐天有《长恨歌》，名播遐迩，此传事实与此歌相同，分上下二卷，唐明皇与杨贵妃之爱情，为千古词坛之佳话，诗人词客多以之为吟诵材料，亦多取为剧本资料。元之白仁甫的《梧桐雨》杂剧，明之屠长卿的《彩毫记》，吴世美的《惊鸿记》，清之洪昉思的《长生殿传奇》，皆本于《长恨歌》，及《太真传》等。其中以《长生殿》为最详尽，《夜怨》，《絮阁》之两出，记杨记、梅妃争宠事，全据于《梅妃传》。"又如论述《会真记》时云："《会真记》一篇是为后世戏曲之中心，如赵德麟的商调鼓子词，董解元的西厢挡弹词，王实甫、关汉卿的西厢杂剧等皆本《会真记》，由此可知《会真记》在中国文学史的功绩如何了。"等等。这是其注重分析"中国文学的渊源，及其因果得失"的表现。但这种撰写模式多着眼于具体作品的题材或故事内容对后世某一文学类型或文学题材的影响而言，而非以之为文学史上的突出现象而进行综合论述，缺乏对古代小说演进规律的宏观把握。同时，此文仍保留有讲稿的成分，带有些许的口头语，直接面临报刊读者，如《明代小说》论及《水浒传》时曾言"《水浒传》，看过的人很多，用不着细说"可证，以致此文体系缺乏严谨。究其缘由，在于庐隐为使读者了解不同时代的小说的特点，故编纂重心在于述及某一具体时期的小说发展大略，以使相关内容连载时能向读者较为清晰地展示所言某一时期小说的梗概，并通过举例说明予以展开，也就难免顾此失彼。

其次，此文内容以提要式介绍性文字为主，通俗可读。

因篇幅有限，此文所采取的论述方式主要以提要式绍介为主。由于20世纪初正是中西学术交通的兴盛期，彼时学术界一方面"开眼看世界"以广泛吸纳西学思想，另一方面又受囿于固有生存环境与传统知识体系而带有浓厚的传统思想烙印；这就导致此时期的学术著述不仅含有新学说新思想，亦有不少传统学术的影子，比如广泛吸收、摘录被学界奉为圭臬而为学士求"学问门径"①的《四库全书总目提要》，等等。这是因为《四库全书总目提要》所体现出来的批评范式、体例、思想价值观等等，毕竟大致反映出传统学术（包括文学）发展的总体状况，是种客观存在；20世纪初期的中国文学史（包括中国小说史）编纂欲有效地把握文学发展之流脉，最直接、最有效的选择则是借助能较为精准梳理传统学术变迁大势的目录学著述，以便把握中国文学发展之大势，《四库全书总目提要》所体现出来的学术思想及成就足以胜任这方面的要求。②就20世纪初期"中国小说史"的编纂而言，典型之例莫过于鲁迅编纂《中国小说史略》时对传统目录学的吸纳——其既吸纳了西方文艺理论视域下的"小说"观、"小说史"观、进化论等思想，又往往以《汉书·艺文志》、《隋书·经籍志》、《郡斋读书志》、《四库全书总目提要》等古典目录学著述为指导进行小说史的编纂。③

显然，庐隐《中国小说史略》亦存在上述现象。其以"整理国故"作为指导思想，并以为研究对象挑选、评判的标准，但言及具体小说作品时，往往以《四库全书总目提要》、《明史·艺文志》等古典目录学著述为据。如第二节《两汉六朝小说》论述汉代小说时以《汉书·艺文志》所载《师旷》、《虞初周说》等十五家小说为主，并佐以明人所编《汉魏丛书》为据；论及两汉六朝小说的具体作品时：在列举作品名称、卷数、作者之后，多注明"四库全书提要小说家类"等字眼，如"《神异经》一卷 旧本题东方朔撰（四库全书提要小说家类）"，"《海内十洲记》一卷 旧本题汉东方朔撰（四库全书提要小说家类）"，"《汉武故事》一卷 旧本题汉班固撰（四库全书提要小说家类）"，"《拾遗记》十卷 秦王嘉撰（四库全书提要小说家类）"等等；应该说，此文有关先唐小说的作品挑选，多以《四库全书总目提要》为据。论述唐代小说时，具体作品的援引多以《唐代丛书》为据；论述元代小说如论述《水浒传》作者时，援引《续文献通考》；论述明代小说时，亦提及《明史·艺文志》所录小说一百二十七部。等等。

传统目录学著述不仅成为此文挑选具体小说作品的参考，目录学著述

---

① 张之洞：《张文襄公全集》，台北，文海出版社，1970年，第14681页。

② 参见拙稿《〈四库全书总目提要〉与黄人〈中国文学史〉之编纂概观——兼及20世纪初期的文学史编纂》（韩国高丽大学《中国学论丛》，2011年5月第32辑，第153～171页），《〈四库全书总目提要〉与20世纪初期的文学史编纂》（湖南师范大学硕士学位论文，2011年），《20世纪初期的中国文学史编纂——以黄人〈中国文学史〉为中心》（华中师范大学博士学位论文，2014年）等文。

③ 参见拙稿《古典目录学与鲁迅〈中国小说史略〉之建构》，《安徽大学学报（哲学社会科学版）》2015年第2期，第40～46页。

214 | 鲁迅《中国小说史略》研究——以中国小说史学为视野

尤其是《四库全书总目提要》中的提要式表达更是成为此文的主要行文方式。如论述《拾遗记》言："王嘉乃苻秦之方士，此书从第一卷，到第九卷，皆录述庖牺神农五帝，历三国而至于晋，其中之奇谈珍闻，第十卷乃载昆仑山，蓬莱山等之传说。全仿郭宪的《洞冥记》，皆荒诞妖妄之说，固不足信，然文章丰艳富丽，则不可掩没。"又如，论述《还冤志》言："颜之推初仕梁为湘东王参军，后奔北齐，领中书舍人，善于文字，号为称职，齐亡入周，为御史上士，隋开皇中，太子召为学士。颜之推笃信佛法，其著《颜氏家训》之《归心篇》，盛说因果之理，此书上自春秋，下迄晋宋，列举事实，以证报应之说。但其文古雅，异于小说体之冗滥，然报应劝戒之说，不免浅薄之讥。"先言作者里爵生平，次及作品著录版本卷数流传，再论作品内容思想之模式，就是典型的《四库全书总目提要》论述模式。尤其是，此文对《还冤志》的论述，多有钞自《四库全书总目提要》之处。——《四库全书总目提要》"《还冤志》"条言："自梁武以后，佛教弥昌，士大夫率皈礼能仁，盛谈因果。之推《家训》有《归心篇》，于罪福尤为笃信。故此书所述，皆释家报应之说。然齐有彭生，晋有申生，郑有伯有，卫有浑良夫，其事并载《春秋传》。赵氏之大厉，赵王如意之苍犬，以及魏其、武安之事，亦未尝不载于正史。强魂毅魄，凭厉气而为变，理固有之，尚非天堂地狱，幻杳不可稽者比也。其文词亦颇古雅，殊异小说之冗滥，存为鉴戒，固亦无害于义矣。"①可见，庐隐对《四库全书总目提要》的吸收，除吸纳其中的提要式表达外，更是在对具体作品的论述中加以引用借鉴。这就导致庐隐的小说观在中西学术的交通中，多有含混之处——一方面以西方文艺理论视域下的小说观组织小说作品的挑选、小说规律的论述，另一方面则以《四库全书总目提要》等传统目录学著述为据展开对具体作品的概述。而采用传统目录学著述的提要式范式与报刊连载的发布方式之杂糅，决定了此文唯有且只能采用提要式的介绍性文字。

要之，庐隐《中国小说史略》的行文方式、作品甄别乃至编纂水平，并不出鲁迅《中国小说史略》；但与鲁迅于北京大学等处讲授"小说史"课程而编纂小说史之因缘所不同的是，庐隐的编纂促因系彼时文学研究会掀起的"整理国故"运动，因而庐隐所纂与彼时时势联系得更为紧密。同时，由于庐隐所纂连载方式是报刊，与鲁迅所撰的讲义样式有别，故庐隐所纂所体现的编纂旨趣与编纂模式，一定程度上则代表了中国小说史早期

① 永瑢等撰：《四库全书总目（下册）》，北京，中华书局，1983年，第1209页。

编纂的另一路径。因此，将庐隐所纂与鲁迅所编相比较，可以进一步探讨20世纪初期中国小说史的多方编纂促因、多种编纂模式及多元存在样式。同时，我们也应该看到，庐隐《中国小说史略》编纂时存在的种种局限，趋利避害，方能推动中国小说史学史研究的深入。

主要参考文献

一、著述类（按音序排列）

《程甲本红楼梦》，北京，书目文献出版社，1992 年。

《乾隆朝上谕档》，桂林，广西师范大学出版社，2000 年。

《清朝野史大观》，上海，中华书局，1934 年。

《清实录》，北京，中华书局，1987 年。

《四库全书总目》，上海，商务印书馆，1939 年。

《御制大明律》，明洪武三十年（1397）五月刊本。

《中国新文学大系》，上海，上海文艺出版社，1981 年。

阿英：《阿英说小说》，上海，上海古籍出版社，2000 年。

安徽省图书馆编：《安徽文献书目》，合肥，安徽人民出版社，1961年。

〔苏联〕巴赫金著，白春仁、顾亚铃译：《陀思妥耶夫斯基诗学问题复调小说理论》，北京，生活·读书·新知三联书店，1988 年。

班固：《汉书》，北京，中华书局，1962 年。

宝鋆、沈桂芬等：《大清穆宗毅皇帝实录》，台湾，华文书局，1964 年。

鲍国华：《鲁迅小说史学研究》，天津，天津社会科学院出版社，2008年。

北京师范大学中文系编：《纪念鲁迅诞辰百周年文学论文集及鲁迅珍藏有关北师大史料》，北京，北京师范大学出版社，1981 年。

蔡元培：《石头记索隐》，北京，北京大学出版社，1989 年。

曹惠民：《多元共生的现代中华文学》，北京，中国华侨出版社，1997年。

曹雪芹著，曲沐、欧阳健校注：《红楼梦》，贵阳，贵州人民出版社，2001 年。

陈独秀：《陈独秀著作选》，上海，上海人民出版社，1993 年。

陈方竞：《鲁迅与浙东文化》，长春，吉林大学出版社，1999 年。

陈平原：《中国现代小说的起点：清末民初小说研究》，北京，北京大学出版社，2005年。

陈平原编：《神神鬼鬼》，上海，复旦大学出版社，2005年。

陈球：《燕山外史》，沈阳，春风文艺出版社，1987年。

陈汝衡：《说苑珍闻》，上海，上海古籍出版社，1981年。

陈文新：《传统小说与小说传统》，武汉，武汉大学出版社，2005年。

陈文新：《中国文学流派意识的发生和发展》，武汉，武汉大学出版社，2007年。

陈子展：《中国文学史讲话》，北京，北新书局，1937年。

储大泓：《读〈中国小说史略〉札记》，上海，上海文艺出版社，1981年。

单演义：《鲁迅在西安》，西安，陕西人民出版社，1981年。

邓绍基主编：《中国古代戏曲文学辞典》，北京，人民文学出版社，2004年。

邓云乡：《红楼风俗谭》，石家庄，河北教育出版社，2005年。

〔法〕迪尔凯姆：《社会学方法的规则》，北京，华夏出版社，1998年。

〔法〕蒂费纳·萨莫瓦约：《互文性研究》，天津，天津人民出版社，2002年。

丁锡根：《中国历代小说序跋集》，北京，人民文学出版社，1996年。

董康：《书舶庸谭》，上海，大东书局，1929年。

端方：《大清光绪新法令》，上海，上海商务印书馆宣统朝刊本。

〔德〕恩斯特·卡西尔：《人论》，上海，上海译文出版社，1985年。

房玄龄等撰：《晋书》，北京，商务印书馆，1958年。

冯其庸：《石头记脂本研究》，北京，人民文学出版社，2006年。

冯雪峰：《雪峰文集》，北京，人民文学出版社，1985年。

冯至：《冯至全集》，石家庄，河北教育出版社，1999年。

高鹗：《高兰墅集》，上海，上海古籍出版社，1984年。

高鹗著，尚达翔编注：《高鹗诗词笺注》，郑州，中州书画社，1983年。

葛洪：《神仙传校释》，北京，中华书局，2010年。

苟波：《道教与神魔小说》，成都，巴蜀书社，1999年。

顾廷龙、戴逸：《李鸿章全集》，合肥，安徽教育出版社，2008年。

顾炎武：《日知录》，四部丛刊本。

管庭芬：《花近楼丛书序跋记》，上海，国学扶轮社，1911年。

郭箴一：《中国小说史》，《民国丛书第二编》本，上海，上海书店，1990 年。

胡从经：《中国小说史学史长编》，上海，上海文艺出版社，1998 年。

胡行之：《中国文学史讲话》，上海，光华书局，1932 年。

胡怀琛：《中国小说概论》，上海，世界书局，1934 年。

胡怀琛：《中国小说研究》，上海，商务印书馆，1933 年。

胡胜：《明清神魔小说研究》，北京，中国社会科学出版社，2004 年。

胡士莹：《话本小说概论》，北京，中华书局，1980 年。

胡适：《白话文学史》，上海，上海古籍出版社，1999 年。

胡适：《红楼梦考证》，北京，北京大学出版社，1989 年。

胡适：《胡适日记全编》，合肥，安徽教育出版社，2001 年。

胡适：《胡适学术文集》，北京，中华书局，1993 年。

胡适：《中国章回小说考证》，合肥，安徽教育出版社，2006 年。

胡颂平编著：《胡适之先生年谱长编初稿》，台北，联经出版事业公司，1984 年。

胡文彬、周雷：《红学世界》，北京，北京出版社，1984 年。

胡应麟：《少室山房笔丛》，上海，上海书店出版社，2001 年。

〔英〕怀特海：《思维方式》，北京，商务印书馆，2004 年。

季维龙编：《胡适著译系年目录与分类索引》，上海，上海人民出版社，1984 年。

贾茗编，廖东点校：《女聊斋志异》，济南，齐鲁书社，1985 年。

江庆柏：《清代人物生卒年表》，北京，人民文学出版社，2005 年。

江苏省社会科学院明清小说研究中心、江苏省社会科学院文学研究所编：《中国通俗小说总目提要》，北京，中国文联出版公司，1990 年。

蒋瑞藻：《小说考证》，上海，古典文学出版社，1957 年。

金圣叹：《第五才子书施耐庵水浒传》，北京，中华书局，1975 年。

〔英〕卡尔·波普尔：《猜想与反驳——科学知识的增长》，上海，上海译文出版社，1987 年。

〔英〕柯林伍德：《历史的观念》，北京，商务印书馆，1997 年。

柯愈春：《清人诗文集总目提要》，北京，北京古籍出版社，2001 年。

克非：《红学末路》，重庆，重庆出版社，2004 年。

孔尚任：《桃花扇》，北京，人民文学出版社，1959 年。

〔美〕拉里·劳丹：《进步及其问题——科学增长理论刍议》，上海，上海译文出版社，1991 年。

李伯元等主编：《绣像小说》，上海，上海书店出版社影印，1980年。

李福清、孟列夫：《列宁格勒藏抄本〈石头记〉的发现及其意义》，北京，中华书局，1986年。

李剑国：《宋代志怪传奇叙录》，天津，南开大学出版社，1997年。

李柯林等编：《鲁迅年谱》，北京，人民文学出版社，1983年。

李灵年、杨忠主编：《清人别集总目》，合肥，安徽教育出版社，2000年。

李书敏、严平、蔡旭主编：《庐隐散文小说选》，重庆，重庆出版社，1999年。

李贽：《续藏书》，北京，中华书局，1974年。

李宗孔：《宋稗类钞》，上海，有正书局，1912年。

梁启超：《清代学术概论》，上海，上海古籍出版社，2005年。

林辰：《神怪小说史·前言》，南京，江苏古籍出版社，1998年。

刘运峰：《鲁迅全集补遗》，天津，天津人民出版社，2006年。

鲁迅：《华盖集续篇》，北京，人民文学出版社，1980年。

鲁迅：《集外集拾遗补编》，北京，人民文学出版社，1995年。

鲁迅：《鲁迅全集》，北京，人民文学出版社，1981年。

鲁迅：《鲁迅全集》，北京，人民文学出版社，2005年。

鲁迅：《小说史大略》，上海，上海文艺出版社，1979年。

鲁迅：《中国小说史大略》，天津，天津人民出版社，1986年。

鲁迅：《中国小说史略（上卷）》，北京，北京大学第一院新潮社，1923年。

鲁迅：《中国小说史略》，北京，北新书局，1927年。

鲁迅：《中国小说史略》，北京，人民文学出版社，1973年。

鲁迅博物馆·鲁迅研究室·《鲁迅研究月刊》选编：《鲁迅回忆录（专著)》（上下），北京，北京出版社，1997年。

鲁迅博物馆鲁迅研究室等编：《鲁迅年谱》，北京，人民文学出版社，1984年。

鲁迅辑录：《鲁迅辑录古籍丛编》，北京，人民文学出版社，1999年。

鲁迅先生纪念委员会编：《鲁迅全集》，上海，上海鲁迅全集出版社，1938年。

罗宗强、陈洪编：《明代文学研究国际学术研讨会论文集》，天津，南开大学出版社，2006年。

马积高：《宋明理学与文学》，长沙，湖南师范大学出版社，1989年。

马蹄疾：《鲁迅讲演考》，哈尔滨，黑龙江人民出版社，1981年。

马兴荣等：《中国词学大辞典》，杭州，浙江教育出版社，1996年。

茅盾：《论中国现代作家作品》，北京，北京大学出版社，1980年。

孟瑶：《中国小说史》，台北，传记文学出版社，1980年。

苗怀明：《风起红楼》，北京，中华书局，2006年。

明清小说论丛编辑部编：《明清小说论丛（第4辑）》，沈阳，春风文艺出版社，1986年。

欧阳健：《〈中国小说史略〉批判》，太原，山西人民出版社，2008年。

欧阳健：《曹雪芹》，深圳，海天出版社，1999年。

欧阳健：《还原脂砚斋》，哈尔滨，黑龙江教育出版社，2003年。

欧阳健：《红楼新辨》，广州，花城出版社，1994年。

欧阳健：《历史小说史》，杭州，浙江古籍出版社，2003年。

欧阳健：《晚清小说史》，杭州，浙江古籍出版社，1997年。

欧阳健：《中国神怪小说通史》，南京，江苏教育出版社，1997年。

欧阳哲生编：《胡适文集》，北京，北京大学出版社，1998年。

潘重规：《红学六十年》，台北，三民书局，1992年。

潘重规：《红学论集》，台北，三民书局，1993年。

彭定安、马蹄疾：《鲁迅和他的同时代人》，沈阳，春风文艺出版社，1985年。

〔瑞士〕皮亚杰：《发生认识论原理》，北京，商务印书馆，2009年。

蒲松龄·《聊斋志异》，上海，上海古籍出版社，1979年。

蒲松龄著，张友鹤辑校：《〈聊斋志异〉会校会注会评本》，上海，上海古籍出版社，1978年。

齐森华：《中国曲学大辞典》，杭州，浙江教育出版社，1997年。

齐裕焜：《明代小说史》，南京，江苏古籍出版社，1997年。

钱虹编：《庐隐集外集（1920~1934）》，北京，书目文献出版社，1989年。

钱理群：《心灵的探寻》，石家庄，河北教育出版社，2000年。

钱理群：《与鲁迅相遇——北大演讲录》，北京，生活·读书·新知三联书店，2003年。

钱希言：《戏瑕》，《四库全书存目丛书》（子部第97册），济南，齐鲁书社，1995年。

邱濬：《重编琼台稿》，景印文渊阁四库全书本。

曲沐：《红楼梦会真录》，台北，弘毅出版社，1997年。

〔法〕热拉尔·热奈特：《热奈特论文集》，石家庄，百花文艺出版社，2000 年。

山东大学图书馆编撰：《山东大学图书馆古籍善本书目》，济南，齐鲁书社，2007 年。

商水县地方志编纂委员会编：《商水县志》，郑州，河南人民出版社，1990 年。

申畅、霍桐山等编：《中国目录学家辞典》，郑州，河南人民出版社，1998 年。

沈起凤：《赘渔杂著》，咸丰元年抄本（现藏国家图书馆）。

沈起凤著，乔雨舟点校：《谐铎》，北京，人民文学出版社，1999 年。

盛于斯：《休庵集》，丛书集成续编本（第 123 册），上海，上海书店出版社，1994 年。

盛于斯：《休庵影语》，上海，开明书店，1932 年。

石昌渝主编：《中国古代小说总目·文言卷》，太原，山西教育出版社，2004 年。

石锡玉：《独学庐初稿》，续修四库全书本。

宋濂等：《元史》，北京，中华书局，1976 年。

苏雪林：《我论鲁迅》，台北，传记文学出版社，1979 年。

孙昌熙：《鲁迅"小说史学"初探》，济南，山东教育出版社，1989 年。

孙伏园、许钦文等：《鲁迅先生二三事：前期弟子忆鲁迅》，石家庄，河北教育出版社，2000 年。

孙楷第：《日本东京所见中国小说书目》，北京，人民文学出版社，1981 年。

孙楷第：《中国通俗小说书目》，北京，人民文学出版社，1982 年。

台静农著，陈子善编：《龙坡论学集》，沈阳，辽宁教育出版社，2000 年。

谭正璧：《中国小说发达史》，上海，光明书局，1935 年。

唐圭璋编：《词话丛编》，北京，中华书局，1986 年。

陶慕宁：《青楼文学与中国文化》，北京，东方出版社，2006 年。

〔日〕丸尾常喜：《"人"与"鬼"的纠葛——鲁迅小说论析》，北京，人民文学出版社，2006 年。

汪辟疆：《唐人小说》，上海，古典文学出版社，1957 年。

汪云程辑：《逸史搜奇》，济南，齐鲁书社，1995 年。

王鏊：《姑苏志》，台北，学生书局，1986年。

王进驹：《乾隆时期自况性长篇小说研究》，北京，中国社会科学出版社，2006年。

王利器：《元明清三代禁毁小说戏曲史料（增订本）》，上海，上海古籍出版社，1981年。

王利器：《耐雪堂集》，北京，中国社会科学出版社，1986年。

王齐洲：《中国文学观念论稿》，武汉，湖北教育出版社，2004年。

王圻：《稗史汇编》，《四库全书存目丛书》（子部第139册），济南，齐鲁书社，1995年。

王琼玲：《清代四大才学小说》，台北，台湾商务印书馆，1997年。

王汝涛主编：《太平广记选（续）》，济南，齐鲁书社，1982年。

王绍曾：《清史稿艺文志拾遗》，北京，中华书局，2000年。

王世栋选辑：《新文学运动评论（上）》，上海，新文化书社，1920年。

王阳明：《王阳明全集》，上海，上海古籍出版社，1992年。

王瑶主编：《中国文学研究现代化进程》，北京，北京大学出版社，2005年。

王重民：《中国善本书提要》，上海，上海古籍出版社，1983年。

魏绍昌编：《孽海花资料（增订本）》，上海，上海古籍出版社，1982年。

魏绍昌编：《孽海花资料》，上海，上海古籍出版社，1982年。

温县志编纂委员会编：《温县志》，北京，光明日报出版社，1991年。

吴趼人：《我佛山人文集》，广州，花城出版社，1989年。

吴梅编：《奢摩他室曲丛》，上海，上海商务印书馆，1928年。

吴寿宽纂：《民国高淳县志》，南京，江苏古籍出版社，1991年。

吴翌凤：《与稽斋丛稿》，续修四库全书本。

伍启元：《中国新文化运动概观》，合肥，黄山书社，2008年。

夏敬渠：《野叟曝言》，北京，人民文学出版社，1997年。

香港中文大学图书馆系统编：《香港中文大学图书馆古籍善本书录》，香港中文大学出版社，1999年。

肖凤、孙可：《庐隐选集》，石家庄，百花文艺出版社，1983年。

小说林总编辑所：《小说林》（第五期），上海，上海书店出版社影印，1980年。

谢国桢选编：《明代社会经济史料选编》，福州，福建人民出版社，2004年。

徐扶明：《红楼梦与戏曲比较研究》，上海，上海古籍出版社，1984年。

徐扶明：《汤显祖与牡丹亭》，上海，上海古籍出版社，1993年。

徐师曾：《文体明辨序说》，北京，人民文学出版社，1962年。

徐应秋：《玉芝堂谈荟》，扬州，江苏广陵古籍刻印社，1983年。

许建平等著：《20世纪中国古代文学研究史（小说卷）》，上海，东方出版中心，2006年。

许慎撰，段玉裁注：《说文解字注》，上海，上海古籍出版社，1981年。

许寿棠：《我所认识的鲁迅》，北京，中国青年出版社，1961年。

严家炎编：《二十世纪中国小说理论资料（第二卷）》，北京，北京大学出版社，1997年。

严可均辑：《全上古三代秦汉三国六朝文》，北京，中华书局，1958年。

〔日〕盐谷温：《中国文学概论讲话》，上海，开明书店，1929年。

杨慎：《丹铅续录》，北京，中华书局，1985年。

杨义：《中国古典小说史论》，北京，人民出版社，1998年。

姚名达：《中国目录学史》，上海，上海书店出版社，1957年。

一粟编：《古典文学研究资料汇编·红楼梦卷》，北京，中华书局，1964年。

〔匈〕伊·拉卡托斯：《科学研究纲领方法论》，上海，上海译文出版社，1986年。

佚名：《郭青螺六省听讼录新民公案》，上海，上海古籍出版社，1994年。

永瑢等撰：《四库全书总目》，北京，中华书局，1983年。

余怀：《板桥杂记》，上海，大东书局，1931年。

余英时：《红楼梦的两个世界》，上海，上海社会科学院出版社，2002年。

俞平伯：《俞平伯论红楼梦》，上海，上海古籍出版社，1988年。

俞平伯：《俞平伯全集》，石家庄，花山文艺出版社，1997年。

〔日〕增田涉：《鲁迅的印象》，长沙，湖南人民出版社，1980年。

翟灏：《通俗编（卷2）》，丛书集成初编本，上海，商务印书馆，1937年。

张兵、聂付生：《〈中国小说史略〉疏识》，上海，复旦大学出版社，

2012 年。

张岱：《陶庵梦忆》，上海，上海世界书局，1936 年。

张杰：《鲁迅杂考》，福州，福建教育出版社，2006 年。

张秀民：《中国印刷史》，上海，上海人民出版社，1989 年。

张之洞：《张文襄公全集》，台北，文海出版社，1970 年。

昭梿：《啸亭续录》，北京，中华书局，1980 年。

赵景深：《〈中国小说史略〉旁证》，西安，陕西人民出版社，1987 年。

赵景深：《小说戏曲新考》，上海，世界书局，1943 年。

赵景深：《中国文学史新编》，北京，北新书局，1936 年。

赵景深：《中国小说丛考》，济南，齐鲁书社，1980 年。

赵景深主编：《戏曲论丛》（第一辑），兰州，甘肃人民出版社，1986 年。

郑振铎：《西谛书目》，北京，北京文物出版社，1963 年。

郑振铎：《郑振铎全集》，石家庄，花山文艺出版社，1998 年。

郑振铎：《中国通俗小说书目》，北京，国立北平图书馆出版社，1933 年。

郑振铎：《中国文学研究》，北京，人民文学出版社，2000 年。

中国第一历史档案馆：《光绪朝朱批奏摺（十六年八月至十八年正月）》，北京，中华书局，1995 年。

中国社会科学院文学研究所鲁迅研究室编：《1913—1983 鲁迅研究学术论著资料汇编》，北京，中国文联出版社，1985 年。

中国社会科学院语言研究所词典编辑室编：《现代汉语词典》，北京，商务印书馆，2002 年。

中国艺术研究院编：《红楼梦大辞典》，北京，文化艺术出版社，1990 年。

钟敬文：《中国民间文学讲演集》，北京，北京师范大学出版社，1999 年。

周亮工：《赖古堂集》，上海，上海古籍出版社，1979 年。

周绍良：《红楼论集：周绍良论红楼梦》，北京，文化艺术出版社，2006 年。

周锡山：《〈中国小说史略〉释评本》，上海，上海文化出版社，2005 年。

周振甫译注：《周易译注》，北京，中华书局，2006 年。

周质平：《胡适与鲁迅》，台北，时报文化出版企业有限公司，1988 年。

周作人：《瓜豆集》，香港，九龙实用书局，1969 年。

朱寿朋：《光绪朝东华录》，北京，中华书局，1958 年。

朱一玄、刘毓忱：《水浒传资料汇编》，天津，南开大学出版社，2002 年。

朱一玄：《〈聊斋志异〉资料汇编》，天津，南开大学出版社，2002 年。

朱一玄：《西游记资料汇编》，郑州，中州书画社，1983 年。

庄一拂：《古典戏曲存目汇考》，上海，上海古籍出版社，1982 年。

左宗棠：《左宗棠全集》，长沙，岳麓书社，2009 年。

二、期刊（以发表时间先后为序）

黄人：《小说小话》，《小说林》，1907 年，第 6 辑。

宇澄：《〈小说海〉发刊词》，《小说海》1915 年第 1 卷第 1 号。

胡适：《文学改良刍议》，《新青年》第 2 卷第 5 号，1917 年 1 月。

陈独秀：《文学革命论》，《新青年》第 2 卷第 6 号，1917 年 2 月 1 日。

钱玄同：《致陈独秀信》，《新青年》第 3 卷第 1 号，1917 年 3 月。

胡适：《历史的文学观念论》，《新青年》第 3 卷第 3 号，1917 年 5 月 1 日。

俞复：《答吴稚晖》，《灵学丛志》1918 年 1 月第 1 期。

周作人：《日本近三十年小说之发达》，《新青年》第 5 卷第 1 号，1918 年 7 月。

刘半农：《我之文学改良观》，《新青年》第 5 卷第 6 号，1918 年 12 月 15 日。

周作人：《文学上的俄国与中国》，《新青年》第 8 卷第 5 号，1921 年 1 月。

郑振铎：《文艺丛谈（一）》，《小说月报》12 卷 1 号，1921 年 1 月。

郑振铎：《文学研究会章程》，《小说月报》12 卷 1 号，1921 年 1 月。

贺凯：《祭灶节之后》，《晨报副刊》，1922 年 2 月 25 日。

郑振铎：《整理中国文学的提议》，《文学旬刊》1922 年 10 月 1 日。

王伯祥：《国故的地位》，《小说月报》14 卷 1 号，1923 年 1 月 10 日。

余祥森：《整理国故与新文学运动》，《小说月报》14 卷 1 号，1923 年 1 月 10 日。

王统照：《纯散文》，《晨报副刊·文学旬刊》第 3 号，1923 年 6 月 21 日。

毕树棠：《中国小说史略》，《清华周刊·书报介绍副刊》1925 年第 16 期。

台静农：《鲁迅先生整理中国古文学之成绩》，《理论与现实》1939年11月第1卷第3期。

林辰：《关于〈古小说钩沉〉的辑录年代》，《人民文学》1950年12月第3卷第2期。

阿英：《关于"中国小说史略"》，《文艺报》，1956年第20期。

林辰：《鲁迅"古小说钩沉"的辑录年代及所收各书作者》，《光明日报·文学遗产》1956年10月21日、28日。

林语堂：《追悼胡适之先生》，《海外论坛（三卷四号）》，1962年4月1日。

杨义：《〈红楼梦〉与五四小说》，《红楼梦学刊》1984年第1期。

顾农：《〈古小说钩沉〉的成就与遗留问题》，《社会科学辑刊》1984年第3期。

王齐洲：《中国小说起源探迹》，《文学遗产》1985年第1期。

顾农：《关于〈古小说钩沉〉的札记》，《贵州文史丛刊》1985年第3期。

王枝忠：《说唐人"始有意为小说"》，《社会科学研究》1985年第6期。

王士让：《鲁迅古籍整理研究概述》，《古籍整理研究学刊》1986年第4期。

周二雄：《〈中国小说史略〉勘误一则》，《鲁迅研究动态》1989年第Z1期。

周维培：《鲁迅在古代小说文献学上的贡献》，《学术界》1990年第4期。

杨扬：《略论"五四"时期女作家的创作》，《中国文学研究》1992年第1期。

何满子：《释"有意为小说"》，《古典文学知识》1994年第5期。

王毅：《明代拟话本小说之文化理念与历史哲学的发生——拟话本作为平民社会伦理小说的成因》，《文学遗产》1995年第5期。

薛芰：《〈中国小说史略〉中的一点疏忽》，《鲁迅研究月刊》1996年第6期。

杨燕丽：《〈中国小说史略〉的生成与流变》，《鲁迅研究月刊》1996年第9期。

张向东：《论鲁迅的小说文体意识——从〈中国小说史略〉谈起》，《延边大学学报（哲学社会科学版）》1997年第3期。

欧阳健：《"传奇体"辨正——兼论裴铏〈传奇〉在神怪小说史上的地位》，《复旦学报（社会科学版）》1999 年第 1 期。

韩文宁：《从〈中国小说史略〉看鲁迅对校勘学的贡献》，《大学图书馆学报》1999 年第 5 期。

孙逊、潘建国：《唐传奇文体考辨》，《文学遗产》1999 年第 6 期。

周怡：《拟话本小说夭折探源》，《东岳论丛》2000 年第 3 期。

罗志田：《新旧能否两立：二十年代〈小说月报〉对于整理国故的态度转变》，《历史研究》2001 年第 3 期。

白振奎、蒋凡：《周氏弟兄的文学史：鲁迅、胡适文学史方法论比较》，《文艺理论研究》2002 年第 3 期。

赵维国：《鲁迅的小说史研究与小说史研究体系的构建》，《宁夏大学学报（人文社会科学版）》2003 年第 2 期。

邱江宁：《〈中国小说史略〉第二十篇"明之人情小说"（下）所存在的几个问题浅谈》，《明清小说研究》2003 年第 2 期。

钟扬：《盐谷温论〈红楼梦〉——兼议鲁迅"抄袭"盐谷温之公案》，《南京师大学报（社会科学版）》2005 年第 2 期。

陈伟华：《学术史和文学史比较略论——以〈清代学术概论〉与〈中国小说史略〉为例》，《鲁迅研究月刊》2005 年第 3 期。

张蕊青：《清代朴学与才学小说的学术化》，《学海》2005 年第 6 期。

是莺：《论鲁迅的文学史思想》，扬州大学硕士学位论文，2005 年。

宋克夫、张蔚：《进化论与〈中国小说史略〉》，《明清小说研究》2006 年第 1 期。

李松荣：《鲁迅治学方法浅探》，《红河学院学报》2006 年第 2 期。

王进驹：《论〈野叟曝言〉对世情小说的仿拟和改造》，《明清小说研究》2006 年第 4 期。

鲍国华：《论〈中国小说史略〉的版本演进及其修改的学术史意义》，《鲁迅研究月刊》2007 年第 1 期。

鲍国华：《新发现：〈中国小说史略〉新潮社再版本》，《新文学史料》2007 年第 1 期。

毕艳：《觉醒·迷惘与抗争——中国早期现代女作家自我书写的三重奏》，《中国文学研究》2007 年第 2 期。

韩伟表：《初创与杰构——论鲁迅的中国近代小说研究》，《浙江社会科学》2007 年第 2 期。

欧阳健：《"讽刺"与"谴责"的错位与误读》，《厦门教育学院学报》

2007 年第 3 期。

施媛:《清代作家屠绅写作风格的成因》,《南京师范大学文学院学报》2007 年第 4 期。

李京佩:《台静农与鲁迅的文学因缘及其意义》,《明道通识论丛(第 3 辑)》,明道大学,2007 年。

张蔚:《〈中国小说史略〉研究方法略论》,湖北大学硕士学位论文,2007 年。

王齐洲:《〈中国小说史略〉"汉书艺文志所载小说"辨正》,《黑龙江社会科学》2008 年第 2 期。

欧阳健:《〈中国小说史略〉材料平议》,《南开学报(哲学社会科学版)》2008 第 3 期。

傅承洲:《拟话本概念的理论缺失》,《文艺研究》2008 年第 4 期。

鲍国华:《鲁迅〈中国小说史略〉与盐谷温〈中国文学概论讲话〉——对于"抄袭"说的学术史考辨》,《鲁迅研究月刊》2008 年第 5 期。

王齐洲、姚娟:《小说观、小说史观与六朝小说史研究——兼论鲁迅〈中国小说史略〉的有关论述》,《湖北大学学报(哲学社会科学版)》2008 年第 6 期。

吴康:《民国检查制度与古代"文字狱"——鲁迅杂文研究之三》,《中国文学研究》2009 年第 1 期。

鲍国华:《进化与反复——鲁迅〈中国小说史略〉与进化史观》,《东方论坛》2009 年第 2 期。

钟其鹏:《试论鲁迅研究中国小说史的实证精神——以〈中国小说史略〉为例》,《宝鸡文理学院学报(社会科学版)》2009 年第 4 期。

钟其鹏:《试论鲁迅研究中国小说史的实证精神》,《宝鸡文理学院学报(社会科学版)》2009 年第 8 期。

董国炎、蔡之国:《言志小说,还是才学小说?——试论〈野叟曝言〉性质及小说分类细化之得失》,《明清小说研究》2010 年第 1 期。

李金荣:《鲁迅〈中国小说史略〉的书目学意义》,《图书与情报》2010 年第 1 期。

王永健:《别具一格的世情小说——〈镜花缘〉新论》,《连云港师范高等专科学校学报》2010 年第 2 期。

韩中英:《鲁迅古典文献研究初探》,黑龙江大学硕士学位论文,2010 年。

符杰祥、齐迹:《鲁迅与盐谷温所著中国小说史之考辨》,《上海鲁迅研究》2010 年秋之卷。

李桂奎:《"互文性"与中国古今小说演变中的文本仿拟》,《河北学刊》2011 年第 2 期。

王齐洲、屈红梅:《汉人小说观念探赜》,《南京大学学报(哲学·人文科学·社会科学)》2011 年第 4 期。

赵春辉、孙立权:《才学小说的内涵及其美学特征》,《吉林大学社会科学学报》2011 年第 5 期。

李金荣:《中国古典小说原典衍生文献的书目学梳理》,《图书馆论坛》2011 年第 6 期。

杨彬,李桂奎:《"仿拟"叙述与中国古代小说的文本演变》,《复旦学报(社会科学版)》2011 年第 6 期。

刘勇强:《论小说史书写中的"举例"——以〈中国小说史略〉为中心》,《上海师范大学学报(哲学社会科学版)》2013 年第 4 期。

李坚怀:《鲁迅〈中国小说史略〉辨误一则》,《上海鲁迅研究》2014 年第 2 期。

朱成华:《〈中国小说史略〉斠补六则》,《鲁迅研究月刊》2014 年第 4 期。

赵永平:《〈中国小说史略〉中的文学批评》,《文艺理论与批评》2014 年第 4 期。

林莹:《谭正璧〈中国小说发达史〉的小说观念与言说体例——以〈中国小说史略〉为参照》,《河北广播电视大学学报》2014 年第 4 期。

刘然:《许广平藏〈中国小说史略〉》,《鲁迅研究月刊》2014 年第 10 期。

林宪亮:《〈僧世说〉成书年代考——鲁迅〈中国小说史略〉辨误一则》,《图书馆杂志》2014 年第 10 期。

张真:《论盐谷温的〈红楼梦〉研究脱胎于森槐南——从另一个角度看鲁、盐"抄袭案"》,《鲁迅研究月刊》2015 年第 4 期。

刘东方:《鲁迅对现代学术文化的贡献——以〈中国小说史略〉为例》,《鲁迅研究月刊》2015 年第 9 期。

刘芳:《〈中国小说史略〉的功与"过"及撰"史"问题》,《学术探索》2015 年第 8 期。

刘保庆:《鲁迅〈中国小说史略〉的"史识"与小说教育》,《南京师范大学文学院学报》2015 年第 2 期。

金鑫:《论〈中国小说史略〉经典化过程中的教育要素》,《鲁迅研究月刊》2015 年第 7 期。

张永禄、张谡:《论盐谷温对鲁迅小说史研究的影响》,《中国现代文学研究丛刊》2015 年第 5 期。

朱姗:《浅议〈中国小说史略〉之"略"》,《青岛科技大学学报(社会科学版)》2016 年第 3 期。

李蓉蓉:《〈中国小说史略〉对〈水浒传〉的分类再认识》,《考试周刊》2016 年 16 期。